Maurice Leblanc

Arsène Lupin

» 813 «

Das Doppelleben des Arsène Lupin

Kriminalroman

BE
Belle Époque Verlag

Aus dem Englischen neu übersetzt von Henry Seymour.

Neuausgabe des Belle Époque Verlags, Inh. G. Pahlberg,
Wiesenstr. 7, 72135 Dettenhausen.
Kontakt Produktsicherheit: GPSRinfo@be-verlag.de

Zweite, verbesserte Auflage 2021.

Originalausgabe: '813' (1910)

Lektorat: Christian Reichenbach
Umschlaggestaltung: Belle Époque Verlag

Herstellung: Custom Printing, Wał Miedzeszyński 217/1,
04-987 Warszawa, Polen

ISBN: 978-3-96357-059-9

1. Kapitel: Die Tragödie im Palace-Hotel

Mr. Kesselbach hielt an der Schwelle des Wohnzimmers an, packte seinen Sekretär beim Arm und flüsterte: »Chapman, es ist wieder jemand hier gewesen!«

»Aber nicht doch, Sir«, protestierte der Sekretär. »Sie haben selbst die Tür zum Korridor abgeschlossen, und der Schlüssel hat keinen Augenblick lang Ihre Tasche verlassen, während wir im Restaurant zu Mittag speisten.«

»Chapman, jemand war hier«, wiederholte Kesselbach. Er deutete auf eine Reisetasche beim Kamin. »Sehen Sie, ich kann es beweisen. Diese Tasche war geschlossen. Jetzt ist sie offen.«

Chapman wurde unsicher.

»Sind Sie ganz sicher, Sir? Die Tasche enthält doch nichts von großem Wert. Nur ein paar Kleidungsstücke und Kleinigkeiten ...«

»Nichts von Wert, weil ich meine Brieftasche vorsichtshalber entfernt hatte ... wenn nicht ... Nein, Chapman, ich sage Ihnen nochmals: Jemand war hier, während wir beim Essen waren.« Er ging zum Wandtelefon und hob den Hörer ab.

»Hallo! Hier ist Rudolf Kesselbach ... Suite 415 ... stimmt genau. Mademoiselle, verbinden Sie mich bitte mit der Polizeipräfektur ... der Detektiv-Abteilung ... ich habe die Nummer ... einen Augenblick ... ah, hier ist sie! Nummer 82248 ... Ich bleibe am Apparat.«

Nach kurzem Warten fuhr er fort: »Ist das Nummer 82248? Ich möchte mit Monsieur Lenormand, dem Chefinspektor der Detektiv-Abteilung sprechen. Mein Name ist Kesselbach ... Hallo! ... Ja, er weiß, um was es sich handelt. Er hat mich gebeten, ihn anzurufen ... Oh, er ist nicht da? ... Mit wem spreche ich? Detektiv-Wachtmeister Gourel! ... Sie waren gestern schon hier, nicht wahr, als ich mit Monsieur Lenormand sprach? Also das Gleiche ist schon wieder geschehen, was ich gestern schon meldete:

Jemand hat die Suite durchsucht, in der ich wohne. Wenn Sie rasch kommen, können Sie vielleicht ein paar Hinweise entdecken, wer dahinter steckt ... In einer Stunde oder zwei? Gut, ich danke ... Sie brauchen nur nach Suite 415 zu fragen ... Nochmals vielen Dank.«

Rudolf Kesselbach, den manche als den Diamanten-König bezeichneten, andere wiederum als Lord des Kaps, besaß ein Vermögen, das auf etwa zwanzig Millionen Pfund Sterling geschätzt wurde – zu dieser Zeit eine ungeheure Summe. Seit der vergangenen Woche lebte er in der Suite 415 im vierten Stock des Palace-Hotels, die aus drei Räumen bestand. Die zwei größeren, ein Wohnzimmer und das Schlafzimmer, waren der Avenue zugewandt, während das Dritte, etwas kleiner und auf der linken Seite, dessen Fenster zur Rue de Julée hinunterblickte, dem Sekretär Chapman als Schlafzimmer diente.

Der Rest der Hotelsuite grenzte an das letztere Schlafzimmer an und bestand aus fünf weiteren Räumen, die für Madame Kesselbach reserviert waren, welche gegenwärtig in Monte Carlo weilte und zu ihrem Gatten zurückkehren würde, sobald sie eine Nachricht von ihm erhielt.

Rudolf wanderte mehrere Minuten lang in seinem Zimmer auf und ab, tief in Gedanken versunken. Er war ein hochgewachsener Mann mit gebräuntem Gesicht, noch immer jung und mit verträumten Augen, die blau durch das Glas seiner Brille schillerten, so dass sie den Eindruck von Sanftmut und Schüchternheit erweckten, der im Gegensatz zu seiner ausgeprägten Stirn und den kräftigen Kinnbacken stand.

Er trat zum Fenster und überzeugte sich, dass es geschlossen war. Außerdem war es unwahrscheinlich, dass jemand auf diesem Weg in das Zimmer gelangt sein konnte. Der Privatbalkon endete an der rechten Seite und war durch eine Trennwand an der linken Seite begrenzt.

Er betrat sein Schlafzimmer. Es gab keine Verbindungstür zu weiteren Räumen. Er ging zum Zimmer seines Sekretärs. Die Verbindungstür, die zu den für seine Frau reservierten Zimmern führte, war verschlossen und verriegelt.

»Ich verstehe das einfach nicht, Chapman. Ich habe schon oft sonderbare Dinge entdeckt ... ungewöhnliche Dinge, das müssen Sie zugeben. Gestern stand mein Spazierstock am falschen Platz ... am Tag zuvor waren meine Papiere durcheinander ... aber wie kann das nur möglich sein?«

»Es ist nicht möglich, Sir!«, antwortete Chapman, dessen ehrliches, offenes Gesicht keinerlei Unruhe zeigte. »Sie müssen sich getäuscht haben, nichts mehr als das ... es gibt keine Beweise, nur Vermutungen. Dazu kommt auch noch, dass kein Weg existiert, um diese Zimmer zu betreten, außer der Eingangstür. Sie haben am Tag unserer Ankunft zwei Schlüssel dazu anfertigen lassen. Einen für Sie, den anderen für Ihren Diener Edwards. Vertrauen Sie ihm?«

»Restlos! Er arbeitet schon seit zehn Jahren für mich ... aber Edwards geht zur gleichen Zeit essen wie wir, und das ist ein Fehler. In Zukunft kann er erst gehen, wenn wir wieder zurück sind.«

Chapman zuckte mit den Schultern. Der Lord des Kaps wurde langsam ein wenig sonderbar mit dieser unerklärlichen Furcht. Was hatte er in einem Hotel zu befürchten, besonders, wenn er keinerlei Wertsachen oder große Geldsummen bei sich trug?

Sie hörten, wie die Tür geöffnet wurde. Es war Edwards. Mr. Kesselbach rief nach ihm.

»Edwards, ich erwarte heute keine Besucher ... das heißt, nur einen Besucher: Monsieur Gourel. Bleib in der Zwischenzeit im Vorraum und bewache die Tür. Mr. Chapman und ich haben viel wichtige Arbeit zu erledigen.«

Diese wichtige Arbeit beschäftigte sie nun für einige Minuten, während denen Mr. Kesselbach seine Korrespondenz erledigte, drei oder vier Briefe las und Anweisungen gab, wie sie beantwortet werden sollten. Doch plötzlich sah Chapman, den Federhalter gezückt, dass Mr. Kesselbach mit ganz anderen Gedanken rang, als mit seiner Korrespondenz. Er hielt eine schwarze Nadel, gekrümmt wie ein Angelhaken, zwischen den Fingern und musterte sie eindringlich.

»Chapman«, sagte er. »Sehen Sie mal, was ich auf dem Tisch gefunden habe. Diese gebogene Nadel bedeutet zweifellos etwas. Sie ist der Beweis für meinen Verdacht. Sie können nicht länger abstreiten, dass jemand dieses Zimmer betreten hat. Diese Nadel ist doch nicht aus dem Nichts aufgetaucht.«

»Gewiss nicht«, erwiderte der Sekretär. »Sie kam durch mich hierher.«

»Was soll das heißen?«

»Es ist die Nadel, mit der ich meine Krawatte am Kragen befestige. Ich nahm sie gestern Abend heraus, als Sie lasen und habe sie verbogen.«

Mr. Kesselbach erhob sich von seinem Stuhl, sichtlich verstört, machte ein paar Schritte und hielt an.

»Sie machen sich über mich lustig, Chapman, ich fühle es … und mit Recht … das kann ich nicht abstreiten. Ich komme mir manchmal selbst recht sonderbar vor, seit meiner Reise zum Kap. Es liegt an … na, Sie sie wissen nichts davon … ein ganz großartiger Plan … ein Riesending … Ich sehe es im Augenblick nur schemenhaft, im Nebel der Zukunft verborgen … aber es nimmt langsam Formen an … und es wird eine kolossale Sache … Ah, Chapman, Sie haben keine Vorstellung … Es geht nicht um Geld. Davon habe ich genug. Ich habe schon beinahe zu viel Geld … Aber das bedeutet viel, viel mehr. Es bedeutet Einfluss, Macht, Autorität. Man wird mich nicht mehr nur den Lord des Kaps nennen, sondern den Lord vieler Reiche … Rudolf Kesselbach, der Sohn eines Augsburger Eisenwarenhändlers, wird auf der gleichen Stufe stehen wie Männer, die bis jetzt auf ihn heruntergeschaut haben ... Er wird sogar Vorrang ihnen gegenüber besitzen. Chapman, er wird sie überschatten. Das verspreche ich Ihnen ... und wenn ich jemals ...«

Er hielt an und blickte auf Chapman, als ob er bereits seine Worte bereute, doch seine Erregung trieb ihn weiter.

»Sie verstehen nun den Grund für meine Aufregung, Chapman. Hier, in meinem Gehirn, ist eine Idee, die einen unsagbaren Wert hat ... Und jemand ahnt etwas davon ... spioniert hinter mir her ... Davon bin ich überzeugt!«

Eine elektrische Glocke schrillte.

»Das Telefon«, sagte Chapman.

»Könnte es ...?«, sinnierte Kesselbach, »ist es möglich ...?«

Er griff zum Hörer. »Hallo! ... Wer? Der Colonel? Ah, gut. Ja, ich bin am Apparat ... Haben Sie Nachrichten? ... Ausgezeichnet ... Ich erwarte Sie ... Sie werden mit einem Ihrer Leute kommen? Ganz in Ordnung ... Was? Nein, wir werden nicht gestört ... Ich gebe die notwendigen Anordnungen ... Es ist so ernst, wie Sie meinen? ... Ich verspreche Ihnen, meine Anweisungen sind äußerst sorgfältig gewesen ... mein Sekretär und der Diener werden die Tür bewachen, und niemand kommt herein ... Sie wissen den Weg, nicht wahr? ... Dann kommen Sie bitte so rasch wie möglich.«

Er legte den Hörer auf und sagte: »Chapman, ich erwarte in Kürze zwei Herren. Edwards wird sie zu mir bringen.«

»Aber Monsieur Gourel ... der Detektiv-Sergeant.«

»Er kommt erst später ... in einer Stunde ... Und selbst dann spielt es keine Rolle, wenn sie einander sehen sollten. Schicken Sie Edwards zum Empfang hinunter und sagen Sie, ich möchte niemanden sehen außer den beiden Herren, den Colonel und seinen Begleiter – und Monsieur Gourel. Edwards soll dafür sorgen, dass die Namen dem Empfang gemeldet werden.«

Chapman gehorchte ohne Widerspruch. Als er wieder das Zimmer betrat, sah er, dass Kesselbach eine kleine lederne Brieftasche in den Händen hielt. Sie erschien leer und

Kesselbach zögerte, als wüsste er nicht, was er damit tun sollte. In seine Hosentasche stecken oder anderswo aufbewahren? Endlich erhob er sich, ging zum Kamin und warf die Brieftasche in die offene Reisetasche.

»Wir haben zehn Minuten, Chapman. Zeit genug, um die Post zu erledigen. Ah, ein Brief von Mrs. Kesselbach! Warum haben Sie mir das nicht sofort gesagt? Haben Sie die Handschrift nicht gleich erkannt?«

Er hob den Briefumschlag zu seinem Gesicht und es kam ihm so vor, als verspürte er das Parfüm seiner Frau und es war, als fühlte er ihre Gegenwart, als er den Umschlag öffnete.

Er las flüsternd die Worte, die ihn mit Sehnsucht nach ihrer Gegenwart erfüllten, doch nicht leise genug, um zu verhindern, dass Chapman Bruchstücke davon hören konnte.

»... fühle mich etwas müde ... bleibe heute in meinem Zimmer ... so langweilig ... wann kann ich zu dir kommen? Ich warte täglich auf dein Telegramm ...«

»Haben Sie heute Morgen das Telegramm abgeschickt, Chapman? Dann wird Mrs. Kesselbach morgen, am Mittwoch, hier eintreffen.«

Er wirkte ganz fröhlich, als sei die Last seiner Geschäfte von ihm abgefallen. Er rieb seine Hände, atmete auf wie ein erfolgreicher Mensch, der sich seiner Sache sicher war. Ein Mann, der glücklich und bereit war, dieses Glück mit beiden Händen zu halten.

»Jemand läutet, Chapman, Gehen Sie hinaus und sehen Sie nach, wer es ist.«

Bevor der Sekretär dieser Aufforderung nachkommen konnte, erschien Edwards.

»Zwei Herren fragen nach Ihnen, Sir, es sind die ...«

»Ich weiß schon. Sind sie in der Halle?«

»Ja, Sir.«

»Schließ' die Eingangstür und öffne sie für niemand außer Monsieur Gourel, den Detektiv. Sie Chapman, bringen die Herren herein und sagen Sie ihnen, ich will zuerst mit dem Colonel sprechen, mit ihm allein.«

Edwards und Chapman verließen das Zimmer und schlossen die Tür hinter sich. Kesselbach trat zum Fenster und drückte die Stirn gegen die kühle Glasscheibe. Unter ihm rollte der Verkehr in zwei langen Kolonnen vorbei. Die helle Frühjahrssonne ließ alles frisch leuchtend erscheinen. Die Bäume grünten bereits.

»Was, zum Teufel, macht Chapman so lange? Es wird höchste Zeit ...«

Er nahm eine Zigarette aus der Dose am Tisch, zündete sie an und rauchte ein paar Züge, bevor er überrascht zusammenzuckte. Vor ihm stand ein Unbekannter.

Er prallte zurück.

»Wer sind Sie?«

Der Mann – elegant gekleidet, gutaussehend mit dunklem Haar, Schnurrbart und hartem Blick – lächelte.

»Wer? Nun, ich bin der Colonel.«

»Nein, nein ... der Mann, den ich als den Colonel bezeichnete, der mir unter diesem Namen schreibt ... das sind nicht Sie!«

»Ja, stimmt schon ... es ist nur ein Name, den ich vorübergehend angenommen habe ... Aber mein lieber Herr, all das ist kaum von Bedeutung, wie Sie wissen. Die Hauptsache ist ... ich bin, wer ich bin. Und das kann ich Ihnen versichern.«

»Aber Ihr Name, mein Herr ...?«

»Der Colonel ... bis auf Weiteres.«

Mr. Kesselbach war von einer plötzlichen Unruhe erfüllt. Wer war dieser Mann? Was wollte er von ihm?

»Chapman!«, rief er.

»Wie lustig! Reicht Ihnen meine Gegenwart allein nicht?«

»Chapman!«, rief Kesselbach wieder. »Chapman! Edwards!«

»Chapman! Edwards!«, wiederholte der Besucher nun auch. »Was macht Ihr denn? Ihr werdet verlangt!«

»Mein Herr, Ich bitte Sie ... ich befehle Ihnen, mich gehen zu lassen!«

»Aber mein Lieber, wer hindert Sie daran?«

Er trat höflich zur Seite. Kesselbach eilte zur Tür, öffnete sie und prallte zurück. Vor ihm stand ein zweiter Mann, eine Pistole in der Hand.

»Edwards ... Chap...«

Seine Worte erstarben, als er den Diener und den Sekretär in der Ecke der Halle nebeneinander liegen sah, an Händen und Füßen gefesselt.

Rudolf Kesselbach war kein Feigling, trotz seiner nervösen und erregbaren Natur. Die Erkenntnis der Gefahr, in der er sich befand, steigerte nur seine Entschlossenheit. Er wandte sich ab, kehrte in sein Zimmer zurück und eilte zum Kamin. Seine Hand fand die elektrische Glocke und drückte auf ihren Knopf.

»Na?«, fragte der Fremde gedehnt.

Kesselbach antwortete nicht und drückte weiterhin auf den Knopf.

»Na, was denn? Glauben Sie, die ganze Belegschaft des Hotels wird herbeieilen, weil Sie auf die Glocke drücken? Mein lieber Herr, drehen Sie sich ruhig um. Sie werden sehen: der Draht ist durchgeschnitten.«

Kesselbach fuhr herum, als wollte er sich überzeugen. Doch stattdessen griff er nach der Reisetasche am Boden und seine Hand schloss sich um den Griff seines Revolvers, richtete ihn auf seinen Gegner und drückte auf den Abzug.

»Ha!«, erwiderte der Fremde. »Sie laden also Ihre Waffe mit leerer Luft und Schweigen.«

Der Abzug knackte ein zweites und drittes Mal, doch kein Schuss ertönte.

»Noch drei Schüsse, Lord des Kaps. Ich bin erst zufrieden, wenn eine Kugel meinen Körper trifft. Was? Sie geben auf? Wie schade. Sie waren doch gerade richtig in Schuss.«

Er griff zu dem Stuhl, der beim Kamin stand, drehte ihn um und nahm im Reitersitz darauf Platz.

»Setzen Sie sich doch bitte und machen Sie es sich bequem. Eine Zigarette? Nein danke! Ich ziehe eine gute Zigarre vor.«

Er öffnete die kleine Kiste auf dem Tisch, wählte eine Upmann, steckte sie sorgfältig in Brand und neigte den Kopf.

»Danke vielmals. Eine ausgezeichnete Zigarre. Und jetzt werden wir uns in aller Ruhe ein wenig unterhalten.«

Rudolf Kesselbach musterte ihn erstaunt. Wer mochte dieser sonderbare Mann sein? Doch beim Anblick seines Besuchers, der so ruhig und gelassen vor ihm saß, kehrte langsam seine Zuversicht zurück und er hoffte, die Situation ließe sich ohne Gewalt bereinigen.

Er griff zu seiner Brieftasche, öffnete sie, entnahm ein dickes Bündel Banknoten und fragte: »Wie viel?«

Sein Besucher musterte ihn mit deutlichem Erstaunen, als wüsste er nicht, was das bedeuten sollte. Nach einem Augenblick rief er: »Marco!«

Der Mann mit dem Revolver trat nach vorn.

»Marco, der Herr ist so freundlich, dir ein paar Scheine für deine Freundin anzubieten. Bedien' dich, Marco.«

Den Revolver noch immer in der rechten Hand, streckte Marco die Linke aus, nahm die Banknoten, die Kesselbach ihm hinhielt, und entfernte sich wieder.

»Nachdem dies also gemäß Ihren Wünschen geregelt ist«, fuhr der Besucher fort. »Kommen wir lieber auf den Grund meines Besuches zu sprechen. Ich will kurz und konkret bleiben. Ich verlange zwei Dinge von Ihnen. Erstens die kleine schwarze Brieftasche, wie ein Briefumschlag geformt, die Sie gewöhnlich bei sich tragen. Zweitens eine kleine Schatulle aus Ebenholz, die gestern noch in Ihrer Reisetasche war. Beginnen wir also! Die Brieftasche ...!«

»Verbrannt!«

Der Fremde runzelte die Stirn. Es war, als dachte er an

die gute alte Zeit, als es noch Mittel gab um, jemand gefügig zu machen.

»Na gut, wir kommen noch einmal darauf zurück. Und die Ebenholzschatulle?«

»Verbrannt.«

»Ah«, knurrte der Fremde. »Sie wollen mich also zum Narren halten, mein lieber Mann.«

Er packte Kesselbachs Arm und drehte ihn mit unbarmherziger Kraft auf dessen Rücken.

»Gestern, Rudolf Kesselbach, betraten Sie die Crédit-Lyonnais-Bank am Boulevard des Italiens, mit einem Päckchen unter Ihrem Mantel. Sie mieteten ein Schließfach an ... um genau zu sein: Nummer 16 in Block Nummer 9. Nach Ihrer Unterschrift und Bezahlung der Gebühr, gingen Sie hinunter und als Sie wieder zurückkehrten, hatten Sie das Päckchen nicht mehr bei sich. Stimmt das?«

»Au! Sie tun mir weh ... Ja, das stimmt.«

»Heißt das, die Brieftasche und die Ebenholzschatulle befinden sich nunmehr beim Crédit Lyonnais?«

»Nein.«

»Geben Sie mir den Schlüssel zu dem Mietfach.«

»Nein.«

»Marco!«

Marco kam herbei.

»Los, Marco! Den Viererknoten.«

Rudolf Kesselbach hatte keine Zeit sich zu wehren, bevor er in einem Netzwerk von Stricken gefangen war, das sich um seine Arme spannte und am Rücken verknotet war. Jede Bewegung straffte es nur noch mehr. Zwei Minuten später war er auch mit den Beinen fest am Stuhl gefesselt.

»Durchsuche ihn, Marco!«

Marco gehorchte. Nach kurzer Zeit reichte er seinem Auftragsgeber einen kleinen, vernickelten Schlüssel, mit den Nummern 16 und 9.

»Ausgezeichnet. Keine Brieftasche?«

»Nein, Chef.«

»Also im Mietfach. Mr. Kesselbach, geben Sie mir die Kombination, die das Fach öffnet?«

»Nein.«

»Sie weigern sich?«

»Ja.«

»Marco!«

»Ja, Chef.«

»Drücke jetzt den Revolverlauf gegen die Schläfe des Herrn.«

»Erledigt.«

»Finger an den Abzug.«

»Gemacht.«

»Nun, Kesselbach, lieber Freund, wollen Sie mit der Sprache herausrücken?«

»Nein.«

»Sie haben zehn Sekunden, nicht länger. Marco!«

»Ja, Chef.«

»In zehn Sekunden krümmst du den Finger. Warte nicht erst auf mein Kommando.«

»Wird gemacht, Chef.«

»Kesselbach, ich zähle: eins, zwei, drei, vier, fünf, ...«

Rudolf Kesselbach gab ein Zeichen.

»Sie wollten etwas sagen?«

»Ja.«

»Gerade noch rechtzeitig. Na, die Kombination ... das Wort für das Schloss.«

»*Dolor.*«

»Dolor ... Dolor ... Madame Kesselbach heißt Dolores, glaube ich. Mein lieber Junge ... Marco, geh' und mach', was ich dir sage ... Keine Dummheiten! Ich wiederhole: geh zum Busdepot, wo Jérôme auf dich wartet, gib ihm den Schlüssel, sag ihm das Wort ist *Dolor.* Dann geht ihr beide zum Crédit Lyonnais. Jérôme soll allein hineingehen, das Mietfach-Buch unterschreiben, hinunter gehen und alles aus dem Mietfach bringen. Verstehst du das alles?«

»Ja, Chef. Aber wenn sich das Fach nicht öffnen lässt, wenn das Kennwort Dolor ...«

»Still, Marco. Wenn ihr die Bank verlasst, gehst du zu deiner Wohnung und rufst mich an, meldest mir das Resultat. Wenn das Kennwort falsch sein sollte, werden wir – mein Freund Rudolf Kesselbach und ich – eine letzte Unterhaltung haben. Kesselbach, Sie sind ganz sicher, dass Sie keinen Fehler begangen haben?«

»Ja.«

»Das heißt, Sie sind von der Zwecklosigkeit der Durchsuchung überzeugt. Na, wir werden sehen. Los jetzt, Marco!«

»Und Sie, Chef?«

»Ich bleibe hier. Nein, keine Sorge! Ich bin überhaupt nicht in Gefahr. Ihre Anweisungen hinsichtlich der Tür waren doch genau, nicht wahr, Kesselbach?«

»Ja.«

»Na, das ist aber verflucht rasch herausgerutscht. Wollen Sie dadurch nur Zeit gewinnen? Ich könnte leicht in der Falle sitzen.« Er dachte kurz nach, blickte auf den Gefangenen und fuhr fort. »Nein, das ist nicht möglich ... wir werden nicht gestört.«

Er hatte kaum ausgesprochen, als die Türglocke erklang. Ganz schnell legte er die Hand über Kesselbachs Mund.

»Oh, Sie alter Fuchs! Sie erwarten jemanden!«

Die Augen des Gefangenen waren voller Hoffnung. Er hörte gluckerndes Lachen hinter vorgehaltener Hand.

Der Fremde wurde wütend.

»Seien Sie still oder ich erwürge Sie auf der Stelle. Hierher, Marco. Kneble ihn! Schnell! ... So ist es gut!«

Die Glocke läutete wieder.

Er rief laut, als sei er Kesselbach und Edwards noch immer da.

»Mach doch die Tür auf, Edwards!«

14

Dann eilte er leise nach draußen und deutete auf den Sekretär und den Diener.

»Hilf mir, sie ins Schlafzimmer zu bringen, Marco ... dort drüben. Sie dürfen nicht gesehen werden.«

Er packte den Diener, Marco den Sekretär.

»Gut, jetzt zieh' ihn ins Wohnzimmer.«

»Ach, Herr Kesselbach, Ihr Diener ist nicht hier!«, sagte er mit lauter, erstaunter Stimme.

»Bleiben Sie ... beenden Sie Ihren Brief ... Ich gehe selbst.«

Dann öffnete er leise die Tür.

»Mister Kesselbach?«

Er stand einem fröhlich wirkenden Riesen mit leuchtend blauen Augen gegenüber, der von einem Bein auf das andere trat und seinen Hut in den Händen drehte. Er nickte.

»Richtig. Wen soll ich melden ...?«

»Herr Kesselbach telefonierte ... er erwartet mich ...«

»Ach, Sie sind es ... Ich sage ihm Bescheid ... Warten Sie bitte einen Augenblick. Herr Kesselbach wird mit Ihnen sprechen.«

Er besaß die Verwegenheit, den Besucher vor der Tür stehen zu lassen, von der aus er einen Teil des Wohnzimmers durch den Spalt der halb offenen Tür sehen konnte. Ohne Eile trat er nach innen und wandte sich seinem Komplizen zu.

»Wir sitzen in der Falle!«, flüsterte er. »Es ist Gourel, der Detektiv.«

Marco griff zu seinem Messer. Der Andere hielt seinen Arm fest.

»Keine Dummheiten! Ich habe eine Idee. Pass genau auf, um Gottes Willen, und folge meinen Worten. Sprich so, als wärst du Kesselbach ... hörst du Marco? Du bist Kesselbach.«

Er sprach so selbstbewusst, so überzeugend, mit einer Autorität die keinen Widerspruch erlaubte. Marco verstand sofort, ohne weitere Erklärungen, dass er die Rolle

Kesselbachs spielen musste. So sagte er rasch, laut genug um draußen gehört zu werden: »Sie müssen mich entschuldigen, mein Lieber. Sagen Sie Gourel, es tut mir außerordentlich leid, aber ich stecke Hals über Kopf in Arbeit ... Ich spreche gerne morgen um neun Uhr mit ihm ... ja, pünktlich um neun.«

»Gut!«, kam ein geflüstertes Lob. »Beweg' dich nicht!«

Er kehrte zu dem Vorraum zurück, wo Gourel wartete und sagte: »Monsieur Kesselbach bedauert, Sie im Augenblick nicht sehen zu können. Er ist mit einer äußerst dringenden Aufgabe beschäftigt. Wäre es möglich, dass Sie morgen um neun vorbeisehen? Bis dahin ist die Angelegenheit bestimmt vorbei.«

Es gab eine kurze Pause. Gourel war unsicher, unentschlossen, doch keineswegs beunruhigt. Im Wohnzimmer griff Marco wieder zum Messer, bereit, beim ersten verdächtigen Geräusch sein Leben teuer zu verkaufen.

Doch nach kurzem Zögern erwiderte Gourel: »Na gut ... morgen um neun Uhr dann ... in Ordnung ... ich komme morgen noch einmal.«

Er stülpte den Hut über seinen Kopf und verschwand in Richtung der Treppe. Der Verbrecher schloss die Tür.

Marco lachte erleichtert auf.

»Das war verdammt raffiniert von Ihnen, Chef. Oh, wie Sie ihn hereingelegt haben!«

»Beeile dich, Marco und verfolge ihn. Wenn er das Hotel verlässt, ist alles gut. Danach musst du Jérôme am Busdepot Bescheid sagen ... und vergiss nicht, anzurufen.«

Marco eilte davon.

Danach nahm der Chef eine Wasserflasche vom Kaminsims, füllte ein Glas und trank es in einem Zug leer, nässte sein Taschentuch und wischte es über seine Stirn, von der die Schweißperlen tropften, bevor er sich neben seinen Gefangenen setzte. Mit affektierter Höflichkeit sagte er: »Und nun habe ich die Ehre, Herr Kesselbach, mich Ihnen vorzustellen.«

16

Er nahm eine Visitenkarte aus seiner Tasche und hielt sie vor die Augen Kesselbachs.

»Erlauben Sie«, sagte er. »Arsène Lupin, steckbrieflich gesuchter Einbrecher.«

Der Name des berühmten Verbrechers schien einen nicht unbedeutenden Eindruck auf Rudolf Kesselbach zu machen.

Dies entging Lupin keineswegs und er fuhr fort: »Aha, mein lieber Herr, Sie atmen wieder! Arsène Lupin ist ein milder, besonnener Mann. Er scheut Blutvergießen und hat niemals ein größeres Verbrechen begangen, als sich in den Besitz anderer Menschen Eigentum zu setzen … also keine Gewaltverbrecher. Deshalb können Sie den Trost fassen, er wird sich nicht mit einem nutzlosen Mord belasten. Ganz richtig … Aber wäre Ihre Vernichtung wirklich so nutzlos? Das kommt auf Ihre Antwort an. Und ich versichere Ihnen, ich mache keinen Spaß. Also, wir verstehen uns?«

Er rückte seinen Stuhl zu dem Armsessel, entfernte den Knebel des Gefangenen und sagte rund heraus: »Herr Kesselbach, an dem Tag, an dem Sie in Paris eintrafen, setzten Sie sich mit einem gewissen Barbareux, dem Leiter einer Privatdetektiv-Agentur, in Verbindung. Und nachdem Sie ohne die Kenntnis Ihres Sekretärs handelten, wurde mit diesem Barbareux vereinbart, dass er bei Telefongesprächen oder im Briefverkehr den Codenamen 'der Colonel' verwenden sollte. Ich muss rasch hinzufügen, Barbareux ist ein ehrlicher Mensch. Aber ich bin in der glücklichen Lage, einen seiner Angestellten als meinen Freund zu bezeichnen. Durch ihn erfuhr ich die Gründe für Ihren Besuch und sie erweckten mein Interesse an Ihnen, so dass ich hier und da genauere Erkundigungen mithilfe von Nachschlüsseln einholte. Ich muss Ihnen eingestehen, ich fand nichts, das mir eine große Hilfe gewesen wäre.«

Er sprach leise und sein Blick fand die Augen seines Gefangenen, suchte seine geheimen Gedanken, bevor er weitersprach.

»Herr Kesselbach, Sie haben Barbareux engagiert, um einen Mann namens Pierre Leduc zu finden, der sich irgendwo in den schlimmsten Vierteln von Paris verbirgt. Die Beschreibung dieses Mannes ist wie folgend: 175 Zentimeter groß, Haar hellbraun, Gesichtsfarbe blass. Trägt einen Schnurrbart. Als besonderes Kennzeichen hat er einen verkürzten kleinen Finger der linken Hand, sowie eine etwas undeutliche Narbe an der rechten Wange. Sie scheinen großen Wert auf die Entdeckung dieses Mannes zu legen, als ob sie eine bedeutende Wichtigkeit für Sie hätte. Wer ist dieser Mann?«

»Das weiß ich nicht.«

Die Antwort klang sehr bestimmt. Wusste er mehr, als er verriet? Es spielte keine große Rolle. Wichtig war nur, dass er keine Erklärung lieferte.

»Na gut«, erwiderte Lupin. »Aber Sie wissen mehr über ihn, als Sie Barbareux verraten haben.«

»Keineswegs.«

»Sie lügen, Herr Kesselbach. Sie überprüften zweimal Dokumente, die Sie einer Brieftasche entnahmen, in der Gegenwart von Barbareux.«

»Das stimmt.«

»Und die Brieftasche?«

»Verbrannt.«

Lupin zitterte vor verhaltenem Ärger. Vielleicht würde die Folter zu einer Antwort führen?

»Verbrannt. Aber die Schatulle liegt im Crédit Lyonnais.«

»Ja.«

»Und was enthält sie?«

»Die besten zweihundert Diamanten meiner privaten Sammlung.«

Die Antwort schien seinen Gegner nicht zu verstimmen.

»Die besten zweihundert Diamanten! Sie müssen ein Vermögen wert sein ... Sie lächeln ... eine Kleinigkeit für Sie?

... und Ihr Geheimnis ist mehr wert als sie ... Für Sie, ja aber für mich?«

Er nahm eine neue Zigarre, steckte sie in Brand und rauchte schweigend ein paar Minuten lang.

Dann lachte er plötzlich.

»Ich glaube, Sie sind der Meinung, unsere Expedition wird nicht dazu führen, dass wir das Mietfach nicht öffnen können? Die Möglichkeit besteht. Doch in dem Fall, werden Sie die Mühe belohnen, die ich mir gemacht habe. Ich bin nicht gekommen, um Sie in all Ihrem Glanz zu bewundern. Entweder die Diamanten oder die Schatulle. Das ist Ihr Dilemma.« Er blickte auf die Uhr. »Eine halbe Stunde ... verflucht ... das geht alles recht langsam. Aber Sie brauchen nicht zu lächeln, Herr Kesselbach. Ich werde nicht mit leeren Händen diesen Raum verlassen. Das dürfen Sie nicht denken ... Ah, endlich! Das Telefon!«

Lupin griff zum Hörer und veränderte seine Stimme, um den Akzent seines Gefangenen anzunehmen.

»Ja. Rudolf Kesselbach ... am Apparat ... bitte, Mademoiselle, verbinden Sie mich ... Bist du es Marco? ... Gut ... alles prima abgelaufen? ... Ausgezeichnet! ... Keine Probleme? ... Ich gratuliere ... Na, was hast du gefunden? ... Die Schatulle? ... Sonst nichts? ... Keine Papiere? ... Schade ... und was ist in der Schatulle? ... Sind es gute Diamanten? ... Großartig, großartig! ... Einen Augenblick, Marco. Ich muss nachdenken ... nein, bleib am Apparat ... es geht ganz schnell ...«

Er wandte sich um.

»Herr Kesselbach, hängen Sie sehr an Ihren Diamanten?«

»Ja.«

»Würden Sie mir die Prachtstücke abkaufen, wenn ich sie zurückgebe?«

»Möglicherweise.«

»Zu welchem Preis? Fünfhunderttausend Franc?«

»Fünfhunderttausend ... ja.«

»Nun haben wir ein Problem, wie wir den Tausch machen. Mit einem Scheck ... nein das führt höchstens zu einem Schwindel, Ihrerseits oder meinerseits. Hören Sie zu! Sie gehen morgen früh zum Crédit Lyonnais und holen fünfhundert Banknoten zu je tausend Franc. Danach machen Sie einen Spaziergang im Bois, auf der Auteuil-Seite. Ich bringe die Diamanten in einem Beutel mit ... das fällt nicht so sehr auf ... die Schatulle könnte zu viel Interesse erwecken ...«

Kesselbach zuckte zusammen.

»Nein, nein ... Sie müssen auch die Schatulle bringen ... ich will alles haben ...«

»Aha«, Lupin lachte belustigt. »Sie sind in die Falle gegangen. Die Diamanten sind nicht wichtig für Sie ... sie können ersetzt werden ... Aber Sie hängen an der Schatulle wie eine Klette ... Gut. Sie werden das Ding haben ... auf mein Wort. Sie wird Ihnen morgen früh durch die Post zugestellt.«

Er kehrte zum Telefon zurück.

»Marco, hast du die Schatulle vor dir? ... Ist etwas ungewöhnlich an ihr? ... Ebenholz mit eingelegtem Elfenbein ... kenne die Art ... japanisch, von Faubourg Saint-Antoine ... keine Merkmale? ... ein kleines, rundes Schildchen mit blauer Umrandung und einer Nummer! ... Ja, vom Geschäft angeklebt, nicht wichtig. Ist der Boden dick? ... Nicht sehr ... verdammt, kein falscher Boden ... hör zu Marco, schau dir das eingelegte Elfenbein genauer an besonders am Deckel.« Er lachte vergnügt. »Der Deckel! Damit stimmt was nicht. Kesselbach hat ganz aufgeregt gezwinkert ... wir sind fast am Ziel. Ach, Kesselbach, haben Sie nicht gesehen, dass ich Sie beobachtete. Sie armer Esel!« Dann wieder zu Marco. »Was siehst du? Einen Spiegel an der Innenseite! ... Lässt er sich verschieben? ... Hat er Scharniere? ... Nein ... Na, dann zerbrich ihn eben ... Ja, ja, ich sagte: zerbrich ihn. Der Spiegel hat doch keine Bedeutung ... er wurde später eingesetzt!«

Er verlor die Geduld. »Mach schon, wie ich dir sage ...«

Er musste das Zersplittern von Glas gehört haben, denn er triumphierte.

»Habe ich Ihnen nicht gesagt, wir finden etwas, Herr Kesselbach? Hallo! Hast du es geschafft? ... Und? ... Ein Brief. Wie herrlich! Alle vom Kap der Guten Hoffnung, und Herr Kesselbachs Geheimnis dazu.«

Er nahm den zweiten Hörer vom Apparat und presste beide gegen seine Ohren.

»Lies mir alles vor, Marco, aber langsam, bitte ... den Umschlag zuerst ... Gut ... jetzt wiederhole!« Er selbst wiederholte. »Kopie des Briefes in der Ebenholz-Schatulle. Weiter! Reiß den Umschlag auf, Marco ... Habe ich Ihre Erlaubnis. Herr Kesselbach? Ich weiß es ist nicht sehr höflich, aber es muss sein ... Weiter, Marco, Herr Kesselbach macht keine Einwände ... geschafft? ... Was steht da geschrieben?«

Er lauschte in die Hörer und schmunzelte.

»Zum Teufel. Das ist klar wie Erbsensuppe! Ich wiederhole: ein Bogen Papier, doppelt gefaltet, anscheinend erst vor kurzer Zeit ... Gut ... oben die Worte: 'Eins fünfundsiebzig, linker kleiner Finger verstümmelt und so weiter.' Ja das ist die Beschreibung Pierre Leducs. In Kesselbachs Handschrift, vermute ich? ... Und in der Mitte der Seite das Wort 'APO ON' Marco, mein Junge, lass das Papier in Ruhe und rühr die Schatulle und die Diamanten nicht weiter an. Ich bin mit unserem Freund hier in zehn Minuten fertig und in zwanzig bei dir ... noch etwas, hast du den Wagen für mich zurückgeschickt? Ausgezeichnet! Bis später.«

Er legte die Hörer auf, ging ins Schlafzimmer und überzeugte sich, der Sekretär und Diener hatten sich nicht ihrer Fesseln entledigt oder waren durch ihre Knebel erstickt. Dann kehrte er wieder zu ihrem gefesselten Arbeitgeber zurück.

Diesmal war sein Ausdruck entschlossen und gnadenlos.

»Der Spaß ist vorbei, Kesselbach. Wenn Sie nicht mit der

Sprache herausrücken, ist es vorbei mit Ihnen. Haben Sie sich entschlossen?«

»Zu was?«

»Kein Unsinn, bitte. Erzählen Sie mir was hier gespielt wird.«

»Ich weiß nichts.«

»Sie lügen. Was bedeuten die Zeichen 'APO ON'?«

»Wenn ich das wüsste, wäre es nicht notwendig gewesen, es niederzuschreiben.«

»Na gut. Aber wen oder was bezeichnet es? Wo haben Sie es abkopiert? Wie sind Sie dazu gekommen?«

Herr Kesselbach antwortete nicht. Lupin, sichtlich verärgert, fuhr fort.

»Hören Sie mir zu, Kesselbach! Sie mögen ein großer, reicher Mann sein, doch der Unterschied zwischen uns ist nicht so weit. Der Sohn eines Augsburger Eisenhändlers und Arsène Lupin, der Prinz der Diebe, können eine Einigung treffen, ohne jegliche Schande. Ich erledige meine Diebstähle in Häusern, Sie an der Börse. Das ist kein großer Unterschied. Darüber sind wir uns wohl einig. Warum sollten wir nicht Partner in der ganzen Angelegenheit sein? Ich bin auf Sie angewiesen, weil ich nicht weiß, um was das alles geht. Sie brauchen mich, weil Sie allein niemals zum Ziel kommen. Barbareux ist ein Versager. Ich bin Lupin. Das wird ein richtiger Kracher.«

Er erhielt keine Antwort. Lupin fuhr fort, seine Stimme voller Erregung: »Antworten Sie, Kesselbach, sind Sie einverstanden? Wenn das der Fall ist, finde ich Pierre Leduc innerhalb von zwei Tagen. Er ist es, hinter dem Sie her sind, nicht wahr? Das ist unser Geschäft. Geben Sie mir Ihre Antwort! Wer ist der Bursche? Warum suchen Sie ihn? Was wissen Sie über ihn?«

Er beruhigte sich plötzlich, legte eine Hand auf Kesselbachs Schulter und sagte eindringlich: »Ein Wort nur. Ja oder nein?«

»Nein!«

Er entfernte eine teure goldene Taschenuhr von Kesselbachs Uhrkette und legte sie auf die Knie des Gefangenen. Dann knöpfte er Kesselbachs Weste auf, öffnete sein Hemd und nahm einen Dolch mit goldenem Griff vom Schreibtisch. Endlich setzte er die Spitze der Waffe gegen die Brust des Gefesselten, wo der Pulsschlag seines Herzens die Haut bewegte.

»Zum letzten Mal.«

»Nein!«

»Herr Kesselbach, es ist jetzt acht Minuten vor drei. Wenn Sie in acht Minuten nicht zugestimmt haben, sind Sie ein toter Mann!«

***

Am nächsten Morgen betrat Sergeant Gourel pünktlich zur vereinbarten Stunde das Palace-Hotel und nahm die Treppe nach oben. Im vierten Stock wandte er sich nach rechts, folgte dem Gang und läutete an der Tür Nummer 415. Als niemand erschien, läutete er wieder. Nach einem weiteren halben Dutzend Versuchen wandte er sich ab und ging zum Schalter des Stockwerks. Dort fand er einen Oberkellner vor.

»Herr Kesselbach hat die vergangene Nacht wohl nicht hier verbracht. Wir haben ihn seit gestern Nachmittag nicht gesehen.«

»Aber seinen Diener oder den Sekretär?«

»Wir haben sie auch nicht gesehen.«

»Das bedeutet also, sie schliefen ebenfalls nicht im Hotel?«

»Das ist anzunehmen.«

»Sie nehmen an! Sie sollten das doch mit Sicherheit wissen.«

»Weshalb? Herr Kesselbach ist kein gewöhnlicher Gast. Er wohnt hier, in seiner privaten Suite. Wir bedienen ihn nicht, sondern das erledigen seine eigenen Angestellten, und wir wissen daher nicht, was hinter seiner Tür vor sich geht.«

Gourel erschien recht verwirrt. Er war mit genauen Hinweisen gekommen, die er recht gut verstand. Darüber hinaus wusste er nicht, wie er sich zu verhalten hatte.

»Wenn nur der Chefinspektor hier wäre«, murmelte er, »er würde wissen ...«

Er zeigte seinen Ausweis vor und nannte seinen Rang und Namen. Dann versuchte er es noch einmal.

»Sie haben ihn also nicht gesehen?«

»Nein, mein Herr.«

»Aber Sie sahen alle drei das Hotel verlassen?«

»Nein, das kann ich nicht sagen.«

»Wie wollen Sie dann wissen, dass sie alle weggegangen sind.«

»Von dem Herrn, der gestern hier war.«

»Ein Herr mit dunklem Schnurrbart?«

»Ja, ich sah ihn, als er die Suite verließ, gegen drei Uhr. Er sagte, die Leute in Nummer 415 seien fortgegangen. Monsieur Kesselbach wird heute Nacht in Versailles bleiben, im Reservoir, und ich soll ihm seine Post nachschicken.«

»Wer war der Herr? Mit welchem Recht gab er diese Anweisungen?«

»Das weiß ich nicht.«

Gourel war nun von einem unguten Gefühl erfüllt.

»Haben Sie einen Schlüssel für die Suite?«

»Nein. Monsieur ließ seine eigenen Schlüssel anfertigen.«

»Kommen Sie mit! Wir schauen lieber mal nach!«

Gourel läutete wieder mehrmals. Nichts rührte sich. Er stand schon im Begriff zu gehen, doch plötzlich beugte er sich zum Schlüsselloch herunter und horchte.

»Hören Sie ... mir kommt es so vor ... wirklich ... ziemlich entfernt ... Ich höre Stöhnen.«

Er pochte mit der geballten Faust gegen die Tür.

»Monsieur, Sie haben nicht das Recht ...«

»Zum Teufel mit dem Recht!«

Er hieb wieder hart gegen die Tür, doch er sah bald ein, dass es wenig nützte.

»Wir brauchen einen Schlosser – ganz schnell!«

Einer der Kellner, der sich aufgrund des Lärms zu ihnen gesellt hatte, lief sofort los. Gourel, verwirrt und ungeduldig, tigerte im Gang auf und ab. In kurzer Zeit hatten sich mehrere Kellner versammelt, Leute vom Empfang und dem Büro des Hoteldirektors trafen ein. Es wurde halblaut diskutiert.

»Können wir uns nicht durch die daneben liegenden Räume Zugang verschaffen?«, fragte Gourel.

»Nein, die Verbindungstüren sind immer von beiden Seiten verriegelt.«

»Dann muss ich mit meinem Büro telefonieren«, bestimmte Gourel. Der Chef wusste sicher, wie er sich verhalten sollte.

»Und mit dem nächsten Polizeiposten«, schlug jemand vor.

»Ja, wenn Sie glauben, das hilft uns«, erwiderte er missmutig.

Als er etwas später von seinem Telefonat zurückkehrte, hatte sich der Schlosser mit einem Schlüsselbund an der Tür zu schaffen gemacht. Der letzte Schlüssel ließ sich im Schloss drehen, und die Tür sprang auf. Gourel trat resolut ein.

Er hastete in die Richtung, aus der das Stöhnen ertönte und stolperte fast über die gefesselten Körper von Chapman und Edwards. Einem von ihnen, Chapman, war es mit großer Geduld gelungen, den Knebel zu lockern, und er stöhnte verzweifelt. Der Diener schien zu schlafen.

Beide wurden rasch ihrer Fessel und Knebel befreit. Doch Gourel war voller Unruhe.

»Wo ist Monsieur Kesselbach?«

Er eilte ins Wohnzimmer. Kesselbach saß, gegen die Rücklehne des Armstuhls gefesselt, hinter dem Schreibtisch. Sein Kopf war auf die Brust heruntergesunken.

Er ist ohnmächtig, dachte Gourel, als er zu ihm eilte. *Die Anstrengungen, sich zu befreien, waren zu viel für ihn ...*

Er durchschnitt die Fesseln um seine Schultern rasch. Der Oberkörper sank leblos nach vorn. Gourel richtete ihn und stieß einen unterdrückten Schrei des Schreckens aus, als er auf ihn herunterblickte.

»Oh, Gott! Er ist tot! Fühlen Sie ... seine Hände sind kalt wie Eis. Und seine Augen ...«

Jemand äußerte seine Meinung.

»Ein Schlaganfall, zweifellos ... oder ein Herzanfall!«

»Das ist möglich, denn ich sehe keine Wunde ... es scheint ein natürlicher Tod zu sein.«

Sie hoben den Körper hoch, trugen ihn zum Sofa und lockerten seine Kleidung. Sofort sahen sie Blutspuren auf seinem Hemd, und als sie es aufknöpften, sahen sie eine winzige Wunde in der Herzgegend, aus der ein dünner Blutfaden getröpfelt war.

Und an das Hemd war eine Visitenkarte geklemmt. Gourel beugte sich nach vorn. Es war die Karte Arsène Lupins, blutverschmiert, wie auch das Hemd.

Gourel richtete sich auf, plötzlich gebieterisch und mit harter Stimme: »Ermordet ... Arsène Lupin ... Verlassen Sie alle sofort den Raum! ... Raus, Ihr alle! ... Niemand darf hier oder im Schlafzimmer bleiben. Sorgt dafür, dass die beiden Männer fortgeschafft und versorgt werden ... verlasst den Raum und rührt nichts an ... Der Chefinspektor ist auf dem Weg hierher.«

2. Kapitel: Das blau umrandete Etikett

»Arsène Lupin!«

Gourel wiederholte diese schicksalsschweren Worte voller Furcht. Sie erschienen ihm wie ein Donnerschlag. Arsène Lupin! Der große, schreckliche Arsène Lupin. Der König der Einbrecher, der nicht zu Fassende! War es möglich?

»Nein, nein«, murmelte er. »Unmöglich! Er ist doch tot.« Aber das war der Haken ... war er wirklich tot? Arsène Lupin?

Er stand betroffen und ungläubig vor der Leiche und wendete die Karte in seiner Hand, als hätte er ein Gespenst gesehen. Arsène Lupin! Was sollte er nur tun? Handeln? Seine Geschicklichkeit beweisen? Nein, lieber nicht ... es konnte leicht zu einem Fehler führen, wenn er sich mit diesem Gegner zu messen versuchte. Außerdem war der Chef bereits auf dem Weg.

»Auf dem Weg hierher!« Das war sein einziger Trost. Er war zwar ein mutiger, hartnäckiger Beamter mit Erfahrung und Furchtlosigkeit, doch nur, wenn er den Befehlen folgte, die er erhielt. Dieser Mangel an Selbstbewusstsein hatte sich nur noch gesteigert, seitdem Monsieur Lenormand die Leitung der Detektiv-Abteilung von Monsieur Dudouis übernommen hatte. Monsieur Lenormand war wirklich der Leiter. Man wusste, dass er immer den richtigen Weg fand. So sicher, dass sich Gourel vollkommen seinen Anweisungen fügte. Und so unsicher, wenn er auf eigene Faust handeln sollte.

Doch der Chef war auf dem Weg hierher. Gourel blickte auf seine Uhr und kalkulierte, wann er eintreffen sollte. Hoffentlich erschien niemand vom lokalen Polizei-Kommissariat schon früher – nicht dass der Staatsanwalt oder Polizeiarzt irgendwelche bedeutenden Entdeckungen machten, bevor der Chefinspektor die wichtigsten Einzelheiten dieses Falles erfasst hatte.

»Na, Gourel, von was träumen Sie schon wieder?«

Der Chef!

Monsieur Lenormand war ein noch immer junger Mann, wenn man nur sein Gesicht und seine funkelnden Augen hinter der Brille sah. Doch er wirkte wesentlich älter durch seine Gestalt, seine bleiche Haut, das schon graue Haar, sowie auch seinen Bart.

Im Ganzen erschien er vernachlässigt, ungesund und oft zögernd. Er hatte viele Jahre in den Kolonien verbracht, immer in den gefährlichsten Positionen, war Opfer tropischer Krankheiten gewesen, doch all dies hatte ihn nur mit einer großen Energie erfüllt und dem Willen, sich niemals geschlagen zu geben. Trotz seiner Gewohnheit, allein zu leben, wenig zu sagen und schweigend zu handeln, sogar einer gewissen Menschenscheu, hatte er plötzlich, im Alter von fünfundfünfzig Jahren, dank des berühmten Falles der Spanier in Biskra, eine große und verdiente Berühmtheit errungen.

Danach war er sofort nach Bordeaux gesandt worden und später, als Abgeordneter in Paris, nach dem Tod von Monsieur Dudouis, zum Chefinspektor der Detektiv-Abteilung ernannt worden. In jedem dieser Posten hatte er Fähigkeiten und Resultate erbracht, neue und originelle Methoden verwendet und durch die Aufklärung von vier oder fünf ernsten Verbrechen einen Ruhm erworben, der von der Öffentlichkeit allerseits bewundert wurde. Bald galt Lenormand als einer der berühmtesten lebenden Detektive.

Gourel seinerseits hatte keine Zweifel an dessen überragenden Fähigkeiten. Er selbst war ein Favorit des Chefs, der ihn dank seiner Offenheit und Verlässlichkeit sehr schätzte, so dass er ihm vollkommen ergeben war. Für ihn war Lenormand ein Ideal, ein fehlerloses Vorbild.

Monsieur Lenormand erschien an diesem Tag müder als gewöhnlich. Er setzte sich, breitete die Schöße seines Gehrocks aus – ein alter Gehrock von olivengrüner Farbe

– lockerte seinen roten Schal, ließ seine Hände auf dem Stock ruhen und sagte: »Berichten Sie!«

Gourel meldete alles, was er entdeckt und gehört hatte, mit wenigen Worten, so wie es der Chef immer wünschte. Doch als er Lupins Visitenkarte vorzeigte, zuckte Lenormand zusammen.

»Lupin!«

»Ja, Lupin. Der Bursche ist wieder aufgetaucht.«

»Das ist interessant. Sehr interessant«, sagte Monsieur Lenormand nach kurzer Pause.

»Interessant? Natürlich«, erwiderte Gourel, der gerne seine eigene Meinung äußerte, wogegen der Chef manchmal seine Gedanken für sich behielt. »Nun können Sie sich mit einem Gegner messen, der glaubt, jedem gewachsen zu sein. Aber diesmal wird Lupin lernen, dass er nicht immer der Meister ist. Diesmal wird er den Kürzeren ziehen.«

»Was haben Sie entdeckt?«, fragte Monsieur Lenormand nach kurzem Nachdenken.

»Nichts.«

»Also null Punkte für Sie!«, lachte der Chefinspektor.

»Das wollte ich sagen ... aber ich weiß, für Sie gibt es Anhaltspunkte, die ein Anderer leicht übersieht. Ich weiß nur, wir haben einen Mord, den wir zu unserer Rechnung gegen Meister Lupin hinzufügen können.«

»Den ersten Mord«, erinnerte ihn Monsieur Lenormand.

»Den ersten, ja ... aber er musste eines Tages kommen. Man kann nicht ein Leben wie er führen, ohne dass es zu einem Schwerverbrechen kommt. Mister Kesselbach hat sich wohl verteidigt ...«

»Nein, er war doch gefesselt.«

»Das stimmt«, gab Gourel verlegen zu, »und das erscheint recht sonderbar ... Warum einen Gegner töten, der keine Gefahr darstellt? Ach, wenn ich ihn nur sofort festgenommen hätte, als er mir gestern draußen bei der Tür gegenüber stand ...«

Monsieur Lenormand richtete sich auf und trat kurz hinaus auf den Balkon. Danach ging er zu Kesselbachs Schlafzimmer und untersuchte die Türschlösser und Fenstergriffe.

»Die Fenster in beiden Zimmern waren geschlossen, als ich hereinkam«, sagte Gourel.

»Geschlossen oder nur angelehnt?«

»Niemand hat sie seitdem berührt. Und sie sind noch immer geschlossen, Chef.«

Stimmen vom Wohnzimmer ließen sie wieder zurückkehren. Dort fanden sie den Polizeiarzt bei der Untersuchung der Leiche und Monsieur Formerie, den Staatsanwalt, vor.

Formerie sagte erregt: »Arsène Lupin! Ich bin geradezu erfreut, meine Bekanntschaft mit dem Halunken wieder zu erneuern. Ich zeig' dem Burschen, aus welchem Stoff ich bin ... und diesmal ist es Mord! ... Diesmal gilt es zwischen mir und Meister Lupin!«

Monsieur Formerie hatte die sonderbare Episode um Prinzessin de Lamballes Diadem nicht vergessen, die elegante Weise, in der ihn Lupin vor Jahren hinters Licht geführt hatte[1]. Die Angelegenheit war in die Annalen der französischen Rechtsgeschichte eingegangen.

Das Volk hatte alles für einen großen Spaß gehalten und Monsieur Formerie hatte niemals seine Niederlage überwunden. Jetzt hoffte er, seine Rache voll auszukosten.

»Das Verbrechen liegt ganz klar auf der Hand«, erklärte er voller Überzeugung. »Und es dürfte nicht allzu schwer sein zu erfahren, was dahinter steckt ... Monsieur Lenormand, wie geht's ... Es freut mich Sie zu sehen ...«

Monsieur Formerie war nicht sehr erfreut. Ganz im Gegenteil bereitete ihm Lenormands Gegenwart alles andere als Freude, so dass der Chefinspektor sich keine Mühe

---

[1] Edgar Jepson: *Arsène Lupin* (1909), Roman basierend auf einem Theaterstück von Maurice Leblanc und Francis De Croisset.

machte, seine Verachtung zu verbergen. Dennoch wandte sich der Staatsanwalt ab und fragte mit ernster Miene: »Also, Doktor. Sie sind der Meinung, der Tod trat vor 12 Stunden ein, oder etwas länger! ... Ich glaube das ebenfalls ... Wir stimmen also überein ... Und die Mordwaffe?«

»Ein Messer mit dünner Klinge, Herr Staatsanwalt«, antwortete der Arzt. »Sehen Sie, die Waffe wurde mit dem Taschentuch des Toten gesäubert.«

»Genau ... genau ... man kann die Spuren davon ganz deutlich sehen ... wir befragen am besten Kesselbachs Sekretär und Diener. Ich zweifle keinen Augenblick daran, dass ihre Erklärungen genauere Auskunft über Zusammenhänge liefern werden.«

Chapman, der zusammen mit Edwards zu seinem eigenen Zimmer gebracht worden war, hatte sich bereits von seiner Gefangenschaft erholt. Er berichtete von den Ereignissen des vergangenen Tages, der Unruhe Herrn Kesselbachs, dem erwarteten Besuch des Obersten und schließlich dem Angriff, dessen Opfer sie geworden waren.

»Aha!«, rief Monsieur Formerie. »Es gab also einen Komplizen. Und Sie hörten seinen Namen ... Marco, sagten Sie? ... Das ist sehr wichtig. Wenn wir den Burschen haben, kommen wir bestimmt ein gutes Stück weiter ...«

»Ja, aber wir haben ihn noch nicht«, wandte Monsieur Lenormand ein.

»Wir werden sehen, eins nach dem Anderen ... Und dann, Herr Chapman, dieser Marco verließ das Apartment, kurz nachdem Monsieur Gourel an der Tür läutete?«

»Ja, wir hörten ihn.«

»Und danach hörten Sie noch etwas?«

»Ja, von Zeit zu Zeit, aber sehr verschwommen ... Die Tür war geschlossen.«

»Und welche Geräusche hörten Sie?«

»Stimmengewirr. Der Mann ...«

»Nennen Sie ihn bei seinem Namen. Arsène Lupin.«

»Er schien zu telefonieren.«

»Ausgezeichnet. Wir werden die Person von der Hotel-Zentrale genauer befragen. Und danach hörten Sie, wie er nach draußen ging?«

»Er kam, um nachzusehen, dass wir noch immer gefesselt waren. Etwa eine Viertelstunde später ging er ebenfalls weg und schloss die Apartmenttür hinter sich.«

»Also sofort, nachdem das Verbrechen geschah. Gut ... sehr gut ... das passt alles ... und danach.«

»Danach hörten wir nichts mehr ... es wurde Nacht ... Ich schlief vor Erschöpfung ein ... Wie auch Edwards ... Und erst heute Morgen ...«

»Ja, ich weiß ... Na, es sieht recht vielversprechend aus ... alles fällt zusammen.«

Dann wiederholte er die Reihenfolge der Ereignisse, als hätte er bereits einen Sieg über den Gegner errungen.

»Der Komplize ... das Telefon ... der Zeitpunkt des Mordes ... die Geräusche, die vernommen wurden ... Gut ... Sehr gut ... Wir müssen nur noch den Grund für das Verbrechen erforschen ... In diesem Fall haben wir es mit Arsène Lupin zu tun, so dass die Gründe leicht erkennbar sind. Monsieur Lenormand, haben Sie irgendwelche Spuren eines Einbruchs entdeckt?«

»Nein.«

»Dann muss sich der Raub auf die Person des Opfers bezogen haben. Wurde seine Brieftasche gefunden?«

»Ich ließ sie in der Brusttasche seiner Jacke stecken«, erwiderte Gourel.

Sie gingen alle zum Wohnzimmer, wo Monsieur Formerie die Brieftasche entdeckte, die nichts als Visitenkarten und Ausweispapiere enthielt.

»Das erscheint recht sonderbar. Herr Chapman, können Sie uns sagen, ob Herr Kesselbach gewöhnlich Geld bei sich trug?«

»Ja. Vorgestern, das heißt am Montag, gingen wir zum Crédit Lyonnais, wo Herr Kesselbach ein Schließfach angemietet hatte ...«

»Ein Mietfach beim Crédit Lyonnais? Gut ... Das müssen wir genauer untersuchen.«

»Bevor wir die Bank verließen, hob Mister Kesselbach von einem Konto fünf- oder sechstausend Franc ab.«

»Ausgezeichnet! Das wollten wir wissen.«

»Ich muss noch etwas hinzufügen, Herr Staatsanwalt. Mister Kesselbach war tagelang sehr unruhig – es hatte etwas mit einem Plan zu tun, dem er Wichtigkeit zumaß. Er war ganz besonders über zwei Gegenstände besorgt. Es handelt sich um eine Schatulle aus Ebenholz, die er beim Crédit Lyonnais hinterließ und dann eine Brieftasche, in der er ein paar Dokumente aufbewahrte.«

»Und wo ist die?«

»Vor Lupins Besuch legte er sie in die Reisetasche dort, in meiner Gegenwart.«

Monsieur Formerie griff zu der Tasche und durchsuchte sie. Die Brieftasche war nicht aufzufinden. Er rieb seine Hände.

»Das wird immer besser ... wir wissen, wer der Täter ist, die Umstände des Verbrechens. Der Fall wird nicht viel Zeit beanspruchen. Sind wir alle damit einverstanden, Monsieur Lenormand?«

»Nicht mit einem einzigen Punkt.«

Es folgte ein betroffenes Schweigen. Der Polizeikommissar war eingetroffen und hinter ihm, trotz der Polizisten an der Tür, ein Rudel von Reportern und Hotelangestellten, die im Gang herumstanden.

So bekannt der alte Detektiv für seine Stumpfheit war, und die häufig begleitet von einer Unhöflichkeit, die ihm schon oft Tadel von seinen Vorgesetzten gebracht hatte, überraschten seine Worte doch alle. Ganz besonders Monsieur Formerie war plötzlich unsicher geworden.

»Möglich«, sagte er. »Aber ich sehe nichts, das einer einfachen Erklärung widerspricht. Lupin ist der Dieb ...«

»Warum soll er dann einen Mord begangen haben?«, fragte Lenormand scharf.

»Um den Diebstahl zu begehen.«

»Entschuldigen Sie, aber die Zeugenaussage beweist, dass der Diebstahl vor dem Mord geschah. Mister Kesselbach wurde zuerst gefesselt und geknebelt und dann beraubt. Warum sollte Lupin, der niemals einen Mord begangen hat, diesen Augenblick genutzt haben, um einen Mann zu töten, den er in eine hilflose Lage abgebracht und bereits beraubt hatte?«

Der Staatsanwalt strich über seinen Backenbart, eine Geste, die seine Gewohnheit war, wenn er keine Antwort auf eine Frage wusste. Er antwortete ausweichend.

»Darauf gibt es mehrere Antworten.«

»Und die sind?«

»Das kommt darauf an ... auf mehrere Dinge, die bis jetzt unbekannt sind ... außerdem: Der Einspruch bezieht sich nur auf die Art der Gründe. Wir sind uns doch alle darüber einig.«

»Nein.«

Diesmal war die Antwort, kurz, beinahe unfreundlich, so dass der Staatsanwalt völlig verwirrt war und keinen Widerspruch. Endlich stieß er mühsam hervor: »Wir haben alle unsere Theorien. Ich würde gerne Ihre hören.«

Der Leiter der Detektive erhob sich, griff zu seinem Stock und ging einige Schritte durch das Wohnzimmer. Die Menschen um ihn herum schwiegen. Es war ein recht sonderbarer Moment.

In der Gruppe von Staatsbeamten, die sich versammelt hatte, war er nur der Untergebene, ein Helfer und er, ein kränklicher, abgelebter, älterer Mann, dominierte die Anderen mit einer Kraft und Autorität, die sie zwar fühlten, ihr jedoch nicht folgen wollten.

Nach einiger Zeit sagte er: »Ich möchte die Zimmer besichtigen, die an dieses Apartment angrenzen.«

Der Hoteldirektor zeigte ihm den Plan des Hotels. Der einzige Ausweg aus dem Schlafzimmer Kesselbachs auf der rechten Seite war durch den Vorraum des Apartments. Doch das Schlafzimmer auf der linken Seite, das des Sekretärs, besaß eine Verbindungstür zu einem anderen Apartment.

»Schauen wir uns das einmal an«, schlug Monsieur Lenormand vor.

Monsieur Formerie kam nicht umhin, zu widersprechen: »Aber die Verbindungstür ist verriegelt, und das Fenster geschlossen.«

»Trotzdem«, erwiderte Monsieur Lenormand.

Er wurde zu dem Schlafzimmer gebracht, dem ersten von fünf Räumen, die für Frau Kesselbach reserviert waren. Dann, auf seine Bitte hin, trat er in den Vorraum. Alle Verbindungstüren waren versperrt und verriegelt.

»Sind alle Räume unbewohnt?«, fragte er.

»Ja.«

»Wo befinden sich die Schlüssel?«

»Sie werden immer im Büro aufbewahrt.«

»Dann kann also niemand das Apartment betreten?«

»Keiner, außer dem Zimmerkellner, der die Räume säubert und lüftet.«

»Lassen Sie ihn bitte kommen.«

Der Mann, er hieß Gustave Beudot, berichtete, er habe die Fenster der fünf Räume am Tag zuvor geschlossen, nachdem er seine Arbeit verrichtet hatte.

»Um welche Zeit?«

»Sechs Uhr abends.«

»Sie sahen nichts Ungewöhnliches?«

»Nein, Monsieur.«

»Heute Morgen ...?«

»Ich öffnete die Fenster um acht Uhr.«

»Und Sie fanden nichts?«

Er zögerte. Nach weiteren Fragen gestand er endlich ein.

»Na, ich fand ein Zigarettenetui in 420 ... Ich wollte es heute Abend zum Büro bringen.«

»Haben Sie es bei sich?«

»Nein. Es ist in meinem Zimmer. Aus billigem Metall. Drei

Fächer, eins für Tabak, ein anderes für Zigarettenpapier und das letzte für Zündhölzer. Zwei Buchstaben in Gold eingelegt. Ein L und ein M ...«

»Was ist das?«

Chapman war nach vorn getreten. Er schien sehr erstaunt und wandte sich an den Angestellten.

»Ein Zigarettenetui, sagten Sie?«

»Ja.«

»Mit drei Fächern. Sehr gut hergestellt?«

»Ja.«

»Holen Sie es ... Ich will es sehen, um sicher zu sein.«

Gustave Beudot verließ den Raum.

Monsieur Lenormand setzte sich und musterte das Zimmer mit scharfem Blick. Dann fragte er: »Wir sind in Zimmer 420, nicht wahr?«

»Ja.«

Der Staatsanwalt lächelte.

»Ich würde gern wissen, welche Verbindung Sie zwischen dem Fund und der Tragödie zu sehen glauben. Fünf versperrte Türen trennen uns von dem Raum, in dem Monsieur Kesselbach ermordet wurde.«

Lenormand machte sich nicht einmal die Mühe, zu antworten.

Minuten verstrichen. Gustave kehrte noch immer nicht zurück.

»Wo schläft er?«, fragte der Chefinspektor.

»Im sechsten Stock«, erwiderte der Direktor. »Sein Zimmer liegt an der Rue de Julée Seite, genau über uns. Sonderbar, dass er nicht schon längst zurück ist.«

»Würden Sie so freundlich sein und jemanden nachsehen lassen?«

Der Direktor ging persönlich, begleitet von Chapman. Wenige Minuten später kehrte er atemlos zurück, das Gesicht verzerrt.

»Na?«

»Tot!«

»Ermordet?«

»Ja.«

»Teufel! Diese Lumpen sind schlau!«, rief Lenormand. »Los, Gourel, lassen Sie die Eingangstüren zusperren. Jeder Ausweg soll bewacht werden ... Und Sie, Monsieur le Directeur, führen uns bitte zu Gustave Beudots Zimmer.« Der Direktor ging voran. Doch als sie das Zimmer verließen, beugte sich Monsieur Lenormand herunter und hob ein kleines, rundes Papierstück vom Boden auf, das seine Augen schon früher erspäht hatten.

Es war ein Schild, umgeben von einem blauen Rand und mit der Nummer 813 bezeichnet. Er steckte es in seine Tasche, bevor er den Anderen folgte.

***

Eine kleine Wunde im Rücken, zwischen den Schulterblättern.

»Genau die gleiche Wunde, wie Kesselbach sie hatte«, erklärte der Arzt.

»Ja«, bestätigte Lenormand. »Es war die gleiche Hand und die gleiche Waffe.«

Der Stellung der Leiche nach zu schließen, war der Mann auf den Knien vor dem Bett überrascht worden. Vermutlich hatte er nach dem Zigarettenetui unter der Matratze getastet, wo er es verborgen hatte. Sein Arm war noch immer unter der Matratze festgeklemmt, doch das Etui war nicht zu finden.

»Das Etui muss eine große Gefahr darstellen«, erklärte Formerie, der nicht länger wagte, seine Meinung als Tatsache zu äußern.

»Natürlich!«, erwiderte der Chefinspektor.

»Wenigstens haben wir die Buchstaben L und M. Damit, und mit dem, was Mister Chapman zu wissen scheint, werden wir rasch lernen, was ...«

Monsieur Lenormand zuckte zusammen.

»Chapman! Wo ist er denn?«

Sie blickten in den Gang, auf die Menschen, die sich dort versammelt hatten. Chapman befand sich nicht darunter.

»Mister Chapman ist mit mir gekommen«, sagte der Direktor.

»Ja, ja, ich weiß, aber er kam nicht mit Ihnen zurück.«

»Nein, ich ließ ihn bei der Leiche zurück.«

»Sie ließen ihn zurück! ... Allein?«

»Ich sagte ihm, 'Bleiben Sie hier ... rühren Sie sich nicht vom Fleck'.«

»Und es war sonst niemand da? Sie sahen niemanden?«

»Im Gang? Nein.«

»Vielleicht in einer der anderen Dachstuben? ... Oder hier, um die Ecke. Sind Sie sicher, niemand verbarg sich dort?«

Monsieur Lenormand war sehr erregt. Er ging auf und ab, öffnete die Türen zu anderen Kammern. Und plötzlich rannte er los, rascher, als man für möglich hielt. Er lief die Treppe hinunter, vom Hoteldirektor und dem Staatsanwalt gefolgt. Unten fand er Gourel vor dem Haupteingang.

»Hat niemand das Hotel verlassen?«

»Nein, Chef.«

»Und die andere Tür, zur Rue Orvieto?«

»Ich habe Dieury dorthin geschickt.«

»Mit klaren Anweisungen?«

»Ja, Chef.«

Die riesige Hotelhalle war voller ängstlicher Besucher, die über die mehr oder weniger richtigen Ereignisse diskutierten. Alle Angestellten waren telefonisch zusammengerufen worden und trafen, einer nach dem anderen, ein. Lenormand befragte sie in aller Eile. Keiner von ihnen konnte irgendwelche Informationen liefern. Dann traf ein Zimmermädchen vom fünften Stock ein. Zehn Minuten zuvor hatte sie zwei Männer gesehen, die über die Treppe der Dienstboten nach unten gegangen waren.

»Sie hatten es recht eilig. Der Erste hielt seinen Begleiter bei der Hand. Ich war sehr erstaunt, zwei Gäste auf der Dienstboten-Treppe zu sehen.«

»Würden Sie die Männer wiedererkennen?«

»Nicht den Ersten. Er hatte den Kopf zur Seite gewendet. Er war ein sehr schlanker, blonder Mann und trug einen schwarzen Hut ... und schwarze Kleidung.«

»Und der Andere?«

»Ach, der war ein Engländer, ein großer Mann ohne Bart mit einem karierten Anzug. Er trug keinen Hut.«

Die Beschreibung passte ganz offensichtlich auf Chapman.

Die Frau fügte hinzu: »Er sah ... ein wenig sonderbar aus ... fast als sei er etwas verrückt.«

Gourel hatte nichts von den Beiden gesehen. Lenormand befragte die Diener, die zwei weitere Türen bewachten.

»Kennen Sie Mister Chapman?«

»Ja, Monsieur, er sprach oft mit uns.«

»Und Sie haben nicht gesehen, dass er das Hotel verließ?«

»Nein, Monsieur. Er ging heute nicht weg.«

Lenormand wandte sich an den Polizei-Kommissar. »Wie viele Leute haben Sie hier, Kommissar?«

»Vier.«

»Das reicht nicht aus. Rufen Sie Ihr Büro an! Man soll alle verfügbaren Beamten sofort hierherschicken. Und organisieren Sie bitte die strengste Überwachung aller Ausgänge. Niemand verlässt das Hotel.«

»Aber nein!«, protestierte der Direktor. »Meine verehrten Gäste ...!«

»Ihre Gäste müssen warten, mein Herr. Es ist meine erste Beamtenpflicht, diese Burschen im Namen Frankreichs festzunehmen.«

»Sie glauben also ...«, warf der Staatsanwalt ein.

»Ich glaube nicht, Monsieur ... Ich bin überzeugt, dass die Schurken, die für zwei Morde verantwortlich sind, sich noch immer im Hotel befinden.«

»Aber das hieße, Chapman ...«

»Zu diesem Zeitpunkt kann ich nicht garantieren, dass Chapman noch lebt. Auf jeden Fall haben wir nur Sekunden, vielleicht Minuten. Gourel, nehmen Sie zwei Mann und durchsuchen Sie den vierten Stock gründlich. Alle Zimmer, und keine falsche Rücksichtnahme ... Herr Direktor, schicken Sie einen Ihrer Angestellten mit Gourel, um die Gäste zur Kooperation anzuhalten ... Was die anderen Stockwerke betrifft, kümmere ich mich darum, sobald wir Verstärkung erhalten. Los, Gourel, machen Sie voran und halten Sie die Augen auf! ... Sie machen Jagd auf Großwild!«

Gourel und seine Leute eilten davon. Lenormand verweilte in der Halle, in der Nähe des Büros. Diesmal dachte er nicht einmal daran, sich wie gewöhnlich zu setzen. Er ging vom Haupteingang zu der Pforte zur Rue Orvieto, bevor er wieder zu seiner Ausgangsstelle zurückkehrte. Auf dem Weg gab er weitere Befehle.

»Herr Direktor, sorgen Sie dafür, dass die Küchen bewacht werden. Sie könnten versuchen, auf diese Weise das Hotel zu verlassen ... und sagen Sie der Dame in der Telefonzentrale, sie soll niemand mit der Außenwelt verbinden, außer der Polizei. Wenn jemand anrufen sollte, kann die Dame die Verbindung zu der gewünschten Person herstellen, soll jedoch den Namen dieser Person notieren. Herr Direktor, lassen Sie eine Liste der Gäste anfertigen, deren Namen mit einem L oder M beginnen.«

Die Spannung erfüllte die Menschen, die sich in der Halle versammelt hatten. Sie rangen nach Atem und zuckten bei jedem Geräusch zusammen, mit dem Bild des Mörders vor ihren Augen. Wo mochte er sich verbergen? Würde er erscheinen? War er am Ende einer von ihnen? Der da vielleicht ... oder jener?

Und alle Augen waren auf den grauhaarigen Herrn gerichtet, mit seiner Brille, dem olivfarbenen Gehrock und dem roten Schal, der mit gekrümmtem Rücken auf zittrigen Beinen herumlief.

Von Zeit zu Zeit erschien einer der Zimmerkellner mit einer Nachricht von Sergeant Gourel.

»Was gibt es Neues?«, fragte Lenormand.

»Nichts, Monsieur, wir haben nichts gefunden.«

Der Direktor versuchte zweimal, ihn zu überreden, die Bewachung der Eingangstüren abzubrechen. Die Situation wurde unerträglich. Das Büro war mit Gästen gefüllt, die laut protestierten, weil wichtige Geschäfte auf sie warteten oder sie Paris aus irgendwelchen Gründen verlassen mussten und nun ihre Züge verpassten.

»Ihre Wünsche sind mir vollkommen egal«, erwiderte Lenormand ungerührt.

»Aber ich kenne sie alle.«

»Das ist bemerkenswert.«

»Sie besitzen mehr Machtbefugnisse als Sie, Herr Chefinspektor.«

»Das weiß ich.«

»Der Herr Staatsanwalt ist ebenfalls der Meinung ...«

»Monsieur Formerie soll sich nicht einmischen. Er kann sich um seine eigenen Aufgaben kümmern, die darin bestehen, die Anwesenden zu befragen, wie er es im Augenblick tut. Außerdem hat die Situation nichts mit dem Staatsanwalt zu tun, es ist Sache der Polizei. Solange Gefahr im Verzug ist, ist es meine Angelegenheit.«

In diesem Augenblick eilte das Polizeiaufgebot herein. Der Chefinspektor teilte es in mehrere kleinere Gruppen auf, die er in den dritten Stock schickte. Dann wandte er sich dem Polizeikommissar zu.

»Mein lieber Kommissar, ich überlasse es Ihnen, die Türen zu bewachen. Keine Schwächen, ich bitte Sie. Ich trage die Verantwortung für alles, was geschieht.«

Und er wandte sich dem Aufzug zu, um in den zweiten Stock hochzufahren.

***

Es war eine langwierige Aufgabe. Sie mussten sechzig Räume durchsuchen, ihre Badezimmer, Schränke, jeden Winkel.

Ihre Nachforschungen waren vergebens. Eine Stunde später, um zwölf Uhr, hatte Monsieur Lenormand den zweiten Stock durchsucht, die anderen Stockwerke wurden ebenfalls abgesucht, ohne dass etwas entdeckt wurde.

Monsieur Lenormand zögerte. Waren die Verbrecher zu den Dachkammern zurückgekehrt?

Er entschied jedoch, nach unten zu gehen, als er erfuhr, dass Frau Kesselbach mit einer Begleiterin eingetroffen war. Edwards, der Diener, hatte die Aufgabe übernommen, ihr die Nachricht vom Tode ihres Mannes zu überbringen.

Monsieur Lenormand fand sie in einem Nebenraum, vom unerwarteten Schrecken vollkommen verstört, ohne Tränen, doch mit verzerrtem Gesicht und wie vom Fieber geschüttelt. Sie war eine hochgewachsene Frau und ihre schwarzen Augen glänzten, geziert von winzigen Goldflecken. Ihr Ehemann hatte sie in Holland kennengelernt, wo Dolores in eine alte spanische Familie, die Amontis, geboren war. Er war im ersten Blick in sie verliebt, und ihre Liebe hatte voller Hingabe angedauert, ohne je ein böses Wort.

Monsieur Lenormand stellte sich vor. Sie musterte ihn wortlos, und er stand schweigend vor ihr, als sie kaum seine Worte zu hören schien. Dann, plötzlich, brach sie in Tränen aus und bat darum, zu ihrem Mann geführt zu werden.

In der Empfangshalle fand er Gourel, der nach ihm suchte und mit einem Hut in der Hand auf ihn zueilte.

»Ich habe das gefunden, Chef ... Es gibt keine Zweifel, wem er gehört, nicht wahr?«

Es war ein schwarzer Filzhut, der der Beschreibung entsprach, die sie erhalten hatten.

»Wo wurde er gefunden?«

»Auf dem Absatz der Treppe für die Angestellten im zweiten Stock.«

»Nichts in den anderen Stockwerken?«

»Überhaupt nichts. Wir haben alles durchsucht. Es bleibt nur noch der erste Stock. Das beweist, dass der Täter so weit heruntergestiegen ist. Ich glaube, wir finden ihn bald.«

»Ich hoffe es.«

Am Fuß der Treppe hielt Monsieur Lenormand an.

»Finden Sie schleunigst den Kommissar und geben Sie ihm meinen Befehl: Er muss zwei Männer an allen vier Treppenfüßen stationieren, Revolver in den Händen. Sie sollen schießen, wenn es sich als notwendig erweist. Verstehen Sie mich, Gourel, wenn Chapman nicht gerettet wird und der Verbrecher entkommt, bedeutet es meine Entlassung. Ich habe zwei Stunden nutzlos vergeudet.«

Er eilte die Treppe hinauf. Im ersten Stock verließen zwei Polizisten, begleitet von einem Hotelangestellten gerade ein Zimmer. Der Gang war leer. Das Hotelpersonal wagte es nicht, ihn zu betreten. Einige der Dauergäste hatten sich hinter ihren Zimmertüren verschanzt, und die Beamten mussten lange klopfen und sich zu erkennen geben, bevor die Türen geöffnet wurden.

Weiter den Gang entlang sah Lenormand eine zweite Gruppe von Polizisten, die die Kammer eines Zimmermädchens durchsuchten, und am Ende des Korridors bewegte sich eine weitere Gruppe auf die Zimmer zu, die auf die Rue de Julée hinausblickten.

Und plötzlich hörte er Stimmen, sah, wie die Polizisten im Laufschritt verschwanden. Er eilte hinter ihnen her.

Die Beamten hatten in der Mitte des Ganges angehalten. Zu ihren Füßen, mit dem Gesicht zum Teppich gewendet, lag ein Körper am Boden.

Der Chefinspektor eilte nach vorn, beugte sich herunter und wendete den Kopf des Toten mit seinen Händen.

»Chapman«, murmelte er. »Er ist tot.«

Er untersuchte die Leiche genauer. Ein weißer Seidenschal war um seinen Hals verknotet. Er löste ihn vorsichtig. Rote Blutspuren wurden sichtbar, und er sah, dass der Schal einen dicken Wattebausch gegen den Nacken presste. Die Watte war mit Blut durchtränkt. Die Wunde war wieder sehr klein, sauber und gnadenlos.

Monsieur Formerie und der Kommissar wurden sofort benachrichtigt und eilten herbei.

»Hat jemand das Hotel verlassen?«, fragte der Chefinspektor. »Keine Überraschungen?«

»Nein«, erwiderte der Kommissar. »Unten stehen noch immer zwei meiner Leute.«

»Vielleicht ist er wieder nach oben geeilt?«, schlug Monsieur Formerie vor.

»Nein! ... Nein ...!«

»Aber jemand muss ihn doch gesehen haben ...!«

»Nein ... Der Mord geschah schon vor längerer Zeit. Die Hände sind bereits erkaltet ... Der Mord muss ganz kurz nach dem anderen erfolgt sein ... bald, nachdem die beiden Männer auf der Dienstbotentreppe gesehen wurden.«

»Aber die Leiche musste dann doch gesehen werden! Menschen müssen an dieser Stelle während der letzten zwei Stunden vorübergegangen sein ...«

»Da war die Leiche noch nicht hier.«

»Wo sollte sie dann gewesen sein?«

»Wie soll ich das wissen?«, antwortete der Chefinspektor mit scharfer Stimme. »Tun Sie das Nötige. Suchen Sie selbst danach. Wir erreichen nichts durch ewige Fragen.«

Seine Hand schloss sich um den Gehstock, während er auf die Leiche blickte und gründlich nachdachte. Endlich sprach er: »Herr Kommissar, lassen Sie bitte den Toten in ein leeres Zimmer schaffen und den Arzt holen. Herr Direktor, würden Sie bitte alle Türen in diesem Korridor für mich öffnen?«

An der linken Seite befanden sich drei Schlafzimmer und Wohnzimmer, die ein Apartment bildeten, das Monsieur Lenormand durchsuchte. Auf der rechten Seite gab es vier Schlafzimmer. Zwei ihrer Gäste waren ein Monsieur Reverdat und ein Italiener, Baron Giacomini. Beide waren abwesend. Im dritten Zimmer fanden sie eine ältere englische Dame, die noch schlief und im vierten einen Engländer, der in aller Ruhe ein Buch las und rauchte, ohne den Lärm im Gang gehört zu haben. Er hieß Major Parbury.

Suche und Befragung der Gäste ergab keinen Hinweis. Die ältere Dame hatte nichts vor den Stimmen der Polizisten gehört, keinen Laut eines Kampfes oder Schmerzens, keine Worte eines Streites. Das Gleiche galt auch für Major Parbury.

Es wurden keine verdächtigen Spuren, keine Bluttropfen entdeckt, nichts, das darauf hinwies, dass der unglückliche Chapman in einem der Räume getötet worden wäre.

»Das ist sehr sonderbar«, murmelte der Staatsanwalt. »Kaum zu glauben ...«, und dann gestand er ein: »Ich weiß nicht, was ich denken soll. Der ganze Fall geht über mein Verständnis hinaus. Was halten Sie davon Lenormand?«

Der Chefinspektor stand schon im Begriff, eine seiner spitzigen Antworten zu geben, als Gourel atemlos herbeieilte.

»Chef!«, keuchte er. »Das hier ... wurde im Erdgeschoss ... im Büro gefunden ... auf einem Stuhl ...«

Es war ein Paket, in schwarzen Stoff gewickelt.

»Wurde es geöffnet?«, fragte Lenormand.

»Ja, aber als sie sahen, was das Paket enthielt, wickelten sie es wieder genau so ein, wie es gewesen war und verschnürten es fest, wie Sie sehen können.«

»Machen Sie es auf!«

Gourel gehorchte, und eine schwarze Jacke und Hose kamen zum Vorschein, anscheinend in aller Eile zusammengepackt, wie die Verknitterung bewies. Dazwischen lag ein blutbesudeltes Handtuch, das ins Wasser getaucht worden war, vermutlich um Blutspuren von den Händen zu entfernen, die daran angetrocknet waren.

Als Gourel das Tuch entfaltete, kam ein Dolch zum Vorschein, dessen Griff mit Gold eingelegt war. Er war ebenfalls rot vor Blut, dem Blut dreier Menschen, die innerhalb weniger Stunden durch unbekannte Hand erstochen wurden, und das inmitten von dreihundert Menschen, die sich in dem großen Hotel befanden.

Edwards, der Diener, erkannte den Dolch als Eigentum Mister Kesselbachs. Er hatte ihn am Vortag auf dem Schreibtisch gesehen, noch vor dem Verbrechen Arsène Lupins.

»Herr Direktor«, sagte der Chef. »Das Ausgehverbot ist beendet. Gourel, gehen Sie zurück und befehlen Sie, die Türen freizugeben.«

»Sie glauben also, es ist Lupin gelungen, uns zu entkommen?«, fragte Monsieur Formerie.

»Nein. Der Täter dieser drei Morde, die wir entdeckten, befindet sich in einem Zimmer des Hotels, oder er ist einer der Besucher in der Hotelhalle oder ihren Nebenräumen. Meiner Meinung nach ist er ein Gast.«

»Unmöglich! Wo würde er seine Kleidung gewechselt haben? Und welche Kleidung trägt er jetzt?«

»Das weiß ich nicht, aber es ist eine Tatsache.«

»Und Sie lassen ihn entkommen? Warum? Er wird einfach mit den Händen in den Taschen das Hotel verlassen.«

»Der Mensch, der ohne Gepäck das Hotel verlässt und nicht zurückkehrt, ist der Verbrecher. – Herr Direktor, kommen Sie bitte mit mir ins Büro. Ich will Ihr Gästebuch genau untersuchen.«

Im Büro entdeckte Lenormand mehrere Briefe, die an Kesselbach adressiert waren. Es gab auch noch ein Päckchen, das kurz zuvor durch die Pariser Post angeliefert worden war. Die Verpackung war an einer Ecke aufgerissen, und Lenormand konnte erkennen, dass es eine kleine Ebenholzschatulle enthielt. Er riss den Rest der Verpackung voller Erwartung auf und sah, dass der Name Rudolf Kesselbach in den Deckel der Schatulle graviert war. Rasch öffnete er die Schatulle. Sie enthielt Scherben eines Spiegels, der anscheinend an der Innenseite des Deckels verklebt gewesen war. Zwischen ihnen lag eine zweite Visitenkarte, die Arsène Lupins Namen trug.

Doch ein besonderer Umstand erregte sofort das Interesse des Chefinspektors: An der Unterseite der Schatulle entdeckte er ein Etikett, blau umrandet, genau wie das, welches er in dem Zimmer im vierten Stock vom Boden aufgelesen hatte, als er das Zigarettenetui gefunden hatte. Es trug die gleiche Nummer, nämlich die 813.

3. Kapitel: Lenormand eröffnet den Kampf

»Auguste, bitten Sie Monsieur Lenormand hereinzukommen.«

Der Angestellte verließ das Zimmer und kündigte den Chefinspektor der Detektiv-Abteilung wenige Sekunden später an.

Drei Männer erwarteten ihn: der berühmte Valenglay, Führer der Radikalen Partei seit dreißig Jahren und nun Premierminister der Ratsversammlung und Innenminister, der Kronanwalt, Monsieur Testard, und der Polizei Präfekt, Delaume.

Die beiden Letzteren erhoben sich nicht von den Sesseln, in denen sie lange Zeit während der Diskussion mit dem Premierminister verweilt hatten. Valenglay jedoch erhob sich, schüttelte die Hand des Chefinspektors und sagte in freundschaftlichem Ton: »Mein lieber Lenormand! Ich zweifle keinen Augenblick daran, Sie wissen den Grund, weshalb ich Sie gebeten habe, zu kommen.«

»Der Kesselbach-Fall.«

»Ganz richtig.«

***

Der Kesselbach Fall. Niemand von uns wird die Einzelheiten dieser tragischen Begebenheiten vergessen haben, die Verwicklungen, die zu entwirren ich mir zum Ziel gesetzt habe, bis auf die kleinsten Einzelheiten der Tragödie, die uns in den letzten Jahren in ihrem Bann hielten. Kaum jemand kann unbeleckt sein von der Aufregung, die nicht nur Frankreich, sondern die ganze Welt erfasste. Doch etwas erfüllte die Öffentlichkeit mehr als die drei Morde, unter solch geheimnisvollen Umständen, mehr als das Grauen dieser Bluttaten: Mehr als alles Andere überraschte die Rückkehr – man möchte fast sagen – die Auferstehung – von Arsène Lupin.

Arsène Lupin! Niemand hatte mehr als vier Jahre lang etwas von ihm gehört, seit den unglaublichen und erstaunlichen Geschehnissen um die hohle Felsnadel[2], seit der Nacht, in der er vor den Augen von Sherlock Holmes und Isidore Beautrelet verschwunden war, den toten Körper der Frau, die er liebte, auf dem Rücken, begleitet von seiner alten Dienerin Victoire.

Seit jenem Tag hatte man ihn für tot gehalten. Dieses Gerücht war von der Polizei verbreitet worden, die, nachdem sie keine Spur ihres Gegners entdecken konnte, froh war, ihn als tot und begraben zu bezeichnen.

Dennoch gab es Menschen, die von seiner Rettung überzeugt waren und behaupteten, er führte irgendwo ein Leben im Verborgenen. Nach ihren Behauptungen verbarg er sich auf einem Bauernhof mit Frau und Kind, erntete Kartoffeln und Gemüse. Andere wieder erklärten, er sei der Eitelkeit der Welt müde geworden und hatte die Ruhe eines Trappistenklosters gefunden.

Und hier war er plötzlich wieder vor den Augen der Öffentlichkeit und hatte seinen Kampf gegen die Gesellschaft erneut aufgenommen! Arsène Lupin war wieder der Held des Volkes. Doch diesmal folgte der Überraschung ein Schrei des Entsetzens. Arsène Lupin hatte gemordet! Und auf welch fürchterliche Weise. Die Grausamkeit seiner Tat war so erschreckend, dass die Legende des höflichen und manchmal sentimentalen Abenteurers vergessen war und sie ihn als einen Unmenschen, eine blutdürstige Bestie, ein gnadenloses Ungeheuer erscheinen ließ. Das Volk fürchtete und verachtete ihn, den Mann, den es früher gefeiert hatte.

Und gleichzeitig wandte sich die Stimmung der Bevölkerung gegen die Polizei. Einst hatte man darüber gelacht, wie Arsène Lupin seine Siege errungen hatte. Doch der Spaß hatte zu lang angedauert, und nun lachte man nicht,

---

[2] Maurice Leblanc: Die hohle Felsnadel

sondern verlangte, die Behörden sollten die grausamen Taten aufdecken, statt kraftlos auf ein Wunder zu hoffen.

Die Presse, öffentliche Versammlungen in den Straßen, sogar das Abgeordnetenhaus, waren so entrüstet, dass die Regierung darüber erschrak und mit allem Mitteln einen Weg suchte, um den allgemeinen Zorn zu bannen.

Valenglay, der Premier, zeigte großes Interesse an diesen Entwicklungen und der Rolle der Polizei. Er amüsierte sich damit, die Bemühungen der Polizei mit dem Chefinspektor zu diskutieren, dessen Fähigkeiten und unabhängigen Charakter er hoch schätzte. Er ließ den Präfekten und den Kronanwalt kommen, sprach lang mit ihnen, bevor Chefinspektor Lenormand gerufen wurde.

***

»Ja, mein lieber Lenormand, es geht um den Kesselbach-Fall. Aber bevor wir davon sprechen, muss ich auf einen Gesichtspunkt von Monsieur Delaume, dem Polizei Präfekten hinweisen, der ihn bekümmert, und mehr noch, ärgert. Monsieur Delaume, würde Sie bitte Monsieur Lenormand erklären …?«

»Oh, Monsieur Lenormand weiß ganz genau, wie die Sache steht«, erwiderte der Präfekt in einem Tonfall, der seinen Widerwillen gegen seinen Untergebenen verriet. »Wir haben bereits darüber gesprochen, und was ich über sein unangemessenes Verhalten im Hotel Palace denke. Die Leute sind sehr erzürnt.«

Lenormand erhob sich, fischte einen Bogen Papier aus seiner Tasche und legte ihn auf den Tisch.

»Was soll das?«, fragte Valenglay.

»Mein Entlassungsgesuch, Herr Premierminister.«

Valenglay fuhr hoch.

»Was? Ihre Entlassung! Eines wohlgemeinten Wortes wegen, dem er keine große Bedeutung zumisst … ist das nicht so, Delaume? Überhaupt keine Bedeutung … und Sie nehmen gleich Anstoß daran. Ich muss eingestehen, mein lieber Lenormand, Sie sind verteufelt kratzbürstig. Kommen Sie, stecken Sie das Gesuch wieder in Ihre Tasche und lassen Sie uns ernsthaft reden.«

Der Chefinspektor setzte sich wieder, und Valenglay brachte den Präfekten, der keinen Willen zeigte, seinen Ärger zu verbergen, mit einer Geste zum Schweigen.

»Mit einem Wort, Lenormand, die Rückkehr Lupins verärgert uns. Der Bursche hat uns schon zu lang an der Nase herumgeführt. Es war manchmal recht lustig, das muss ich eingestehen, und ich habe selbst oft darüber gelacht. Aber es ist kein Spaß mehr. Es ist die Frage der Morde. Wir konnten mit Lupin leben, solange er die Menschheit amüsierte. Aber wenn er Menschen um die Ecke bringt, nein!«

»Was erwarten Sie also, Herr Premierminister?«

»Was wir erwarten? Oh, es ist ganz einfach: Erst seine Verhaftung, dann seinen Kopf.«

»Ich kann seine Verhaftung versprechen, früher oder später. Nicht aber seinen Kopf.«

»Was? Ist er erst einmal verhaftet, so bedeutet es die Gerichtsverhandlung über die Morde, seine Verurteilung und das Schafott.«

»Nein!«

»Und warum nicht?«

»Weil Lupin keinen Mord begangen hat.«

»Was? Sie sind verrückt, Lenormand! Die Leichen im Hotel Palace sind wohl meine Erfindung? Und die drei Morde sind niemals geschehen?«

»Doch, aber nicht durch Lupin.«

Der Chefinspektor sprach die Worte mit fester Stimme, mit eindrucksvoller Ruhe und Überzeugung.

Der Kronanwalt und der Präfekt protestierten umgehend.

»Ich nehme an, Lenormand«, sagte Valenglay. »Sie äußern diese Theorie nicht ohne ernste Gründe?«

»Es ist keine Theorie.«

»Sie haben Beweise dafür?«

»Zwei, zu Beginn, zwei von moralischer Natur, die ich sofort dem Staatsanwalt vorgelegt habe und die von der Presse sehr betont wurden. Zuerst und sehr bedeutsam: Lupin ist kein typischer Mörder. Zunächst, warum sollte er jemand töten, nachdem er sein Ziel bereits erreicht hatte, den Diebstahl, der gelungen war, und nachdem er nichts mehr von seinem Gegner zu befürchten hatte, der gefesselt und geknebelt war.«

»Na gut, aber was sind die Beweise dafür?«

»Beweise bedeuten nichts gegen Logik. Aber trotzdem sind die Tatsachen auf meiner Seite. Was soll der Fund des Zigarettenetuis in dem Zimmer bedeuten? Lupins Gegenwart? Oder die Kleidungsstücke, die entdeckt wurden und offensichtlich dem Mörder gehörten. Sie sind nicht von Lupins Größe.«

»Sie kennen ihn also, was?«

»Nein, aber Edwards sah ihn. Gourel sah ihn und der Mann, den beide sahen, ist nicht der gleiche Mann, den das Zimmermädchen sah, auf der Treppe zu den Zimmern der Angestellten, als er Chapman am Arm mit sich schleppte.«

»Was glauben Sie ...?«

»Ich glaube ... Herr Premierminister, die Sachlage, soweit ich sie überblicken kann, ist folgende: Am Dienstag, dem vierzehnten April, brach ein Mann – Lupin – in Kesselbachs Zimmer ein, etwa um zwei Uhr nachmittags ...«

Lenormand wurde durch ein spöttisches Lachen unterbrochen. Es kam vom Polizeipräfekten.

»Lassen Sie mich das ergänzen. Sie sind in zu großer Eile, Lenormand, um die Geschehnisse genau zu erklären. Es ist bekannt, dass um drei Uhr jenes Tages Monsieur Kesselbach im Crédit Lyonnais erschien und zu seinem Mietfach ging. Seine Unterschrift im Register bestätigt das.«

Lenormand wartete respektvoll, bis sein Vorgesetzter geendet hatte. Dann, ohne auf seine Worte einzugehen, fuhr er fort.

»Um zwei Uhr nachmittags, mithilfe eines Mannes, bezeichnet als Marco, fesselte und knebelte Lupin Herrn Kesselbach an Armen und Beinen, beraubte ihn allen Geldes, das er bei sich trug und zwang ihn, das Kennwort des Schließfachs beim Crédit Lyonnais zu offenbaren. Sobald er in seinem Besitz war, verließ Marco das Hotel. Er traf sich mit einem Komplizen, der eine entfernte Ähnlichkeit zu Herrn Kesselbach aufwies – eine ausreichende Ähnlichkeit, da er wie Kesselbach gekleidet war, sogar mit einer goldgerahmten Brille. Dieser Mann betrat die Bank, fälschte die Unterschrift Kesselbachs, leerte das Mietfach und ging davon, in Marcos Begleitung. Marco rief sofort Lupin an. Lupin, nachdem er sich überzeugt hatte, dass Kesselbach ihn nicht belogen hatte und das Ziel seines Besuches erreicht war, verließ das Hotel.«

Valenglay wirkte unsicher.

»Ja, ja … das mag alles stimmen … Aber es wundert mich, dass ein Mann wie Lupin ein solches Risiko einging, einiger Banknoten und dem unbekannten Inhalt des Mietfachs wegen.«

»Lupin war hinter mehr her. Er wollte sich in den Besitz einer ledernen Brieftasche, oder der Ebenholzschatulle setzen, die sich in dem Fach befanden. Er hatte die Schatulle, denn er schickte sie zurück. Das beweist, er wusste oder hatte erfahren, welche unbekannte Pläne Herr Kesselbach auszuführen gedachte, die er kurz vor seinem Tod mit seinem Sekretär besprach.«

»Welche Pläne waren das?«

»Das weiß ich nicht genau. Der Leiter der Barbareux-Agentur, den er in sein Vertrauen zog, verriet mir, Herr Kesselbach suchte einen Mann, Pierre Leduc genannt, ein übler Typ anscheinend. Wie und warum dieser Mann mit dem Erfolg der Pläne Kesselbachs verbunden ist, kann ich im Augenblick noch nicht sagen.«

»Na gut«, sagte Valenglay. »Arsène Lupin hat also sein Ziel erreicht. Seine Rolle ist ausgespielt. Kesselbach ist an Hand und Fuß gefesselt, ausgeraubt aber lebend. Was geschah während der Zeit, bis er tot aufgefunden wurde?«

»Nichts, ein paar Stunden lang. Aber während der Nacht besuchte jemand das Apartment.«

»Wie?«

»Durch Zimmer Nummer 420, eins der Zimmer, die für Frau Kesselbach reserviert waren. Dieser Unbekannte besaß anscheinend einen Nachschlüssel.«

»Aber«, warf der Polizei Präfekt ein. »Alle Türen zwischen dem Zimmer und Kesselbachs Apartment waren verriegelt.«

»Es gab noch immer den Balkon.«

»Den Balkon?«

»Ja, er führt das ganze Stockwerk entlang, an der Seite der Rue de Julée.«

»Und die Lücken dazwischen?«

»Ein geschickter Mann kann sie überklettern. Jemand schaffte es. Ich fand Spuren dafür.«

»Aber alle Fenster des Apartments waren geschlossen und es wurde festgestellt, dass sie nach dem Verbrechen noch immer geschlossen waren.«

»Alle, bis auf das in dem Zimmer des Sekretärs Chapman, das nur angelehnt war. Ich habe mich selbst davon überzeugt.«

Diesmal erschien der Premier sichtlich betroffen. Lenormands Erklärungen klangen sehr überzeugend. Mit wachsendem Interesse fragte er: »Aus welchem Grund brach dieser Mann in das Apartment ein.«

»Das weiß ich nicht.«

»Aha, Sie wissen es nicht!«

»Genau wie ich auch seinen Namen nicht kenne.«

»Aber warum sollte er Kesselbach ermorden?«

»Auch das kann ich nicht sagen. Das bleibt im Augenblick ein Rätsel. Wir können höchstens annehmen, er kam nicht mit der Absicht, einen Mord zu begehen, sondern wollte ebenfalls die Dokumente in der Brieftasche oder Ebenholzschatulle stehlen. Als er jedoch Kesselbach hilflos und gefesselt vor sich sah, tötete er ihn.«

Valenglay murmelte: »Ja, das ist eine Möglichkeit ... Und Sie glauben, er hat die Dokumente gefunden?«

»Er fand die Schatulle nicht, denn sie war bereits in Lupins Besitz, aber er entdeckte die Brieftasche. Das bedeutet also, Lupin und ... der Andere, befinden sich in der gleichen Lage. Jeder von ihnen kennt nur einen Teil der Pläne Kesselbachs.«

»Das bedeutet«, erwiderte der Premier, »sie werden einander in die Haare kommen.«

»Genau. Der Kampf hat bereits begonnen. Der Mörder entdeckte die Visitenkarte Lupins und steckte sie an den Körper des Toten. Jeder Verdacht musste sich nun also sofort gegen Arsène Lupin richten ... ihn als den Mörder bezeichnen.«

»Richtig, ganz richtig«, erwiderte Valenglay. »Diese Folgerung ist verständlich.«

»Und dieser Dreh wäre gelungen«, fuhr Lenormand fort, »wenn nicht ein weiterer Umstand dazwischen gekommen wäre. Der Mörder hatte nämlich entweder vor oder nach seiner Tat sein Zigarettenetui in Zimmer Nummer 420 verloren, das der Diener Gustave Beudot fand. Von diesem Augenblick an war ihm klar, dass seine Existenz entdeckt war oder in Kürze entdeckt werden würde ...«

»Aber wieso wusste er, dass das Ding gefunden war.«

»Wie? Durch Monsieur Formerie, den Staatsanwalt. Die Konversation darüber wurde bei offenen Türen abgehalten. Es ist sicher, dass der Mörder sich unter den Menschen befand, die im Gang versammelt waren, Gäste, Hotel Angestellte, Journalisten, als Gustave Beudot von seinem Fund berichtete. Als der Staatsanwalt ihn zu seinem Dachzimmer schickte und das Etui zu holen, folgte ihm der Verbrecher und schlug zu. Das zweite Opfer.«

Diesmal protestierte niemand.

Die Tragödie war so klar geschildert worden, mit solch überzeugender Sicherheit, dass sie niemand anzufechten wagte.

»Und das dritte Opfer?«, fragte Valenglay.

»Er selbst bot dem Verbrecher die Gelegenheit. Als Beudot nicht zurückkehrte, wollte Chapman selbst das Etui sehen und folgte dem Hoteldirektor nach oben. Der Mörder überraschte ihn, schleppte ihn zu einem leeren Zimmer und tötete ihn.«

»Aber wieso ließ sich Chapman davonschleppen, von einem Mann führen, den er doch als den Mörder Kesselbachs und Gustave Beudots verdächtigen musste?«

»Das weiß ich nicht, auch nicht in welchem Zimmer das Verbrechen verübt wurde, oder wie der Halunke auf unerklärliche Weise verschwinden konnte.«

»War da nicht auch noch etwas anderes? Zwei blau umrandete Etiketten, hörte ich.«

»Ja, eins wurde an der Schatulle gefunden, die Lupin zurückschickte und das andere fand ich. Es stammte zweifellos aus der Brieftasche, die der Mörder mitnahm.«

»Und?«

»Ich glaube, sie haben keine große Bedeutung. Ich frage mich nur, was die Nummer 813 bedeutet, die Mister Kesselbach darauf notiert hat. Seine Handschrift wurde bestätigt.«

»Und die Nummer 813?«

»Ist mir ein Rätsel.«

»Und weiter?«

»Ich kann nur wiederholen, ich habe keine Ahnung.«

»Haben Sie keinen Verdacht?«

»Keinen einzigen. Zwei meiner Leute bewachen den Raum, in dem Chapmans Leiche entdeckt wurde. Ich habe Anweisung gegeben, alle Menschen, die derzeit im Hotel sind, durch sie beobachten zu lassen. Der Verbrecher ist keiner von denen, die das Hotel verlassen haben.«

»Telefonierte irgend jemand während der Zeit, zu der die Morde geschahen?«

»Ja, jemand rief Major Parbury an, einen der Gäste, die Zimmer am Gang des ersten Stockes haben.«

»Und dieser Major Parbury?«

»Meine Leute beobachten ihn. Bis jetzt haben sie nichts entdeckt, das ihn verdächtig erscheinen lässt.«

»Und wie wollen Sie nun weitermachen?«

»Ich habe keine große Wahl. Meiner Meinung nach kann der Mörder nur zu den Freunden oder Bekannten von Herrn oder Frau Kesselbach gehören. Er folgte ihnen, kannte ihre Gewohnheiten, den Grund für Herrn Kesselbachs Gegenwart in Paris und wusste fast sicher von der Wichtigkeit der Pläne Rudolf Kesselbachs.«

»Dann wäre er vermutlich kein Gewohnheitsverbrecher?«

»Nein, nein, bestimmt nicht. Der Mord war äußerst geschickt und gewagt ausgeführt, aber er hing von den Umständen ab. Ich wiederhole, wir müssen nach dem Täter im Kreis von Kesselbachs Bekannten suchen. Der Beweis dafür ist der Umstand, dass Kesselbachs Mörder den Zimmerkellner Gustave Beudot aus dem einzigen Grund tötete, dass er das Zigarettenetui in seinem Besitz hatte und Chapman aus dem einzigen Grund, weil der Sekretär von seiner Existenz wusste. Erinnern Sie sich an die Unruhe von Chapman bei der Beschreibung des Etuis? Chapman muss plötzlich einen Zusammenhang gesehen haben. Wenn er das Etui sehen sollte, hätte er uns vermutlich sofort Auskunft darüber gegeben. Der Mann, wer immer er auch sein mag, wusste das genau und bereitete Chapman sein Ende. Und wir haben nichts als die Buchstaben L und M.«

Er dachte kurz nach und fuhr fort: »Es gibt noch einen weiteren Beweis für die Antwort auf Ihre Fragen, Herr Premierminister. Glauben Sie wirklich, Chapman hätte diesen Mann bei der Flucht durch die Gänge und über die

Treppen des Hotels begleitet, wenn er nicht gewusst hätte, wer er war?«

Die Tatsachen mehrten sich. Die Wahrheit, oder die vermeintliche Wahrheit, wurde immer überzeugender, auch wenn viele Fragen ein Rätsel bildeten. Aber Lenormands Erklärungen zeigten ganz klar, wie und wann die schrecklichen Handlungen erfolgt waren.

Niemand sprach. Jeder dachte nach, suchte nach Widersprüchen und Zweifeln in diesen Erklärungen.

Endlich sprach Valenglay: »Mein lieber Lenormand, das klingt alles ausgezeichnet. Sie haben mich überzeugt ... Aber im großen Ganzen sind wir nicht viel weiter gekommen.«

»Was wollen Sie damit sagen?«

»Der Grund unseres Treffens ist nicht, den Teil dieses Geheimnis aufzuklären, das Sie, davon bin ich überzeugt, eines Tages ganz genau aufdecken werden. Nein, wir müssen das Verlangen der Öffentlichkeit so gut wie möglich stillen. Nun, ob Lupin der Mörder ist, oder es zwei, sogar drei Verbrecher gibt – wir haben keinen Namen oder eine Adresse. Und die Bevölkerung ist überzeugt, das Gesetz ist machtlos.«

»Was kann ich tun?«

»Geben Sie der Bevölkerung die Erklärungen, die sie verlangt.«

»Mir scheint, die Erklärungen, die ich vorlegte, dürften ausreichen ...«

»Worte. Das Volk verlangt Handlung. Nur eins beruhigt es: Eine Verhaftung.«

»Verflucht noch einmal! Wir können doch nicht die erste beste Person festnehmen, die uns über den Weg läuft!«

»Sogar das wäre besser, als niemand in Haft zu nehmen«, erwiderte Valenglay lachend. »Kommen Sie! Sehen Sie sich noch einmal genau um! Sind Sie überzeugt, der Diener Edwards hat nichts auf dem Kerbholz?«

»Vollkommen sicher. Außerdem ... Nein, Herr Premierminister, es wäre zu gefährlich und lächerlich, und ich bin überzeugt, dass der Staatsanwalt der gleichen Meinung ist ... Es gibt nur zwei Menschen, gegen die wir das Recht der Verhaftung besitzen: den Mörder, bei dem ich nicht weiß, wer es ist, und Arsène Lupin.«

»Und?«

»Ich kann Arsène Lupin nicht verhaften, das heißt, es erfordert Zeit, eine ganze Anzahl von Maßnahmen, die wir bis jetzt noch nicht durchführen konnten, weil ich annahm, Lupin sei in den Ruhestand getreten ... oder er sei längst tot.«

Valenglay knallte die Faust auf den Tisch und zeigte die Ungeduld eines Mannes, der gewohnt war, seine Wünsche sofort erfüllt zu sehen.

»Aber trotzdem ... ja, trotzdem, mein lieber Lenormand, etwas muss unternommen werden, wenn auch nur in Ihrem eigenen Interesse. Sie wissen so gut wie ich, Sie haben einflussreiche Gegner ... und wenn ich nicht ... Ganz offen: Sie können den Kopf nicht so leicht aus der Schlinge ziehen. So kann es nicht weitergehen! Was unternehmen Sie hinsichtlich der Komplizen? Es geht nicht allein um Lupin. Da ist noch immer dieser Marco, und der Bursche, der sich als Herr Kesselbach ausgab, als er den Crédit Lyonnais aufsuchte.«

»Wären Sie erleichtert, wenn ich ihn verhaften könnte, Herr Premierminister?«

»Wäre ich erleichtert? Du liebe Güte! Natürlich wäre ich das.«

»Gut, dann geben Sie mir sieben Tage.«

»Sieben Tage! Heiliger Himmel, Lenormand! Es ist eine Frage von Stunden.«

»Wie viele geben Sie mir, Herr Premierminister?«

Valenglay holte seine Uhr aus der Tasche und lachte unterdrückt. »Ich gebe Ihnen zehn Minuten, mein lieber Lenormand!«

Der Chef griff zur eigenen Uhr. Langsam, jede Silbe

betonend, antwortete er: »Das sind vier Minuten mehr als ich benötige, Herr Premierminister.«

Varenglay musterte ihn erstaunt. »Vier Minuten mehr als Sie benötigen? Was wollen Sie damit sagen?«

»Ich behaupte, Herr Premierminister, die zehn, die Sie mir erlauben, sind zu viel. Ich brauche sechs, keine Minute mehr.«

»Also hören Sie mal, Lenormand ... wenn Sie sich einbilden, Sie könnten sich lustig machen ...«

Der Chefinspektor ging zum Fenster und winkte zwei Männern zu, die im Hof umhergingen.

Dann kehrte er zurück.

»Herr Staatsanwalt, würden Sie die Güte haben, einen Haftbefehl für einen gewissen Auguste Maximin Phillippe Daileron zu unterschreiben, Alter siebenundvierzig? Sie können die Spalte *Beruf* leer lassen.«

Er ging zur Tür. »Kommen Sie herein, Gourel. Sie auch Dieuzy.«

Gourel zögerlich trat ein, gefolgt von Inspektor Dieuzy.

»Haben Sie die Handschellen, Gourel?«

»Ja, Chef.«

Lenormand trat vor Varenglay.

»Herr Premierminister, alles ist bereit. Aber ich bitte Sie mit vollem Ernst, diese Verhaftung zu unterlassen. Sie würde meine Pläne hindern, sogar zerstören, und nur, um eine gewisse Genugtuung zu erreichen, welche die ganze Aufklärung verhindert.«

»Herr Lenormand, ich will nur sagen, Sie haben noch achtzig Sekunden.«

Der Chefinspektor schluckte seine Enttäuschung hinter, setzte sich wieder und lehnte sich auf seinen Stock, als ärgerte ihn die Antwort. Dann sagte er entschlossen: »Herr Premierminister, die erste Person, die diesen Raum betritt, wird der Mann sein, dessen Verhaftung Sie verlangen ... entgegen meinem Wunsche, wie ich betonen muss.«

»Fünfzehn Sekunden, Lenormand!«

»Gourel ... Dieuzy ... die erste Person, verstanden? Staatsanwalt, haben Sie den Haftbefehl unterzeichnet?«

»Zehn Sekunden, Lenormand!«

»Herr Premierminister, wären Sie so gut, die Glocke zu bedienen?«

Valenglay läutete.

Ein Bote erschien an der Tür und wartete.

Varenglay wandte sich dem Chef zu.

»Na, Lenormand, wir warten auf Ihre Anweisungen. Wen soll er hereinbringen?«

»Niemand.«

»Aber der Bursche, den Sie uns versprochen haben? Die sechs Minuten sind längst schon vorbei.«

»Ja, aber der Bursche ist bereits hier.«

»Hier? Ich verstehe nicht. Es ist doch niemand hereingekommen.«

»Entschuldigen Sie.«

»Ach, ich verstehe ... Sie wollen sich über uns lustig machen, Lenormand. Ich sage Ihnen noch einmal: Niemand hat den Raum betreten.«

»Es waren sechs Menschen in diesem Raum, Herr Premierminister, jetzt sind es sieben. Das heißt also, jemand hat das Zimmer betreten.«

Valenglay runzelte die Stirn.

»Was? Das ist doch Wahnsinn! ... Wollen Sie am Ende sagen ...?«

Die beiden Detektive waren hinter den Boten getreten und bewachten die Tür.

Monsieur Lenormand ging auf den Boten zu, legte seine Hand auf dessen Schulter und sagte mit lauter Stimme:

»Im Namen des Gesetzes, Monsieur Auguste Maximin Phillipe Daileron, Botenchef des Innenministeriums, ich verhafte Sie ...«

Valenglay lachte erleichtert.

»Oh, was für ein Spaß! Ein gut gelungener Einfall! Gut gemacht. Es ist schon lang her; seit ich über etwas gelacht habe.«

Monsieur Lenormand wandte sich dem Staatsanwalt zu: »Herr Staatsanwalt, vergessen Sie bitte nicht, Dailerons Beruf auf dem Haftbefehl einzutragen, nicht wahr. Botenchef des Innenministeriums!«

»Oh, wie amüsant … ausgezeichnet … Botenchef des Innenministeriums!« Valenglay wurde von seinem Lachen geschüttelt. »Oh das ist wunderbar! Lenormand ist auf eine Idee gekommen, die niemand eingefallen wäre. Das Volk wünscht eine Verhaftung … und er verhaftet den Chef meiner Boten … Auguste … das Modell eines Bediensteten! Na, Lenormand, ich wusste Sie besitzen eine rege Einbildung, aber ich ahnte nicht, wie weit sie führen würde. So eine Frechheit!«

Lenormand sagte ein paar Worte zu Gourel, der nach draußen trat. Dann wandte er sich Auguste zu und sagte entschlossen: »Es gibt keinen Ausweg. Sie sitzen in der Falle. Das Beste ist, zu erkennen, dass das böse Spiel verloren ist und zu gestehen. Wo waren Sie am Dienstag?«

»Ich. Hier, wie üblich.«

»Sie lügen. Sie hatten einen freien Tag. Sie machten einen Ausflug.«

»Ach ja, … Ich erinnere mich … Ich besuchte einen Freund auf dem Land. Wir gingen im Wald spazieren …«

»Der Name Ihres Freundes war Marco. Und Sie spazierten in den Keller des Crédit Lyonnais.«

»Ich? Das ist nicht wahr! … Marco! … Ich kenne niemand dieses Namens.«

»Und das hier? Erkennen Sie sie?«, rief Lenormand und hielt ihm eine Brille mit goldenem Gestell unter die Nase.

»Nein … keineswegs … ich trage keine Brille …«

»Doch, Sie tragen eine, wenn Sie zum Crédit Lyonnais gehen und sich dort als Herr Kesselbach ausgeben. Sie stammt aus Ihrem Zimmer in der Rue du Colisee Nummer 50, in dem Sie unter dem Namen Jérôme wohnen.«

»Mein Zimmer? Mein *Zimmer*? Ich schlafe hier, im Büro.«

»Aber dort wechseln Sie Ihre Kleidung, wenn Sie Ihre Rolle in Lupins Bande spielen.«

Ein Schlag gegen die Brust traf ihn und er taumelte zurück. Doch mit einem Satz erreichte Auguste das Fenster, schwang sich nach draußen und sprang in den Hof.

»Verflucht!«, rief Varenglay. »Dieser Lump!«

Er ließ die Glocke ertönen, lief zum Fenster, wollte die Flucht verhindern. Aber Lenormand sagte voller Ruhe:

»Regen Sie sich bitte nicht auf, Herr Premierminister ...«

»Aber dieser Halunke ...«

»Einen Augenblick, bitte ... Ich sah diese Wendung voraus ... in der Tat, ich erlaubte sie ... Sie ist das beste Eingeständnis, das wir erreichen konnten.«

Durch die Gelassenheit des Chefinspektors fand auch Varenglay seine Fassung wieder und setzte sich. Einen Augenblick später trat Gourel ein, die Hand am Kragen des geflüchteten Botenchefs im Innenministerium.

»Bring' ihn her, Gourel!«, bestimmte Lenormand in einem Ton, als befahl er, einen Hund vorzuführen.

»Ist er friedlich mitgekommen?«

»Er hat mich gebissen, aber er ist nicht entkommen«, berichtete der Sergeant und wies seine mächtige Hand vor.

»Gute Arbeit, Gourel. Bring' den Burschen jetzt zur Wachstube. Vorläufig auf Wiedersehen, Monsieur Jérôme.«

Varenglay war erleichtert und amüsiert. Er rieb seine Hände und lachte. Die Tatsache, dass der Botenchef ein Mitglied der Bande Lupins war, erschien ihm wie ein großer Spaß.

»Wunderbar, mein lieber Lenormand, man kann nur darüber schmunzeln. Aber wie, zum Teufel, sind Sie dahintergekommen?«

»Auf ganz einfache Weise. Ich wusste, dass Herr Kesselbach die Barbareux-Agentur beauftragt hatte und Lupin ihn unter der Behauptung besucht hat, er arbeitete für die Agentur. Ich forschte darüber nach und lernte, dass, nachdem der Grund seines Besuches nicht mehr ein Geheimnis war, dieser Grund nur Jérôme von Nutzen sein konnte, dessen Freund für die Agentur arbeitete. Wenn Sie nicht so sehr darauf gedrängt hätten, eine Verhaftung vorzunehmen, wäre es mir gewiss gelungen, Marco und Lupin zu schnappen, wenn sie sich mit ihm in Verbindung setzten.«

»Sie erwischen die Lumpen, Lenormand, Sie erwischen sie, ich bin davon überzeugt. Und wir helfen Ihnen bei dem bevorstehenden Kampf zwischen Ihnen und Lupin, auf den die ganze Welt schon wartet. Und ich wette auf Sie!«

***

Am nächsten Morgen veröffentlichten die Tageszeitungen folgende Annonce:

An Monsieur Lenormand, Chefinspektor der Detektiv-Abteilung.
Meine Gratulation, lieber Herr und guter Freund, zu der Verhaftung Jérômes, des Boten. Es war ein ausgezeichneter Erfolg, glänzend ausgeführt und Ihrer gebührend.
Gleichzeitig auch mein Kompliment für die scharfsinnige Aufdeckung, durch die Sie den Premierminister überzeugten, dass ich nicht der Mörder Mister Kesselbachs bin. Ihre Darstellung war durchdacht, klar und unwiderleglich, mehr noch: die Wahrheit. Wie Sie bereits erkannt haben, bin ich kein Mörder. Ich danke Ihnen, dies im konkreten Fall bewiesen zu haben.
Die Hochachtung meiner Zeitgenossen, und die Ihre, lieber Monsieur Lenormand, bester Freund, sind für mein Lebensglück unerlässlich.
Als Zeichen meiner Dankbarkeit möchte ich Ihnen meine Hilfe in der Suche nach dem mörderischen Verbrecher anbieten und zugleich meine Unterstützung bei der Auflösung des Kesselbach-Falls, eines sehr interessanten Falls, der

mich dazu bewogen hat, ihm meine ganze Aufmerksamkeit zu widmen. Aus diesem Grund bin ich entschlossen, den Ruhestand zu verlassen, in dem ich seit vier Jahren mit meinen Büchern und meinem Hund Sherlock lebe, und wieder den Kampf gegen die Ungerechtigkeiten dieser Welt und ihrer Menschen aufzunehmen.

Welche unerwarteten Ereignisse bringt unser Leben doch hervor! Hier bin ich, Ihr neuer Mitstreiter!

Ich versichere Ihnen, lieber Freund, ich schätze mich glücklich, dies schreiben zu können und dieses Geschenk des Schicksals in seinem wahren Wert zu erkennen.

ARSENE LUPIN.

P.S. – Noch ein Wort, das gewiss Ihre Zustimmung finden wird. Es ist ein Unrecht, dass ein Mensch, der unter meiner Fahne kämpft, sein Leben in einer Zelle, auf einem Strohbett Ihres Gefängnisses, verbringen soll. Ich empfinde es als meine Pflicht, anzukündigen, dass ich in fünf Wochen, am Freitag, den 31. Mai, Herrn Jérôme zu seiner Freiheit verhelfen werde, und er durch mich wieder zum Chef des Botendienstes des Innenministeriums ernannt wird.

Vergessen Sie bitte dieses Datum nicht: Freitag, der 31. Mai.

»A. L.«

4. Kapitel: Prinz Serenin bei der Arbeit

Eine Erdgeschoss-Wohnung an der Ecke des Boulevard Haussmann und der Rue de Courcelles. Hier lebte Prinz Serenin, illustrer Repräsentant der russischen Gemeinde in Paris, der ständig in der Welt herumreiste.

Elf Uhr morgens. Der Prinz betrat sein Arbeitszimmer. Er war zwischen achtunddreißig und vierzig Jahre alt, sein kastanienbraunes Haar wies hier und da schon ein paar graue Strähnen an den Schläfen auf. Sein Gesicht war gebräunt, und er hatte einen Schnurrbart sowie einen Backbart, der jedoch sehr kurz geschnitten war.

Er trug einen gut geschneiderten Gehrock, unter dem eine weiße Weste zu sehen war.

»Komm schon!«, murmelte er. »Ich habe einen langen Tag voller Arbeit vor mir.«

Er öffnete die Tür zu einem großen Empfangsraum, in dem mehrere Menschen saßen, und sagte: »Ist Varnier da? Kommen Sie herein, Varnier.«

Ein Mann, der wie ein kleiner Händler wirkte, untersetzt, kräftig und solide auf seinen Beinen, folgte der Aufforderung. Der Prinz schloss die Tür hinter ihm.

»Na, Varnier, wie weit sind Sie gekommen?«

»Alles ist bereit für heute Abend, Chef.«

»Gut. Mit wenigen Worten, bitte.«

»Es ist wie folgt: Nach dem Tod ihres Gatten, wählte Frau Kesselbach aufgrund der Prospekte, die Sie ihr schickten, ihre Residenz in der Zuflucht für Damen in Garches. Sie wohnt in dem letzten von vier Häusern, am Ende des Gartens. Das Haus liegt etwas abseits von den Anderen, denn manche Damen bevorzugen die Einsamkeit. Das Haus ist als der Pavillon der Kaiserin bekannt.«

»Welche Angestellte besitzt sie?«

»Ihre Gesellschafterin, Gertrude, mit der sie kurz nach dem Verbrechen eintraf und Suzanne, die Schwester von Gertrude, die sie aus Monte Carlo kommen ließ und die

66

als ihre Dienerin fungiert. Die beiden Schwestern sind ihr vollkommen ergeben.«

»Und Edwards, der Diener?«

»Sie entließ ihn. Er ist wieder in sein Heimatland zurückgekehrt.«

»Empfängt sie Besucher?«

»Nein. Sie liegt fast dauernd auf dem Sofa. Sie scheint sehr schwach und krank zu sein. Sie weint sehr viel. Gestern war der Staatsanwalt bei ihr. Sie sprachen zwei Stunden miteinander.«

»Sehr gut. Und nun – die junge Frau?«

»Fräulein Geneviève Ernemont wohnt gegenüber ... An einem Weg, der aufs Land führt, das dritte Haus rechts am Weg. Sie führt eine kleine Schule für zurückgebliebene Kinder. Ihre Großmutter, Madame Ernemont lebt mit ihr zusammen.«

»Und nach allem, was Sie mir geschrieben haben, sind Geneviève Ernemont und Frau Kesselbach bekannt geworden?«

»Ja. Die junge Dame besuchte Frau Kesselbach und bat um eine Spende für ihre Schule. Sie sind einander anscheinend sympathisch, denn sie sind während der letzten vier Tage oft miteinander im Parc de Villeneuve spazieren gegangen, der an die Zuflucht angrenzt.«

»Wann gehen sie spazieren?«

»Gewöhnlich gegen fünf und sechs Uhr. Pünktlich um sechs kehrt die junge Frau immer zur Schule zurück.«

»Sie haben alles vorbereitet?«

»Um sechs Uhr Abend. Alles ist bereit.«

»Wird niemand in der Nähe sein?«

»Um diese Zeit ist der Park meistens leer.«

»Gut. Ich werde kommen. Sie können gehen.«

Er führte ihn zum Gang und kehrte zum Warteraum zurück, wo er rief: »Die Gebrüder Doudeville!«

Zwei junge Männer erschienen, etwas zu elegant gekleidet, jedoch freundlich wirkend.

»Guten Morgen, Jean. Guten Morgen Jacques. Irgendwelche Nachrichten von der Präfektur?«

»Nicht viel, Chef.«

»Verlässt sich Monsieur Lenormand noch immer auf euch?«

»Ja. Neben Gourel sind wir seine bevorzugten Inspektoren. Zum Beweis hat er uns ins Hotel Palace geschickt um die Leute zu beobachten, die zur Mordzeit im ersten Stock wohnten. Gourel kommt jeden Morgen und erhält den gleichen Bericht, den wir auch Ihnen liefern.«

»Ausgezeichnet. Es ist sehr wichtig, dass ich alles erfahre, was in der Präfektur besprochen wird. Solang Lenormand euch als seine Leute betrachtet, beherrsche ich die Situation. Habt ihr irgendetwas Wichtiges im Hotel erfahren?«

»Die Engländerin, die eins der Zimmer bewohnte, ist ausgezogen.«

»Das interessiert mich nicht. Ich weiß Bescheid über sie. Aber ihr Zimmernachbar, Major Parbury?«

Sie wirkten verlegen. Endlich antwortete einer von ihnen: »Major Parbury ließ heute Morgen sein Gepäck zur Gare du Nord bringen, zum Zug um zwölf Uhr fünfzig. Er selbst fuhr im Wagen weg. Wir waren dort, als der Zug abfuhr. Der Major kam nicht.«

»Und das Gepäck.«

»Er ließ es vom Bahnhof abholen.«

»Durch wen?«

»Einen Gepäckträger, sagte man uns.«

»Dann hat er also keine Spuren hinterlassen?«

»Richtig.«

»Endlich!«, rief der Prinz erfreut.

Die Beiden blickten erstaunt an.

»Natürlich ist das ein Hinweis«, sagte er.

»Das glauben Sie?«

»Ganz offensichtlich. Der Mord von Chapman kann nur in einem der Zimmer in seinem Gang geschehen sein. Kesselbachs Mörder brachte den Sekretär dorthin zu seinem Komplizen, tötete ihn dort, wechselte seine Kleidung und nachdem der Mörder entkommen war, schleppte sein Komplize die Leiche nach draußen. Aber wer ist der Komplize? Das sonderbare Verschwinden des Majors beweist, er weiß etwas über die Sache. Schnell! Meldet die gute Nachricht an Lenormand oder Gourel. Die Präfektur muss so rasch wie möglich benachrichtigt werden. Die Leute dort und ich sind auf der gleichen Seite.«

Er gab ihnen noch einige Hinweise auf die Doppelrolle, die sie als Polizisten und seine Bediensteten spielten, bevor er sie entließ.

Zwei Besucher warteten im Empfangsraum. Er rief einen von ihnen.

»Ich bitte tausendmal um Entschuldigung, Doktor«, sagte er. »Ich bin Ihnen ganz zu Diensten. Wie steht es mit Pierre Leduc?«

»Er ist tot.«

»Ach!«, erwiderte Serenin. »Das erwartete ich nach Ihrer Nachricht. Aber trotzdem, der arme Teufel war noch nicht lang ...«

»Er wurde ganz schwach, verlor das Bewusstsein und alles war vorbei.«

»Er sagte nichts?«

»Nein.«

»Und Sie sind sicher, niemand schöpfte einen Verdacht, seitdem wir ihn unter dem Tisch in der Kneipe in Belleville fanden? Niemand in Ihrer Klinik erkannte, dass er der Pierre Leduc war, nach dem die Polizei suchte, der geheimnisvolle Pierre Leduc, den Kesselbach suchte, was es auch kosten mochte?«

»Niemand. Er hatte sein eigenes Zimmer. Dazu verband ich seine linke Hand, so dass die Verletzung des kleinen Fingers nicht gesehen wurde. Und die Narbe an seiner Wange war durch den Bart verdeckt.«

»Und Sie allein haben sich um ihn gekümmert?«

»Ich selbst. Und Ihren Anweisungen folgend, befragte ich ihn immer, wenn er ausreichend bei Sinnen war. Aber ich konnte nie mehr als nur ein paar verworrene Worte hören.«

Der Prinz murmelte nachdenklich: »Tot! ... Pierre Leduc ist tot ... Der ganze Kesselbach Fall drehte sich um ihn und jetzt verschwindet er spurlos ... ohne jede Enthüllung, ohne ein Wort über seine Vergangenheit oder Rolle ... Soll ich mich dieser Angelegenheit weiter widmen, nachdem ich im Dunkeln herumtappe? Es ist gefährlich ... Es kann mir an den Kragen gehen ...«

Er dachte einen Augenblick lang nach, dann rief er: »Ach, was macht es schon aus. Ich mache trotzdem weiter. Nur weil Pierre Leduc tot ist, bedeutet das noch lang nicht, dass ich mich geschlagen geben muss. Ganz im Gegenteil. Diese Gelegenheit ist zu verlockend. Pierre Leduc ist tot! Lang lebe Pierre Leduc! ... Gehen Sie, Doktor, gehen Sie heim. Ich rufe vor dem Abendessen noch einmal an.«

Der Arzt ging.

»Also nun, Philippe«, sagte Serenin zu seinem letzten Besucher, einem kleinen, grauhaarigen Mann, in der Kleidung eines Hotelkellners, aus einem recht billigen Hotel.

»Sie erinnern sich gewiss, Chef«, begann Philippe, »dass Sie mich in der vergangenen Woche zum Hotel des Deux Empereurs in Versailles schickten, um einen jungen Mann im Auge zu behalten.«

»Natürlich ... Gérard Baupré. Wie steht's mit ihm?«

»Er ist am Ende seiner Kraft.«

»Immer noch voller Ideen?«

»Ja. Er will sich umbringen.«

»Meint er es ernst?«

»Sicherlich. Ich fand diese kleine Nachricht unter seinen Papieren.«

»Ah!«, sagte Serenin, als er die Nachricht gelesen hatte. »Er kündigt seinen Selbstmord an, und das für heute Abend!«

»Ja, Chef, er hat ein Seil gekauft und einen Haken in die Decke geschraubt. Ich habe auf Ihre Anweisungen hin mit ihm gesprochen und ihm geraten, sich an Sie zu wenden. Ich sagte: Prinz Serenin ist reich und großzügig, vielleicht hilft er dir.«

»Sehr gut. Er wird also kommen?«

»Er ist hier.«

»Woher weißt du das?«

»Ich folgte ihm. Er fuhr mit der Straßenbahn nach Paris und geht zurzeit am Boulevard auf und ab. Er ist sehr unentschlossen.«

In diesem Augenblick brachte ein Diener eine Visitenkarte.

»Bringen Sie Monsieur Gérard Baupré herein.«

Er wandte sich Philippe zu: »Du gehst ins Ankleidezimmer, hörst zu und rührst dich nicht.«

Als er allein war, murmelte der Prinz: »Warum soll ich zögern? Das Schicksal hat ihn geschickt.«

Einige Minuten später trat ein junger Mann ein. Er war hochgewachsen, schlank mit einem ausgemergelten Gesicht und fiebernden Augen. Er stand verlegen und zögernd bei der Tür wie ein Bettler, der die Hand nach einem Almosen ausstreckt.

Das Gespräch war kurz.

»Sind Sie Monsieur Gérard Baupré?«

»Ja ...ja ... das ist mein Name.«

»Ich hatte nicht die Ehre ...«

»Es ist, Herr ... Jemand sagte mir ...«

»Wer?«

»Ein Hotelangestellter ... der sagte er, hätte in Ihrem Dienst gestanden ...«

»Kommen Sie bitte auf den Grund Ihres Besuches ...«

»Also ...«

Der junge Mann, war durch den scharfen Ton des Prinzen erschrocken, der weitersprach: »Nun, mein Herr, Sie müssen doch einen Grund haben ...«

»Also, Monsieur, der Mann sagte mir, Sie seien sehr reich ... und sehr großzügig ... und ich dachte, Sie könnten vielleicht ...«

Er hielt an, unfähig ein Bittwort zu äußern.

Serenin trat auf ihn zu.

»Monsieur Baupré, haben Sie nicht ein Buch von Gedichten, mit dem Titel *Frühjahrslächeln* veröffentlicht?«

»Ja, ja«, rief der junge Mann und sein Gesicht erhellte sich. »Haben Sie es gelesen?«

»Ja ... Sehr schön, Ihre Gedichte, sehr schön ... aber glauben Sie, sie werden genug einbringen, um davon leben zu können?«

»Gewiss ... früher oder später ...«

»Früher oder später? Eher später als früher, nehme ich an. Und jetzt sind Sie zu mir gekommen, um mich um Unterstützung zu bitten, bis es dazu kommt.«

»Nur genug, um mich notdürftig zu verpflegen, Herr.«

Serenin legte die Hand auf seine Schulter.

»Dichter brauchen keine Verpflegung. Sie leben von ihrer Muse und ihren Träumen. Folgen Sie diesem Beispiel. Es ist besser, als um Brot zu betteln.«

Der junge Mann erzitterte bei dieser Beleidigung. Wortlos drehte er sich um und ging zur Tür.

Serenin hielt ihn zurück.

»Einen Augenblick noch, Monsieur. Haben Sie wirklich kein Einkommen?«

»Nichts, keinen Sou.«

»Und Sie erhalten keine Unterstützung von irgendeiner Seite?«

»Ich habe nur noch eine Hoffnung: Ich habe an einen Verwandten geschrieben und ihn gebeten, mir zu helfen. Ich erwarte seine Antwort heute. Er ist meine letzte Hoffnung.«

»Und wenn Sie keine Antwort erhalten, sind Sie entschlossen, heute Abend noch ...«

»Ja, Herr.«

Die Antwort war klar und sicher.

Serenin lachte vergnügt.

»Bei meiner Seele, Sie sind ein wunderlicher junger Mann. Und voller unbefangener Überzeugung. Kommen Sie nächstes Jahr wieder, ja? Dann reden wir ausführlich darüber ... es ist alles so sonderbar, so interessant ... mehr noch, so lustig! ... Ha, ha!«

Vom Lachen geschüttelt und mit einer übertriebenen Verbeugung, wies er ihm die Tür.

»Philippe«, sagte er und als der Hoteldiener eintrat, »hast du das gehört?«

»Ja, Chef.«

»Gérard Baupré erwartet heute Nachmittag ein Telegramm, ein Versprechen von Hilfe ...«

»Ja, das ist seine letzte Hoffnung.«

»Er darf es nicht erhalten. Wenn es eintrifft, musst du es dir schnappen und zerreißen.«

»Wird erledigt, Chef.«

»Bist du allein im Hotel?«

»Bis auf den Koch, doch er schläft nicht dort. Der Besitzer ist weg.«

»Gut, dann haben wir freie Hand. Bis heute Abend um elf Uhr dann. Du kannst gehen.«

Prinz Serenin kehrte zu seinem Zimmer zurück und läutete dem Diener.

»Meinen Hut, die Handschuhe und den Stock. Wartet das Auto?«

»Ja, Herr.«

Er kleidete sich an, ging nach draußen und sank in die Polsterung einer großen, bequemen Limousine, die ihn zum Bois de Boulogne, zum Marquis und der Marquise de Gastyne brachte, bei denen er zum Essen eingeladen war. Um halb drei verabschiedete er sich, hielt in der Avenue Kléber an, wo er zwei seiner Freunde und einen Arzt abholte. Fünf Minuten vor drei Uhr erreichten sie den Parc des Princes.

Um drei Uhr duellierte er sich mit dem italienischen Major Spinelli, verletzte das Ohr seines Gegners in der ersten Runde – und um viertel vor vier Uhr saß er im Rue Cambon Club, den er um zwanzig nach fünf wieder verließ, nachdem er siebenundvierzigtausend Franc gewonnen hatte.

All das geschah ohne alle Eile, mit einer hochmütigen Gleichgültigkeit, als seien diese halsbrecherischen Tätigkeiten die Gewohnheit seiner friedlichen Tage.

»Octave«, befahl er seinem Chauffeur. »Fahren Sie nach Garches.«

Und zehn Minuten vor sechs stieg er vor der alten Mauer des Parc de Villeneuve aus.

Obwohl dieser Tage schon halb verfallen, besaß das Gut Villeneuve noch immer einen gewissen Glanz aus der Zeit, als die Kaiserin Eugénie dort oft ihre Zeit verbrachte. Mit seinen alten Bäumen, dem See und dem im Hintergrund befindlichen Wald von St. Cloud besaß die Landschaft einen melancholischen Reiz.

Ein großer Teil des Gutes war dem Pasteur-Institut übergeben. Ein kleinerer, durch Mauern abgetrennt und dennoch sehr ausgedehnt, diente der Öffentlichkeit und enthielt die Zuflucht für Damen mit vier etwas abgelegenen Gartenhäusern.

»Das ist der Ort, an dem Frau Kesselbach lebt«, sagte sich der Prinz, als er die Dächer der Häuser vor sich sah.

Er durchquerte den Park und ging dem See entgegen.

Plötzlich hielt er hinter einer Baumgruppe, als er zwei Damen auf der Brücke sah.

»Varnier und seine Leute müssen irgendwo in der Nähe sein, aber sie sind verflucht gut verborgen. Ich sehe sie nirgends ...«

Die Damen hatten die Brücke verlassen und spazierten über den Rasen, unter alten Bäumen. Der blaue Himmel war durch die Zweige zu sehen, die ein leichter Wind schüttelte. Der Duft des Frühlings und von frischem Gras erfüllte die Luft. An den Wiesenhängen, die zum See hin abfielen, konnte er Gänseblümchen, Veilchen, Osterglocken und Maiglöckchen sehen, deren Duft vom Wind zu ihm getragen wurde.

Die Sonne stand schon dicht über den Bäumen und warf lange Schatten.

Ganz plötzlich erschienen drei Männer von hinter einer Gruppe dichter Büsche und liefen auf die beiden Damen zu.

Sie umzingelten die Spazierenden und es kam zu einem Wortwechsel. Die Damen waren sichtlich erschrocken. Einer der Männer versuchte der kleineren das goldene Täschchen, das sie in der Hand trug, zu entreißen. Sie schrie erschrocken auf und die drei warfen sich auf die Damen.

»Jetzt oder nie!«, stieß der Prinz hervor und sprang nach vorn. Aus seinem Gehstock hatte er einen verborgenen Degen gezogen. In weniger als zehn Sekunden hatte er die Gruppe erreicht, doch zu spät, denn die Männer hatten den bewaffneten Prinzen entdeckt und flüchteten.

»Lauft nur, ihr Lumpen«, rief er laut. »Lauft nur um euer Leben. Der Retter ist da!«

Er machte Anstalten, ihnen zu folgen, doch eine der Damen hielt ihn zurück.

»Oh, lieber Herr, ich bitte Sie ... meine Freundin ist nicht gesund.«

Die Kleinere war ins Gras gesunken, anscheinend bewusstlos.

Er kehrte zurück und fragte besorgt: »Ist sie verletzt? Haben diese Lumpen ...?«

»Nein ... nein ... es ist nur die Angst ... die Erregung ...vielleicht verstehen Sie ... die Dame ist Mrs. Kesselbach, Sie wissen schon ...«

»Oh!«, sagte er.

Dann holte er ein Fläschchen Riechsalz hervor, das die jüngere Frau unter die Nase ihrer Begleiterin hielt und

sagte: »Legen Sie den Amethyst um, der als Stöpsel dient
... unter seiner Klappe ist eine kleine Dose, sie enthält Ta-
bletten. Geben Sie Madame eine davon ... eine, nicht
mehr, sie sind sehr stark ...«

Er beobachtete, wie die junge Dame ihrer Begleiterin half.
Sie war blond, einfach gekleidet, und ihr Gesicht war
sanft und ernst, mit einem Lächeln, das ihr Gesicht erhellte.

Das muss Geneviève sein, dachte er und wiederholte den
Namen in Gedanken: »Geneviève ... Geneviève ...«

Nach kurzer Zeit kam Madame Kesselbach wieder zur Besinnung. Sie war zuerst verwirrt, schien nicht zu verstehen, was geschehen war. Dann kehrte die Erinnerung zurück und sie dankte ihrem Retter mit einem Kopfnicken.

Er verbeugte sich tief und sagte: »Erlauben Sie mir, mich
vorzustellen ... Ich bin Prinz Serenin ...«

Sie antwortete flüsternd: »Ich weiß nicht, wie ich meine
Dankbarkeit ausdrücken kann.«

»Indem Sie nichts sagen, Madame. Sie müssen dem Glück
danken, das meine Schritte in Ihre Richtung wandte. Darf
ich Ihnen meinen Arm anbieten?«

Wenige Minuten später läutete Frau Kesselbach an ihrer
Haustür und sagte: »Ich bitte noch um einen Gefallen,
Monsieur. Erwähnen Sie nichts von diesem Überfall.«

»Aber trotzdem stellt das die einzige Möglichkeit dar, um
zu erfahren ...«

»Ein Versuch, zu erfahren, wer die Männer sind, würde
eine große Untersuchung bedeuten, mehr Lärm und
Durcheinander um mich, Müdigkeit, Erschöpfung, wie ich
mir denke.«

Der Prinz widersprach nicht. Sich verbeugend, sagte er:
»Erlauben Sie mir, wiederzukommen, um mich zu erkun-
digen, ob Sie sich vollkommen erholt haben?«

»Oh, sehr gern ...«

Sie küsste Geneviève und betrat ihr Haus.

Serenin erlaubte es nicht, dass Geneviève allein zu ihrem

Haus ging. Aber sie hatten kaum den Pfad erreicht, als eine Gestalt auf sie zueilte.

»Großmutter!«, rief Geneviève.

Sie ließ sich von der alten Frau umarmen, die ihr Gesicht mit Küssen bedeckte.

»Oh, mein Schatz, was ist geschehen? Du bist so spät, obwohl du sonst immer so pünktlich bist.«

Geneviève stellte den Prinzen vor: »Prinz Serenin ... Madame Ernemont, meine Großmutter ...«

Dann berichtete sie von dem Überfall und Madame Ernemont rief: »Oh, mein Schatz, wie erschrocken musst du gewesen sein ... Ich werde Ihnen niemals Ihre Hilfe vergessen, Monsieur, das verspreche ich ... Es muss entsetzlich für dich gewesen sein, mein armer Engel.«

»Komm, beruhige dich, Oma, ich bin doch hier im ganzen Stück ...«

»Aber der Schrecken wird dich ganz verstört haben. Man weiß nicht, wie sich das auswirkt ... oh, es ist entsetzlich.«

Sie gingen an der Hecke entlang, durch einen Garten mit Bäumen, ein paar Ziersträuchern, einem Spielplatz und kamen zu einem kleinen weißen Haus. Dahinter, von mehreren Holunderbäumen beschattet, führte ein Pfad zum Gartentor.

Die alte Dame bat Prinz Serenin einzutreten und führte ihn zu einem kleinen Wohnzimmer. Geneviève entschuldigte sich für einen Augenblick, um nach ihren Schülern zu sehen, die auf ihr Abendbrot warteten. Der Prinz und Madame Ernemont blieben allein.

Die alte Dame hatte ein trauriges und bleiches Gesicht unter weißem Haar, das in zwei langen Locken in ihren Nacken hing. Sie war dicklich, ging schwerfällig und trotz ihrer Kleidung und ihres Gebarens, das auf eine Dame hindeutete, gab es etwas an ihr, das sie ein wenig vulgär erscheinen ließ. Doch ihre Augen waren außerordentlich freundlich.

Prinz Serenin ging auf sie zu, nahm ihren Kopf in seine

Hände und küsste sie auf beide Wangen. »Na, meine Alte, wie geht es dir?«

Sie blickte ihn verblüfft an, die Augen weit aufgerissen, die Lippen geöffnet. Der Prinz lachte und küsste sie ein zweites Mal. »Ach du lieber Gott! Sind Sie es wirklich? ... Heilige Mutter Gottes! Ist es möglich? Du lieber Gott! ...«

»Meine liebe alte Victoire!«

»Nennen Sie mich nicht so!«, rief sie erschaudernd. »Victoire ist tot ... Ihre alte Dienerin existiert nicht mehr. Ich gehöre Geneviève vollkommen.« Und mit leiser Stimme fügte sie hinzu: »Heilige Mutter Gottes! ... Ich sah Ihren Namen in der Zeitung; ist es wahr, dass Sie wieder Ihr böses Leben aufgenommen haben?«

»Wie du siehst.«

»Obwohl Sie mir geschworen haben, dass es vorbei ist, dass Sie fortgehen und ein ehrlicher Mensch werden wollten!«

»Ich versuchte es. Vier lange Jahre ... Du kannst nicht sagen, du hättest ein schlechtes Wort in diesen vier Jahren über mich gehört.«

»Und?«

»Ich wurde fast verrückt vor Langeweile.«

Sie seufzte und sagte: »Immer das Gleiche ... Sie können sich nicht ändern ... Sie werden sich niemals ändern ... Sie sind also in die Kesselbach-Sache verwickelt?«

»Natürlich. Deshalb habe ich mir doch die Mühe gemacht, Frau Kesselbach um sechs Uhr überfallen zu lassen, damit ich die Gelegenheit hatte, sie aus den Klauen meiner Leute fünf Minuten später zu retten. Als ihr Retter muss sie mich doch jederzeit empfangen. Ich bin also jetzt am Steuer und kann Ausschau nach Allem halten. Ach, verstehst du, meine Lebensweise erlaubt nicht, dass ich tatenlos herumsitze und meine Zeit an nutzlose Dinge vergeude. Das Leben muss voranschreiten, mit Gewalt, Brutalität und voller Drama ...«

Sie musterte ihn besorgt und flüsterte: »Ich verstehe

langsam ... ich sehe ... der Überfall war eine Lüge ... aber Geneviève ...?«

»Ich erwische zwei auf einen Schlag. Denk doch, wie viel Zeit und zwecklose Bemühungen es gekostet hätte, das Vertrauen des Mädchens zu gewinnen. Ich bedeute ihr nichts. Ich wäre ihr vollkommen unbekannt ... ein Fremder. Doch nun bin ich der Retter. In einer Stunde werde ich ihr Freund sein.«

Sie begann zu zittern.

»So ... Sie haben also nicht Geneviève gerettet ... Sie wollen uns nur in Ihre Angelegenheiten verwickeln ...«

Plötzlich packte sie ihn an der Schulter. »Nein, das lasse ich nicht zu, verstehen Sie das? Sie brachten das Kind eines Tages zu mir und sagten: *'Hier, ich vertraue sie deiner Obhut an ... ihr Vater und die Mutter sind tot ... Nimm' sie unter deinen Schutz.'* Nun, jetzt ist sie unter meinem Schutz, und ich weiß, wie ich sie gegen Sie und Ihre Machenschaften verteidigen muss.«

Voller Entschlossenheit stand sie vor ihm, Madame Ernemont, bereit ihre Enkelin mit allen Mitteln zu verteidigen. Langsam und überlegt löste Serenin ihre Hände von seinen Schultern und packte die alte Frau seinerseits bei ihren Schultern, schob sie zu einem Sessel und zwang sie, sich zu setzen. Dann beugte er sich über sie und sagte: »Unsinn!«

Sie begann zu weinen, faltete die Hände und flehte.

»Bitte, lassen Sie uns in Frieden. Wir waren so glücklich. Ich dachte, Sie hätten uns längst schon vergessen und dankte dem Himmel für jeden Tag, der verging. Ich liebe Sie aus ganzem Herzen. Aber, Geneviève ... verstehen Sie ... es gibt nichts, das ich ihr verweigern würde. Sie hat Ihren Platz in meinem Herzen eingenommen.«

»Das habe ich bereits erkannt«, erwiderte er lächelnd. »Du würdest mich mit Freude zum Teufel schicken. Komm schon, mach' ein Ende mit diesem Unsinn! Ich muss mit Geneviève sprechen.«

»Sie wollen mit ihr reden?«

»Ist das vielleicht ein Verbrechen?«

»Und was wollen Sie ihr sagen?«

»Ein Geheimnis ... ein sehr ernstes Geheimnis ... und ein sehr rührendes.«

Die alte Dame bekam es mit der Angst zu tun.

»Und es wird ihr wahrscheinlich großen Kummer bereiten. Oh, ich fürchte das Schlimmste, alles Böse, das sich auf sie bezieht.«

»Sie kommt«, sagte er.

»Nein, noch nicht.«

»Doch, ich höre sie. Trockne deine Wangen und sei vernünftig.«

»Hören Sie zu«, erwiderte sie leise und eindringlich. »Hören Sie. Ich weiß nicht, was Sie dem Kind sagen wollen, welches Geheimnis Sie ihr offenbaren werden. Aber ich, die sie kennt, sage Ihnen, Geneviève ist sehr mutig, voller Entschlossenheit, doch sie ist auch äußerst empfindlich. Seien Sie vorsichtig mit den Worten, die Sie wählen ... Sie könnten Gefühle verletzen, von denen Sie nichts ahnen, deren Existenz Ihnen unbekannt ist ...«

»Du liebe Güte! Und warum nicht?«

»Weil sie aus anderem Holz geschnitzt ist, als Sie, einer anderen Welt angehört ... Ich meine eine andere moralische Welt. Es gibt Dinge, die Sie nicht verstehen würden. Der Gegensatz zwischen ihr und Ihnen ist unüberbrückbar. Geneviève hat ein makelloses Gewissen ... und Sie ...«

»Und ich?«

»Sie sind kein ehrlicher Mensch.«

Geneviève trat ein, höflich und charmant.

»All meine Kinder sind im Bett. Ich habe zehn Minuten freie Zeit ... Aber Großmutter, was ist denn los? Du siehst ganz verstört aus ... ist es wegen dem Überfall ...?«

»Nein, Mademoiselle«, sagte Serenin. »Ich glaube, ich konnte Ihre Großmutter beruhigen. Wir haben von Ihrer Kindheit gesprochen und das ist ein Thema, an das sich

Ihre Großmutter nicht ohne Tränen erinnern kann.«

»Von meiner Kindheit?« Genevièves Gesicht rötete sich. »Oh, Großmutter!«

»Seien Sie nicht böse, Mademoiselle. Unser Gespräch kam durch einen Zufall darauf. Ich bin oft durch das kleine Dorf gefahren, in dem Sie aufgewachsen sind.«

»Aspremont?«

»Ja, Aspremont, nicht weit von Nizza entfernt. Sie lebten in einem neuen Haus, ganz weiß ...«

»Ja«, erwiderte sie, »ganz weiß mit einem blauen Rand um die Fenster ... Ich war sieben Jahre alt, als ich Aspremont verließ, aber ich erinnere mich an viel von jener Zeit. Ich denke an den Glanz der Sonne auf den weißen Mauern und den Schatten der Eukalyptusbäume ganz unten im Garten.«

»Weiter dahinter gab es einen Olivenhain und unter den Bäumen stand ein Tisch, an dem Ihre Mutter oft an heißen Tagen arbeitete ...«

»Das stimmt, das stimmt«, rief sie begeistert. »Ich spielte in ihrer Nähe ...«

»Und es war dort, wo ich Ihre Mutter mehrmals sah. Ich erkannte die Ähnlichkeit sofort in dem ersten Augenblick, als ich Sie sah ... aber ist eine heiterere, freundlichere Ähnlichkeit.«

»Ja, meine arme Mutter war nicht sehr glücklich. Mein Vater starb an dem Tag, an dem ich geboren wurde und nichts konnte sie jemals trösten. Sie weinte sehr oft. Ich besitze noch immer das kleine Taschentuch, mit dem ich ihre Tränen zu jener Zeit trocknete.«

»Ein kleines Taschentuch mit einem rosaroten Muster.«

»Was?«, fragte sie erstaunt. »Sie wissen ...«

»Ich besuchte sie eines Tages, als Sie Ihre Mutter trösteten ... und Sie waren so zärtlich, dass ich den Anblick niemals vergessen habe.«

Sie musterte ihn mit einem durchdringenden Blick und murmelte, mehr zu sich selbst: »Ja, ja ... mir scheint ... der

Ausdruck Ihrer Augen ... und dann der Klang Ihrer Stimme ...«

Sie schlug die Augen nieder und dachte nach, als wollte sie die Erinnerungen wieder aufleben lassen. Dann fuhr sie fort: »Dann kannten sie meine Mutter also?«

»Ich hatte Freunde, die nicht weit von Aspremont entfernt lebten und traf sie manchmal in deren Haus. Als ich sie das letzte Mal sah, wirkte sie ... und als ich wiederkam ...«

»War es vorbei, nicht wahr«, sagte Geneviève. »Ja, sie starb sehr rasch ... nur ein paar Wochen, und ich war allein mit den Nachbarn, die bei ihrem Bett saßen ... und eines Morgens wurde sie fortgetragen ... und an diesem Abend kam jemand, als ich schlief, wickelte mich in Decken und trug mich davon ...«

»Ein Mann?«, fragte der Prinz.

»Ja, ein Mann. Er sprach zu mir, sehr leise, sehr mild ... seine Stimme tröstete mich ... und als er mich die Straße hinuntertrug zu einer Kutsche, hielt er mich in seinen Armen und erzählte mir Geschichten ... mit der gleichen Stimme ... mit der gleichen Stimme ...«

Sie hielt an und musterte ihn wieder, schärfer als zuvor als wollte sie sich an jene Zeit erinnern, die noch immer ganz verschwommen war. Er fragte: »Und dann? Wohin brachte er Sie?«

»Ich kann mich nicht so richtig erinnern ... es war, als hätte ich mehrere Tage lang geschlafen ... Ich habe keine Erinnerung vor der kleinen Stadt Monégut, in der Vendée, in der ich den Rest meiner Kindheit verbrachte, bei Vater und Mutter Izereau, ein liebes Paar, die mich erzogen und deren Liebe und Aufopferung ich niemals vergessen werde.«

»Starben sie auch?«

»Ja, bei der Typhus-Epidemie, die in der Gegend ausbrach. Aber ich wusste nichts davon, bis später ... als sie erkrankten, trug man mich fort, wieder jemand, der mich in Decken hüllte ... Aber ich war schon größer und ich kämpfte dagegen an, ich wollte um Hilfe rufen ... er musste ein seidenes Tuch benutzen, um meinen Mund zu schließen.«

»Wie alt waren Sie damals?«

»Vierzehn ... das war vor vier Jahren.«

»Dann konnten Sie also den Mann sehen, wie er aussah?«

»Nein, er verbarg sein Gesicht und sagte kein Wort. Doch ich glaube, es war der gleiche Mann, denn ich erinnere mich an seine Sorgfalt, die vorsichtigen, hilfreichen Bewegungen ...«

»Und danach.«

»Danach folgte Vergessenheit, langer Schlaf wie zuvor ... Diesmal hatte ich Fieber, war krank ... bis ich in einem hellen Zimmer aufwachte. Eine Dame mit weißem Haar beugte sich über mich und lächelte. Es war Großmama ... und das Zimmer ist das Gleiche, in dem ich nun im ersten Stock schlafe.«

Ihre Zuversicht war zurückgekehrt, der Ton ihrer Stimme fast fröhlich, ihr Gesicht von einem Lächeln umspielt.

»So wurde sie meine Großmutter und, nach mehreren Schicksalsschlägen, lernte das kleine Mädchen aus Aspremont wieder die Freude an einem friedlicheren Leben und unterrichtet kleine Mädchen, die entweder unartig oder faul sind in der Grammatik und im Rechnen – und ihre Lehrerin trotzdem gernhaben.«

Sie sprach voller Freude, sorgfältig und dennoch glücklich, und es ließ sich erkennen, dass sie mit ihrem Schicksal zufrieden war. Serenin hörte ihr mit wachsendem Erstaunen zu, ohne seine Erregung zu verbergen.

»Haben Sie niemals wieder etwas von dem Mann gehört, der Sie hierher brachte?«

»Kein Wort.«

»Und würden Sie ihn wiedersehen wollen?«

»Oh, sehr gern.«

»Nun gut, Mademoiselle ...«

Geneviève zuckte zusammen.

»Sie wissen etwas ... vielleicht die Wahrheit ...?«

»Nein ... nein ... nur ...«

Er erhob sich und ging im Zimmer umher. Von Zeit zu Zeit fiel sein Blick auf Geneviève, und es war, als stünde er kurz davor ... als würde er eine ausführliche Antwort auf die Fragen geben, die sie gestellt hatte. Würde er es tun?

Madame Egremont wartete voller Unruhe auf die Enthüllung des Geheimnisses, das über den zukünftigen Seelenfrieden der jungen Frau entscheiden konnte.

Der Prinz setzte sich neben Geneviève, schien zu zögern.

»Nein, nein. Ich hatte nur eine Idee ... eine Erinnerung ...«

»Eine Erinnerung? ... Und ...«

»Ich irrte. Ihre Geschichte enthielt ein paar Einzelheiten, die mich verwirrten.«

»Sind Sie ganz sicher?«

»Absolut.«

»Oh«, erwiderte sie, sehr enttäuscht. »Ich glaubte fast ... dass der Mann, den ich zweimal sah, ... dass Sie ihn kannten, ... dass ...«

Sie beendete den Satz nicht, erwartete stattdessen eine Antwort auf die Frage, die sie nicht ausgesprochen hatte.

Er schwieg.

Dann, ohne weiterzuforschen, beugte sie sich über Madame Egremont.

»Gute Nacht, Großmutter. Meine Kinder dürften schon zu Bett sein, aber sie schlafen nie ein, bevor ich sie geküsst habe.«

Sie streckte ihre Hand dem Prinzen entgegen.

»Nochmals vielen Dank ...«

»Gehen Sie?«, fragte er rasch.

»Ja, wenn Sie mich bitte entschuldigen. Großmutter begleitet Sie zur Tür.«

Er verbeugte sich und küsste ihre Hand. An der Tür hielt sie noch einmal an und lächelte. Dann war sie verschwunden. Der Prinz lauschte auf ihre Schritte, die sich entfernten und stand ganz still, sein Gesicht bleich vor Erregung.

»Na«, sagte die alte Dame. »Sie schwiegen also?«

»Ja.«

»Das Geheimnis ...«

»Später ... Heute ist es mir unmöglich.«

»War es so schwierig? Fühlte sie nicht, Sie waren der Fremde, der sie zweimal wegbrachte ... ein paar Worte hätten doch genügt.«

»Später, später«, wiederholte er und gewann langsam wieder seine Sicherheit. »Du musst verstehen ... das Mädchen kennt mich kaum ... ich muss zuerst ihre Zuneigung, ihre Liebe gewinnen ... wenn ich ihr das Leben – ein wunderbares Leben – verschafft habe, eins, das man nur im Märchen findet.«

Die alte Dame schüttelte den Kopf.

»Ich fürchte, Sie begehen einen großen Fehler. Geneviève verlangt nicht nach einem wunderbaren Leben. Sie hat keine großen Wünsche, will nur ein einfaches Leben.«

»Sie hat das gleiche Verlangen wie alle Frauen, und Reichtum, Luxus und Macht sind Freuden, die keine Frau verachtet.«

»Geneviève sehnt sich nicht danach. Es wäre besser, wenn Sie ...«

»Das werden wir sehen. Lass' mich vorläufig meinen eigenen Weg gehen. Und beruhige dich. Ich habe keine Absicht, sie in meine Angelegenheiten zu verwickeln, wie du denkst. Sie wird mich nicht oft sehen ... Aber wir mussten einander kennenlernen, das weißt du doch ... Jetzt ist es geschehen ... Adieu.«

Er verließ die Schule und ging zu seinem Wagen, von einer seltsamen Fröhlichkeit erfüllt.

»Sie ist charmant ... so sanft, so ernst! Sie hat die Augen ihrer Mutter, Augen, die einen Mann schwach werden lassen. Himmel, wie lang liegt das schon zurück? Und welch schöne Erinnerungen. Ein wenig traurig, aber dennoch schön. Ich werde ihre Freude am Leben hüten, ganz gewiss! Und zwar sofort. Heute Abend noch. Heute Abend wird sie einen Geliebten haben! Das ist doch eine notwendige Lebensbedingung für ein junges Mädchen.«

Er erreichte seinen Wagen und stieg ein.

»Nach Hause«, sagte er zu Octave.

Als er in seiner Wohnung ankam, rief er Neuilly an und gab telefonische Anweisungen an einen Freund, den er den Arzt nannte. Dann zog er sich um und speiste im Rue Cambon Club, verbrachte eine Stunde in der Oper und bestieg wieder seinen Wagen.

»Nach Neuilly, Octave. Wir holen den Arzt. Wie spät ist es?«

»Halb elf.«

»Verdammt! Beeile dich!« Zehn Minuten später hielt das Auto am Ende des Boulevard Inkerman an, vor einer Villa, von einem Garten umgeben. Der Arzt erschien nach kurzem Hupen.

»Ist der Bursche fertig?«

»Verpackt und versiegelt.«

»In gutem Zustand?«

»Bestens. Wenn alles so klappt, wie Sie telefonisch durchgaben, wird die Polizei vollkommen verwirrt sein.«

»Das ist der Grund für ihre Existenz. Holen wir ihn rasch!«

Sie trugen einen großen Sack, menschenähnlich und ziemlich schwer, zum Wagen.

Der Prinz befahl: »Nach Versailles, Octave, Rue de Vilaine. Halte vor dem Hotel des Deux Empereurs an.«

»Ein ganz verschlamptes Hotel«, erklärte der Arzt. »Ich kenne es gut. Ein richtiger Schuppen.«

»Ich weiß. Es wird mir viel Mühe bereiten, aber ich würde diesen Augenblick nicht um ein Vermögen verkaufen. Wie kann man sagen – das Leben ist eintönig?«

Bald erreichten sie das Hotel. Ein verschlammter Weg,

zwei Stufen nach unten und sie kamen zu einem Gang, durch eine flackernde Lampe erhellt.

Serenin klopfte gegen eine niedrige Tür. Ein Kellner erschien, Philippe, der Mann dem Serenin seine Anweisungen hinsichtlich Gérard Baupré gegeben hatte.

»Ist er noch immer hier?«, fragte der Prinz.

»Ja.«

»Das Seil?«

»Schon verknotet.«

»Er hat das erhoffte Telegramm nicht erhalten?«

»Ich schnappte es mir. Hier ist es.«

Serenin nahm den blauen Schein und las die Nachricht.

»Glück gehabt«, sagte er. »Es war höchste Zeit. Es ist ein Versprechen über tausend Francs für morgen. Komm, sein Pech. Viertel vor zwölf ... in einer Viertelstunde führt er seinen Sprung in die Ewigkeit aus. Führ' mich zu seiner Kammer, Philippe! Sie bleiben hier, Doktor.«

Der Kellner nahm die Kerze, und sie stiegen zum dritten Stock hoch. Auf Zehenspitzen durchquerten sie einen übelriechenden Gang. An beiden Seiten lagen Dachzimmer und an seinem Ende erreichten sie eine hölzerne Treppe mit einem mottenzerfressenen Teppich.

»Kann uns niemand hören?«, fragte Serenin.

»Nein. Die beiden Räume sind getrennt. Er ist in dem auf der rechten Seite.«

»Ausgezeichnet. Geh jetzt runter. Um zwölf Uhr, trägst du, der Doktor und Octave den Burschen hierher, wo wir jetzt stehen, und ihr wartet, bis ich euch rufe.«

Die Treppe hatte zehn Stufen, die der Prinz vorsichtig erklomm. Er erreichte zwei Türen. Es dauerte eine Weile, die auf der rechten Seite lautlos zu öffnen.

Ein Licht erhellte die Dunkelheit der Kammer. Vorsichtig, um kein Geräusch zu erzeugen, tastete er sich in seine Richtung. Es kam von der angrenzenden Kammer durch eine gläserne Verbindungstür und einen durchlöcherten Vorhang.

Der Prinz schob den Vorhang zur Seite. Er sah einen Mann am Tisch sitzen. Es war der Dichter, Gérard Baupré. Er schrieb bei Kerzenlicht.

Über seinem Kopf baumelte ein Seil, das an einem Haken in der Decke befestigt war. Am Ende des Seils befand sich ein Schlüpfknoten.

Von der Straße her klangen drei leise Glockenschläge.

»Viertel vor zwölf«, dachte Serenin. »Noch fünfzehn Minuten.«

Der junge Mann schrieb noch immer. Nach einigen Augenblicken legte er die Feder nieder, sammelte die zehn oder zwölf Seiten, die er beschrieben hatte und überflog sie. Seinem Gesichtsausdruck nach zu schließen, fand ihr Inhalt nicht seine Zufriedenheit. Er zerriss die Seite und verbrannte sie beim Licht der Kerze.

Dann, mit zitternder Hand, schrieb er ein paar Worte auf ein frisches Blatt, unterschrieb es und erhob sich. Doch der Anblick des Seils über seinem Kopf ließ ihn wieder auf den Stuhl sinken und seine Schultern erbebten.

Serenin sah deutlich sein fahles Gesicht, die eingefallenen Wangen, über die ein paar Tränen liefen. Seine Augen starrten in die Dunkelheit, voller Angst und Kummer, Augen, die bereits das fürchterliche Ende sahen, das vor ihm lag.

Und es war ein solch junges Gesicht, die Wangen haarlos und ohne Makel oder Falte, Augen so blau wie Kornblumen.

Mitternacht ... zwölf tragische, dunkle Glockenschläge, die für so manchen verzweifelten Menschen die letzten Sekunden seiner Existenz bedeuteten. Beim zwölften Glockenschlag erhob er sich und blickte entschlossen, ohne zu zittern, zu der Schlinge über seinem Kopf. Er versuchte sogar zu lächeln, doch ihm gelang nur die Grimasse eines armen Teufels, den der Tod bereits in seinen Klauen hielt.

Mit einer Bewegung stieg er auf den Stuhl und griff zu der

Schlinge. Einen Augenblick lang stand er bewegungslos, ohne Zögern oder Mut.

Aber es war die letzte Entscheidung eines Menschen, dessen Schicksal bereits entschieden war.

Er blickte sich in der ärmlichen Kammer um, die sein letztes Heim gewesen war, auf die verblichenen Tapeten an den Wänden, das trostlose Bettlager.

Auf dem Tisch gab es kein einziges Buch mehr. Das letzte war billig verkauft. Keine Fotografie, kein Brief. Er besaß weder Vater noch Mutter, keine Verwandten. Was gab es noch, das ihn an dieses Leben fesseln konnte?

Mit einer plötzlichen Bewegung streifte er die Schlinge über den Kopf und zog sie straff um den Hals.

Ein kurzes Zögern noch, bevor er mit beiden Füßen gegen den Stuhl trat, sich das Seil straffte, und er die Ewigkeit vor sich sah …

Zehn Sekunden, fünfzehn, zwanzig zeitlose Sekunden.

Der Körper zuckte zweimal. Die Füße suchten instinktiv nach Halt. Dann war alles still.

Noch ein paar Sekunden … die gläserne Tür öffnete sich. Serenin tastete sich nach vorn.

Ohne jegliche Eile griff er zu der letzten Nachricht, die der junge Mann unterschrieben hatte.

Des Lebens müde, krank, ohne einen Sou, hoffnungslos, nehme ich mein eigenes Leben. Möge niemand meines Todes beschuldigt werden.

GÉRARD BAUPRÉ, 30. April

Er legte das letzte Schreiben der Verzweiflung auf den Tisch zurück, hob den Stuhl auf und stellte ihn unter die Füße des jungen Mannes. Er selbst kletterte auf den Tisch, hob den Körper, dicht an sich gedrückt, hoch, lockerte den Schlüpfknoten und streifte die Schlinge über den Kopf.

Der Körper sank in seine Arme. Er ließ ihn auf den Tisch

gleiten, sprang zu Boden und legte ihn auf das Bett. Dann, ohne jegliche Erregung, öffnete er die Tür zum Gang.

»Seid ihr da, alle drei?«, flüsterte er.

Jemand antwortete von dem Treppenabsatz her: »Wir sind da. Sollen wir unser Bündel hinauf bringen?«

»Ja. Kommt schon!«

Er griff zur Kerze und wies ihnen den Weg.

Die drei Männer keuchten die Treppe hoch, den Sack mit dem 'Burschen' tragend.

»Hierher«, befahl er, zum Tisch deutend.

Er durchtrennte den Strick um den Sack mit seinem Taschenmesser und schlug das weiße Tuch zurück, das darunter erschien.

Eine Leiche kam zum Vorschein, die Leiche Pierre Leducs.

»Armer Pierre Leduc!«, sagte Serenin. »Du wirst niemals erfahren, was du durch deinen frühen Tod verloren hast! Ich hätte dir weiter geholfen, lieber Junge. Leider müssen wir ohne deine Dienste auskommen ... Nun, Philippe, steig' auf den Tisch und du Octave, auf den Stuhl. Hebt ihn hoch und legt die Schlinge um seinen Hals.«

Zwei Minuten später baumelte Pierre Leducs Leiche von der Decke.

»Ausgezeichnet. Das war recht einfach. Ihr könnt gehen. Sie, Herr Doktor, werden morgen hierher zurückkehren und von dem Selbstmord eines gewissen Gérard Baupré hören. Sie verstehen: *Gérard Baupré.* Hier ist sein Abschiedsbrief. Sie werden den amtlichen Leichenbeschauer und den Kommissar benachrichtigen und es so einrichten, dass keiner von ihnen die Narben an der Wange und dem Finger zu sehen bekommt.«

»Das lässt sich einrichten ...«

»Und Sie werden dafür sorgen, dass der Bericht gleich hier und nach Ihrem Diktat erledigt wird.«

»Kein Problem.«

»Und noch ein Letztes: Vermeiden Sie, dass die Leiche zur

Leichenhalle geschafft wird und bestehen Sie auf sofortiger Beerdigung.«

»Das dürfte nicht so einfach sein.«

»Versuchen Sie es wenigstens. Haben Sie den Anderen untersucht?«

Er deutete zu dem jungen Mann auf dem Bett.

»Ja«, erwiderte der Arzt. »Er atmet langsam schon etwas besser. Aber es war ein großes Risiko ... er hätte leicht ums Leben kommen können. Das Seil war sehr dünn und hat die Halsschlagadern und den Kehlkopf stark eingedrückt. «

»Nichts gewagt, nichts gewonnen ... Wann wird er wieder zu Besinnung kommen?«

»In ein paar Minuten.«

»Sehr gut. Oh, bitte, gehen Sie noch nicht, Herr Doktor. Warten Sie unten. Ich habe noch eine Aufgabe für Sie.«

Als der Prinz allein war, zündete er sich eine Zigarette an und rauchte schweigend.

Ein Seufzer riss ihn aus seinen Gedanken. Er ging zu dem Bett. Der junge Mann bewegte sich, seine Brust hob und senkte sich krampfhaft, wie ein Schlafender unter dem Einfluss eines Alptraums. Er tastete zu seinem Hals, als verspürte er Schmerzen, und fuhr plötzlich voller Schrecken hoch.

Dann sah er Serenin vor sich stehen.

»Sie?«, krächzte er verständnislos. »Sie ...?«

Er starrte ihn verwirrt an, als sähe er ein Gespenst.

Er berührte wieder seinen Hals ... und stieß einen unterdrückten Schrei aus. Die Angst spiegelte sich in seinen Augen, ließ ihn am ganzen Körper erbeben. Der Prinz hatte sich zur Seite bewegt und Baupré sah die Leiche des anderen Mannes am Seil baumeln.

Er wich gegen die Wand zurück. Der Mann, der Gehenkte, war er selbst! Er war tot und er sah seinen eigenen toten Körper? War das ein entsetzlicher Traum, der seinem Tod folgte? Eine Halluzination, die jene bekommen, die nicht mehr existieren, und deren Gehirn noch immer verworrene Bilder formt? Seine Arme wirbelten durch die Luft. Es war, als wollten sie sich gegen die entsetzlichen Bilder wehren. Dann, vollkommen erschöpft, verlor er ein zweites Mal das Bewusstsein.

»Ausgezeichnet«, sagte der Prinz. »Eine empfindliche, impressionistische Natur ... im Augenblick hält ihn sein Gehirn zum Narren ... Auf, das ist ein vielversprechender Augenblick! ... Aber wenn ich die ganze Sache nicht innerhalb von zwanzig Minuten schaffe ... entkommt er mir.«

Er öffnete die Tür zwischen den beiden Räumen, kehrte zurück, hob den jungen, ausgemergelten Mann hoch und trug ihn zu dem Bett im Nebenraum. Dann rieb er seine Schläfen mit kaltem Wasser ab und entkorkte ein Fläschchen Riechsalz, das er unter seine Nase hielt.

Diesmal dauerte es nicht lange, bis der junge Mann wieder zu Besinnung kam.

Gérard öffnete die Augen und starrte zur Decke hoch. Die Erscheinung war verschwunden. Doch die Einrichtung des Raumes, die Möbel, der Tisch und andere Details überraschten ihn ... und dann kam die Erinnerung wieder, der Schmerz, den er im Hals verspürte.

Er wandte sich dem Prinzen zu und sagte: »Ich habe geträumt, nicht wahr?«

»Nein.«

»Was sagen Sie, nein?« Und plötzlich kehrte die Erinnerung zurück. »Ach, es ist wahr, ich erinnere mich ... Ich wollte mich töten ... ich habe sogar ...« Er beugte sich nach vorn. »Aber der Rest, die Vision ...?«

»Welche Vision?«

»Der Mann ... das Seil ... war das ein Traum?«

»Nein«, erwiderte Serenin. »Auch das war wahr.«

»Was sagen Sie da? Was ... Oh, nein, nein ... Ich bitte Sie!«

Serenin legte seine Hand sanft auf das Haupt des jungen Mannes und beugte sich über ihn.

»Hören Sie ... hören Sie gut zu und verstehen Sie was ich sage: Sie sind am Leben. Ihr Körper und Ihr Verstand sind so gut wie ehedem. Aber Gérard Baupré ist tot. Sie verstehen mich, nicht wahr? Der Mann, der als Gérard Baupré lebte, ist nicht mehr. Morgen wird der Leichenbeschauer seinen Sterbeschein ausstellen, auf den Namen unter dem Sie lebten, und dazu das Wort ‘verstorben’, zusammen mit dem Datum Ihres Todes.«

»Das ist eine Lüge!«, stammelte der verängstigte Junge. »Er ist im nächsten Raum. Eine Lüge. Ich bin hier!«

»Sie sind nicht mehr Gérard Baupré«, erklärte Serenin und deutete zu der offenen Tür. »Das ist Gérard Baupré. Er ist dort im nächsten Raum. Er hängt von einem Haken, an dem Sie ihn gehangen haben. Auf dem Tisch liegt ein Schreiben, in dem Sie seinen Tod mit Ihrer Unterschrift erklärt haben. Es ist alles geregelt. Es ist endgültig. Es lässt sich nicht ändern. Gérard Baupré existiert nicht mehr!«

Der junge Mann hörte ihm voller Verzweiflung zu. Langsam wurde er ruhiger, nun, da er die Bedeutung zu verstehen schien.

»Und dann ...«, murmelte er.

»Und dann ... sprechen wir miteinander.«

»Ja, ja ... erklären Sie ...«

»Eine Zigarette?«, fragte der Prinz. »Wollen Sie eine? Ah, ich sehe, Sie fügen sich in Ihr neues Leben! Umso besser, wir werden einander verstehen.«

Er steckte die Zigarette des jungen Mannes in Brand und erklärte mit unnachgiebigen Worten: »Sie, der verstorbene Gérard Baupré, waren des Lebens müde, arm, hoffnungslos ... Möchten Sie gesund, reich und stark sein?«

»Ich kann Ihnen nicht folgen.«

»Es ist ganz einfach. Ein Zufall hat Sie zu mir gebracht. Sie sind jung, sehen gut aus, ein Dichter, Sie sind intelligent – und Ihre verzweifelte Handlung beweist ein nobles Gebaren. Das sind Fähigkeiten, die nur selten in einem Menschen existieren. Ich lege Wert darauf ... und brauche sie für meine Zwecke.«

»Sie stehen nicht zum Verkauf.«

»Dummkopf! Wer spricht von Kauf oder Verkauf? Behalten Sie Ihr Gewissen! Es ist zu wertvoll, um Sie davon zu erleichtern.«

»Was wollen Sie dann von mir?«

»Ihr Leben!«, Serenin deutete auf den Hals des jungen Mannes. »Ihr Leben, von dem Sie nicht wussten, wie Sie es führen sollten. Ihr Leben, das Sie verdorben, verschwendet, vernichtet haben und das ich wieder zu errichten beabsichtige, nach dem Ideal der Schönheit, von Macht und Stolz, das Sie verdienen, mein Junge. Sie sind frei. Keine Fessel mehr. Sie haben die Rolle abgelegt, die Ihnen die Gesellschaft zugespielt hat. Sie sind frei! In einer Welt von Sklaven, von denen jeder seine Nummer trägt, können Sie sich frei bewegen, als trügen Sie eine Tarnhaube, oder selbst eine Nummer wählen, die Beste. Wissen Sie welchen Reichtum Sie als Künstler besitzen? Ein neues Leben! Ein Leben wie aus Wachs, das Sie selbst nach eigenem Gutdünken formen können.«

Der junge Mann machte eine Geste der Müdigkeit.

»Ach, was erzählen Sie mir von diesem Reichtum? Was habe ich bis jetzt erreicht? Nichts!«

»Vertrauen Sie mir.«

»Was können Sie tun?«

»Alles. Wenn Sie kein Künstler sind, ich bin es, und ein enthusiastischer Künstler, mühelos, unbesiegbar, rastlos. Wenn Sie nicht dieses Talent besitzen, ich habe es. Wo Sie verloren haben, gewinne ich. Geben Sie mir Ihr Leben.«

»Worte, Versprechungen«, rief der junge Mann erregt. »Leere Träume. Ich kenne meine eigene Wertlosigkeit. Ich kenne meine Feigheit, meine Furcht, dass all mein Streben zunichte wird. Um neu zu beginnen, müsste ich den Willen besitzen, der mir fehlt ...«

»Ich habe meinen.«

»Freunde ...«

»Sie werden viele haben ...«

»Einkommen ...«

»Das liefere ich ... mehr als Sie brauchen. Sie brauchen nur in die Schatztruhe zu greifen.«

»Aber wer sind Sie?«

»Für andere Prinz Serenin ... für Sie ... welche Rolle spielt es schon? Ich bin mehr als ein Prinz, mehr als ein König, mehr als ein Kaiser ...«

»Wer sind Sie? ... Wer sind Sie?«, stammelte Baupré

»Der Herr ... er der will und kann ... der handelt. Mein Willen hat keine Grenzen, wie auch meine Macht. Ich bin reicher als der reichste Mann auf Erden, denn sein Vermögen hört mir ... Ich bin stärker als der Mächtigste, denn seine Kraft dient mir.«

Er nahm die Hand des jungen Mannes in seine und blickte tief in seine Augen.

»Sie werden reich sein ... mächtig sein ... Ich biete Ihnen Freude am Leben ... und Frieden für die Gedanken eines Dichters ... Ruhm und Glanz ... nehmen Sie es an?«

»Ja, ja«, flüsterte Gérard, geblendet, überwältigt. »Was muss ich tun?«

»Nichts.«

»Aber ...«

»Nichts, habe ich gesagt. Mein ganzer Plan baut auf Ihnen auf, aber Sie zählen nicht. Sie haben keine Aufgabe in diesem Spiel. Sie sind zurzeit nur ein schweigender Schauspieler. Nicht einmal das, nur ein Zahn in dem Rad, das ich drehe.«

»Was soll ich tun?«

»Nichts. Schreiben Sie Gedichte. Leben Sie, wie es Ihnen gefällt. Sie werden Geld haben. Sie werden sich des Lebens erfreuen. Ich werde mir nicht einmal den Kopf über Sie zerbrechen. Ich wiederhole, Sie spielen keine Rolle in meinem Unternehmen.«

»Und was werde ich sein?«

Serenin hob den Arm und deutete in das anliegende Zimmer.

»Sie werden dieser Mann sein … Sie sind dieser Mann!«

Gérard erschauderte.

»Nein! Er ist doch tot … außerdem … es ist ein Verbrechen … nein, ich will ein neues Leben, für mich geplant, gewählt … unter einem unbekannten Namen …«

»Dieser Mann!«, stieß Serenin gebieterisch hervor. »Sie werden dieser Mann sein und kein anderer! Dieser Mann, weil seine Zukunft in den Sternen steht und weil er Ihnen eine glänzende Erbschaft und den Stolz seiner berühmten Vorfahren verleiht.«

»Es ist ein Verbrechen!«, jammerte Baupré, unsicher geworden.

»Sie werden dieser Mann sein!«, bestimmte Serenin voller Entschlossenheit. »Sie werden er sein! Wenn nicht, sind Sie wieder Baupré, und für Baupré wird morgen früh der Totenschein ausgestellt. Wählen Sie!«

Er zog seinen Revolver, entsicherte ihn und richtete die Waffe auf den jungen Mann.

»Wählen Sie!«, wiederholte er.

Sein Gesichtsausdruck war unerbittlich. Gérard sank voller Angst auf sein Bett zurück und weinte.

»Ich will leben!«

»Sie wünschen es ernstlich, unwiderruflich?«

»Ja, tausendmal ja! Nach der furchtbaren Tat, die ich begangen habe, fürchte ich den Tod. Alles … alles … nur nicht den Tod! Schmerz, Hunger, Krankheit … die schlimmste Folterung … jede Scham … sogar Verbrechen, wenn es sein muss … aber nicht den Tod.«

Er zitterte vor Erregung und Leid, als ob er einem unsichtbaren Feind nicht entkommen konnte. Der Prinz drang weiter in ihn.

»Ich verlange nichts Unmögliches von Ihnen, keine Schandtat … Ich werde für alles verantwortlich sein. Kein Verbrechen … ein wenig Schmerz ist das Schlimmste …

96

ein paar Ihrer Bluttropfen. Aber was ist das schon, gemessen mit dem Tod?«

»Schmerz spielt keine Rolle für mich.«

»Dann hier und jetzt!«, befahl Serenin. »Hier und jetzt! Zehn Sekunden Schmerz ist alles ... zehn Sekunden, und Sie besitzen Ihr neues Leben ...«

Er packte ihn und zwang ihn auf den Stuhl, hielt seine linke Hand flach auf den Tisch, mit den Fingern gespreizt. Ganz rasch griff er zu seinem Taschenmesser und drückte die Klinge gegen den kleinen Finger, zwischen dem ersten und zweiten Knöchel.

»Jetzt zugeschlagen! Hier und jetzt. Ein Schlag und das ist alles.«

Er hatte nach Gérards rechter Hand gegriffen, um sie wie einen Hammer nach unten zu drücken.

Gérard versuchte sie zu befreien, nun, da er verstand.

»Nein!«, stotterte er. »Niemals!«

»Ein Schlag und Sie sind wie jener Mann. Ein Schlag und niemand wird Sie erkennen.«

»Sagen Sie mir seinen Namen.«

»Zuerst zuschlagen.«

»Nein! Oh, der Schmerz ... ich flehe Sie an ... später ...«

»Jetzt ... Ich bestehe darauf! ... Sie müssen ...«

»Nein ... nein ... ich kann nicht!«

»Schlagen Sie zu, Sie Narr! Es bedeutet Ihre Zukunft, Reichtum, Liebe ...«

Gérard hob die Faust mit plötzlicher Entschlossenheit.

»Liebe«, sagte er. »Ja ... dafür ...«

»Sie werden lieben und geliebt werden«, versprach Serenin. »Ihre Braut wartet schon auf Sie. Ich habe sie selbst gewählt. Sie ist die Reinste der Reinen, die Schönste der Schönen. Aber Sie müssen sie gewinnen. Schlagen Sie zu!«

Was folgte, war mechanisch. Wie im Bann, das Gesicht bleich und verzerrt, hob der junge Mann die Faust und schlug zu.

»Ah!«, schrie er vor Schmerz auf.

Ein Glied war von dem kleinen Finger abgetrennt, der stark blutete. Gérard verlor zum dritten Mal das Bewusstsein.

Serenin musterte ihn ein paar Sekunden lang und sagte mild: »Armer Teufel ... Nun, ich werde ihn für diese Tat belohnen, größer als er ahnt. Ich zahle immer großzügig.« Er ging nach unten, wo der Arzt wartete.

»Getan. Gehen Sie nach oben und verbinden Sie den verstümmelten Finger, dann machen Sie einen kleinen Schnitt in seine rechte Wange, so wie Pierre Leduc ihn besaß. Die beiden Narben müssen identisch sein. Ich komme in einer Stunde und hole Sie ab ... Dieses Elend ... Ich muss an die frische Luft.«

Draußen atmete er tief ein, bevor er eine Zigarette anzündete.

»Das war gute Arbeit«, sagte er sich. »Etwas zu anstrengend, aber sie wird Früchte tragen. Ich bin Dolores Kesselbachs Freund. Ich bin Genevièves Freund. Ich habe einen neuen Pierre Leduc produziert, einen recht repräsentablen, der mir vollkommen zur Verfügung steht. Ich habe einen Ehemann für Geneviève gefunden, einen wie man ihn selten findet. Meine Aufgabe ist erledigt. Ich brauche jetzt nur auf die Resultate zu warten. Jetzt sind Sie an der Reihe, Monsieur Lenormand. Ich habe meinen Teil getan.« Und er fügte hinzu: »Nur ... es bleibt ein 'nur' ... ich habe nicht die geringste Ahnung, wer dieser Pierre Leduc war, dessen Stelle ich so großzügig an den jungen Mann verliehen habe. Und das ist recht ärgerlich ... schließlich habe ich nicht den geringsten Beweis dafür, dass dieser Pierre Leduc nicht der Sohn eines Schweinemetzgers war.«

5. Kapitel: Lenormand bei der Arbeit

Am Morgen des 31. Mai erinnerten alle Zeitungen ihre Leser daran, dass Lupin, in seinem an Monsieur Lenormand gerichteten Schreiben, die Flucht des Boten Jérôme an diesem Tag vorausgesagt hatte. Eine davon fasste die Situation, wie sie zurzeit bestand, recht geschickt zusammen:

Das grausame Verbrechen im Palace-Hotel fand am 17. April statt. Was wurde seitdem darüber in Erfahrung gebracht? Nichts.

Es gab drei Hinweise: Das Zigarettenetui mit dem Monogramm L und M und das Paket mit Kleidungsstücken, das im Hotel zurückgelassen wurde. Welche Fortschritte wurden dank dieser Entdeckungen gemacht? Keine.

Es scheint, die Polizei glaubt, einer der Hotelgäste kann eine Erklärung darüber abgeben, doch er ist unter zweifelhaften Umständen verschwunden. Ist er gefunden worden und seine Identität bekannt? Nein.

Die Tragödie bleibt deshalb so geheimnisvoll wie zu ihrem Beginn, das Geheimnis erscheint unlösbar.

Und dieser Eindruck verstärkt sich noch, denn wir erfahren von Meinungsverschiedenheiten zwischen dem Präfekten der Polizei und Monsieur Lenormand, seinem Untergebenen.

Letzterer, mangels Unterstützung durch den Premier, soll vor wenigen Tagen sein Entlassungsgesuch eingereicht haben. Laut unserer Information wird der Kesselbach-Fall nunmehr durch den stellvertretenden Chef der Detektiv-Abteilung, Monsieur Weber, einem Gegner Lenormands, bearbeitet. Lenormand selbst befindet sich im Krankenstand.

Es scheint, Unordnung und Verwirrung herrschen im Polizeiapparat, im Gegensatz zu Lupin, der das Symbol von Methode, Energie und Stetigkeit darstellt.

Welche Folgerung können wir daraus schließen? Kurz ge-
sagt: Lupin wird seinen Komplizen heute, am 31. Mai be-
freien, wie er vorausgesagt hat.

Diese Folgerung, die auch in anderen Zeitungen ein Echo
fand, war zugleich die Schlussfolgerung der Bevölkerung.
Man kann annehmen, dass die Drohung ernst genommen
wurde, denn der Polizeipräfekt und der stellvertretende
Chef der Detektiv-Abteilung, Monsieur Weber, hatten die
strengsten Maßnahmen angeordnet, sowohl im Justizpalast wie auch im Santé-Gefängnis, in dem sich der Gefangene befand.
Um keine Schwäche zu zeigen, wurden die täglichen Verhöre des Gefangenen durch Monsieur Formerie jedoch
nicht unterbrochen. Stattdessen wurde ein großes Poli-
zei-Aufgebot vom Gefängnis bis zum Boulevard du Palais
beordert, eine regelrechte Mobilmachung, die zur Aufgabe hatte, die Straßen zwischen beiden Stellen zu überwa-
chen.
Zum allgemeinen Erstaunen jedoch ging der 31. Mai vorüber, ohne dass sich die angedrohte Flucht ereignete. Ein
einziger Versuch, den Plan auszuführen, war zu verzeich-
nen, wie ein Verkehrsstau der Straßenbahnen, Omnibus-
se und Droschken zu beweisen schien, der sich entlang
der Route des Gefangenentransports ereignete, sowie der
unerklärliche Bruch eines Wagenrades des Transporters
selbst. Doch der Befreiungsversuch selbst fand nicht
statt.
Lupin hatte also das versprochene Ziel nicht erreicht. Die
Öffentlichkeit war enttäuscht, die Polizei triumphierte.
Am nächsten Tag, einem Samstag, machte ein unglaubli-
ches Gerücht die Runde, durch den Justizpalast und die
Zeitungen: Jérôme, der Bote, war verschwunden. War es
wirklich möglich? Obwohl Sonderausgaben die Nachricht
bestätigten, waren die Leser voller Zweifel. Doch um
sechs Uhr brachte die Dépeche du Soir die Antwort:

Wir haben folgende Nachricht, unterschrieben von Arsène Lupin, erhalten. Sie trägt die Sondermarke, die als Erkennungszeichen den Absender bestätigt.

An den Chefredakteur.

Monsieur,
bitte teilen Sie Ihren Lesern meine Entschuldigung mit, dass ich gestern mein Versprechen nicht gehalten habe. Ich erinnerte mich im letzten Augenblick, dass der 31. Mai auf einen Freitag fällt! Konnte ich meinen Freund an einem Freitag zu seiner Freiheit verhelfen? Ich kam zu dem Entschluss, diese Verantwortung nicht zu übernehmen. Ich muss mich ebenfalls entschuldigen, in diesem Fall nicht zu berichten, wie die Befreiung erfolgte. Es war so einfach, dass ich fürchte, jeder gemeine Verbrecher würde meinem Beispiel folgen.
An dem Tag, an dem ich mehr darüber sagen kann, werden die Menschen staunen, wie leicht die Lösung war. Man wird sagen: 'Hätte ich nur daran gedacht!'
Mit Hochachtung
Ihr ergebener Diener

ARSENE LUPIN

Eine Stunde später erhielt Monsieur Lenormand einen Telefonanruf, der ihm mitteilte, der Premierminister verlange ihn im Innenministerium zu sprechen.

»Sie sehen verteufelt gesund aus, Lenormand! Und ich glaubte, Sie wären krank und dürften Ihr Bett nicht verlassen.«
»Ich bin nicht krank, Herr Premierminister.«
»Sie waren erzürnt ... Sie können manchmal recht kratzbürstig sein.«
»Ich gebe zu, ich bin manchmal ein wenig cholerisch, Herr Premierminister, aber nicht kratzbürstig.«

»Aber Sie bleiben zu Hause, in Ihrer Kammer. Und Lupin nimmt die Gelegenheit wahr, um seine Freunde zu befreien ...«

»Wie hätte ich das verhindern können?«

»Wie? Lupin hat den einfachsten Trick benutzt. Wie immer hat er seine Absicht schon im Voraus verraten, jedermann glaubt, er würde es versuchen. Die Entführung erfolgt aber nicht, und am nächsten Tag, wenn niemand darauf vorbereitet ist ... ist der Vogel aus dem Nest geflogen.«

»Herr Premierminister!«, sagte Lenormand. »Lupin setzt Methoden ein, auf die wir nicht vorbereitet sind. Die Entführung war mathematisch sicher. Ich nahm eine Auszeit und überließ es anderen, den Spott zu ernten.«

Valenglay kicherte.

»Es stimmt, dass Präfekt und Monsieur Weber alles andere als lustig gestimmt sind ... aber vielleicht können Sie mir erklären, Monsieur Lenormand ...«

»Wir wissen nur, dass die Flucht im Justizpalast erfolgte. Der Gefangene wurde zu Monsieur Formeries Büro gebracht. Er verließ aber nicht den Justizpalast. Niemand weiß, wie und wo er sich jetzt befindet.«

»Es ist recht verwirrend.«

»Sehr verwirrend.«

»Und es wurde sonst nichts entdeckt?«

»Doch. Der Gang, der zu dem Büro des Staatsanwalts führte, war voller Menschen; Gefangene, Wärter, Richter und weitere Vollzugsbeamte, und es stellte sich heraus, all diese Leute hatten Nachricht erhalten, sie sollten zur gleichen Zeit erscheinen. Andererseits war kein einziger Staatsanwalt benachrichtigt worden, zu dem Verhör zu erscheinen, sondern diese hatten gefälschte Anweisungen erhalten, an verschiedenen Adressen in Paris zu sein.«

»Und das ist alles?«

»Nein, zwei Wärter und ein Gefangener wurden gesehen,

wie sie den Hof überquerten und in ein wartendes Taxi stiegen.«

»Und Ihre Vermutung, Lenormand, Ihre Meinung ...«

»Meine Vermutung ist, Herr Premierminister, die beiden Uniformierten waren Lupins Komplizen, die dank dem Trubel, der im Gang herrschte, den Platz der wahren Gefängniswärter einnehmen konnten. Meiner Meinung nach gelang die Flucht nur dank dieser Kombination von Umständen – was zu der Annahme führt, dass es noch Andere gab, die daran beteiligt waren. Lupin hat Verbindungsleute im Palast, die wir nicht kennen. Er hat Agenten in Ihrem Ministerium, in der Polizeipräfektur. Er hat Vertrauensleute um mich herum. Es ist eine riesige Organisation, ein Spitzelheer, tausendmal schlauer, mutiger, vielfältiger und gewandter als die Leute, die mir unterstellt sind.«

»Und Sie lassen das zu, Lenormand?«

»Nein. Niemals.«

»Wieso dann die Trägheit, die Sie seit Beginn dieses Falles zeigen. Was haben Sie gegen Lupin unternommen?«

»Ich habe mich für den Kampf vorbereitet.«

»Oh, großartig! Und während Sie sich vorbereiteten, handelte er.«

»Genau wie ich.«

»Und wissen Sie etwas?«

»Sehr viel.«

»Was? Rücken Sie mit der Sprache heraus!«

Lenormand stützte sich auf seinen Stock, während er in dem Zimmer herumging. Dann setzte er sich Varenglay gegenüber, staubte seinen olivgrünen Mantel mit den Fingerspitzen ab und rückte seine Brille zurecht.

»Herr Premierminister, ich halte drei Trümpfe in meiner Hand. Erstens: ich kenne den Namen, unter dem Arsène Lupin zurzeit handelt, den Namen, unter dem er am Boulevard Haussmann lebte, wo er täglich seine Mitarbeiter empfing, seine Bande neu gruppierte und dirigierte.«

»Dann, warum zum Teufel, haben Sie ihn nicht längst schon festgenommen?«

»Ich habe diese Information zu spät erhalten. Der Prinz – nennen wir ihn Prinz Eilfried – ist verschwunden. Er ist auswärts, mit anderen Geschäften befasst.«

»Und wenn er nicht zurückkehrt?«

»Die Stellung, die er innehat, die Art, in der er sich mit der Kesselbach-Sache beschäftigt, erfordern seine Rückkehr und unter dem gleichen Namen.«

»Trotzdem ...«

»Herr Premierminister, ich komme zu meinem zweiten Trumpf. Ich habe Pierre Leduc endlich gefunden.«

»Unsinn!«

»Das heißt, Lupin fand ihn und brachte ihn zu einer kleinen Villa in der Nähe von Paris.«

»Du liebe Güte! Wie konnten Sie ...?«

»Ach, ganz einfach. Lupin hinterließ zwei seiner Leute mit Leduc, um ihn im Auge zu behalten und wenn notwendig zu verteidigen. Diese zwei Männer sind meine Detektive, zwei Brüder, die ich heimlich einsetze und die ihn mir bei der ersten Gelegenheit liefern werden.«

»Gute Arbeit! So dass ...?«

»So dass Pierre Leduc sozusagen im Kern aller Mühe ist, das Rätsel um Kesselbach zu lösen. Früher oder später werde ich durch Leduc den dreifachen Mörder erwischen, der sich als Monsieur Kesselbach ausgab, um einen gewaltigen Plan auszuführen. Kesselbach musste Leduc finden, um diesen Plan zu realisieren. Zweitens werde ich Arsène Lupin schnappen, der das gleiche Ziel verfolgt.«

»Ausgezeichnet. Pierre Leduc ist also der Lockvogel für die Anderen.«

»Und sie werden in die Falle gehen, Herr Premierminister. Ich habe vor kurzer Zeit erfahren, dass eine verdächtige Person um die kleine Villa herumlungert, in der Leduc unter der Bewachung meiner Leute lebt. Ich werde in zwei Stunden dort sein.«

»Und der dritte Trumpf?«

»Herr Premierminister, ein Brief an Rudolf Kesselbach adressiert, traf gestern ein, den ich abfing ...«

»Abfing, eh? Sie kommen voran.«

»Ja, ich fing ihn ab, öffnete ihn und behielt ihn. Hier ist er, mit einem Datum, das zwei Monate zurückliegt. Er wurde in Capetown abgestempelt und enthält folgende Worte: 'Mein lieber Rudolf. Ich werde am ersten Juni in Paris sein und noch immer in der gleichen Not wie damals, als Sie mir halfen. Aber ich lebe in großer Sorge hinsichtlich der Pierre-Leduc-Sache. Welch eine sonderbare Geschichte ist es doch. Haben Sie den Mann gefunden, den ich meine? Wo stehen wir derzeit? Ich bin schon ganz gespannt.' Der Brief ist von einem gewissen Steinweg unterschrieben. Der erste Juni ist heute. Ich habe einen meiner Leute befohlen, diesen Steinweg zu finden. Ich zweifle nicht daran – er wird ihn finden!«

»Ich auch nicht«, rief Valenglay und erhob sich von seinem Stuhl. »Und ich entschuldige mich vielmals, mein lieber Lenormand. Ich wollte Sie schon entlassen ... ich dachte, es wäre das Beste. Morgen erwarte ich den Präfekten und Monsieur Weber.«

»Das weiß ich, Herr Premierminister.«

»Unmöglich!«

»Und doch wahr – deswegen habe ich Ihnen ja alles berichtet. Sie sehen, wie ich agiere. Ich stelle die Fallen auf, in denen der Mörder früher oder später gefangen sein wird. Pierre Leduc oder Steinweg werden ihn in meine Hände liefern. Andererseits bin ich Arsène Lupin hart auf den Fersen. Zwei seiner Agenten arbeiten für mich, obwohl er sie für seine besten Helfer hält. Dazu kommt, dass er für mich arbeitet, indem er den dreifachen Mörder sucht, wie auch ich. Er glaubt, nur er kommt mir zuvor, während ich das Gegenteil erwarte. Ich werde zum Ziel kommen, aber nur unter einer Bedingung ...«

»Und die ist?«

»Dass ich freie Hand habe und im rechten Augenblick zuschlagen kann, ohne auf die Öffentlichkeit achten zu müssen, oder meine Vorgesetzten, die gegen mich intrigieren.«

»Einverstanden.«

»In dem Fall, Herr Premierminister, werde ich in ein paar Tagen der Sieger sein ... oder tot.«

***

In Saint Cloud. Eine kleine Villa lag auf dem höchsten Gipfel des Hügellandes, an einer abgelegenen Straße. Es war elf Uhr nachts, als Monsieur Lenormand seinen Wagen in Saint Cloud zurückließ und vorsichtig der Straße folgte. Ein Schatten erschien.

»Sind Sie es, Gourel?«

»Ja, Chef.«

»Haben Sie den Doudeville-Brüdern gesagt, dass ich komme?«

»Ja, Ihr Zimmer steht bereit, Sie können sich hinlegen und ausruhen ... es sei denn, sie wollen Pierre Leduc heute Nacht wegschleppen, was mich nicht überraschen würde, dem Burschen nach zu schließen, den die Doudevilles sahen.«

Sie gingen über den Rasen und betraten leise das Haus. Jean und Jacques Doudeville warteten schon.

»Keine Nachrichten von Prinz Serenin?«, fragte Lenormand.

»Kein Wort, Chef.«

»Und Pierre Leduc?«

»Er verbrachte den ganzen Tag in seinem Zimmer im Erdgeschoss, oder im Garten. Er redet niemals mit uns.«

»Geht es ihm besser?«

»Viel besser. Nach seiner Erholung sieht er schon viel gesünder aus.«

»Ist er Lupin sehr ergeben?«

106

»Eher Prinz Serenin. Er hat keine Ahnung, dass beide Männer die gleiche Person sind. Wenigstens nehme ich das an. Man weiß nie so recht genau, was er denkt, und er spricht kaum ein Wort. Er ist ein sonderbarer Vogel. Es gibt nur eine Person, die ihn zum Sprechen und Lächeln bringt: Das junge Mädchen von Garches, mit dem ihn Prinz Serenin bekannt gemacht hat. Sie heißt Geneviève Ernemont. Sie kam schon dreimal ... heute auch. Ich glaube, da bahnt sich etwas an ... fast so wie zwischen Prinz Serenin und Madame Kesselbach. Es scheint, er macht ihr schöne Augen! ... Der verfluchte Lupin!«

Monsieur Lenormand antwortete nicht. Doch es war offensichtlich, dass er diesen Worten keine sonderliche Bedeutung schenkte, er behielt sie jedoch in Erinnerung, für den Fall, dass sie ihm später nützlich werden könnten. Er steckte eine Zigarre in Brand, kaute jedoch nur an ihr, ohne zu rauchen und warf sie wieder weg.

Er befragte die drei Männer noch einmal kurz, bevor er sich voll angezogen auf sein Bett legte.

Die Anderen verließen das Zimmer.

Eine Stunde, zwei Stunden vergingen.

Plötzlich spürte Monsieur Lenormand eine Berührung, und Gourel sagte: »Aufstehen, Chef! Sie haben das Gartentor geöffnet.«

»Ein Mann oder zwei?«

»Ich habe nur einen gesehen ... der Mond kam gerade heraus ... er verbarg sich bei der Hecke.«

»Und die Brüder Doudeville?«

»Ich habe sie in den Garten geschickt. Sie werden ihm den Fluchtweg abschneiden, wenn es dazu kommt.«

Gourel griff nach Lenormands Arm und führte ihn hinunter zu einem kleinen, dunklen Raum.

»Keine Bewegung, Chef! Wir sind in Leducs Ankleidezimmer. Ich öffne die Tür zu dem Schlafzimmer ... keine Angst, er hat Veronal geschluckt, wie jeden Abend ... nichts weckt ihn auf ... Es ist ein gutes Versteck, nicht wahr? Da sind die Bettvorhänge ... Von hier aus kann man das Fenster und die halbe Seite des Zimmers zwischen dem Bett und Fenster sehen.«

Ein Fensterflügel stand offen und etwas verschwommenes Licht drang herein, das sich von Zeit zu Zeit erhellte, als der Mond hinter den Wolken erschien. Die beiden Männer behielten das Fenster scharf im Auge, überzeugt, ihr Gegner würde dort erscheinen.

Ein leiser, knarrender Laut.

»Er klettert das Spalier hoch.«

»Wie hoch ist es?«

»Etwa zwei Meter.«

Das Knarren verstärkte sich.

»Gehen Sie, Gourel!«, murmelte Lenormand. »Holen Sie die Doudevilles zum Fuß des Spaliers und versperren sie den Fluchtweg des Burschen.«

Gourel verschwand.

Im selben Augenblick erschien ein Kopf über dem Fensterrand. Dann schwang sich ein Bein über den Balkon. Lenormand sah verschwommen einen schlanken, kleineren Mann, dunkel gekleidet und hutlos.

Der Mann wandte sich um und beobachtete den Garten, als wollte er sich überzeugen, es drohte ihm keine Gefahr. Dann glitt er nach innen und kauerte sich nieder. Lenormand konnte nur einen dunkleren Schatten sehen.

Pierre Leduc seufzte im Schlaf und drehte sich auf die andere Seite.

Wieder absolute Stille.

Der Eindringling war zum Bett geglitten und nun hob sich sein Umriss gegen die helleren Bettlaken ab.

Lenormand war ihm so nahe, dass er ihn mit ausgestrecktem Arm berühren konnte. Er konnte die Atemzüge des Anderen über denen des Schlafenden vernehmen und glaubte, seinen Herzschlag zu hören.

Plötzlich heller Lichtschein! Der Mann hatte eine Taschenlampe eingeschaltet und ihr Strahl war auf das Gesicht des Schlafenden gerichtet, so dass Lenormand das Antlitz des Einbrechers nicht erkennen konnte.

Doch etwas anderes ließ ihn zusammenzucken. Er erschauderte, als er eine Messerklinge schimmern sah, ein Stilett, ähnlich der Waffe, die er neben der Leiche Chapmans, Monsieur Kesselbachs Sekretär, entdeckt hatte.

Es bedurfte all seiner Willenskraft, sich nicht auf den Unbekannten zu werfen. Er musste zuerst wissen, was dieser Mann beabsichtigte.

Die Hand war erhoben. Würde er zustoßen? Lenormand berechnete die Entfernung, sollte er gezwungen sein, einzugreifen ... doch nein, es war keine mörderische Absicht, eher eine Vorsichtsmaßnahme. Das Messer würde nur fallen, sollte Leduc aufwachen oder um Hilfe rufen. Und der Mann beugte sich über den Schlafenden, als suchte er nach etwas.

»Die rechte Wange«, dachte Lenormand. »Die Narbe. Er will sicher sein, dass es wirklich Pierre Leduc ist.«

Der Mann drehte sich zur Seite, so dass sich der Vorhang bewegte, hinter den sich Lenormand zurückgezogen hatte.

Eine Bewegung, dachte der Chef, *ein kleines Anzeichen nur, dass er mich bemerkt hat, und ich schnappe ihn mir.*

Doch der Mann war zu sehr mit seiner Untersuchung beschäftigt. Endlich wechselte er den Dolch in die Hand mit der Laterne, bevor er vorsichtig das Bettlaken hochhob, bis der linke Arm des Schlafenden erkennbar war. Die Laterne war auf die Hand gerichtet. Sie war gespreizt. Der kleine Finger war verkürzt und wies eine Narbe am zweiten Knöchel auf.

Wieder bewegte sich Leduc. Die Lampe erlosch sofort. Es kam Lenormand vor, als hob der Andere den Arm. Instinktiv streckte er eine schützende Hand über den Schlafenden und seine Schulter stieß gegen den Unbekannten.

Der stieß einen unterdrückten Schrei aus und schlug wild mit dem Dolch ins Leere, bevor er zum Fenster sprang.

Doch Monsieur Lenormand war noch schneller und seine Arme schlossen sich um die Schultern des Fliehenden.

Der Mann versuchte sofort, sich aus der Umklammerung zu befreien. Es bedurfte all der Kraft des Chefs, ihn zu halten und zu Boden zu reißen.

»Ich habe ihn!«, triumphierte er.

Er verspürte den Siegerstolz im Angesicht des gefährlichen Augenblicks und verstärkte seinen Griff. Der Unbekannte wehrte sich bebend, wütend, verzweifelt.

Und plötzlich zuckte Lenormand zusammen, als er einen leichten Stich an seinem Hals verspürte ... er verdoppelte seine Anstrengung mit der Verzweiflung, die in ihm hochstieg, doch der Schmerz verstärkte sich nur noch.

Er erkannte, dass der Andere den Arm befreit hatte, der den Dolch hielt. Obwohl er nicht zustoßen konnte, ließen Lenormands Anstrengungen die Messerspitze nur noch stärker gegen seinen Hals drücken.

Er bog den Kopf zurück, um der drohenden Gefahr zu entgehen. Die Dolchspitze folgte und die Wunde vergrößerte sich.

Er erinnerte sich an die drei Verbrechen, in denen das Stilett, das ihm nun mit dem Tod drohte, seine tödliche Rolle gespielt hatte.

Plötzlich lockerte er den Griff und sprang zurück. Doch bevor er wieder die Offensive ergreifen konnte, fuhr der Unbekannte herum und war mit einem Satz aus dem Fenster, sprang hinunter und war einen Augenblick später verschwunden.

»Aufgepasst, Gourel!«, rief Lenormand.

Er beugte sich nach draußen, hörte Schritte auf dem Kiesweg, sah einen Schatten zwischen den Bäumen, vernahm das Zuschlagen des Gartentors und ... Stille.

Ohne auf Pierre Leduc zu achten, lief er nach unten.

»Gourel! ... Doudeville!.«

Keine Antwort. Die Landschaft lag still vor ihm.

Die Erinnerung an die drei Morde drängten sich ihm wieder auf. Nein, es war unmöglich! Der Flüchtende hatte freie Bahn gehabt.

Monsieur Lenormand jagte nach unten, schaltete seine Lampe ein und sah Gourel bewegungslos auf dem Boden liegen.

»Verdammt!«, stieß er hervor. »Wenn sie ihn umgebracht haben, werden sie teuer dafür zahlen.«

Doch Gourel war nicht tot. Nach wenigen Minuten kam er wieder zu Besinnung und knurrte.

»Nur ein Faustschlag, Chef ... ein Schlag gegen die Brust. Aber was für ein Bursche!«

»Es waren also zwei?«

»Ja, ein Kleiner, der nach oben kletterte und ein Zweiter, der mich überraschte.«

»Und die Doudevilles?«

»Habe sie nicht gesehen.«

Einer von ihnen, Jacques, wurde in der Nähe des Tors gefunden, von einem Faustschlag gegen das Kinn blutend.

»Was ist geschehen?«, fragte Lenormand.

Jacques berichtete, sein Bruder und er waren von einem Burschen niedergeschlagen worden, bevor sie sich verteidigen konnten.

»War der Kerl allein?«

»Nein, es war noch ein zweiter bei ihm, kleiner als er.«

»Haben Sie den Mann erkannt, der Sie niederstreckte?«

»Seinen breiten Schultern nach zu schließen, dachte ich, es könnte der Engländer aus dem Palace-Hotel gewesen sein, der spurlos verschwunden ist.«

»Der Major?«

»Ja, Major Parbury.«

Nach kurzem Nachdenken sagte Monsieur Lenormand: »Zweifellos. Sie waren zu zweit in der Kesselbach-Sache; der Mann mit dem Messer, der die Morde beging und sein Komplize, Major Parbury.«

»Prinz Serenin ist der gleichen Meinung«, murmelte Jacques Doudeville.

»Und heute Nacht«, fuhr der Chef fort, »sind sie es wieder. Die Chance, zwei Verbrecher zu schnappen, ist hundertmal größer als einen zu erwischen.«

Monsieur Lenormand kümmerte sich um seine Untergebenen, brachte sie zu ihren Betten und sah sich um, ob die Verbrecher etwas hinterlassen hatten. Er fand nichts und legte sich wieder schlafen.

Am nächsten Morgen fühlten sich Gourel und die Doudevilles wieder erholt von ihren Verletzungen.

Er befahl den Brüdern, die Gegend noch einmal genau zu durchsuchen während er und Gourel nach Paris zurückkehrten, um ihre Aufgabe voranzubringen und neue Anweisungen zu geben.

Inspektor Lenormand nahm sein Mittagessen im Büro ein. Um zwei Uhr erhielt er gute Nachrichten. Einer seiner besten Detektive, Dieuzy, hatte Steinweg, Rudolf Kesselbachs Korrespondenten, entdeckt, als der Deutsche aus dem Zug von Marseille stieg.

»Ist Dieuzy hier?«

»Ja, Chef«, bestätigte Gourel. »Mit dem Deutschen.«

»Dann herein mit ihnen.«

Im selben Moment schrillte das Telefon. Es war Jean Doudeville, der vom Postamt in Garches anrief. Das Gespräch dauerte nicht lang.

»Sind Sie es, Jean. Irgendwelche Nachrichten?«

»Ja, Chef. Major Parbury ...«

»Und?«

»Wir haben ihn gefunden. Er hat sich in einen Spanier verwandelt, seine Hautfarbe verdunkelt. Wir haben ihn eben gesehen. Er ist zur Schule in Garches gefahren und wurde dort von der jungen Dame begrüßt ... Sie wissen schon, das Mädchen, das Prinz Serenin kennt, Geneviève Ernemont.«

»Zum Teufel!«

Monsieur Lenormand ließ den Hörer fallen, griff zu seinem Hut, eilte in den Gang wo er Dieuzy und den Deut-

112

schen fand, rief ihnen zu, um sechs Uhr in seinem Büro zu erscheinen, eilte die Treppe hinunter, gefolgt von Gourel und zwei Inspektoren, die er unterwegs fand, und rief ein Taxi.

»Garches, so rasch wie Sie können ... zehn Franc für Sie!«
Er ließ das Taxi ein Stück vor dem Parc de Villeneuve halten, bei der Kurve der Straße, die zur Schule führte. Jean Doudeville wartete schon auf ihn und stieß sofort hervor:
»Er hat sich durch die Hintertür aus dem Staub gemacht, vor zehn Minuten, und fuhr weiter die Straße hinunter.«
»Allein?«
»Nein, mit der jungen Dame.«
Lenormand nahm Doudeville beim Kragen.
»Sie Idiot! Sie ließen ihn verschwinden! Sie hätten ihn doch ... Sie sollten ...«
»Mein Bruder verfolgt ihn.«
»Das wird nicht viel nützen. Er wird Ihren Bruder umlegen. Keiner von euch ist ihm gewachsen.«
Er setzte sich selbst hinter das Steuer des Taxis und raste entschlossen die Straße hinunter, ohne auf die Schlaglöcher und das Gestrüpp an beiden Seiten zu achten. Sie erreichten bald eine Dorfstraße, die sie zu einer Kreuzung von fünf Straßen führte. Ohne zu zögern, wählte Lenormand die Linke, die Saint-Cloud-Straße.
Zum Glück fanden sie den anderen Doudeville-Bruder am nächsten Hügel, unterhalb dessen ein See lag.
»Sie sind in einer Kutsche, knapp einen Kilometer voraus!«, rief er.
Der Chef hielt nicht an, sondern fuhr rasant weiter, um enge Kurven, rund um den See und stieß plötzlich einen triumphierenden Schrei aus. Ganz oben an einem kleinen Hügel vor ihnen hatte er das Dach einer Kutsche entdeckt.
Unglücklicherweise befand er sich jedoch auf der falschen Straße und er musste im Rückwärtsgang zurückfahren. Als er endlich dem richtigen Weg folgte, konnte er

die Kutsche wieder erspähen. Sie stand noch immer bewegungslos. Auf halbem Weg sah er ein Mädchen, das sich nach draußen schwang. Ein Mann erschien hinter ihr. Das Mädchen fuhr herum und streckte den Arm aus. Zwei Schüsse erklangen.

Sie hatten ihr Ziel verfehlt, denn ein Mann blickte aus dem anderen Fenster, sah die Verfolger, gab den Pferden einen Peitschenschlag und verschwand im Galopp. Einen Augenblick später war die Kutsche um eine Biegung verschwunden.

Monsieur Lenormand beendete die Wendung in wenigen Sekunden und raste den Hügel hoch, überholte das Mädchen und wendete geschickt.

Er kam zu einem holperigen, steinbesäten Waldweg, der nur mit großer Vorsicht zu befahren war. Doch das hinderte ihn nicht, die Verfolgung fortzusetzen. Zwanzig Meter vor ihm tanzte die Kutsche über den steinigen Weg, doch die Entfernung verringerte sich rasch. Die Kutsche konnte nicht entkommen.

Während die beiden Fahrzeuge beängstigend über den schlechten Weg holperten, spielte Lenormand mit dem Gedanken, die Kutsche zu rammen. Doch es war zu gefährlich, abzubremsen, und so fuhr er etwas langsamer weiter, die Beute dicht vor sich.

»Wir haben ihn, Chef, wir haben ihn!«, rief einer der Inspektoren, durch die aufregende Jagd begeistert.

Vor ihnen fiel der Weg ab und erreichte eine Straße, die zur Seine und nach Bougival führte. Auf ebener Straße trabte das Pferd weiter, ohne Eile und in der Mitte der Straße.

Endlich ergab sich eine Gelegenheit, die Kutsche zu überholen, die der Chef nicht ungenützt vorübergehen ließ.

Dann jedoch stieß er einen Fluch aus ... einen Schrei des Ärgers ... Die Kutsche war leer!

Das Pferd trottete ruhig weiter, die Zügel hingen lose über seinen Rücken. Zweifellos kehrte es zu seinem Stall zurück, dem Stall irgendeiner Gaststätte in der Nähe, von dem es gemietet war.

Der Chefinspektor unterdrückte seinen Ärger, während er anhielt.

»Der Major muss in den wenigen Sekunden, in denen er nicht zu sehen war, abgesprungen sein, irgendwo weiter oben am Hügel.«

»Wir müssen den Wald durchkämmen, Chef, dann werden wir ihn ...«

»... und mit leeren Händen zurückkehren. Der Halunke ist bestimmt schon weit entfernt. Er ist keiner, der zweimal am Tag erwischt wird. Ach, verflucht!«

Sie kehrten zu dem Mädchen zurück, das sich in Jacques Doudevilles Gesellschaft befand und anscheinend nicht mehr als einen Schrecken davongetragen hatte. Lenormand stellte sich vor und erbot sich, sie heim zu bringen, doch zuerst fragte er sie über den englischen Major Parbury aus.

Sie wirkte erstaunt.

»Er ist weder Engländer, noch ein Major, und er heißt auch nicht Parbury.«

»Wie lautet sein Name dann?«

»Juan Ribeira. Er ist ein Spanier, von seiner Regierung geschickt, um das französische Schulwesen zu studieren.«

»Wie Sie wollen. Sein Name und seine Staatsangehörigkeit sind nicht wichtig. Er ist der Mann, den wir suchen. Kennen Sie ihn schon seit längerer Zeit?«

»Etwa vierzehn Tage. Er hörte über eine Schule, die ich in Garches eröffnet habe und ist an meinem Experiment so sehr interessiert, dass er mir eine Schenkung verschaffen will, unter der Voraussetzung, er kann von Zeit zu Zeit kommen und sich über den Fortschritt meiner Schüler zu informieren. Ich hätte nicht das Recht eine solche Spende abzulehnen ...«

»Nein, natürlich nicht, doch vielleicht wäre es besser gewesen, sich mit Ihren Bekannten zu beraten. Ist Prinz Serenin nicht ein Freund? Er kann immer gute Ratschläge geben.«

»Oh, ich habe das größte Vertrauen in ihn, aber leider ist er zurzeit verreist.«

»Kennen Sie denn seine aktuelle Adresse nicht?«

»Nein. Und was könnte ich ihm schon sagen? Der Herr benahm sich sehr nett. Erst heute ... Aber ich weiß nicht, was ...«

»Ich bitte Sie, Mademoiselle, sprechen Sie ganz offen. Sie können sich auf mein Verständnis verlassen.«

»Also, Monsieur Ribeira kam vor kurzer Zeit. Er sagte, er sei von einer französischen Dame geschickt worden, die einige Zeit in Bougival verbringt, dass diese Dame eine Tochter hat, deren Erziehung sie mir anvertrauen möchte, und sie wünsche, mit mir so bald wie möglich zu sprechen. Das alles erschien mir ganz natürlich. Und weil heute ein Feiertag ist, und Monsieur Ribeira eine Kutsche gemietet hatte, die vor dem Haus auf ihn wartete, nahm ich seine Einladung ohne Zögern an.«

»Und was war sein wahres Ziel?«

Sie errötete und sagte: »Mich zu entführen. Er gestand es mir selbst nach einer halben Stunde ...«

»Wissen Sie sonst nichts über ihn?«

»Nein.«

»Lebt er in Paris?«

»Ich nehme es an.«

»Hat er Ihnen jemals geschrieben? Besitzen Sie ein paar Zeilen seiner Handschrift, irgendetwas, das er, hinterlassen hat und das uns weiterhelfen könnte?«

»Nichts ... Oh, warten Sie einen Augenblick ... aber ich glaube, es ist nicht wichtig.«

»Sprechen Sie ... bitte!«

»Nun gut: vor zwei Tagen bat er mich darum, meine Schreibmaschine benutzen zu dürfen und er tippte, mit einiger Schwierigkeit – anscheinend ohne große Erfahrung – einen Brief, dessen Adresse ich sah.«

»Welche Adresse?«

»Er schrieb an den 'Journal' und fügte etwa zwanzig Briefmarken hinzu.«

»Ja ... eine Beratungsspalte vermutlich«, sagte Monsieur Lenormand.

»Ich habe die heutige Ausgabe zufällig dabei, Chef«, erbot sich Gourel.

Lenormand entfaltete die Zeitung und suchte die achte Seite. Bald zuckte er zusammen. Er hatte folgende Annonce gelesen:

'An jede Person, die einen Mister Steinweg kennt. Leser wünscht zu erfahren, ob er sich in Paris befindet und seine Adresse. Antwort durch diese Spalte.'

»Steinweg!«, rief Gourel. »Aber das ist doch der Mann, den Dieuzy zu Ihnen bringt.«

»Ja, ja, er ist der Mann, dessen Brief an Monsieur Kesselbach ich entdeckte, der Mann, der Kesselbach auf die Spur Pierre Leducs ... Das heißt also, auch sie suchen nach Leduc und seiner Vergangenheit ... auch sie tappen im Dunkeln ...«

Er rieb seine Hände. Steinweg wartete auf ihn in Paris. In weniger als einer Stunde würde er erfahren, was der Deutsche zu sagen hatte. Der Nebel um den Kesselbach-Fall, der dunkelste und undurchdringlichste, würde sich in Kürze lüften.

6. Kapitel: Monsieur Lenormand unterliegt

Lenormand war um sechs Uhr abends wieder in seinem Büro in der Präfektur. Er ließ Dieuzy rufen.

»Ist Ihr Mann da?«

»Ja, Chef.«

»Wie weit sind Sie mit ihm gekommen?«

»Nicht sehr weit. Er sagt kein Wort. Ich sagte ihm, laut der neuen Regel sind Ausländer verpflichtet, eine Erklärung bei der Präfektur über den Grund und die mögliche Länge ihres Aufenthaltes in Paris abzulegen und ich brachte ihn hierher, zu Ihrem Sekretär.«

»Ich werde ihn befragen.«

Doch in diesem Augenblick erschien ein Bote.

»Es ist eine Dame hier, die Sie zu sprechen wünscht, Chef.«

»Ihre Karte?«

»Hier, Chef.«

»Madame Kesselbach! Lassen Sie die Dame kommen.«

Er ging zur Tür, um die junge Witwe zu begrüßen und bot ihr einen Stuhl an. Sie wirkte noch immer verstört, krank und erschöpft nach ihrem Verlust.

Sie hielt den 'Journal' in der Hand und deutete auf die Annonce, die Steinwegs Namen erwähnte.

»Der alte Steinweg war ein Freund meines Mannes«, sagte sie. »Ich zweifle nicht daran, dass er etwas über die Angelegenheiten meines Mannes weiß.«

»Dieuzy«, sagte Lenormand. »Bringen Sie den Herrn herein, der draußen wartet. Ihr Besuch, Madame, kommt sehr gelegen. Ich muss Sie nur bitten, kein Wort zu sagen, wenn die Person eintritt.«

Die Tür öffnete sich. Ein älterer Mann erschien, mit einem weißen Bart und faltigem Gesicht. Er war schlecht gekleidet und trug den Ausdruck der armen Teufel im Gesicht, die nach ihrem täglichen Unterhalt suchten.

Er stand bei der Türschwelle, zwinkerte, starrte Lenormand an, durch das Schweigen verwirrt, das ihn begrüßte, und drehte seinen Hut verlegen in den Händen.

Doch plötzlich war es, als hätte ihn der Blitz getroffen. Seine Augen öffneten sich weit und er stammelte: »Frau ... Frau Kesselbach!«

Er hatte die junge Witwe entdeckt. Und als er wieder seine Fassung gefunden und seine Scheu verloren hatte, eilte er auf sie zu und sagte mit einem starken deutschen Akzent: »Oh Gott! ... Ich bin so froh! Endlich! ...Ich dachte schon, ich würde niemals ... ich war so erstaunt, dass ich keine Nachricht erhielt ... Kein Telegramm. Und wie geht es unserem lieben Rudolf Kesselbach?«

Die Dame taumelte zurück, als hätte sie einen Schlag erhalten, sank in einen Sessel und begann zu weinen.

»Was ist los? ... Aber was ist denn los?«, fragte er verwirrt.

»Ich sehe, Monsieur Steinweg«, sagte Lenormand, »Sie wissen nichts von gewissen Geschehnissen, die sich vor einiger Zeit ereignet haben. Waren Sie lang unterwegs?«

»Ja, drei Monate ... Ich war oben im Rand. Dann wieder in Capetown und schrieb Rudolf von dort. Doch auf dem Heimweg fand ich Arbeit in Port Said. Rudolf hat doch meinen Brief erhalten?«

»Er ist nicht hier. Ich werde die Gründe dafür in Kürze erklären. Doch zuerst bitte ich um gewisse Erklärungen. Es handelt sich um eine Person, die Sie kennen und die Sie in Ihrer Korrespondenz mit Monsieur Kesselbach erwähnten. Der Mann heißt Pierre Leduc.«

»Pierre Leduc! Was? Wer sagte Ihnen diesen Namen?«

Der alte Mann schien sehr erregt.

Er stammelte wieder: »Wer sagte ihn Ihnen? ... Wer offenbarte Ihnen ...«

»Monsieur Kesselbach.«

»Unmöglich! Es war ein Geheimnis, das ich Rudolf anvertraute und er hütet Geheimnisse ... besonders dieses.«

»Trotzdem ist es notwendig, dass Sie unsere Fragen

beantworten. Wir beschäftigen uns im Augenblick mit Pierre Leduc und suchen nach einer Antwort, die nur Sie liefern können, da Monsieur Kesselbach nicht mehr hier ist.«

»Na gut!«, rief Steinweg nach kurzem Zögern. »Was wollen Sie?«

»Kennen Sie Pierre Leduc?«

»Ich habe ihn nie gesehen, aber ich weiß von einem Geheimnis über ihn. Durch gewisse Informationen erfuhr ich, dass er ein elendes Leben in Paris führt und sich Pierre Leduc nennt.«

»Kennt er seinen wahren Namen?«

»Ich nehme es an.«

»Und Sie?«

»Ja, ich weiß ihn.«

»Na, dann nennen Sie ihn mir.«

Steinweg zögerte, dann rief er erregt: »Ich kann nicht. Das kann ich nicht!«

»Warum nicht?«

»Ich habe nicht das Recht dazu. Er bedeutet das ganze Geheimnis. Als ich Rudolf das Geheimnis offenbarte, erschien es ihm so wichtig, dass er mir eine große Geldsumme gab, um zu schweigen, und mir ein Vermögen versprach, wenn sein Plan zum Erfolg führen sollte. Es ging ihm erstens darum, Pierre Leduc zu finden und zweitens, dank des Geheimnisses, sein Ziel zu erreichen.« Er lachte bitter. »Die Geldsumme ist schon verloren. Ich kam, um zu erfahren, wie es um mein Vermögen steht.«

»Monsieur Kesselbach ist tot«, sagte der Chefinspektor.

Steinweg zuckte zusammen.

»Tot? Wie ist das möglich? Nein, das ist eine Finte. Frau Kesselbach, ist es wahr?«

Sie nickte kaum merklich.

Steinweg schien durch diese unerwartete Enthüllung vollkommen niedergeschlagen. Doch sie musste ihm sehr bedeutungsvoll sein, denn er begann zu weinen.

»Mein armer Rudolf. Ich kannte ihn, seit der Zeit, als er noch ein Junge war ... Er kam oft und spielte in meinem Haus in Augsburg ... Ich habe ihn sehr gern gehabt.« Er wandte sich Madame Kesselbach zu, als wollte er sie zu seinem Zeugen machen. »Und er mich auch, nicht wahr, Frau Kesselbach. Das muss er Ihnen gewiss gesagt haben ... sein altes Väterchen Steinweg nannte er mich.«

Lenormand trat auf ihn zu.

»Hören Sie mir zu«, sagte er. »Monsieur Kesselbach wurde ermordet ... Beruhigen Sie sich ... Tränen sind nutzlos ... Er wurde ermordet und alle Nachforschungen darüber lassen vermuten, der Mörder wusste von seinen Absichten. Gibt es irgendeinen Grund für die Tat, den Sie uns nennen könnten?«

Steinweg war vollkommen verwirrt.

»Es ist meine Schuld ... Wenn ich ihm nicht von der Sache erzählt ...«

Madame Kesselbach ging auf ihn zu und sagte flehend: »Was wissen Sie? ... haben Sie eine Idee? ... Oh, Steinweg, ich flehe Sie an.«

»Ich habe keinen klaren Kopf ... ich kann nicht nachdenken«, murmelte er. »Ich brauche Zeit um ...«

»Erinnern Sie sich, als Sie mit Monsieur Kesselbach darüber sprachen«, drängte Lenormand. »War damals jemand zugegen? Gab es niemand, dem er seine Absichten anvertrauen konnte?«

»Nein.«

»Denken Sie gründlich nach!«

Lenormand und Dolores beugten sich gespannt nach vorn.

»Nein«, erwiderte er.

»Denken Sie ganz scharf nach!«, drängte Lenormand weiter. »Der Vorname des Mörders beginnt mit einem L, sein Familienname mit einem M.«

»Ein L«, wieder Steinweg. »Ich weiß nicht ... ein L ... und ein M ...«

»Ja, die Buchstaben befanden sich auf einem Zigarettenetui, das dem Mörder gehörte.«
»Ein Zigarettenetui?«, fragte Steinweg, nach einer Erklärung suchend.
»Ja, mit drei Fächern; eins für Papier, das andere für Ta-
bak, das letzte für Streichhölzer«
»Drei Fächer, drei Fächer«, murmelte Steinweg. »Könn-
ten Sie es mir zeigen?«
»Hier ist es, das heißt, eine Kopie«, sagte Lenormand und
reichte ihm das Etui.
Steinweg drehte es in den Händen, stierte darauf herun-
ter und stieß plötzlich einen Laut aus, als sei ihm plötz-
lich ein entsetzlicher Gedanke gekommen.
»Was ist?«, fragte Lenormand.
»Oh«, stieß der alte Mann hervor. »Das erklärt alles!«
»Heraus damit!«
Er ging zu den Fenstern, kehrte dann unsicheren Schrit-
tes wieder zu dem Chef zurück.
»Monsieur, Monsieur ... Rudolfs Ermordung ... ich sage
Ihnen ... na ...«
Er hielt inne.
»Was?«
Es gab eine lange Pause, während der Lenormand auf die
Antwort wartete, die zum Ziel führen würde.
»Nein, ich kann nicht!«, stieß Steinweg hervor. »Ich kann
nicht ...«
»Was sagen Sie da?«, schrie der Chefinspektor wütend.
»Ich sage: *ich kann nicht.*«
»Sie haben nicht das Recht, zu schweigen. Das Gesetz ver-
langt Ihre Antwort.«
»Morgen ... ich werde Ihnen morgen alles sagen ... ich
muss nachdenken ... Morgen erfahren Sie alles, was ich
über Pierre Leduc weiß ... alles, was ich über das Zigaret-
tenetui vermute ... morgen, ich verspreche es ...«
Ganz offensichtlich war es nutzlos, ihn zu drängen, so
sehr sich Lenormand auch bemühen mochte.

»Gut, ich gebe Ihnen bis morgen, aber ich warne Sie! Wenn Sie dann nichts verraten, bringe ich Sie vor den Staatsanwalt.«

Er läutete, nahm Inspektor Dieuzy beiseite und sagte: »Bringen Sie ihn zu seinem Hotel und bleiben Sie dort. Ich schicke Ihnen zwei Leute ... und halten Sie die Augen auf. Es ist gut möglich, dass jemand versuchen wird, ihn zu entführen – oder schlimmeres.«

Der Inspektor verließ das Büro mit Steinweg. Lenormand kehrte zu Madame Kesselbach zurück, die durch all das sehr aufgebracht war und entschuldigte sich.

»Bitte, verzeihen Sie mir, Madame ... ich verstehe, wie anstrengend all das für Sie ist ...«

Er befragte sie über die Zeit, zu der Kesselbach seine Verbindung zu Steinweg erneuert hatte und wie lange diese Verbindung angedauert hatte. Doch sie war zu erschöpft, und er drang nicht weiter in sie.

»Soll ich morgen wiederkommen?«, fragte sie.

»Nein, das ist nicht notwendig. Ich teile Ihnen alles mit, was Steinweg sagen wird. Darf ich Sie zu Ihrer Kutsche bringen? Die Treppen sind ein wenig steil.«

Er öffnete die Tür und trat zur Seite, um sie hinausgehen zu lassen. In diesem Augenblick wurden Stimmen im Gang laut, und eine Anzahl von Menschen rannten aus ihren Büros herbei.

»Chef! Chef!«

»Was ist los?«

»Dieuzy ...!«

»Aber er ist doch eben erst ...«

»Er wurde am Treppenabsatz gefunden ...«

»Doch nicht etwa tot?«

»Nein, bewusstlos ...«

»Verflucht!«

Er rannte den Gang entlang und die Treppe hinunter, wo er Dieuzy am Treppenabsatz liegen sah, von Menschen umgeben, die ihm zu helfen versuchten.

Er sah Gourel auf sich zukommen.

»Gourel, sind Sie weiter unten gewesen. Haben Sie jemand gesehen?«

»Nein, Chef ...«

Doch Dieuzy war wieder bei Bewusstsein. Er hatte kaum die Augen geöffnet, so murmelte er: »Hier, auf der Treppe; die kleine Tür ...«

»Oh, verflucht! Die Tür zum Gerichtssaal 7!«[3], rief der Chefinspektor. »Befahl ich nicht, die Tür soll immer versperrt bleiben? ... Es war doch abzusehen, dass früher oder später ...« Er griff zur Türklinke. »Natürlich! Jetzt ist sie von innen verriegelt.«

Die Tür war teilweise mit Milchglas verglast. Er benutzte den Griff seines Revolvers, um das Glas einzuschlagen, schob den Riegel an der Innenseite zurück und sagte zu Gourel: »Laufen Sie zum Ausgang am Place Dauphine ... «

Er kehrte zu Dieuzy zurück.

»Raus damit, Dieuzy! Wie ließen Sie sich überrumpeln?«

»Ein Schlag in die Magengrube, Chef ...«

»Von einem alten Mann? Er kann kaum auf seinen Beinen stehen.«

»Nicht er, Chef, sondern ein Anderer, der im Gang auf und ab ging, während Sie Steinweg verhörten. Er folgte uns, als wir gingen, ich dachte, er suchte nach dem Ausgang. Als wir hier vorbeikamen, bat er mich um Feuer für seine Zigarette ... Ich suchte nach Zündhölzern ... da traf er mich plötzlich mit einem Haken ... ich fiel um und sah gerade noch, wie er die Tür öffnete und den alten Mann mit sich zog.«

»Würden Sie ihn wiedererkennen?«

»Oh ja, Chef. Ein kräftiger Bursche, dunkelhäutig, ein Südländer, das ist sicher ...«

»Ribeira«, knurrte Lenormand. »Immer dieser Kerl! ... Ri-

---

[3] Nachdem Monsieur Lenormand die Detektiv-Abteilung verließ, konnten zwei weitere Verbrecher durch diese Tür entkommen. Die Polizei unterdrückte jegliche Meldung darüber.

beira alias Parbury ... Oh, die Frechheit dieses Burschen. Er fürchtete sich vor dem, was Steinweg erzählen konnte und schnappte ihn uns unter unseren Nasen weg! So ein Halunke! Aber verflucht noch mal, wie wusste er, dass Steinweg hier war? Es ist keine vier Stunden her, seitdem ich ihn durch die Wälder von Saint Cloud gejagt habe ... und jetzt ist er hier ... Wie wusste er ... es ist, als könnte er meine Gedanken lesen.«

Er war völlig geistesabwesend. Madame Kesselbach ging vorüber und neigte den Kopf, ohne dass er sie zur Kenntnis nahm.

Erst als er Schritte von der Treppe her vernahm, blickte er auf.

»Endlich! Sind Sie es, Gourel?«

»Ich habe sie entdeckt. Sie liefen zu Place Dauphine, wo ein Auto wartete. Es waren zwei Leute darin, einer ein Mann mit einem Hut über den Augen ...«

»Das ist er«, murmelte Lenormand. »Der Mörder, der Komplize von Ribeira-Parbury. Und der Andere?«

»Eine Frau, eine Dienerin oder so etwas ... ohne Hut, ganz hübsch, mit rotem Haar.«

»Was? Sagten Sie ... rotes Haar?«

»Ja.«

Monsieur fuhr herum, rannte die Treppe mit langen Sätzen hinunter, eilte durch den Hof und erreichte den Quai des Orfèvres.

»Halt!«, rief er.

Eine Victoria-Kutsche mit zwei Pferden fuhr davon. Es war Madame Kesselbachs Kutsche. Der Kutscher hörte ihn und hielt an. Lenormand schwang sich auf das Trittbett.

»Tausend Entschuldigungen, Madame, aber ich brauche Ihre Hilfe. Ich bitte Sie, mich zu begleiten ... Aber wir müssen uns beeilen ... Gourel, wo ist mein Taxi?«

»Ich schickte es weg, Chef.«

»Na, dann ruf' ein anderes. Schnell!«

Die Beamten liefen in alle Richtungen. Doch es dauerte zehn Minuten, bevor einer von ihnen mit einem Taxi zurückkehrte. Monsieur Lenormand kochte vor Ungeduld. Madame Kesselbach stand schwankend auf dem Trottoir, ein Fläschchen mit Riechsalz in der Hand.

Endlich waren sie eingestiegen.

»Gourel, setzen Sie sich neben den Fahrer und dann schnell nach Garches.«

»Zu meinem Haus?«, fragte Dolores bestürzt.

Er antwortete nicht, sondern beugte sich aus dem Fenster und wedelte seinen Ausweis, erklärte dem Polizisten, der den Verkehr regelte, wer er war. Endlich, als sie den Cours-la-Reine erreichten, lehnte er sich zurück und sagte: »Ich bitte Sie, Madame, beantworten Sie meine Fragen genau. Haben Sie Geneviève Ernemont vor kurzer Zeit, etwa gegen vier Uhr, gesehen.«

»Geneviève? ... Ja ... Ich kleidete mich an, um auszugehen.«

»Sagte sie Ihnen etwas über die Annonce für Steinweg im 'Journal'?«

»Ja.«

»Und das war der Grund, weshalb Sie zu mir kamen?«

»Ja.«

»Waren Sie während Genevièves Besuch allein?«

»Ich kann mich nicht erinnern ... Warum?«

»Denken Sie nach? War eine Ihrer Angestellten dabei?«

»Vermutlich ... ich kleidete mich an.«

»Wie heißen sie?«

»Susanne und Gertrude.«

»Eine von ihnen hat rotes Haar, nicht wahr?«

»Ja, Gertrude.«

»Arbeitet sie schon lang für Sie?«

»Ihre Schwester war schon immer bei mir, Gertrude erst seit einigen Jahren. Sie ist ergeben und ehrlich und ...«

»Sie haben also keine Klage über sie?«

»Keinerlei.«

»Sehr gut ... sehr gut.«

Es war halb acht, als sie die Portier-Loge erreichten, und es dämmerte schon. Ohne eine Erklärung eilte der Chef zum Portier.

»Madame Kesselbachs Dienerin ist vor kurzer Zeit zurückgekehrt, nicht wahr?«

»Welche Dienerin meinen Sie?«

»Na, Gertrude, eine der Schwestern.«

»Aber Gertrude war doch gar nicht weg. Wir hätten sie bestimmt gesehen.«

»Doch jemand ist vor kurzer Zeit gekommen?«

»Nein, Monsieur, wir haben das Tor für niemanden geöffnet seit ... es muss sechs Uhr gewesen sein.«

»Gibt es noch einen anderen Weg nach draußen?«

»Nein, die Mauern umgeben das ganze Gut und sind sehr hoch ...«

»Madame Kesselbach, wir werden alle zu Ihrem Haus gehen.«

Zu dritt erreichten sie das Gartenhaus. Madame Kesselbach, die keinen Hausschlüssel besaß, drückte auf den Klingelknopf. Suzanne, die andere Schwester, öffnete.

»Ist Gertrude hier?«, fragte Madame Kesselbach.

»Ja, Madame, in ihrem Zimmer.«

»Bitten Sie Gertrude, zu uns zu kommen«, sagte der Chef.

Kurz darauf erschien Gertrude, sehr attraktiv und nett in ihrer bestickten Schürze. Sie hatte ein hübsches Gesicht, umrahmt von rotem Haar.

Lenormand musterte sie schweigend, als wolle er ergründen, was sich hinter ihrem unschuldigen Blick verbarg.

Er stellte keine Frage.

Nach einer Minute sagte er: »Es ist gut, danke. Kommen Sie, Gourel!«

Er trat nach draußen, gefolgt von dem Sergeanten und folgte den Pfaden in der wachsenden Dunkelheit. Dann sagte er: »Das ist sie!«

»Glauben Sie das, Chef? Sie wirkte so ruhig.«

»Zu ruhig. Eine Andere wäre erstaunt gewesen, würde gefragt haben, was ich von ihr wollte. Aber nicht sie! Nichts als die Konzentration, zu lächeln, was immer es auch kostete. Aber ich sah einen Schweißtropfen an ihrer Stirn, dicht über dem einen Ohr.«

»Das heißt? ...«

»Das heißt, dass alles klar wird. Gertrude steckt mit den Burschen, die in den Kesselbach-Fall verwickelt sind, unter einer Decke. Sie wollen entweder den Plan entdecken oder fortführen, den Kesselbach hatte, oder sie sind hinter den Millionen der Witwe her. Zweifellos ist auch die andere Schwester mit von der Partie. Um vier Uhr, nachdem Gertrude erfahren hatte, dass ich von der Annonce im 'Journal' wusste, nutzt sie die Abwesenheit ihrer Herrin um nach Paris zu eilen, fand Ribeira und den Mann im Schlapphut und schleppte sie zum Palais, wo Ribeira Herrn Steinweg für seine eigenen Zwecke entführte.«

Er dachte kurz nach und sprach weiter: »Das alles ist der Beweis dafür, welche Wichtigkeit sie Steinweg zumessen und ihre Furcht, er könnte verraten, welcher Plan um Madame Kesselbach geschmiedet wird – und zuletzt, dass ich keine Zeit verlieren darf, weil der Plan schon reif ist.«

»Das leuchtet mir ein«, gestand Gourel. »Aber eins ist unerklärt: Wie konnte Gertrude den Garten verlassen, ohne dass der Portier oder seine Frau sie sahen?«

»Zum Beispiel durch einen Tunnel, den die Lumpen gegraben haben.«

»Und der zweifellos in Madame Kesselbachs Haus endet«, fügte Gourel hinzu.

»Das ist durchaus möglich«, gab Monsieur Lenormand zu. »Vielleicht ... aber ich habe eine andere Idee.«

Sie folgten der Mauer, die das Gut umgab. Die Nacht war eingebrochen, doch noch immer hell genug, um die Mauersteine zu sehen, ohne selbst gesehen zu werden.

»Eine Leiter vielleicht?«, schlug Gourel vor.

»Nein, denn Gertrude konnte bei Tageslicht verschwinden. Das heißt, der Eingang muss sich in einem Gebäude befinden, das bereits besteht.«

»Es gibt vier Gartenhäuser und alle sind bewohnt«, erinnerte ihn Gourel.

»Nicht ganz. Das dritte, der Pavillon Hortense, nahe Madame Kesselbachs Haus, ist unbewohnt.«

»Woher wissen Sie das?«

»Vom Portier. Madame Kesselbach mietete es, weil sie fürchtete, jemand könnte viel Lärm erzeugen. Wer weiß, vielleicht wurde ihr dieser Entschluss von Gertrude oder ihren Freunden eingegeben?«

Er wanderte rund um das fragliche Haus. Die Läden waren geschlossen. Er drückte den Türgriff und war erstaunt, als sich die Tür öffnete.

»Gourel, ich glaube, wir haben Glück gehabt. Kommen Sie rein! Schalten Sie die Taschenlampe ein. Oh, die Halle … das Wohnzimmer … das Esszimmer … alles unwichtig. Es muss einen Keller geben, denn hier ist kein Vorratsraum zu sehen …«

»Hierher, Chef. Da geht die Treppe hinunter.«

Sie erreichten einen geräumigen Keller, voller Gartenstühle und Blumenkästen. Daneben befand sich ein Waschraum, der auch als Keller diente und voller verschiedener Gegenstände war, die übereinander gestapelt waren.

»Was ist das Ding hier, das so glänzt, Chef?«

Gourel beugte sich herunter und hob eine Messingbrosche auf, die mit künstlichen Perlen verziert war.

»Die Perlen schimmern noch. Das Ding liegt noch nicht sehr lang hier, sonst wären sie ganz matt«, sagte Lenormand. »Gertrude war hier.«

Gourel begann den Stapel von leeren Weinfässern, wackeligen Tischen und Büros abzubauen.

»Sie verschwenden Kraft und Zeit«, sagte Monsieur Lenormand. »Wenn das der Weg nach draußen ist, hätte sie niemals Zeit gehabt, alles wegzupacken und später wieder zurückstellen. Sehen Sie, da ist eine große Holztafel an der Wand, wo sie keinen Zweck zu haben scheint. Heben Sie sie herunter!«

Gourel gehorchte. Dahinter war die Mauer durchbrochen. Beim Schein der Taschenlampen sahen sie einen Tunnel, der sanft abfiel.

»Recht gehabt«, sagte Monsieur Lenormand, »Der Weg wurde erst vor kurzer Zeit geschaffen. Schauen Sie, die Arbeit wurde sehr hastig und unordentlich ausgeführt. Kein Mauerwerk. Zwei Planken alle paar Schritte, durch Balken gestützt, dienen als Dach, und das ist alles. Keine Dauerlösung!«

»Zu welchem Zweck, Chef?«

»Eine Verbindung zwischen den beiden Häusern ... und dann, eines Tages, nicht lang entfernt, für die Entführung Madame Kesselbachs, das heißt, ihr unerklärliches Verschwinden.«

Sie betraten den Tunnel und bewegten sich vorsichtig weiter, um nicht die Stützen zu lockern. Bald erkannten sie, dass der Tunnel weitaus länger war als die fünfzig Meter, die die beiden Häuser trennten. Er musste also jenseits der Mauer und Straße enden, die das Gut umgaben.

»Wir gehen nicht in die Richtung von Villeneuve und dem See?«, fragte Gourel.

»Nein, in die entgegengesetzte Richtung«, erklärte Lenormand.

Der Tunnel fiel sanft ab. Sie kamen zu einer Stufe, einer zweiten und einer Biegung nach rechts. Vor ihnen versperrte eine Tür die Sicht, sorgfältig in die Erde und das Gestein gemauert. Lenormand drückte dagegen und sie öffnete sich.

»Eine Sekunde, Gourel«, sagte er anhaltend. »Lassen Sie uns nachdenken ... Es mag besser sein, wir kehren wieder um.«

»Warum?«

»Vielleicht hat Ribeira die Gefahr erkannt und Vorsichts-maßnahmen getroffen, für den Fall, dass der Tunnel ent-deckt wird. Er weiß, wir sind ihm auf der Spur. Er weiß, wir durchsuchen den Garten. Wahrscheinlich hat er uns beobachtet, wie wir dieses Haus betreten haben. Er ist vielleicht in diesem Augenblick dabei, eine Falle für uns zu stellen.«

»Wir sind zu zweit, Chef ...«

»Und es kann zwanzig von ihnen geben.«

Er starrte nach vorn. Der Tunnel schien wieder leicht an-zusteigen zu einer zweiten Tür hin, die geschlossen war und sich etwa fünf Meter vor ihnen befand.

»Wir gehen bis dorthin«, bestimmte er. »Dann sehen wir weiter.«

Er trat nach vorn, gefolgt von Gourel, den er anwies, die erste Tür offenstehen zu lassen. Doch als er die nächste Tür erreichte, fand er sie geschlossen und obwohl er die Klinke herunterdrückte, ließ sie sich nicht öffnen ...

»Sie ist verriegelt!«, erklärte er. »Machen Sie keinen Lärm. Wir kehren zurück. Wir wissen, wo der Tunnel ist und können vermessen, wo sein Ausgang sein muss.«

Sie wandten sich um. Doch als Gourel, der in Führung war, die erste Tür erreichte, rief er überrascht: »Sie ist zu ...!«

»Wie ist das möglich? Ich gab Ihnen doch die Anweisung, sie offenzulassen.«

»Ich ließ sie offenstehen, Chef. Sie muss durch ihr Eigen-gewicht zugefallen sein.«

»Unmöglich! Das hätten wir doch gehört.«

»Dann ...?«

»Dann ... dann ... Ich weiß nicht ...« Er ging zur Tür. »Se-hen wir mal ... da ist ein Schlüssel ... dreht er sich? ... Ja, er dreht sich. Aber da scheint ein Riegel auf der anderen Seite zu sein.«

»Wer kann den geschlossen haben?«

»Die Halunken natürlich, hinter unserem Rücken. Vielleicht haben sie einen zweiten Tunnel benutzt oder in dem leeren Haus gewartet. Egal. Wir sitzen in der Falle.«

Sein Ärger steigerte sich und er versuchte, mit dem Taschenmesser das Schloss oder den Riegel zu bewegen.

»Da ist nichts zu machen«, erkannte er.

»Nichts zu machen, Chef? Dann sitzen wir in der Tinte.«

»Es sieht so aus«, gestand Monsieur Lenormand.

Sie kehrten zu der zweiten Tür zurück und dann wieder zur Ersten. Beide bestanden aus Hartholz und waren durch Kreuzbalken verstärkt.

»Wir könnten eine Axt gebrauchen«, meinte der Chef. »Oder zumindest ein scharfes Werkzeug, mit dem wir ein Loch schaffen könnten, um den Riegel umzulegen.«

Er warf sich heftig gegen die Tür, als könnte er sie aufbrechen. Dann, entmutigt, wandte er sich Gourel zu: »Wir überlegen uns das alles in einer Stunde … ich bin todmüde … Ich muss schlafen … Halten Sie die Augen offen, für den Fall, dass sie kommen und uns angreifen.«

»Wenn sie kommen, dann kommen wir hier heraus, Chef«, rief Gourel, der lieber einen Kampf gehabt hätte, so schlecht die Chancen auch sein mochten.

Lenormand legte sich zu Boden. In einer Minute war er eingeschlafen.

***

Als er wieder aufwachte, wusste er einen Augenblick lang nicht, wo er sich befand und dann fragte er sich, was der Schmerz bedeuten sollte, den er im Magen verspürte.

»Gourel!«, rief er.

Als er keine Antwort erhielt, schaltete er die Laterne ein und sah Gourel schlafend neben sich.

»Was, zum Teufel, mag dieser Schmerz sein? Ach, natürlich, ich bin hungrig, das ist alles … ich verhungere! Wie spät mag es sein?«

Seine Uhr besagte zwanzig nach sieben, doch er erinnerte

sich, er hatte sie nicht aufgezogen. Gourels Taschenuhr war ebenfalls stehengeblieben.

Gourel wachte nun auch auf und beklagte sich ebenfalls über seinen Hunger. So dachten sie beide, die Zeit zum Frühstück musste längst schon vorüber sein.

»Meine Beine sind ganz gefühllos und meine Füße kalt wie Eis. Wie sonderbar!« Gourel beugte sich herunter und rief erregt. »Ach, es ist nicht Eis, sondern Wasser, in dem meine Füße stehen ... Schauen Sie, Chef! ... da ist doch eine richtige Lake bei der ersten Tür ...«

»Durchnässt«, antwortete Monsieur Lenormand. »Wir gehen zu der zweiten Tür hinauf. Dort können Sie sich abtrocknen ...«

»Aber was tun Sie, Chef?«

»Glauben Sie, ich lasse mich in diesem Gang begraben? ... Ich denke nicht daran ... Nachdem beide Türen versperrt sind, müssen wir durch die Wand entkommen.«

Er begann die Steine zu lockern, die er erreichen konnte, in der Hoffnung, er würde einen Tunnel schaffen, durch den sie an die Oberfläche kriechen konnten. Doch es war eine lange, mühsame Arbeit, denn die Steine in diesem Teil des unterirdischen Ganges waren gemauert.

»Chef ... Chef«, stammelte Gourel voller Angst.

»Was ist los?«

»Sie stehen mit den Füßen im Wasser!«

»Unsinn ... Ach, Sie haben recht ... na, ich kann nichts machen ... sie trocknen wieder in der Sonne.«

»Aber verstehen Sie denn nicht?«

»Was?«

»Das Wasser steigt ständig an ...«

Lenormand erschauderte. Er verstand plötzlich. Es war kein Tröpfeln von Wasser, wie er zuerst geglaubt hatte, sondern eine regelrechte Flut, durch irgendein teuflisches System erzeugt.

»Oh, die Halunken!«, rief er. »Wenn sie mir jemals in die Hände geraten ...«

»Ja, ja, Chef, aber zuerst müssen wir aus der Klemme herauskommen ... und ich sehe nicht ...«

Gourel schien vollkommen verstört und konnte nicht einmal an einen Ausweg denken.

Lenormand beugte sich herunter und maß die Zeitspanne, in der das Wasser anstieg. Etwa ein Viertel der ersten Tür war bereits bedeckt und das Wasser erstreckte sich halbwegs zur zweiten Tür.

»Es fließt langsam, aber stetig«, sagte er. »In ein paar Stunden geht es über unsere Köpfe.«

»Das ist furchtbar, Chef«, stöhnte Gourel. »Entsetzlich.«

»Ach, kommen Sie mir nicht mit diesem Gejammer. Heulen Sie leise für sich – ich will es nicht hören.«

»Es ist der Hunger, der mich ganz schwach macht, Chef. Ich kann nicht klar denken.«

»Beißen Sie die Zähne zusammen!«

Wie Gourel erkannt hatte, war ihre Situation entsetzlich, und wenn Monsieur Lenormand weniger Energie besessen hätte, würde er den Kampf aufgegeben haben. Was war zu tun? Es gab keine Hoffnung, Ribeira würde sie niemals fliehen lassen. Es bestand keine Aussicht, dass die Brüder Doudeville ihnen zu Hilfe kommen würden, denn die beiden wussten nichts von der Existenz des Tunnels. Es blieb keine Hoffnung ... nur die eines unwahrscheinlichen Wunders.

»Kommen Sie schon«, sagte er mahnend. »Das ist doch zu dumm. Wir werden nicht umkommen. Verflucht, es muss einen Weg geben. Leuchten Sie mir, Gourel!«

Er untersuchte die zweite Tür noch einmal genauer. Es gab einen enormen Riegel an dieser Seite und offenbar einen zweiten an der anderen. Er löste die Schrauben mit seinem Taschenmesser, und der Riegel fiel zu Boden.

»Was nun?«, rief Gourel.

»Ja, was wohl?«, erwiderte der Chef. »Na, das Ding ist aus Eisen und zugespitzt. Nicht so gut wie eine Spitzhacke, aber besser als nichts und ...«

Ohne den Satz zu beenden, bohrte er die Spitze des Riegels in die Wand, dicht neben den vermauerten Türumrandung. Wie er vermutet hatte, stieß er auf weiche Erde, nachdem er den Zement durchbrochen hatte.

»Vorwärts!«, rief er.

»Sehr gut, Chef, aber können Sie erklären ...?«

»Es ist ganz einfach. Ich werde eine Öffnung schaffen, die zur anderen Seite des Tunnels jenseits der Tür führt, damit wir entkommen können.«

»Aber das wird Stunden erfordern und in der Zwischenzeit steigt das Wasser.«

»Leuchten Sie mir, Gourel!«

»In zwanzig Minuten, oder einer halben Stunde, reicht das Wasser bis zu unseren Füßen.«

»Leuchten Sie!«

Monsieur Lenormands Einfall war richtig. Unter Aufbietung seiner Kräfte lockerte er das Erdreich, das sich bald schon um seine Füße ansammelte. Das Loch vergrößerte sich zusehends.

»Jetzt bin ich an der Reihe, Chef!«, erbot sich Gourel.

»Ach, Sie werden wieder munter. Na, dann los! ... Sie brauchen nur dem Türrahmen zu folgen.«

Das Wasser war zu ihren Fußgelenken angestiegen, Würde ihnen genug Zeit bleiben, ihr Werk zu beenden?

Es wurde immer schwieriger, je weiter sie kamen. Das Erdreich häufte sich unter ihnen, und sie mussten oft anhalten, um es aus dem Weg zu schaffen.

Nach zwei Stunden waren sie der Freiheit schon viel näher, doch das Wasser bedeckte ihre Knie. Noch eine Stunde, und es würde in die Öffnung fließen, die sie geschaffen hatten. Und das bedeutete ihr Ende, da sie dann nicht weitergraben konnten.

Gourel, der zu groß und breitschultrig, und hungrig, war, konnte nicht mehr weitermachen. Er kroch aus dem Loch, seine Angst war zurückgekehrt.

Doch Monsieur Lenormand arbeitete mit verbissener

Kraft unablässig weiter. Es war eine scheußliche Arbeit in der erdrückenden Dunkelheit. Seine Hände waren zerkratzt und der Hunger quälte ihn. Der Luftmangel ließ ihn nur mühsam atmen, und von Zeit zu Zeit erinnerten ihn die Seufzer Gourels an die furchtbare Gefahr, die ihnen drohte.

Doch er gab seiner Schwäche nicht nach, denn nun hatte er die Ummauerung an der anderen Türseite erreicht. Es war der schwierigste Teil seiner Arbeit, doch das Ziel war nahe.

»Es steigt wieder!«, rief Gourel mit verzerrter Stimme. »Es steigt.«

Monsieur Lenormand verdoppelte seine Anstrengungen. Und plötzlich fand er keinen Widerstand mehr. Die Mauer war durchbrochen. Die Öffnung musste nur noch erweitert werden, und das erwies sich als leichter, denn er konnte die Erde wegschieben.

Gourel, von der Panik gepackt, heulte wie ein wildes Tier. Lenormand achtete nicht auf ihn. Das Ziel war fast schon erreicht.

Trotzdem verriet das Geräusch fallenden Gesteins, dass auch der Teil des Tunnels jenseits der Tür unter Wasser stand, denn die Tür stellte kein großes Hindernis dar. Doch das erschien nicht wichtig. Die Öffnung war geschaffen.

Eine letzte Anstrengung und er konnte mit der Hand den Riegel auf der anderen Seite erreichen und zurückschieben. Dann stieß er mühsam die Tür auf, die sich, halb unter Wasser, nur schwer bewegen ließ.

»Kommen Sie, Gourel!«, rief er in die Richtung seines Begleiters. Er packte ihn und musste ihn das letzte Stück halbtot weiterschleppen.

»Kommen Sie, Sie Angsthase! Wir sind gerettet!«

»Wirklich, Chef? Das Wasser steht mir bis zur Brust …«

»Egal, solang es nicht über dem Mund steht … wo ist Ihre Lampe?«

»Ausgegangen.«

»Egal.« Er rief voller Erleichterung. »Eine Stufe ... zwei ... eine Treppe ... endlich!«

Sie stiegen nach oben, aus dem verfluchten, eiskalten Wasser, das sie fast verschluckt hätte. Es war ein wunderbares Gefühl, eine Erleichterung, die ihnen wieder frischen Mut gab.

»Halt!«, sagte Monsieur Lenormand plötzlich, als er gegen etwas stieß. Mit ausgestreckten Armen drückte er gegen das Hindernis, das unter ihrem Druck nachgab. Es war eine Falltür, und als sie sich öffnete, sah er im Licht eines kleinen Fensters, dass sie sich in einem Keller befanden.

Er schlug den Deckel zurück und kletterte nach draußen. Plötzlich vernebelte es sich vor seinen Augen. Hände packten ihn. Er fühlte eine Art von Sack, der sich um ihn schloss und Fesseln, die um ihn verknotet wurden.

»Jetzt der Andere!«, zischte eine Stimme.

Gourel schien das Gleiche zu geschehen und die Stimme klang wieder auf.

»Wenn sie um Hilfe rufen, bringt sie sofort um. Hast du deinen Dolch?«

»Ja.«

»Na, dann weiter! Ihr zwei nehmt diesen hier ... ihr zwei den anderen ... Kein Licht oder Lärm. Es ist zu gefährlich. Sie durchsuchen den Garten nebenan seit diesem Morgen ... mindestens zehn oder fünfzehn der Kerle. Geh zum Haus zurück, Gertrude. Wenn etwas geschieht, rufst du mich sofort in Paris an!«

Monsieur Lenormand spürte, wie er hochgehoben wurde und einen Augenblick später drang frische Luft durch das Gewebe.

»Bringt den Karren näher«, sagte eine Stimme.

Er hörte Pferde und einen Karren.

Er wurde auf Bretter geworfen. Gourel landete neben ihm. Das Pferd trottete los.

Die Fahrt dauerte eine halbe Stunde.

»Halt!«, befahl die Stimme. »Hebt sie raus. Fahrer! Wende den Wagen, so dass die Rückseite zur Brückenmauer steht ... gut so ... Keine Boote zu sehen? Ganz sicher? Dann ist keine Zeit zu verschwenden ... Oh, habt ihr ein paar Steine angebunden?«

»Ja, Pflastersteine.«

»Prima! Empfehlen Sie Ihre Seele dem Herrgott, Monsieur Lenormand und beten Sie für mich, Parbury-Ribeira, besser bekannt als Baron Altenheim. Fertig? Gut! Na, ich wünsche Ihnen eine gute Reise, Monsieur Lenormand.«

Das Opfer wurde auf die Brückenmauer gelegt. Jemand gab ihm einen Stoß. Er fühlte, wie er nach unten stürzte und hörte eine entfernte Stimme, gurgelnd lachen.

»Gute Reise!«

Zehn Sekunden später folgte Gourel.

7. Kapitel: Parbury-Ribeira-Altenheim

Die Kinder spielten im Garten, bewacht von Mademoiselle Charlotte, Genevièves neue Helferin. Madame Ernemont erschien und verteilte Küchlein unter ihnen, bevor sie in das Zimmer zurückkehrte, das als Wohnzimmer und Empfangsraum diente. Sie setzte sich und begann ihre Papiere und Bücher zu ordnen.

Plötzlich spürte sie eine Gegenwart im Zimmer. Sie wandte sich beunruhigt um.

»Sie!«, entfuhr ihr. »Woher kommen Sie? Wie sind Sie hereingekommen?«

»Ruhig!«, warnte Prinz Serenin. »Hör' mir zu, um keine Zeit zu vergeuden. Geneviève?«

»Bei Madame Kesselbach zu Besuch.«

»Wann ist sie wieder da?«

»Nicht vor einer Stunde.«

»Dann lasse ich die Brüder Doudeville kommen. Ich bin mit ihnen verabredet. Wie geht es Geneviève?«

»Sehr gut.«

»Wie oft hat sie Pierre Leduc gesehen, seitdem ich das letzte Mal hier war, vor zehn Tagen?«

»Dreimal, und sie soll ihn heute bei Madame Kesselbach treffen, der ich ihn vorgestellt habe, wie Sie sagten. Ich muss Ihnen sagen, ich halte nicht viel von diesem Pierre Leduc. Es wäre besser für Geneviève, einen netten jungen Mann ihrer eigenen Klasse zu finden. Zum Beispiel einen Schullehrer.«

»Bist du verrückt? Geneviève soll einen Schullehrer heiraten!«

»Ich bitte Sie. Wenn Sie dabei Genevièves Glück berücksichtigen würden ...«

»Sei still, Victoire. Deine Weisheit langweilt mich. Ich habe keine Zeit für falsche Sentimentalität. Ich spiele ein Schachspiel und ich bewege meine Figuren, ohne mir den Kopf zu zerbrechen, was sie denken. Wenn ich gewonnen habe, ist es Zeit zu erörtern, ob Pierre Leduc der König und Geneviève die Königin sind, die zu einander passen.«

Sie unterbrach ihn. »Haben Sie gehört? Ein Pfeifen ...«

»Das sind die zwei Doudevilles. Geh und bring sie herein, dann lass uns allein.«

Sobald die zwei Brüder das Zimmer betraten, befragte er sie mit seiner bekannten Präzision.

»Ich weiß, was die Zeitungen über das Verschwinden Lenormands und Gourels berichten. Wisst ihr mehr darüber?«

»Nein. Sein Stellvertreter, Monsieur Weber, leitet die Sache. Wir haben den Garten der Villa während der letzten Woche gründlich durchsucht, aber niemand ist in der Lage, zu erklären, wie sie verschwunden sind. Die ganze Abteilung ist verwirrt ... so etwas ist noch nie geschehen ... der Chef der Detektive verschwindet spurlos.«

»Die beiden Dienstmädchen?«

»Gertrude ist nicht mehr hier. Sie wird gesucht.«

»Die Schwester, Suzanne?«

»Monsieur Weber und Monsieur Formerie haben sie ins Verhör genommen. Es liegt nichts gegen sie vor.«

»Ist das alles, was ihr zu berichten habt?«

»Oh nein, es gibt noch ein paar Dinge, von denen wir den Zeitungen nichts verraten haben.«

Sie berichteten von den Ereignissen der letzten zwei Tage vor dem Verschwinden Monsieur Lenormands; dem nächtlichen Besuch bei Pierre Leduc durch die zwei Einbrecher, Ribeiras Versuch, Geneviève zu entführen und der Verfolgung der Kutsche durch die Wälder von Saint Cloud, die Ankunft Steinwegs, sein Verhör in Madame Kesselbachs Gegenwart, sein Entkommen aus dem Palais.

»Niemand weiß diese Details außer euch?«

»Dieuzy weiß von Steinweg. Er erzählte uns davon.«

»Und sie vertrauen euch noch immer in der Präfektur?«

»So sehr, dass sie uns hier einsetzen. Monsieur Weber schwört auf uns.«

»Na gut«, sagte der Prinz. »Noch ist nicht alles verloren. Wenn Monsieur Lenormand eine Unvorsichtigkeit beging, die ihm das Leben kostete, wie ich vermute, hat er vorher dennoch wertvolle Arbeit geleistet, die wir fortsetzen müssen. Die Gegner haben einen Vorteil, aber wir holen sie noch ein.«

»Es wird nicht einfach werden, Chef.«

»Warum nicht? Es geht nur darum, Steinweg zu finden. Er hat die Antwort auf das Rätsel.«

»Ja, aber wohin hat Ribeira den alten Herrn gebracht?«

»Zu seinem eigenen Haus, natürlich.«

»Dann müssten wir wissen, wo Ribeira lebt.«

»Natürlich!«

Er entließ sie und ging zu Madame Kesselbachs Villa. Autos standen vor der Tür und zwei Männer gingen auf und ab, als stünden sie Wache.

Im Garten, unweit des Hauses sah er Geneviève mit Pierre auf einer Bank sitzen, zusammen mit einem kräftig wirkenden Herrn, der ein Monokel trug. Die drei sprachen miteinander und sahen ihn nicht. Doch mehrere Männer verließen die Villa: Monsieur Formerie, Monsieur Weber, der Schreiber des Staatsanwalts und zwei Inspektoren. Geneviève ging hinein und der Herr mit dem Monokel ging auf den Staatsanwalt und Monsieur Weber zu, sprach auf sie ein und entfernte sich mit ihnen.

Serenin erreichte die Bank, auf der Pierre Leduc saß, und flüsterte: »Bewegen Sie sich nicht, Pierre Leduc. Ich bin es.«

»Sie ... Sie ...«

Es war das dritte Mal, dass der junge Mann Serenin seit jener furchtbaren Nacht in Versailles sah und es erregte ihn noch immer.

»Sagen Sie mir, wer ist der Mann mit dem Monokel?«

Pierre Leduc erblasste und stammelte. Serenin packte ihn beim Arm.

»Antworten Sie, verflucht noch mal! Wer ist er?«

141

»Baron Altenheim.«

»Woher kommt er?«

»Er war ein Freund von Monsieur Kesselbach. Er traf vor sechs Tagen aus Österreich ein und bot Madame Kesselbach seine Unterstützung an.«

Die Polizeibeamten hatten in der Zwischenzeit den Garten verlassen, zusammen mit Altenheim.

Der Prinz erhob sich, wandte sich dem Pavillon de l'Impératrice zu und fuhr fort.

»Hat der Baron viele Fragen gestellt?«

»Ja, sehr viele. Er ist an mir interessiert. Er will mir helfen, meine Familie zu entdecken. Er befragte mich über die Erinnerungen meiner Kindheit.«

»Und was sagten Sie?«

»Nichts, weil ich nichts weiß. Welche Erinnerungen habe ich schon? Sie haben mich an die Stelle eines Anderen gesetzt und ich weiß nicht einmal, wer dieser Andere ist.«

»Genau wie auch ich«, lachte der Prinz. »Und das macht die Sache so verzwickt.«

»Ach, Sie können leicht lachen ... Sie lachen immer ... Aber es reicht mir langsam ... Ich bin in dubiose Angelegenheiten verwickelt ... von der Gefahr nicht zu sprechen, in der ich bin, indem ich mich für einen Anderen ausgebe.«

»Was sagen Sie da? ... Sie sind dieser Andere. Sie sind ein Herzog, so gut wie ich ein Prinz bin ... viel mehr vielleicht ... und wenn Sie kein Herzog sind, beeilen Sie sich und werden einer. Geneviève kann keinen anderen als einen Herzog heiraten. Schauen Sie das Mädchen an! Ist sie es nicht wert, Ihre Seele ihretwegen zu verkaufen?«

Er blickte Leduc nicht einmal an, war nicht an seiner Antwort interessiert. Sie hatten das Haus erreicht und Geneviève erschien am Fuß der Treppe, lächelnd.

»Sie sind also wieder da?«, sagte sie zu Prinz Serenin. »Ach, wie schön! Ich bin so froh ...wollen Sie mit Dolores sprechen?«

Einen Augenblick später führte sie ihn zu Madame Kesselbach. Der Prinz musterte sie mitleidig. Sie war blasser, schlanker und bekümmerter als an dem Tag, an dem er sie zuletzt gesehen hatte. Sie lag auf dem Sofa, in weiße Decken gehüllt und wirkte wie ein Mensch, der den Kampf gegen den Tod aufgegeben hatte, gegen das Schicksal, das sie überwältigt hatte.

Er musterte sie mit einer Regung, die er nicht verbergen konnte. Sie dankte ihm für die Sympathie, die er ihr entgegengebracht hatte und sprach in freundschaftlichem Ton von Baron Altenheim.

»Sie kennen ihn von früher?«, fragte er.

»Ja, dem Namen nach und der Freundschaft, die ihn mit meinem Mann verband.«

»Ich habe einen Altenheim gekannt, der in der Rue de Rivoli lebte. Ist er derselbe?«

»Oh, dieser lebt ... ach, ich weiß nicht mehr ... er gab mir seine Adresse, aber ich kann mich nicht erinnern ...«

Nach kurzem Gespräch verabschiedete sich Serenin. Geneviève wartete in der Halle.

»Ich muss mit Ihnen sprechen«, sagte sie eindringlich.

»Es ist sehr ernst ... Haben Sie ihn gesehen?«

»Wen?«

»Baron Altenheim ... aber das ist nicht sein Name ... oder er besitzt einen anderen ... ich habe ihn erkannt ... doch er weiß es nicht.«

Sie zog ihn nach draußen und ging weiter, in großer Erregung.

»Beruhigen Sie sich. Geneviève ...«

»Er ist der Mann, der mich zu entführen versuchte ... ohne den armen Monsieur Lenormand wäre es ihm auch gelungen ... Kommen Sie, Sie müssen wissen, Sie wissen alles ...«

»Sein wahrer Name ist also ...«

»Ribeira.«

»Sind Sie sicher?«

»Es nützte nichts, dass er seine Erscheinung änderte, seine Sprache, seine Manieren. Ich erkannte ihn sofort dank des Schreckens, den er mir eingejagt hatte. Aber ich sagte nichts … bis Sie zurückkehrten.«

»Sie haben nichts davon zu Madame Kesselbach gesagt?«

»Nein. Sie schien so erfreut, einen Bekannten ihres Mannes zu sehen. Aber Sie werden mit ihr darüber sprechen, nicht wahr? Sie werden Dolores beschützen … Ich weiß nicht, was er gegen sie vorhat, oder gegen mich … nun, nachdem Monsieur Lenormand nicht mehr hier ist, braucht er nichts zu befürchten, kann er tun, was er will. Wer kann ihn entlarven?«

»Ich kann es. Ich werde für alles die Verantwortung übernehmen. Aber kein Wort zu irgendjemand.«

Sie hatten die Loge des Portiers erreicht. Das Tor stand offen. Der Prinz sagte: »Adieu, Geneviève. Seien Sie guten Mutes. Ich bin da.«

Er schloss das Tor und hielt überrascht an. Ihm gegenüber stand der Mann mit dem Monokel, Baron Altenheim, den Kopf hocherhoben, mit breiten Schultern, einem kräftigen Körper.

Sie musterten einander für einige Sekunden schweigend. Der Baron lächelte.

Dann sagte er: »Ich habe auf Sie gewartet, Lupin.«

Trotz all seiner Beherrschung verspürte Serenin eine ungewohnte Unruhe. Er hatte beabsichtigt, seinen Gegner zu entlarven und der hatte seine Maske auf den ersten Blick durchschaut. Und gleichzeitig nahm der Andere den Kampf frech und siegessicher auf. Es war eine prahlerische Handlung, die einen nicht unbeachtlichen Mut erforderte.

Die beiden feindlichen Männer nahmen wortlos Maß von einander.

»Und nun?«, fragte Serenin.

»Nun? Ich glaube wir haben guten Grund für ein Treffen.«

»Warum?«

»Ich will mit Ihnen sprechen.«

»An welchem Tag?«

»Morgen. Wir können in einem Restaurant zusammen speisen.«

»Warum nicht in Ihrem Haus?«

»Sie wissen nicht, wo ich wohne.«

»Doch.«

Mit einer raschen Bewegung zog der Prinz eine Zeitung aus der Tasche Altenheims, eine gerollte Zeitung, noch immer in der Umhüllung, mit einer Adresse.

»Nummer 29, Villa Dupont.«

»Meisterhaft«, sagte der Andere. »Also dann morgen, bei mir.«

»Morgen, bei Ihnen. Wann wäre es genehm?«

»Ein Uhr.«

»Sie können mich erwarten. Auf Wiedersehen.«

Sie wandten sich voneinander ab und waren im Begriff, auseinander zu gehen, als sich Altenheim noch einmal umwandte.

»Noch ein Wort, Prinz. Bringen Sie eine Waffe mit.«

»Warum?«

»Ich habe vier männliche Bedienstete und Sie werden allein sein.«

»Ich habe meine Fäuste«, erwiderte Serenin. »Das gleicht alles aus.«

Er drehte ihm den Rücken zu, hielt wieder an und rief:

»Noch ein Wort, Baron. Engagieren Sie zur Vorsicht noch vier weitere Bedienstete.«

»Warum?«

»Ich habe mir gerade überlegt, ich werde meine Peitsche mitbringen.«

***

Um ein Uhr des folgenden Tages, trabte ein Reiter durch das Tor der sogenannten Villa Dupont in eine friedliche,

145

ländliche Privatstraße, deren Eingang in der Rue Pergolè-se, nahe der Avenue du Bois liegt.

Sie ist mit Gärten und schönen Privathäusern gesäumt, hinter denen sich ein kleiner Park befindet, durch den die Pariser Kreisbahn verläuft. Baron Altenheim bewohn-te hier das Haus mit der Nummer 29.

Serenin reichte die Zügel einem Reitknecht, den er vor-ausgeschickt hatte und sagte: »Bring ihn um halb drei Uhr wieder zurück.«

Er drückte auf die Torglocke. Das Gartentor öffnete sich und er ging zu der Freitreppe, die zur Haustür führte.

Dort warteten zwei hochgewachsene Männer in Livree, die ihn zu einer großen, kalten, steinernen Empfangshalle führten. Sie entbehrte jeglichen Zierrats. Die Tür schlug mit dumpfem Dröhnen zu und trotz seiner Zuversicht konnte er sich nicht des unangenehmen Gefühls erweh-ren, allein und von Feinden umgeben in einem Gefängnis zu stehen.

»Melden Sie Prinz Serenin an!«

Das Wohnzimmer lag ganz in der Nähe, und er wurde dorthin geführt.

»Ah, Sie sind hier, mein lieber Prinz!«, begrüßte ihn der Baron und kam auf ihn zu. »Ich dachte schon … Domini-que. Essen in zwanzig Minuten. Bis dahin wollen wir nicht gestört werden – glauben Sie, mein lieber Prinz, ich fürchtete schon, Sie würden nicht kommen.«

»Wirklich? Wieso denn?«

»Nun, Ihre Kriegserklärung war so deutlich, dass dieses Gespräch überflüssig ist.«

»Meine Kriegserklärung?«

Der Baron entfaltete den Grand Journal und deutete auf einen Absatz, der wie folgend lautete:

Wir sind aus sicherer Quelle informiert, dass Monsieur Le-normands unerklärliches Verschwinden Arsène Lupin zum Handeln gezwungen hat. Nach kurzem Nachforschen und

dem Entschluss, den Kesselbach-Fall aufzuklären, ist Arsè-
ne Lupin nun entschlossen, Monsieur Lenormand lebend
oder tot zu finden und die Täter der furchtbaren Straftaten
der Justiz zu überliefern.

»Das stammt doch von Ihnen, nicht wahr, mein lieber
Prinz?«

»Ja. Es stammt von mir.«

»Ich habe also recht. Das bedeutet Krieg.«

»Natürlich.«

Altenheim rückte Serenin einen Stuhl zurecht, setzte sich
und sagte in verbindlichem Ton: »Nein. Das kann ich
nicht erlauben. Es ist doch sinnlos, dass zwei Männer wie
wir einander bekämpfen. Wir brauchen nur ein Abkom-
men, um zu vermeiden, dass wir einander verletzen, und
wir können sicher einen Weg finden, um zu einem ge-
meinsamen Verständnis zu gelangen.«

»Ich denke ganz anders. Zwei Männer wie wir finden
kaum Verständnis für einander.«

Der Baron gestikulierte unwillig und fuhr fort: »Hören Sie
mir zu, Lupin ... Sie haben doch nichts dagegen, dass ich
Sie Lupin nenne?«

»Wie soll ich Sie bezeichnen – Altenheim, Ribeira oder
Parbury?«

»Oho! Ich sehe, Sie sind besser informiert, als ich glaubte
... Verflucht, Sie sind verteufelt scharfsinnig ... Ein Grund
mehr, dass wir uns verständigen.« Er beugte sich vor.
»Hören Sie, Lupin, und bedenken Sie meine Worte, die
sorgfältig gewählt sind. Sehen Sie ... wir zwei sind ebenbürtig. Sie lächeln darüber? Dann irren Sie. Sie mögen Re-
serven besitzen, die mir fehlen, aber ich habe Hilfsmittel,
von denen Sie nichts ahnen. Dazu kommt, dass ich skru-
pellos bin, die Fähigkeit besitze, meine Persönlichkeit zu
ändern, was ein Experte wie Sie schätzen sollte. Ganz
kurz gesagt, wir zwei als Gegner sind einer so gut wie der
andere. Es bleibt also nur die Frage: weshalb sind wir

Feinde? Wir wollen beide das gleiche Ziel erreichen, nicht wahr? Und was dann? Wissen Sie, wie unser Streit enden wird? Jeder von uns wird die Bemühungen des Anderen zu vernichten suchen und wir werden beide unser Ziel verfehlen. Und wer gewinnt? Ein Lenormand oder irgendein anderer Versager ... es ist wirklich zu dumm.«

»Es ist wirklich zu dumm, wie Sie sagen«, gab Serenin zu.

»Aber es gibt ein Gegenmittel.«

»Und das wäre?«

»Sie ziehen sich zurück.«

»Lächerlich! Ich mache keine Witze. Sie sollten den Vorschlag, den ich Ihnen machen werde, nicht leichtfertig abweisen, ohne ihn genauer ins Auge zu fassen. Hier ist er in fünf Worten: Lassen Sie uns Partner sein.«

»Oh!«

»Natürlich kann jeder von uns seinen eigenen Angelegenheiten nachgehen. Aber für das gegenwärtige Problem wäre eine Einigung der beste Weg. Sind Sie damit einverstanden? Ein Handschlag und wir teilen Fifty-fifty.«

»Was bringen Sie ein?«

»Ich?«

»Ja, Sie kennen meinen Wert. Ich habe die Beweise dafür geliefert. In der Einigung, die Sie vorschlagen, ist mein Beitrag bekannt, sozusagen die Mitgift. Was liefern Sie?«

»Steinweg.«

»Das ist nicht viel.«

»Es ist ungeheuer viel. Über Steinweg erfahren wir die Wahrheit darüber, was Pierre betrifft. Durch Steinweg erfahren wir, was Kesselbach plante.«

Serenin lachte schallend. »Und dazu brauchen Sie mich?«

»Ich verstehe nicht.«

»Kommen Sie, mein Lieber, dieses Angebot ist lächerlich. Sie haben Steinweg in Ihren Händen. Indem Sie meine Zusammenarbeit suchen, geben Sie zu, dass es Ihnen nicht gelungen ist, ihn zum Sprechen zu bringen. Ohne dieses Problem brauchten Sie mich überhaupt nicht.«

»Na und?«

»Ich weigere mich.«

Die beiden Männer erhoben sich wie zwei Streithähne.

»Ich weigere mich«, sagte Serenin. »Lupin braucht niemand, um zu handeln. Ich arbeite allein. Wenn Sie mir ebenbürtig wären, wie Sie behaupten, hätten Sie niemals auch nur an eine Partnerschaft gedacht. Der Mann, der Führer sein will, kommandiert. Einigung bedeutet Gehorsam. Ich gehorche nicht.«

»Sie weigern sich? Sie weigern sich?« Altenheim erbleichte angesichts dieser Beleidigung.

»Alles was ich Ihnen bieten kann, alter Freund, ist ein Platz in meiner Organisation. Für den Anfang werden Sie ein einfacher Soldat sein. Unter meinen Befehlen werden Sie sehen, wie ein General die Schlacht gewinnt ... wie er die Beute gewinnt, für sich. Gefällt Ihnen das?«

Altenheim war außer sich vor Wut. Seine Zähne knirschten.

»Sie begehen einen ganz großen Fehler, Lupin«, stieß er hervor. »Ich brauche keinen Anderen und die ganze Sache bereitet mir nicht mehr Schwierigkeiten, als die vielen, die ich geschafft habe. Was ich vorschlug, sollte uns nur schneller zum Ziel kommen lassen, ohne einander in die Quere zu kommen.«

»Sie sind mir nicht in der Quere«, sagte Lupin verächtlich.

»Hören Sie! Wenn wir uns nicht vereinigen, kommt nur einer von uns zum Ziel.«

»Dagegen habe ich nichts einzuwenden.«

»Und er wird sein Ziel nur über die Leiche des Anderen erreichen. Wollen Sie es darauf ankommen lassen, Lupin? Ein Duell bis zum Tod, verstehen Sie? Das Messer ist eine Waffe, die Sie verabscheuen, aber nehmen wir an, es trifft Sie, Lupin, mitten im Hals.«

»Aha! Das ist also, was Sie vorschlagen?«

»Nein, ich vergieße nicht gerne Blut ... Sehen Sie meine Fäuste. Ich schlage zu und mein Gegner fällt ... Ich habe

eine ganz besondere Technik. Aber der Andere tötet ...
erinnern Sie sich ... die kleine Wunde am Hals ... Ach, Lupin, nehmen Sie sich vor ihm in Acht ... Er ist furchtbar, unnachgiebig ... Nichts kann ihn aufhalten.«

Er sprach leise und so erregt, dass Serenin bei dem Gedanken an den unbekannten Mörder erschrak.

»Baron«, erwiderte er spöttisch. »Man könnte glauben, Sie fürchten Ihren Komplizen!«

»Meine Furcht gilt den anderen, jenen, die uns im Weg stehen, Ihnen, Lupin. Nehmen Sie mein Angebot an oder Sie sind verloren. Ich werde selbst handeln, wenn es notwendig ist. Das Ziel ist zu nahe ... ich habe es fast schon in der Hand ... Gehen Sie mir aus dem Weg!«

Er war voller Ärger und Entschlossenheit. Es war, als sei er bereit, seinen Feind in diesem Augenblick zu vernichten.

Serenin zuckte die Schulter.

»Gott! Ich bin hungrig!«, sagte er und gähnte. »Wann sollten wir essen?«

Die Tür öffnete sich.

»Das Essen ist serviert, Herr Baron«, sagte der Butler.

»Ah, das hört sich gut an!«

Bei der Tür griff Altenheim nach Serenins Arm, ohne auf den Angestellten zu achten.

»Hören Sie auf meinen Rat ... nehmen Sie an. Es ist ein ernster Augenblick in Ihrem Leben und es ist besser. Ich schwöre, es ist besser, Sie nehmen an.«

»Kaviar!«, rief Serenin. »Das ist aber nett von Ihnen ... Sie erinnerten sich, dass Sie einen russischen Prinzen zu Gast haben.«

Sie setzten sich gegenüber, mit des Barons Windhund, einem großen Tier mit langen, silbernen Haaren, zwischen ihnen.

»Erlauben Sie mir, dass ich Ihnen Sirius, meinen treuen Freund vorstelle.«

»Aus meinem Land«, sagte Serenin. »Ich habe niemals einen ähnlichen Hund vergessen, den mir der Zar schenkte, nachdem ich die Ehre hatte, sein Leben zu retten.«

»Ach, Sie hatten diese Ehre ... Ein Putsch der Terroristen vermutlich?«

»Ja, eine Verschwörung, die ich selbst organisierte. Der Hund hieß Sebastopol.«

Das Essen milderte die Stimmung. Altenheim hatte wieder seine gute Laune gewonnen und die beiden Männer versuchten sich mit Verstand und Höflichkeit zu übertreffen.

Serenin erzählte Anekdoten, die der Baron mit seinen eigenen zu übertrumpfen versuchte. Es waren Ereignisse von der Jagd, dem Sport und Reisen, in denen ständig die Namen der ältesten Familien in Europa genannt wurden. Spanische Granden, englische Lords, ungarische Magyaren, österreichische Großherzöge.

»Ah«, seufzte Serenin. »Welch herrlicher Beruf unserer doch ist. Wir lernen die bedeutendsten Leute kennen. Hierher, Sirius, ein Stück Huhn mit Trüffeln!«

Der Hund wandte den Blick nicht von ihm und schnappte jeden Bissen.

»Ein Glas Chambertin, Prinz!«

»Gern, Baron.«

»Ich kann ihn empfehlen. Er stammt aus dem Keller König Leopolds.«

»Ein Geschenk?«

»Ja, eins das ich mir selbst machte.«

»Er ist herrlich ... mit der Paté de foie gras ein Traum ... Ich muss Ihnen gratulieren. Ihr Chefkoch ist erstklassig.«

»Mein Chefkoch ist eine Dame, Prinz. Es kostete mich viel Gold, sie von Levraud, dem sozialistischen Abgeordneten, wegzulocken. Hier, versuchen Sie dieses warme Schokoladeneis und die kleinen Plätzchen, die dazu gehören. Sie sind eine geniale Schöpfung.«

»Die Form ist sehr ansprechend«, erwiderte Serenin und griff nach einem der Plätzchen. »Wenn sie so gut schme-

151

cken, wie sie aussehen ... Hier, Sirius, ich wette, das schmeckt dir.«

Er nahm eins der Backwerke und warf es dem Hund zu. Sirius verschlang es mit einem Bissen, stand zwei oder drei Sekunden lang bewegungslos, wie betäubt da, drehte sich im Kreis und fiel tot zu Boden.

Serenin wich vom Tisch zurück, für den Fall, einer der Bediensteten würde ihn überfallen. Dann lachte er.

»Hören Sie, Baron. Wenn Sie das nächste Mal einen Ihrer Freunde vergiften wollen, kontrollieren Sie lieber Ihre Stimme und das Beben Ihrer Hände ... sonst könnte jemand Verdacht schöpfen ... und ich dachte, Sie hassten, einen Mord zu begehen.«

»Mit einem Messer, ja«, erwiderte Altenheim unbekümmert. »Aber ich wollte immer schon jemand vergiften und sehen, wie das ausgeht.«

»Zum Teufel, alter Knabe. Sie haben ein gutes Opfer gewählt. Einen russischen Prinzen.«

Er ging auf Altenheim zu und sagte vertraulich: »Wissen Sie, was geschehen wäre, wenn es Ihnen gelungen wäre, das heißt, wenn meine Freunde nicht gesehen hätten, dass ich um drei Uhr wieder erscheine? Na, um halb vier hätte der Polizeipräfekt genau gewusst, wie es mit Baron Altenheim steht – und der würde noch vor Einbruch der Nacht in einer Zelle sitzen.«

»Na, und?«, erwiderte Altenheim. »Man kann aus einem Gefängnis entkommen, doch niemand kehrt aus der Hölle zurück, in die ich Sie zu schaffen gedachte.«

»Stimmt, aber Sie hätten mich zuerst dorthin schaffen müssen, und das ist nicht so einfach.«

»Es bedarf nur eins dieser Plätzchen.«

»Sind Sie sicher?«

»Versuchen Sie es.«

»Eins ist sicher, mein Lieber. Sie haben nicht das Talent für große Abenteuer und ich bezweifle, dass Sie jemals gewinnen werden, wenn das Ihre Fallen sind. Ein

Mensch, der ein Leben wie Sie und ich führt und glaubt, er ist ein Sieger, muss auf alles vorbereitet sein, er muss sogar bereit sein, nicht zu sterben, wenn irgendein ein Lumpenkerl ihn zu vergiften versucht. Was mich betrifft, ich bin unerschrocken und unbesiegbar. Erinnern Sie sich an König Mithridates!«

Er kehrte zu seinem Stuhl zurück.

»Lassen Sie uns das Essen beenden. Da ich die Tugend unter Beweis stellen möchte, die ich zu besitzen beanspruche, aber auch nicht den Stolz Ihrer Köchin beleidigen will, möchte ich Sie nun bitten, mir den Teller mit den Plätzchen noch einmal zu reichen.«

Er nahm ein Gebäckstück, zerbrach es in zwei Teile und streckte die Hand mit einem Stück dem Baron entgegen.

»Essen Sie das!«

Der Baron fuhr zurück.

»Angsthase!«, sagte Serenin.

Und vor den erstaunten Augen des Barons und seiner Angestellten aß er zuerst das eine Stück des Plätzchens und dann das zweite, langsam und bewusst, als wollte er jedes Krümelchen genießen.

***

Die beiden Kontrahenten trafen sich nach einigen Tagen erneut.

An diesem Abend lud Prinz Serenin den Baron zum Essen ins Cabaret Vatel ein, in der Gesellschaft eines Dichters, eines Musikanten, eines Finanziers und zweier hübscher Schauspielerinnen vom Théatre Français.

Am nächsten Tag speisten sie im Bois und abends trafen sie sich in der Oper. Man hätte meinen können, sie konnten nicht ohne ihre Gesellschaft leben und seien in größter Freundschaft verbunden, voller Vertrauen, Zuversicht und Respekt.

Sie verbrachten eine herrliche Zeit, tranken guten Wein,

rauchten ausgezeichnete Zigarren und lachten wie zwei Idioten. In Wirklichkeit beobachteten sie einander scharf. Tödliche Feinde, vereint in einem gnadenlosen Hass. Beide glaubten zu gewinnen und hofften auf den Sieg. Sie warteten auf einen günstigen Augenblick. Altenheim, um Serenin zu töten, und Serenin, um Altenheim in das Grab zu schleudern, das er für ihn grub.

Beide wussten, die Katastrophe konnte nicht lang hinausgezögert werden. Einer oder der Andere musste sein Ende erleben, und es war nicht eine Frage von Tagen, sondern Stunden.

Es war eine aufregende Tragödie, eine, die ein Mann wie Serenin voll auskostete. Seinen Gegner zu kennen und an seiner Seite zu leben, zu spüren, der Tod wartete auf einen von ihnen beim ersten falschen Schritt, war ein Nervenkitzel für ihn, eine Wonne.

Eines Abends befanden sie sich allein im Garten des Rue Cambon Clubs, dem Altenheim ebenfalls angehörte. Es war eine Stunde vor der Dämmerung, im Juni die Zeit, bevor viele Mitglieder speisten, um sich später dem Kartenspiel zu widmen. Sie wanderten durch den kleinen Garten, dessen Rasen von Ziersträuchern begrenzt war. Hinter den Büschen gab es eine niedrige Tür. Plötzlich, als Altenheim sprach, verspürte Serenin das Gefühl, seine Stimme war verkrampft, beinahe zittrig. Er beobachtete ihn aus dem Augenwinkel. Altenheim hatte die Hand in die Jackentasche gesteckt und Serenin sah, wie sie sich um den Griff eines Messers krampfte, zögernd, unentschlossen, dann wieder resolut.

Welch herrlicher Augenblick! Würde er zustechen? Wer würde den Sieg erringen, der ängstliche Instinkt, der das Wagnis scheute oder die Entschlossenheit, ihn zu töten?

Die Arme hinter dem Rücken, wartete Serenin mit gemischten Gefühlen.

Der Baron hatte aufgehört zu sprechen und nun wanderten sie schweigend nebeneinander durch den Garten.

»Ja nun, warum stechen Sie nicht zu?«, rief der Prinz ungeduldig. Er hielt an und wandte sich seinem Begleiter zu. »Los doch!«, sagte er auffordernd. »Jetzt ist die Zeit oder nie. Niemand kann Sie sehen. Sie können durch die kleine Tür verschwinden, der Schlüssel hängt an der Mauer und auf Wiedersehen, Baron ... ungesehen und unerkannt! Aber natürlich war das alles geplant ... Sie brachten mich hierher ... Und jetzt zögern Sie. Warum wagen Sie es nicht?«

Er blickte in die Augen Altenheims. Der war wütend und bebte.

»Sie Feigling!«, höhnte Serenin. »Soll ich Ihnen die Wahrheit sagen? Na, Sie fürchten mich. Ja, mein Lieber, Sie wissen nicht, was geschehen wird, wenn Sie sich mit mir messen. Sie wollen handeln, aber es ist meine vermutliche Handlung, die die Situation beherrscht. Nein, es ist sicher, Sie sind nicht der Mann, der mich aus dem Weg räumt.«

Er hatte kaum ausgesprochen, als er von hinten umschlungen und rückwärts gezerrt wurde. Jemand, der sich hinter der Hecke bei der kleinen Tür verborgen hatte, klammerte seinen Kopf fest. Er sah eine Hand mit dem schimmernden Messer, die sich hob. Die Hand stieß nach unten und die Messerspitze traf seinen Hals.

Im selben Augenblick sprang Altenheim nach vorne, um ihn zu erledigen. Serenin ließ sich sofort nach hinten fallen und zog die Gegner mit zu Boden. Sie fielen in ein Blumenbeet und rollten über die Pflanzen und die Erde, zwanzig Sekunden oder länger. Trotz seiner Stärke musste Altenheim den Griff lockern und schrie vor Schmerz auf, weil Serenin ihn mit einem Schlag getroffen hatte. Serenin riss sich los, sprang auf und rannte zu der kleinen Tür, hinter der einen Augenblick zuvor eine dunkle Gestalt verschwunden war. Es war zu spät. Er hörte, wie der Schlüssel an der Innenseite gedreht wurde und er konnte die Tür nicht öffnen.

»Oh, du Halunke«, knurrte er. »Der Tag, an dem ich dich erwische, erledige ich dich. Das schwöre ich ...«

Er kehrte zurück und sammelte die Bruchstücke des Messers auf, dessen Klinge bei dem Angriff zerbrochen war.

Altenheim bewegte sich wieder.

Serenin fragte: »Na, Baron. Geht es wieder besser. Sie kennen diesen Schlag nicht, was? Es ist ein Magenschlag, dicht unter den Rippen, der Sie erledigt hat. Ganz schnell, sauber und schmerzlos ... für mich. Dagegen ein Messerstich? Pah, ein Mann braucht nur einen stählernen Nackenschutz tragen, so wie ich, und die ganze Welt kann ihm nichts anhaben, nicht einmal Ihr kleiner Freund in Schwarz der immer nach einem Kehlenstich trachtet. Hier, sehen Sie ... sein bevorzugtes Spielzeug ... in Stücken.«

Er streckte eine hilfreiche Hand aus.

»Stehen Sie auf, Baron! Sie werden nun mit mir essen. Und erinnern Sie sich an meine Überlegenheit, eine unbesiegbare Seele in einem unangreifbaren Körper.«

Er kehrte in den Club zurück, reservierte einen Tisch für zwei, setzte sich auf ein Sofa und sinnierte.

Es ist wirklich ein amüsantes Spiel, aber es wird gefährlich. Ich muss es beenden ... sonst schaffen mich diese Burschen früher ins Paradies zu bringen, als ich es sehen will. Der Ärger ist, ich kann nichts unternehmen, bis ich Steinweg gefunden habe. Er ist der Schlüssel zu der ganzen Sache und der einzige Grund, weshalb ich die Gesellschaft des Barons ertrage. Was, zum Teufel, haben sie mit ihm gemacht? Altenheim steht täglich mit ihm in Verbindung, das ist sicher. Zweifellos versucht er mit allen Mitteln zu erfahren, was der Alte über das Kesselbach-Ding weiß. Aber wo ist er? Wo hält er ihn gefangen? Bei Freunden? In seinem Haus in der Villa Dupont?

Er dachte eine Weile lang nach, steckte eine Zigarette in Brand, sog dreimal daran und warf sie weg. Es war offensichtlich ein Signal, denn zwei junge Männer setzten sich neben ihn. Er schien sie nicht zu kennen, doch er sprach verstohlen mit ihnen. Es waren die Brüder Doudeville, an diesem Tag in neuester Mode gekleidet.

»Was ist, Chef?«

»Geht mit sechs eurer Leute zur Villa Dupont, Nummer 29, und dringt dort ein.«

»Wie, zum Teufel?«

»Im Namen des Gesetzes. Seid ihr nicht Polizeibeamte? Eine Durchsuchung ...«

»Aber wir haben nicht das Recht ...«

»Nehmt es euch.«

»Und die Angestellten? Wenn sie sich widersetzen ...«

»Es gibt nur vier.«

»Wenn sie Lärm machen?«

»Das werden sie nicht tun.«

»Wenn Altenheim zurückkehren sollte?«

»Das wird er nicht vor ein Uhr tun. Ich sorge dafür. Ihr habt zweieinhalb Stunden. Das ist mehr als notwendig, um das Haus von oben bis unten zu durchsuchen. Wenn ihr Steinweg findet, kommt und sagt mir Bescheid.«

Baron Altenheim erschien. Serenin ging ihm entgegen.

»Lassen Sie uns essen. Der kleine Zwischenfall im Garten hat mich hungrig gemacht. Übrigens, Baron, ich möchte Ihnen ein paar Ratschläge geben.«

Sie setzten sich an den Tisch. Nach dem Essen schlug Serenin eine Runde Billard vor. Als das Spiel vorüber war, gingen sie ins Casino, um Baccara zu spielen.

Der Croupier rief eben: »Fünfzig Louis in der Bank. Wer bietet?«

»Hundert Louis«, sagte Altenheim.

Serenin blickte auf die Uhr. Zehn Uhr. Die Doudevilles waren nicht zurückgekehrt. Die Suche hatte also zu nichts geführt.

»*Banco*«, sagte er.

Altenheim setzte sich und verteilte die Karten.

»Ich gebe.«

»Nein.«

»Sieben.«

»Sechs. Ich verliere«, sagte Serenin. »Soll ich den Einsatz verdoppeln?«

»Gut«, erwiderte der Baron.

Er teilte die Karten aus.

»Acht«, sagte Serenin.

»Neun.« Der Baron legte die Karten nieder.

Serenin wandte sich ab und murmelte: »Das hat mich dreihundert Louis gekostet, aber es ist nicht wichtig, solang er hierbleibt.«

Wie er erwartet hatte, war Altenheim, der eine Glücks-Strähne hatte, bald so ins Spiel vertieft, dass er Serenin ganz vergaß.

Zehn Minuten später stieg Serenin vor Haus 29 der Villa Dupont aus einem Wagen und fand die Doudevilles mit ihren Leuten in der Halle versammelt.

»Habt ihr den alten Herrn gefunden?«

»Nein.«

»Verflucht. Aber er muss doch irgendwo stecken. Wo sind die vier Angestellten?«

»In der Speisekammer, gefesselt, zusammen mit der Köchin.«

»Gut. Es ist besser, niemand sieht mich. Alle anderen können verschwinden. Jean, Sie bleiben draußen und halten die Augen auf. Jacques, zeigen Sie mir das ganze Haus.«

Er eilte durch den Keller, das Erdgeschoss, den ersten und zweiten Stock und die Dachkammern. Er hielt praktisch nirgendwo an, in dem Wissen, er würde in wenigen Minuten kaum etwas entdecken, was seine Leute in drei Stunden nicht gefunden hatten. Doch er prägte sich genau die Lage der Zimmer ein und suchte nach irgendeinem Detail, das einen Hinweis liefern mochte.

Als er seinen Rundgang beendet hatte, kehrte er zu dem Zimmer zurück, das Doudeville als Altenheims bezeichnet hatte und musterte es genauer.

»Das passt mir«, sagte er und zog den Vorhang zurück, hinter dem eine dunkle Kammer voller Kleidung lag. »Von hier aus kann ich das ganze Zimmer überblicken.«

»Aber wenn der Baron das ganze Haus durchsucht?«

»Warum sollte er das?«

»Die Angestellten werden ihm sagen, dass wir hier gewesen sind.«

»Natürlich, aber er denkt auch nicht im Traum daran, dass jemand hier die Nacht verbringen könnte. Er wird glauben, die Durchsuchung hat nichts ergeben. Deshalb bleibe ich.«

»Und wie kommen Sie wieder raus?«

»Ach, das kann ich Ihnen noch nicht sagen. Die Hauptsache ist, ich bin hereingekommen. Hier bin ich und hier bleibe ich. Gehen Sie, Doudeville und schließen Sie die Tür hinter sich.«

Er setzte sich auf eine kleine Truhe ganz hinten in dem Raum. Vier Reihen von Kleidungsstücken schützten ihn. Wenn es nicht zu einer näheren Untersuchung kam, war er sicher.

Zwei Stunden vergingen. Dann hörte er das Klappern von Pferdehufen. Eine Kutsche hielt an, die Haustür schlug zu und fast sofort hörte er Stimmengewirr, als die Gefangenen von ihrem Schicksal berichteten.

Sie erklären ihm alles, dachte er. *Der Baron wird außer sich vor Wut sein. Wahrscheinlich hat er erkannt, dass ich dahinter stecke und ihn hereingelegt habe ... Hereingelegt? ... Noch habe ich Steinweg nicht ... das wird das Erste sein, von dem er sich überzeugen wird. Deshalb wird er sofort zu dem Ort eilen, an dem er gefangen ist. Geht er nach oben, dann ist das Versteck droben. Nach unten, und es ist im Keller.*

Er lauschte. Die Stimmen erklangen vom Erdgeschoss her, doch niemand schien sich zu bewegen. Altenheim musste seine Leute ganz genau befragen. Es dauerte eine halbe Stunde, bevor er Schritte auf der Treppe hörte.

»Es muss also oben sein«, sagte er sich. »Aber warum hat er so lang gewartet?«

»Legt euch schlafen«, klang Altenheims Stimme auf.

Der Baron betrat sein Zimmer mit einem seiner Leute und schloss die Tür hinter sich.

»Ich lege mich auch hin, Dominique. Wir kommen nicht weiter, selbst wenn wir die ganze Nacht lang streiten.«

»Meiner Meinung nach«, sagte der Andere, »kam er, um Steinweg zu finden.«

»Das glaube ich ebenfalls und deshalb freut es mich, denn Steinweg ist nicht hier.«

»Aber wo ist er? Was haben Sie mit ihm getan?«

»Das ist mein Geheimnis und es gehört mir allein. Ich kann nur sagen, er ist an einem sicheren Ort, den er nicht verlässt, bevor er mit der Sprache herausrückt.«

»Der Prinz ist also ratlos?«

»Ratlos ist das richtige Wort. Und es kostete ihn eine Menge Geld, das zu erfahren. Ach, ich habe eine schöne Nacht verbracht ... Der arme Prinz!«

»Trotz all dem«, sagte der Andere, »müssen wir ihn loswerden.«

»Mach dir keine Sorgen, Alter, das dauert nicht mehr lang. Bis die Woche vorbei ist, hast du ein Geschenk, eine Brieftasche aus Lupin Haut. Jetzt lass mich schlafen gehen. Ich bin todmüde.«

Eine Tür schloss sich. Serenin hörte, wie der Baron den Riegel vorschob, seine Taschen leerte, seine Uhr aufzog und sich auszog. Er war bester Laune, summte und plauderte vor sich hin.

»Ja, eine Brieftasche aus Lupin-Haut ... in weniger als einer Woche ... in weniger als vier Tagen ... sonst erledigt er uns, das Scheusal! ... Egal, er verpasste seine Chance heute Nacht ... Seine Kalkulation war zwar richtig ... Steinweg war sicherlich hier ... Nur ... Na eben.«

Er stieg in sein Bett und schaltete das Licht aus.

Serenin war vorgetreten, bis zu dem Vorhang, den er ein

wenig zur Seite hob. Bei dem fahlen Licht, das durch die Fenster fiel, sah er das Bett nicht, das im Dunklen lag.

Er zögerte. Sollte er auf den Baron zuspringen, ihn am Hals packen, um durch Gewalt und Drohungen zu erfahren, was ihm auf andere Weise bis jetzt nicht gelungen war? Lächerlich! Altenheim würde sich nicht so leicht geschlagen geben.

»So etwas«, flüsterte Serenin. »Er schnarcht schon. Na, im schlimmsten Fall vergeude ich eben eine Nacht.«

Er ging nicht. Er glaubte, es sei nicht unmöglich, doch noch zu seinem Ziel zu kommen. Vorsichtig entfernte er ein paar Jacken und Mäntel, breitete sie auf dem Boden aus, legte sich mit dem Rücken zur Wand darauf und machte es sich so bequem wie möglich.

***

Der Baron war ein Langschläfer. Die Uhr von draußen schlug schon neun, als er sich endlich erhob und seinem Diener läutete.

Er beschäftigte sich mit der Post, die der Mann brachte, plätscherte im Bad, ohne ein Wort zu sagen und setzte sich an den Tisch, um zu schreiben, während Dominique die Kleidungsstücke des vergangenen Tages sorgfältig in den Ankleideraum hängte. Serenin ballte die Fäuste und hoffte, sie nicht benutzen zu müssen.

Um zehn Uhr war der Baron fertig.

»Geh, jetzt!«, befahl er dem Diener.

»Nur noch die Weste ...«

»Geh, habe ich gesagt. Komm wieder, wenn ich läute ... nicht vorher.«

Er selbst schloss die Tür, wie ein Mann, der keinem anderen vertraute, ging zum Telefon und nahm den Hörer ab.

»Hallo ... Verbinden Sie mich bitte mit Garches, Fräulein ... gut ... ich warte bis Sie zurückrufen.«

Er setzte sich vor den Apparat.

161

Nach kurzer Zeit läutete das Telefon.

»Hallo! ... Bin ich mit Garches verbunden? ... Ja, das stimmt ... Geben Sie mir bitte Nummer 38, Fräulein.«

Wenige Minuten, mit leiser, aber dennoch deutlicher Stimme begann er: »Ist da Nummer 38? ... Ich bin's, keine überflüssigen Worte ... Gestern? ... Ja, hast ihn gestern im Garten verpasst ... vielleicht das nächste Mal ... Natürlich, aber die Sache wird dringend ... Er ließ das Haus gestern Nacht durchsuchen ... Ich erzähle dir alles ... Natürlich fand er nichts ... Was? ... Hallo ... Nein, Steinweg weigert sich, mit der Sprache herauszurücken ... Er hat erkannt, dass wir nichts tun können, Drohungen, Versprechen, nichts nützt etwas ... Wir kennen den Plan Kesselbachs nur zum Teil ... und dieser Pierre Leduc ... Er ist der Einzige, der die Antwort auf das Rätsel besitzt ... Aber er wird plaudern, dafür stehe ich ein ... heute Nacht noch ... Wenn nicht ... Was? Na, was können wir schon tun? Wir können ihn nicht laufen lassen. Willst du, dass der Prinz ihn schnappt? Was den Prinzen betrifft, müssen wir ihm in drei Tagen von heute ein Ende bereiten ... Du hast einen Einfall ... Großartig! Das ist ausgezeichnet ... Oh, herrlich! Ich kümmere mich darum ... Wann treffen wir uns? Ist Dienstag in Ordnung? Prima, ich komme am Dienstag ... um zwei Uhr ... Adieu.«

Er legte den Hörer auf und verließ das Zimmer.

Ein paar Stunden später, als die Dienstboten beim Mittagessen saßen, ging Prinz Serenin leise aus dem Haus.

Seine Knie bebten und in seinem Kopf summte es, und während er das nächste Restaurant ansteuerte, summierte er die Situation.

»Also, nächsten Dienstag treffen sich Altenheim und der Mörder vom Palace-Hotel in Garches, in einem Haus mit der Telefonnummer 38. Am Dienstag werde ich also die beiden Halunken der Polizei übergeben und Monsieur Lenormand befreien. Am Abend ist der alte Steinweg an der Reihe und ich werde endlich erfahren, ob Pierre Leduc der Sohn eines Schweinemetzgers ist oder nicht und er einen guten Ehemann für Geneviève ergibt. Also voran!«

***

Am Dienstag um elf Uhr morgens ließ Valenglay, der Premierminister, den Polizei-Präfekten und Monsieur Weber rufen und zeigte ihnen einen Eilbrief, den er soeben erhalten hatte:

MONSIEUR LE PRESIDENT DU CONSEIL
In der Kenntnis über das Interesse, das Sie an dem Schicksal Monsieur Lenormands zeigen, kann ich Ihnen heute gewisse Tatsachen mitteilen, die mir übermittelt wurden.
Monsieur Lenormand ist in den Kellern der Villa des Glycines gefangen, in Garches, nahe der Zuflucht-Siedlung.
Die Verbrecher vom Palace-Hotel haben beschlossen, ihn heute um zwei Uhr zu ermorden.
Sollte die Polizei meine Gegenwart wünschen, bin ich ab halb zwei im Garten der Zuflucht oder in dem Gartenhaus von Madame Kesselbach, deren Freund ich die Ehre zu sein habe.
Ich verbleibe, Monsieur le Président du Conseil,

Ihr ergebener Diener,
Prinz Serenin

»Das ist eine sehr ernste Sache, mein lieber Weber«, sagte Valenglay. »Ich muss hinzufügen, ich habe vollkommenes Vertrauen in die Richtigkeit der Angaben Serenins, Ich habe ihn öfters beim Essen getroffen. Er ist ein seriöser, intelligenter Mensch ...«
»Erlauben Sie mir, Monsieur le Président«, erbat sich der stellvertretende Chef, »Ihnen ein zweites Schreiben vorzulegen, das ich ebenfalls heute erhalten habe.«

»Über die gleiche Angelegenheit?«
»Ja.«
»Zeigen Sie es mir!«
Er nahm den Brief und las:

Monsieur.
Ich erlaube mir, Sie zu informieren, dass Prinz Serenin, der
sich Madame Kesselbachs Freund nennt, in Wirklichkeit
Arsène Lupin ist.
Ein einfacher Beweis genügt: Paul Serenin ist das Ana-
gramm von 'Arsène Lupin'. Kein Buchstabe mehr, kein
Buchstabe weniger.

L. M.

Und als Valenglay erstaunt vor ihm stand, fügte Monsieur
Weber hinzu: »Diesmal hat Lupin einen Gegner gefunden,
der ihm ebenbürtig ist. Während er den Anderen denunziert, verrät der Andere ihn an uns. Und der Fuchs sitzt in
der Falle.«
»Was beabsichtigen Sie zu tun?«
»Monsieur le Président, ich werde zweihundert Mann mit
mir nehmen.«

8. Kapitel: Der olivenfarbene Gehrock

Viertel nach zwölf, in einem Restaurant nahe der Madeleine. Der Prinz beim Essen. Zwei junge Männer sitzen an einem Nachbartisch. Er verbeugt sich und spricht sie an, als träfen sie sich zufällig.

»Nehmen Sie an der Expedition teil?«

»Ja.«

»Wie viele Leute, insgesamt?«

»Sechs, glaube ich. Jeder soll allein eintreffen. Wir sollen Monsieur Weber um viertel vor zwei an der Zuflucht treffen.«

»Gut. Ich werde dort sein.«

»Was?«

»Führe ich nicht diese Expedition? Und ist es nicht meine Aufgabe, Monsieur Lenormand zu finden, nachdem ich das öffentlich bekannt gemacht habe?«

»Sie glauben also, Monsieur Lenormand ist nicht tot, Chef?«

»Ich bin vollkommen sicher.«

»Wissen Sie etwas?«

»Ja, seit gestern weiß ich, dass Altenheim und seine Bande Monsieur Lenormand und Gourel zu der Brücke bei Bougival brachten und sie dort in den Fluss warfen. Gourel versank, doch Monsieur Lenormand konnte sich retten. Ich werde die notwendigen Beweise dafür liefern, wenn die Zeit reif ist.«

»Aber wenn er am Leben ist, warum meldet er sich dann nicht.«

»Weil er nicht frei ist.«

»Und wenn das alles stimmt? Heißt das, er befindet sich in den Kellern der Villa des Glycines.«

»Ich bin überzeugt davon.«

»Aber wie wissen Sie das? Woher ...?«

»Das ist mein Geheimnis. Ich kann Ihnen nur sagen, die Enthüllung wird sensationell sein. Sind Sie bereit?«

»Ja.«

»Mein Wagen steht hinter der Madeleine. Kommen Sie dort zu mir.«

In Garches schickte Serenin den Wagen weg und sie gingen den Pfad entlang, der zu Genevièves Schule führte. Dort hielt er an.

»Hört zu, Jungs. Dies ist von höchster Wichtigkeit. Ihr werdet am Tor der Zuflucht läuten. Als Polizeibeamte habt ihr das Recht, Eintritt zu verlangen, nicht wahr? Von dort geht ihr zum Pavillon Hortense, dem leeren Haus. Dort geht ihr in den Keller, wo ihr eine Falltür findet, die ihr nur anzuheben braucht, um einen Tunnel zu sehen, den ich vor kurzer Zeit selbst entdeckte und der eine direkte Verbindung zur Villa des Glycines bildet. Das war der Weg, durch den Gertrude und Baron Altenheim sich immer trafen. Und das war der Weg, den Monsieur Lenormand fand, nur um in die Hände seiner Gegner zu fallen.«

»Das glauben Sie, Chef?«

»Ja, es ist sehr wahrscheinlich. Und nun das Wichtigste! Ihr müsst dem Tunnel folgen und euch überzeugen, dass er genau so ist, wie ich ihn gestern verließ, dass die beiden Türen, die ihn versperren, geöffnet sind und dass in einem Loch bei der zweiten Tür ein Paket liegt, in schwarzes Tuch gehüllt. Ich habe es selbst dorthin gelegt.«

»Sollen wir das Paket öffnen?«

»Nein, das ist nicht notwendig. Es enthält nur Kleidungsstücke. Geht, und passt auf, dass ihr nicht gesehen werdet. Ich warte in der Zwischenzeit auf euch.«

Zehn Minuten später kehrten sie wieder zurück.

»Beide Türen sind offen«, sagte einer der Doudevilles.

»Und das Paket?«

»Noch immer bei der zweiten Tür.«

»Ausgezeichnet. Es ist fünfundzwanzig Minuten nach eins. Weber wird mit seinem Aufgebot erscheinen. Sie sollen die Villa bewachen. Sobald Altenheim drinnen ist, umzingeln sie das Haus Ich habe mit Weber ausgemacht, dass ich an der Tür läute. Sobald sie geöffnet ist, habe ich einen Fuß über der Schwelle. Dann folge ich meinem Plan. Los jetzt! Ich glaube, wir werden viel Spaß haben.«

Nachdem er sie entlassen hatte, ging Serenin zu dem Schulhaus. Unterwegs murmelte er: »Alles sieht recht vielversprechend aus. Die Schlacht wird auf dem Gelände geführt, das ich gewählt habe und ich werde der Sieger sein. Ich werde meine beiden Gegner los und kann mich ganz allein der Kesselbach-Sache widmen … allein, mit zwei Trümpfen: Pierre Leduc und Steinweg. Es gibt nur eine Frage: Was hat Altenheim vor? Ganz offensichtlich hat er einen eigenen Plan. Von welcher Seite her wird er mich angreifen? Und wieso hat er dies nicht längst schon versucht? Das ist beunruhigend. Hat er mich am Ende an die Polizei verraten?«

Er ging an dem kleinen Spielplatz der Kinder vorüber, die in ihrer Klasse waren, und klopfte an die Tür.

»Ah, Sie sind es und allein«, begrüßte ihn Madame Ernemont als sie die Tür öffnete. »Haben Sie Geneviève in Paris gelassen?«

»Um das zu tun, müsste Geneviève in Paris sein«, erwiderte er.

»Das war sie doch, nachdem Sie ihr mitteilten, sie solle kommen.«

»Was?«, fragte er und griff erregt nach ihrem Arm.

»Ach, das wissen Sie doch besser als ich!«

»Ich weiß nichts … überhaupt nichts … raus mit der Sprache!«

»Haben Sie denn nicht an Geneviève geschrieben, sie soll sich mit Ihnen an der Gare Saint-Lazare treffen?«

»Sie ist dorthin gefahren?«

»Ja, natürlich … Sie sollten zusammen im Hotel Ritz speisen.«

»Den Brief … zeig' ihn mir!«

Sie ging ihn zu holen und drückte ihn bekümmert in seine Hand.

»Oh, du dämliches Frauenzimmer, hast du nicht erkannt, dass der Fetzen gefälscht ist. Die Handschrift ist zwar gut gelungen ... aber es ist eine Fälschung ... das kann doch jeder sehen.« Er drückte die Fäuste gegen seine Schläfen vor Wut. »Das ist der Dreh, den ich erwartete. Oh, dieser verdammte Kerl! Er greift mich über sie an ... doch wie wusste er? Nein, das kann er doch nicht ... das ist jetzt schon das zweite Mal ... und es liegt an Geneviève, weil er hinter ihr her ist. Ach, nur das nicht! Niemals. Hör zu Victoire, bist du sicher, sie ist nicht in ihn verliebt? Ach, ich werde verrückt! ... Warte, warte ... ausgerechnet jetzt ...« Er blickte auf die Uhr.

»Fünfundzwanzig vor zwei ... ich habe Zeit ... Gott, ich Idiot! Zeit wofür? Wie soll ich wissen, wo sie jetzt ist?«

Er lief auf und ab, wie ein Besessener. Seine alte Kinderfrau war erstaunt, ihn so erregt und ohne Selbstbeherrschung zu sehen.

»Vielleicht hat sie im letzten Augenblick erkannt, dass sie in eine Falle gehen soll?«, sagte sie.

»Wo würde sie dann sein?«

»Ich weiß nicht ... vielleicht bei Madame Kesselbach?«

»Das ist möglich ...«, rief er mit frisch erwachter Hoffnung. »Das ist wahr ... du hast recht!«

Er rannte zur Villa de l'Impératrice.

Unterwegs traf er die Doudeville-Brüder nahe dem Tor, die eben die Portiers-Loge betraten. Von dort aus konnten sie den Weg zur Villa des Glycines überblicken. Doch er hielt nicht an, sondern rannte weiter. Susanne antwortete auf sein Rufen, und er bat sie, ihn zu Madame Kesselbach zu bringen.

»Geneviève?«, fragte er atemlos. »Ist sie hier?«

»Nein, schon seit mehreren Tagen ...«

»Aber sie sollte doch kommen, nicht wahr?«

»Das glauben Sie?«

»Ach, ich war so sicher. Wo könnte sie sein? Erinnern Sie sich?«

»Es hat keinen Sinn. Ich versichere Ihnen, Geneviève und ich hatten keine Verabredung.« Doch plötzlich wirkte sie erschrocken. »Sie machen sich doch nicht etwa Sorgen um Geneviève? Ist ihr etwas zugestoßen?«

»Nein, nichts.«

Er rannte nach draußen, von einer Idee erfüllt. Vielleicht war Altenheim gar nicht in der Villa des Glycines? Vielleicht war das Treffen abgesagt worden?

»Ich muss ihn sehen, was immer es auch kosten mag«, sagte er sich.

Und er rannte, ganz außer sich, weiter, ohne auf etwas zu achten. Erst als die Pförtnerloge vor ihm auftauchte und er Monsieur Weber mit den Doudeville-Brüdern sprechen sah, gewann er wieder seine Fassung. Nicht vollkommen zwar, sonst wäre ihm das Zusammenzucken des stellvertretenden Chefs der Detektiv-Abteilung kaum entgangen.

»Monsieur Weber, wenn ich nicht irre?«, fragte er.

»Ja, mit wem habe ich die Ehre zu ...«

»Prinz Serenin.«

»Ah, sehr gut! Der Präfekt hat mir berichtet, welch ausgezeichnete Dienste Sie leisten, Monsieur.«

»Die Dienste sind nicht beendet, bis ich Ihnen die Halunken übergeben habe.«

»Das wird nicht lang dauern. Ich glaube, einer der Burschen ist ein muskulöser Mann mit dunkler Hautfarbe.«

»Ja, das ist Baron Altenheim. Sind Ihre Leute hier, Monsieur Weber?«

»Sie verbergen sich beiderseitig der Straße, zweihundert Meter entfernt.«

»Ich schlage vor, Sie lassen sie hierher zur Pförtnerloge kommen. Dann gehen wir zur Villa. Baron Altenheim kennt mich und ich nehme an, er wird mir die Tür öffnen und wir treten zusammen ein.«

»Ausgezeichnet«, sagte Monsieur Weber. »Ich bin in Kürze wieder da.«

Er verließ den Garten und ging ein Stück die Straße hinunter, in der entgegengesetzten Richtung der Villa.

Serenin nahm rasch einen der Doudeville-Brüder beim Arm.

»Laufen Sie ihm nach, Jacques ... halten Sie ihn beschäftigt, bis ich in der Villa Glycines bin ... und verzögern Sie die Razzia so lang wie möglich ... Erfinden Sie irgendeinen Grund dafür ... Ich brauche etwa zehn Minuten ... schlagen Sie vor, die Villa zu umzingeln, ohne sie zu betreten. Und Sie, Jean, stationieren sich beim Pavillon Hortense, am Eingang zum Tunnel. Wenn der Baron von dort aus zu flüchten versucht, schlagen Sie ihn nieder.«

Die Doudevilles entfernten sich, wie angewiesen. Der Prinz eilte nach draußen und lief zu dem eisernen Tor, dem Eingang zur Glycine.

Soll ich läuten?

Er konnte niemand sehen. Mit einem Satz sprang er am Tor hoch, überkletterte es geschickt und sprang auf der anderen Seite wieder herab.

Vor ihm lag ein gepflasterter Hof, den er rasch überquerte und die Stufen zu einer Veranda hocheilte, deren Fenster den Garten überblickten, doch deren Läden geschlossen waren. Während er sich noch immer überlegte, wie er in das Haus gelangen sollte, öffnete sich die Haustür ein Stück weit und Altenheim erschien.

Serenin sprang auf ihn zu, packte ihn beim Hals und schleuderte ihn auf eine Bank.

»Geneviève? ... Wo ist Geneviève? Wenn Sie mir nicht sagen, wo sie ist, Sie Lump ...«

»Passen Sie auf«, keuchte der Baron. »Ich kann kaum sprechen ...«

Serenin lockerte den Griff.

»Zur Sache! ... Rasch! ... Antworten Sie ... Geneviève?«

»Kommen Sie rein!«, sagte der Baron.

170

Er schloss die Tür hinter ihnen, versperrte und verriegelte sie. Dann führte er Serenin zu dem Wohnzimmer, das weder Möbel noch Vorhänge enthielt.

»Jetzt stehe ich Ihnen ganz zur Verfügung. Was kann ich für Sie tun?«

»Geneviève?«

»Sie ist heil und munter.«

»Sie geben also zu ...?«

»Natürlich. Ich will Ihnen sogar sagen, Ihre Unvorsichtigkeit erstaunt mich. Weshalb haben Sie keine Vorsichtsmaßnahmen getroffen? Es war doch vorauszusehen ...«

»Genug! Wo ist sie?«

»Höflichkeit ist nicht Ihre stärkste Seite.«

»Wo ist sie?«

»Zwischen vier Wänden, frei ...«

»Frei?«

»Ja, frei von einer Wand zur anderen zu gehen.«

»Wo? Wo?«

»Glauben Sie wirklich, mein lieber Prinz, ich werde Ihnen das auf die Nase binden? Sie lieben das Mädchen.«

»Halten Sie den Mund!«, schrie Serenin vollkommen außer sich. »Ich verbiete Ihnen ...«

»Was? Gibt es etwas, dessen Sie sich schämen müssen? Ich liebe sie selbst und riskierte ...«

Er beendete den Satz nicht, als er den wilden Zorn sah, der sich in dem Gesicht Serenins spiegelte.

Sie musterten einander eine Ewigkeit lang. Es war, als suchte jeder die Schwäche des Anderen. Endlich trat Serenin nach vorn und sagte in dem Ton eines Mannes, der eine Drohung äußerte, anstatt einen Handel vorzuschlagen: »Hören Sie! Erinnern Sie sich an die Partnerschaft, die Sie vorschlugen? Das Kesselbach-Geschäft für uns beide ... wir sollten zusammenarbeiten ... den Gewinn teilen ... Ich weigerte mich. Heute akzeptiere ich.«

»Zu spät.«

»Warten Sie. Es gibt noch mehr. Ich verzichte auf das ganze Geschäft ... Ich bin nicht mehr daran interessiert ... Sie können alles behalten ... Wenn notwendig, helfe ich Ihnen sogar.«

»Unter welcher Bedingung?«

»Sagen Sie mir, wo Geneviève ist.«

Der Baron zuckte mit den Schultern.

»Sie geifern, Lupin. Ich bedaure Sie ... in Ihrem Alter ...«

Das Schweigen hing wieder über ihnen, eine furchtbare schwangere Stille. Dann lachte der Baron höhnisch.

»Trotzdem, es bereitet mir eine riesige Freude, Sie den Tränen nahe betteln zu sehen. Mir scheint, der Soldat besiegt den General.«

»Sie Esel!«, zischte Serenin.

»Sie wollen die Angelegenheit hier und jetzt erledigen? Ganz wie Sie wollen, Prinz. Ihre letzte Stunde hat geschlagen. Empfehlen Sie Ihre Seele dem Herrgott. Sie lächeln? Das ist ein Fehler. Ich habe einen Vorteil Ihnen gegenüber. Ich töte, wenn es notwendig ist ...«

»Sie Esel!«, sagte Serenin ein zweites Mal. Er griff zur Uhr. »Es ist zwei Uhr. Sie haben noch fünf Minuten, zehn im besten Fall. Monsieur Weber, mit einem halben Dutzend seiner Leute, keiner von ihnen mit Skrupeln belastet, wird Sie in Haft nehmen ... Lächeln Sie nicht. Der Fluchtweg, auf den Sie hofften, ist entdeckt und bewacht. Das Schafott wartet auf Sie, mein lieber Mann.«

Altenheims Gesicht rötete sich und er stammelte: »Sie haben das herbeigeführt? ... Sie besaßen die Ehrlosigkeit, die Polizei ...«

»Das Haus ist umzingelt. Der Zugriff erfolgt in Kürze. Sprechen Sie und ich werde Sie retten.«

»Wie?«

»Die Leute, die den Ausgang im Pavillon Hortense bewachen, arbeiten für mich. Ich brauche nur ein Wort zu sagen und Sie sind frei, Sprechen Sie!«

Altenheim dachte kurz nach und schien zu zögern, doch dann schüttelte er den Kopf.

»Nein, es ist ein Bluff. Sie hätten niemals den Kopf ins Maul des Löwen gesteckt.«

»Sie vergessen Geneviève. Ohne sie wäre ich niemals hierhergekommen. Sprechen Sie!«

»Nein.«

»Gut, dann warten wir eben«, sagte Serenin. »Eine Zigarette?«

»Danke.«

Ein paar Sekunden vergingen.

»Hören Sie?«, fragte Serenin.

»Ja ... ja ...«, erwiderte Altenheim und lauschte.

Der Lärm von hallenden Schlägen gegen das Tor klang auf.

Serenin sagte: »Nicht einmal die gewohnte Warnung ... keine langen Reden ... Sie sind ganz sicher?«

»Mehr denn je.«

»Mit dem Werkzeug, das sie dabeihaben, wird es nicht lang dauern.«

»Selbst wenn sie schon in diesem Raum stehen, werde ich mich noch immer weigern.«

Das Tor gab nach. Sie hörten die Angeln quietschen.

»Sich fangen zu lassen, ist erlaubt«, sagte Serenin. »Aber selbst die Hände für die Handschellen hinzuhalten, ist verrückt. Kommen Sie, geben Sie Ihren Starrsinn auf. Sprechen Sie ... und Sie können verschwinden.«

»Und Sie?«

»Ich bleibe. Ich habe nichts zu befürchten.«

»Schauen Sie!«

Der Baron deutete zu einer Lücke in einem der Fensterläden. Serenin erhob sich und spähte nach draußen.

Mit einem Fluch sprang er zurück.

»Oh, Sie Schuft, Sie haben mich denunziert. Weber hat nicht zehn Leute gebracht, sondern fünfzig, hundert, zweihundert ...«

Der Baron lachte schadenfroh.

»Es sind so viele, weil sie hinter Lupin her sind, das ist

ganz klar. Ein halbes Dutzend hätten für mich genügt.«

»Sie haben die Polizei informiert?«

»Ja.«

»Mit welchen Beweisen?«

»Der Name Paul Serenin ... das heißt Arsène Lupin ...«

»Und das haben Sie ganz allein entdeckt ... etwas, das kein Anderer vermutete? ... Unsinn! Es war der Andere. Geben Sie es zu.«

Er blickte wieder nach draußen. Eine große Anzahl von Polizisten umringten die Villa und jetzt waren auch schon laute Schläge von der Haustür her zu hören. Er musste an zwei Möglichkeiten denken: entweder seine Flucht oder den Plan, den er entwickelt hatte. Aber jetzt zu verschwinden, hieß, den Baron allein zu lassen und wer wusste, der Baron folgte einem anderen Ausweg, durch den er entkommen konnte? Dieser Gedanke lähmte Serenin. Der Baron auf freiem Fuß! Der Baron in der Lage, zu Geneviève zurückzukehren und ihr seinen Willen aufzuzwingen!

Sein Plan zerschlagen, musste er einen neuen innerhalb weniger Sekunden finden, alles der Gefahr opfern, in der sich Geneviève befand. Er rang sekundenlang mit seiner Unentschlossenheit. Oh. Es verlangte ihn aus ganzem Herzen danach, dem Baron sein Geheimnis mit Gewalt zu entlocken und zu verschwinden. Es war zwecklos, ihn zur Vernunft zu bringen. Und während er krampfhaft nachdachte, fragte er sich, wie es um die Pläne des Barons stand, welche Waffen er besaß, welche Hoffnung auf ein Entkommen.

Die Eingangstür, so stark und sicher sie auch war, schien nachzugeben.

Zwei Männer standen jenseits der Tür und schienen zu beraten. Er konnte ihre Stimmen hören.

»Sie scheinen Ihrer Sache recht sicher zu sein«, wandte er sich an den Baron.

»Das bin ich«, erwiderte der Andere und versetzte ihm

einen unerwarteten Stoß, der ihn zu Boden schleuderte, bevor er mit langen Sätzen verschwand.

Serenin rappelte sich hoch und rannte zu der kleinen Tür unter der Treppe, durch die Altenheim verschwunden war, sprang über die Stufen zum Kellergeschoss.

Ein schmaler Gang führte zu einem großen, fast pechschwarzen Raum, wo der Baron dabei war, eine Falltür zu öffnen.

»Idiot!«, rief Serenin und warf sich auf ihn. »Wissen Sie nicht, dass meine Leute am Ende des Tunnels auf Sie warten? Sie haben Anweisungen, Sie wie ein wildes Tier abzuknallen ... es sei denn es gibt einen anderen Ausweg ... Ah, ich habe recht damit ... und Sie glauben ...«

Es war ein verzweifelter Kampf, Altenheim, ein Hüne, mit Muskeln bepackt, hatte seinen Gegner mit seinen Armen umschlungen und presste ihn gegen seinen eigenen Körper, so dass er die Arme nicht bewegen konnte und zu ersticken drohte. Er wehrte sich verzweifelt.

Er erschauderte, als er spürte, wie sich die Falltür, die wieder zugefallen war, unter ihm bewegte. Jemand versuchte sie zu öffnen. Der Baron ahnte es ebenfalls, denn er versuchte verzweifelt, ihn von der Falltür zu drängen.

»Der Andere!«, durchzuckte es Serenin und ein Gefühl des Schreckens erfüllte ihn, während er an den geheimnisvollen Mörder dachte. *Er muss es sein ... wenn er Altenheim zu Hilfe kommt, bin ich erledigt.*

Mit seiner überlegenen Kraft gelang es Altenheim, ihn mit sich zu zerren, doch Serenins Füße umklammerten die des Barons und gleichzeitig gelang es ihm auch, einen seiner Arme zu befreien.

Von über ihnen erklang ein lautes Krachen. Die Tür hielt noch immer!

Ich habe höchstens fünf Minuten, dachte Serenin. Dann rief er: »Aufgepasst!«. Mit aller Gewalt brachte er ein Knie hoch, spürte wie sein Gegner vor Schmerz zusammenzuckte. Gleichzeitig gelang es ihm, auch den zweiten

Arm zu befreien und den Baron beim Hals zu packen, der kurz darauf zu Boden sank.

Serenin nutzte die Chance, um in seine Tasche zu greifen und fand eine dünne Kordel, die er geschickt mit einer Hand um die Handgelenke des Gegners wickelte. Der Baron, außer Atem und voller Schmerzen, leistete kaum Widerstand. Sekunden später war er gefesselt.

»Na, jetzt benimmst du dich, mein Lieber. Aber damit du nicht an Flucht denkst, habe ich noch einen Draht, um meine Arbeit zu vollenden ... die Handgelenke zuerst ... nun die Füße ... so ist es gut. Du siehst fabelhaft aus.«

Der Baron kam wieder zu sich. Er hustete.

»Wenn Sie mich verraten, stirbt Geneviève.«

»Wirklich? Wie? ... Erklären Sie!«

»Sie ist eingesperrt. Niemand weiß, wo sie ist. Wenn ich nicht zurückkehre, verhungert sie.«

Serenin erschauderte.

»Ja, aber Sie werden sprechen.«

»Niemals.«

»Doch! Sie werden sprechen. Nicht jetzt, denn es ist schon zu spät. Aber heute Nacht.« Er beugte sich herunter und flüsterte in sein Ohr. »Hören Sie, Altenheim, und verstehen Sie, was ich sage. In kurzer Zeit werden Sie verhaftet. Heute Nacht schlafen Sie in einer Zelle. Das ist sicher, unvermeidbar. Nicht einmal ich kann es verhindern. Morgen werden Sie zum Santé gebracht und später ... das wissen Sie selbst. Ich werde zu Ihrer Zelle kommen, und Sie werden mir sagen, wo Geneviève ist. Zwei Stunden später, wenn Sie mir die Wahrheit gesagt haben, sind Sie wieder frei. Wenn nicht ... heißt es, dass Sie keinen großen Wert auf Ihren Kopf legen.«

Der andere antwortete nicht. Serenin richtete sich auf und lauschte. Etwas krachte laut über ihm. Die Eingangstür war aufgebrochen. Schritte dröhnten auf den Steinplatten der Halle und dem Fußboden des Esszimmers. Monsieur Weber und seine Leute durchsuchten das Haus.

»Adieu, Baron. Überlegen Sie sich meine Worte bis heute Abend. Eine Zelle ist ein guter Ratgeber.«

Er rollte den Gefangenen zur Seite, um die Falltür zu öffnen. Wie erwartet, fand er niemand unter ihr. Er ließ jedoch die Falltür zur Vorsicht offen, als beabsichtigte er, zurückzukehren.

Es waren zwanzig Stufen, bevor er den Tunnel erreichte, durch den Monsieur Lenormand und Gourel aus der entgegengesetzten Richtung gekommen waren. Er bewegte sich nach vorn, hielt jedoch sofort wieder an und lauschte. Er glaubte, die Gegenwart eines Menschen zu spüren.

Er knipste die Taschenlampe an, die er eigens dafür eingesteckt hatte. Der Tunnel war leer.

Dann entsicherte er seinen Revolver und sagte: »Hallo! ... Ich werde schießen.«

Keine Antwort, kein Laut.

Es muss eine Täuschung sein, dachte er. *Die Kreatur wird zu einer Besessenheit ... Los, wenn ich das Spiel gewinnen soll, muss ich mich beeilen ... das Loch mit der Kleidung muss ganz nahe sein. Ich werde das Paket holen ... und der Trick ist gelungen ... Oh, und welcher Trick! Einer von Lupins besten.*

Er erreichte eine Tür, die offen stand und hielt sofort an. Rechts von ihm lag die Öffnung, die Monsieur Lenormand geschaffen hatte, um aus dem Tunnel zu entkommen. Er beugte sich herunter und leuchtete in die Öffnung.

»Oh!«, sagte er enttäuscht. »Nein, das ist nicht möglich ... Doudeville muss das Paket näher zum Ausgang hin gebracht haben.«

Doch so sehr er auch den Tunnel absuchte, das Paket war nicht zu finden, und er war mehr und mehr überzeugt, die geheimnisvolle Gestalt musste dahinter stecken.

»Wie enttäuschend! Alles war so großartig vorbereitet. Die ganze Sache wäre gelungen und ich hätte mein Ziel mit Sicherheit erreicht ... jetzt bleibt nichts, als mich zu beeilen ... Doudeville wartet am Pavillon Hortense ...

mein Rückzug ist gesichert ... keine Dummheiten jetzt ... ich muss mich beeilen und alles wieder in Ordnung bringen ... ich werde mich später um den 'Anderen' kümmern – er soll sich vor mir in Acht nehmen!«

Doch die Flucht wurde unmöglich, als er die zweite Tür erreichte und sie verschlossen fand. Es nützte nichts, dass er sich mit aller Kraft dagegen warf. Was konnte er tun?

Wie von einer Erschöpfung gelähmt sank er zu Boden und setzte sich. Er war sich plötzlich seiner Schwäche gegenüber dem geheimnisvollen Gegner bewusst. Altenheim war nicht mehr wichtig. Doch der Andere, eine Person der Dunkelheit und des Schweigens, erfüllte plötzlich seine Gedanken und erschöpfte ihn dank seiner List und seiner teuflischen Angriffe.

Er war besiegt.

Weber würde ihn hier finden, wie ein wildes Tier in seine Höhle geflüchtet, tief in seinem Versteck.

»Ach, nein!«, rief er plötzlich und erhob sich. »Nein, wenn es nur um mich ginge, wäre es zu ertragen. Aber da ist Geneviève, die noch heute Nacht gerettet werden muss ... Das Spiel ist noch nicht verloren ... wenn der Andere verschwunden ist, bedeutet es, ein zweiter Ausweg existiert irgendwo ... Komm schon, Weber und seine Leute haben dich noch nicht ...«

Er hatte schon damit begonnen, die Wände des Tunnels zu untersuchen, als er einen fürchterlichen Schrei hörte, der sein Fleisch zu Eis verwandelte.

Er kam von der Richtung der Falltür. Und plötzlich erinnerte Serenin sich, er hatte die Klappe offenstehen lassen, als ob er beabsichtigt hätte, zu der Villa des Glycenes zurückzukehren.

Er eilte weiter, an der ersten Tür vorbei. Seine Lampe erlosch und er spürte etwas, jemanden, der seine Schulter streifte, an der Mauer entlangkroch. Und gleichzeitig erkannte er: Die Kreatur entfernte sich, verschwand. Wie oder wohin, wusste er nicht.

Sein Fuß stieß gegen eine Stufe.

Das ist der Ausgang, dachte er. *Der zweite Ausgang durch den 'er' verschwunden ist.*

Über ihm klang wieder ein Schrei auf, leiser, gefolgt von einem Stöhnen, einem hässlichen Gurgeln.

Er eilte die Treppe hoch, erreichte den Kellerraum und lief zu Altenheim.

Der Baron lag im Sterben. Blut lief aus einer Wunde in seiner Kehle! Seine Fesseln waren durchschnitten, doch der Draht um seine Hand- und Fußgelenke war intakt. Sein Komplize, unfähig ihn zu befreien, hatte ihn erstochen.

Serenin starrte voller Grauen auf ihn herunter, eiskalter Schweiß bedeckte sein Gesicht. Er dachte an Geneviève, gefangen, hilflos, verlassen, der schlimmsten aller Todesarten ausgeliefert. Nur der Baron allein wusste, wo sie verborgen war.

Er hörte, wie die kleine Tür unter der Treppe geöffnet wurde, wie Schritte sich durch die Küche näherten. Nichts als eine Tür lag zwischen ihm und ihnen. Er verriegelte die Tür in aller Eile, kurz bevor die Klinke heruntergedrückt wurde.

Die Falltür neben ihm stand noch immer offen, sein einziger Ausweg, wenn es ihm gelang, durch den zweiten Tunnel zu verschwinden.

Nein!, sagte er sich. *Geneviève zuerst. Danach, wenn mir Zeit bleibt, denke ich an mich selbst.*

Er kniete nieder und legte die Hand auf die Brust des Barons. Das Herz schlug noch immer.

Er beugte sich tiefer.

»Sie können mich hören, nicht wahr?«

Die Lider bewegten sich leicht.

Der sterbende Mann röchelte. Gab es eine Antwort auf seine Fragen, bevor das Ende da war?

Die Polizisten hämmerten oben gegen die Tür.

Serenin flüsterte: »Ich werde Sie retten ... ich habe unfehlbare Methoden ... nur ein Wort ... Geneviève ...«

Es war, als kehrte ein Hoffnungsfunke zurück und gab dem Sterbenden Kraft. Altenheim versuchte zu sprechen.

»Antworten Sie«, sagte Serenin eindringlich: »Antworten Sie und ich werde Sie retten ... Antworten Sie ... es bedeutet Ihr Leben ... Ihre Freiheit morgen ... Antworten Sie doch ...!«

Der Baron stammelte verständnislose Laute. Serenin beugte sich keuchend über ihn, sein ganzer Wille, seine ganze Energie danach trachtend, den Baron am Leben zu erhalten. Er achtete nicht mehr auf die Polizisten, seine unvermeidliche Verhaftung, das Gefängnis, sondern dachte nur an Geneviève, vor Hunger sterbend, die ein Wort des Barons retten konnte.

»Antworten Sie! ... Sie müssen! ...«

Er befahl, bat, flehte. Altenheim röchelte, sah den Tod schon vor den Augen.

»Ri ... Rivoli ...«

»Rue de Rivoli, ist es das? Sie haben die Arme in einem Haus in der Straße eingesperrt. Welche Nummer?«

Laute Rufe ... ein Krachen ... Triumphgeschrei ... die Tür war gesprengt!

»Nehmt ihn fest, Jungs!«, schrie Monsieur Weber. »Packt ihn ... Packt beide ...!«

Und Serenin auf den Knien.

»Die Nummer ... antworten Sie ... wenn sie Ihnen etwas bedeutet, antworten Sie ...!«

»Sieben ... siebenundzwanzig«, röchelte der Baron.

Harte Hände packten Serenin. Zehn Revolver waren auf ihn gerichtet.

Er erhob sich, wandte sich den Polizisten zu, die unwillkürlich zurückwichen.

»Wenn Sie sich bewegen, Lupin, knall' ich Sie nieder!«, rief Monsieur Weber, den Revolver in der Hand.

»Schießen Sie nicht«, sagte Serenin ernst. »Es ist nicht notwendig. Ich ergebe mich.«

»Unsinn! Das ist wieder ein Trick.«

»Nein«, erwiderte Serenin. »Die Schlacht ist verloren. Sie haben nicht das Recht, mich zu erschießen. Ich ergebe mich.«

Er zog zwei Revolver hervor und warf sie zu Boden.

»Unsinn!«, wiederholte Monsieur Weber. »Zielt auf sein Herz, Jungs. Eine falsche Bewegung und ihr feuert. Ein einziges Wort, feuert!«

Serenin war von zehn Männern umringt. Weber befahl fünf anderen, ihre Positionen einzunehmen. Fünfzehn Revolver waren auf ihr Ziel gerichtet. Voller wilder Freude und Rachsucht zischte Weber: »Auf sein Herz! Auf seinen Schädel! Keine Gnade! Eine Bewegung, ein Wort, und ihr schießt!«

Serenin lächelte voller Ruhe, die Hände in den Taschen. Der Tod erwartete ihn, ein paar Zentimeter vor seiner Brust, von seinen Schläfen. Fünfzehn Finger krümmten sich um die Abzüge.

»Ah«, kicherte Monsieur Weber. »Das ist herrlich, sehr herrlich ... Diesmal haben wir ihn geschnappt ... Es sieht verteufelt übel für Sie aus, Monsieur Lupin ...«

Er befahl einem seiner Leute den Laden eines Fensters zu öffnen. Ein plötzliches Licht erhellte den Keller und er wandte sich Altenheim zu. Doch zu seinem Erstaunen öffnete der Baron, den er für tot gehalten hatte, die schon verglasten Augen, die bereits den kommenden Tod sahen. Er blickte starr zu Monsieur Weber hoch. Dann wandte er den Blick, schien nach jemand zu suchen, fand Serenin und bäumte sich vor Zorn hoch. Er schien aus seiner Starrheit zu erwachen und sein frisch erweckter Hass ließ einen Teil seiner Kraft zurückkehren.

Er stemmte sich ein wenig hoch und versuchte zu sprechen.

»Sie kennen ihn, was?«, fragte Monsieur Weber.

»Ja«, röchelte Altenheim

»Er ist Lupin, nicht wahr?«

»Ja ... Lupin ...«

Serenin lächelte noch immer, während er zuhörte.

»Du lieber Gott, wie amüsant«, sagte er.

»Haben Sie etwas zu sagen?«, forschte Monsieur Weber weiter, der sah, wie sich die Lippen des Barons lautlos bewegten.

»Ja.«

»Über Monsieur Lenormand vielleicht?«

»Ja.«

»Halten Sie ihn irgendwo gefangen? Wo? Antworten Sie!«

Am ganzen Körper zitternd deutete Altenheim auf den Schrank in einer Ecke des Raumes.

»Da ... da ...«

»Ah, wir kommen zum Ziel!« Lupin lächelte.

Monsieur Weber öffnete den Schrank. In einem Fach entdeckte er ein Paket, in schwarzen Stoff gehüllt.

Er öffnete es und fand einen Hut, eine kleine Schachtel, Kleidungsstücke ... Er zuckte zusammen. Er hatte Monsieur Lenormands olivengrünen Gehrock entdeckt.

»Oh, diese Halunken!«, rief er. »Sie haben Monsieur Lenormand umgebracht!«

»Nein«, keuchte Altenheim.

»Dann ...«

»Er ist ... er ...«

»Wen meinen Sie mit 'er'? ... Hat Lupin den Chef ermordet?«

»Nein ...«

Altenheim klammerte sich verzweifelt am letzten Lebensfunken fest, versessen zu sprechen und beschuldigen ... Das Geheimnis, das er zu verraten gedachte, lag auf seiner Zungenspitze, doch er suchte vergebens, es auszusprechen.

»Kommen Sie!«, drängte Monsieur Weber ihn. »Monsieur Lenormand ist tot, nicht wahr?«

»Nein.«

»Er lebt?«

»Ja.«

»Ich verstehe nicht ... Kleidungsstücke hier. Der Gehrock!«

Altenheim wandte den Blick auf Serenin. Monsieur Weber hatte einen Einfall.

»Aha, Ich verstehe! Lupin hat die Sachen Monsieur Lenormands gestohlen und wollte damit verkleidet flüchten ...«

»Ja ... ja ...«

»Nicht schlecht«, rief der stellvertretende Chef. »Das ist genau ein Trick, der auf ihn passt. Wir hätten Lupin als Monsieur Lenormand verkleidet auffinden sollen, an die Wand gekettet finden sollen. Auf diese Weise wollte er sich in Sicherheit bringen. Doch er hatte nicht genug Zeit, stimmt das?«

»Ja ... ja ...«

Doch dem Ausdruck der Augen des Sterbenden nach zu schließen, glaubte Monsieur Weber mehr dahinter zu sehen. Was mochte es sein? Was war das sonderbare, unverständliche Rätsel, das ihm Altenheim gestellt hatte?

Er wandte sich wieder dem Sterbenden zu.

»Und wo ist Monsieur Lenormand selbst?«

»Da ...«

»Was meinen Sie? Hier?«

»Ja.«

»Aber es ist doch niemand außer uns hier?«

»Da ist ... da ist ...«

»Ach, heraus damit!«

»Da ist ... Ser... Serenin.«

»Serenin ... Was?«

»Serenin ... Lenormand ...«

Monsieur Weber zuckte zusammen. Die Erkenntnis überflutete ihn plötzlich.

»Nein, nein, das ist nicht möglich!«, stieß er hervor. »Das ist doch Wahnsinn.«

Er warf einen Blick auf den Gefangenen. Serenin schien sehr an dem Verhör interessiert, wie der Zuschauer eines aufregenden Bühnenstückes, amüsiert und überzeugt, wie das Schauspiel enden würde.

Altenheim, durch seine Anstrengungen erschöpft, war wieder zu Boden gesunken. Würde er sterben, bevor er die Antwort auf das Rätsel verraten konnte? Monsieur Weber, durch die absurde, verrückte Folgerung vollkommen verwirrt, versuchte noch einmal, sich Klarheit zu verschaffen.

»Erklären Sie uns die Sache ... Was steckt dahinter? Welches Geheimnis?«

Der Baron schien ihn nicht zu hören und lag bewegungslos da. Seine Augen starrten nach oben.

Monsieur Weber beugte sich herunter, so dass sein Kopf dem Sterbenden ganz nahe war und sagte eindringlich: »Hören Sie ... Ich habe Sie richtig verstanden, nicht wahr? Lupin und Monsieur Lenormand ...«

Er musste sich anstrengen fortzufahren, so monströs erschienen ihm seine Worte. Die Augen des Barons starrten ihn an, als wollten sie ihm die Antwort übermitteln. Weber vollendete seinen Satz, vor Erregung zitternd, als spräche er einen Fluch aus.

»Das ist es! Sind Sie sicher? Die Zwei sind ein- und derselbe ...?«

Die Augen bewegten sich nicht. Ein wenig Blut floss aus dem Mundwinkel des Sterbenden, die Augen verschleierten sich ... er keuchte dreimal ... ein letztes Beben und alles war vorbei.

***

Ein langes Schweigen erfüllte den Kellerraum voller Menschen. Fast alle der Polizisten hatten sich umgewandt, vollkommen verwirrt, ohne zu verstehen oder verstehen zu wollen. Es war, als lauschten sie noch immer auf die

Worte, die Beschuldigung, die der Tote nicht mehr ausgesprochen hatte.

Monsieur Weber nahm die kleine Schachtel aus dem Paket und öffnete sie. Er blickte auf eine graue Perücke herunter, eine Brille, einen dunkelroten Schal und in dem falschen Boden, zwei Schminkdosen und eine kleinere Schachtel mit Büscheln grauen Haares, alles was notwendig war, um die Verwandlung zu Monsieur Lenormand zu ermöglichen.

Er ging auf Serenin zu und starrte ihn sekundenlang an ohne ein Wort zu sagen. Es war, als wollte er die ganze Angelegenheit geistig auf die Reihe bringen.

»Es ist also wahr?«

»Der Gedanke ist nicht so übel, wenngleich unbestätigt. Bevor ich antworte, sagen Sie lieber Ihren Leuten, sie sollen mich nicht weiterhin mit ihrem Spielzeug bedrohen.«

»Na gut«, erwiderte Weber und gab seinen Leuten ein Zeichen. »Und jetzt antworten Sie!«

»Was?«

»Sind Sie Monsieur Lenormand?«

»Ja.«

Erstaunte Rufe klangen auf. Jean Doudeville der zugegen war, während sein Bruder den Ausgang bewachte, Jean, Serenins Komplize, starrte ihn verstört an. Monsieur Weber war nicht überzeugt.

»Das raubt Ihnen den Atem, was?«, fragte Serenin. »Ich gebe zu, es ist recht spaßig ... Gott, wie sehr ich über Sie lachte, wenn wir manchmal zusammen arbeiteten, Sie und ich, der Chef und sein Stellvertreter! ... und das Lustigste ist, Sie glaubten, der redliche Monsieur Lenormand sei tot ... wie auch der arme Gourel. Aber nein, mein lieber Mann, so leicht bin ich nicht aus der Welt zu schaffen!« Er deutete zu Altenheims Leiche. »Da, das ist der Halunke, der mich ins Wasser stieß, in einem Sack, mit einem Pflasterstein an den Füßen. Er vergaß jedoch, mir mein Taschenmesser wegzunehmen. Mit einem Mes-

185

ser kann man einen Sack aufschlitzen und Stricke durchschneiden. Siehst du, unglücklicher Altenheim, daran hast du nicht gedacht, sonst wärst du nicht, wo du jetzt bist ... Aber genug gesagt ... Frieden deiner Asche!«

Monsieur Weber hörte ihm zu und wusste nicht, was er denken sollte. Endlich führte er eine verzweifelte Geste aus, als wüsste er nicht, wie er eine vernünftige Meinung bilden sollte.

»Die Handschellen!«, erinnerte er sich plötzlich.

»Wenn es Sie amüsiert«, sagte Serenin.

Und er trat auf Doudeville in der vorderen Reihe der Polizisten zu und hielt ihm die Hände hin.

»Das, mein Freund, Sie sollen die Ehre haben ... und fürchten Sie nicht ... Ich bereite Ihnen keinen Verdruss ... es hat doch keinen Zweck.«

Er sagte es in einem Tonfall, der Doudeville wissen ließ, der Kampf war für den Augenblick vorüber.

Doudeville ließ die Handschellen einschnappen.

Ohne die Lippen zu bewegen, flüsterte Serenin: »27, Rue de Tivoli ... Geneviève.«

Monsieur Weber konnte ein zufriedenes Lächeln nicht unterdrücken, als Serenin abgeführt wurde.

»Kommen Sie!«, sagte er. »Zum Detektivbüro.«

»Ausgezeichnet!«, rief Serenin. »Monsieur Lenormand wird als Arsène Lupin ins Haftbuch eintragen, und Arsène Lupin wird das gleiche für Prinz Serenin tun.«

»Sie bilden sich ein, zu gerissen zu sein, Lupin.«

»Das stimmt, Weber. Wir zwei werden niemals dicke Freunde.«

Während der Fahrt in einem Auto, bewacht durch drei Polizisten und gefolgt von drei weiteren Wagen mit Polizisten, sagte er kein Wort.

Sie blieben nicht lang in Lupins früherem Büro. Weber erinnerte sich an die erfolgreichen Schachzüge Lupins, ließ ihn zur Fingerabdruck-Abteilung bringen und brachte ihn danach zum Depot, aus dem er zum Santé-Gefängnis befördert wurde.

Der Direktor war bereits telefonisch gewarnt worden und wartete auf ihn. Die Formalitäten der Registrierung und körperlichen Untersuchung waren rasch vorbei und um sieben Uhr abends überquerte Prinz Serenin die Schwelle von Zelle Nummer 14 in der zweiten Abteilung.

»Gar nicht schlecht, Ihr Quartier«, erklärte er. »Nicht übel ... elektrisches Licht, Zentralheizung, aller Komfort ... ausgezeichnet! Herr Direktor, ich nehme diesen Raum.«

Er warf sich auf das Bett.

»Oh, Herr Direktor. Ich habe eine kleine Bitte.«

»Und die ist?«

»Sagen Sie den Angestellten, mir den Kakao nicht vor neun Uhr zu bringen ... ich bin furchtbar müde.«

Er drehte das Gesicht gegen die Wand und war fünf Minuten später schon eingeschlafen.

9. Kapitel: Im Santé-Palast

Die ganze Welt lachte.

Wahrlich, die Verhaftung Arsène Lupins machte Schlagzeilen und die Öffentlichkeit beneidete die Polizei nicht um die lang verdiente Rache, die ihr endlich gelungen war. Der große Gauner war endlich gefangen.

Der außerordentliche, geniale, unsichtbare Held musste zittern, wie jeder gewöhnliche Verbrecher, zwischen den vier Wänden seiner Zelle, durch die Macht des Gesetzes erdrückt, die am Ende doch immer als Sieger über ihre Gegner hervorgeht.

All das wurde gedruckt, erzählt und endlos diskutiert. Der Präfekt der Polizei wurde ausgezeichnet, Monsieur Weber zum Offizier der Ehrenlegion ernannt. Die Geschicklichkeit und der Mut des einfachsten Beteiligten wurde mit Lobgesängen veröffentlicht. Große Reden wurden gehalten, lange Artikel erschienen in den Zeitungen.

Eins jedoch erhob sich über die Bewunderung, die laute Begeisterung: Der ungeheure, spontane, unbesiegbare Lärm und Tumult des schallenden Gelächters.

Arsène Lupin hatte vier Jahre lang als Chef der Detektiv-Abteilung gedient!

Er war vier Jahre lang ihr Chef gewesen, war es noch immer dem Gesetz nach, mit all den Rechten dieser Position, hatte sich in der Achtung seiner Vorgesetzten, der Gunst der Regierung und der Bewunderung der Öffentlichkeit gesonnt.

Vier Jahre lang war der öffentliche Frieden und die Verteidigung des Besitzes Arsène Lupin anvertraut worden. Er sorgte dafür, dass die Gesetze eingehalten wurden, beschützte die Unschuldigen und verfolgte die Schuldigen.

Und welche Dienste hatte er geleistet! Noch nie war die Ordnung ungestörter, noch nie waren Verbrechen rascher und mit größter Sicherheit aufgedeckt worden. Der

Leser braucht sich nur an den Denizou-Fall erinnern, den Raub im Crédit Lyonnais, den Angriff auf den Orient Express, den Mord von Baron Dorf; sie wurden aufgedeckt durch eine Serie von überraschenden, erstaunlichen Lösungen, die ihn in die Reihe der berühmtesten Detektive erhoben hatten.

Vor nicht allzu langer Zeit, in einer Rede nach dem Brand im Louvre und der Verhaftung der Brandstifter, hatte Varenglay, der Premierminister, die ungewöhnliche Art Monsieur Lenormands gelobt, die zu seinem Erfolg geführt hatte.

»Mit seiner großen Geisteskraft, seinem Scharfsinn, seiner Energie, Entschlossenheit und Konsequenz erinnert uns Monsieur Lenormand an den einzigen Mann, der, wäre er noch am Leben, ihm gleichgestellt sein wäre. Dieser Mann war Arsène Lupin und Monsieur Lenormand ist ein Arsène Lupin im Dienst der Gesellschaft.«

Dass er ein russischer Prinz war, kümmerte niemand. Lupin war ein Meister in der Veränderung seiner Persönlichkeit. Aber Chef der Detektive! Welch herrliche Ironie! Welch wunderlicher Humor! Monsieur Lenormand ... Arsène Lupin!

Das Volk verstand auf einmal die scheinbaren Wunder der Intelligenz, die bis jetzt die Bürger verblüfft und die Polizei verwirrt hatten. Sie verstanden plötzlich, wie seine Komplizen am helllichten Tag aus dem Justizpalast verschwunden waren, an dem Tag, den er vorausgesagt hatte.

Hatte er nicht selbst behauptet: »Meine Methode ist so scharfsinnig und dennoch einfach ... Wie sehr werden die Menschen erstaunt sein, wenn ich darüber sprechen kann! 'Ist das alles?' werden sie mich fragen. Das ist alles, hätte ich nur daran gedacht.«

Es war in der Tat einfach. Man brauchte nur Chefinspektor zu sein.

Nun, Lupin war Chefinspektor und jeder Polizist gehorchte seinen Befehlen, um dadurch ein unfreiwilliger Komplize Arsène Lupins zu werden.

Welch eine Komödie! Welch bewunderungswürdiger Bluf! Es war ein monumentales Possenspiel in unserer eintönigen Zeit. Lupin im Gefängnis. Lupin überwältigend besiegt, war selbst der Sieger. Aus seiner Zelle regierte er über ganz Paris. Mehr denn je war er das Idol der Menge, mehr denn je der Meister.

***

Als Arsène Lupin am nächsten Morgen in seiner Zelle im 'Santé-Palast' erwachte, hatte er eine klare Vorstellung, welche riesige Sensation seine Verhaftung unter dem Doppelnamen Serenin und Lenormand und die Doppeltitel Prinz und Chefinspektor der Detektive erzeugen würden. Er rieb seine Hände und dachte nach.

Ein Mensch kann keinen besseren Freund in seiner Einsamkeit besitzen, als die Zuneigung seiner Mitmenschen. Oh, Ruhm! Die Sonne aller Menschen ...!

Bei Tageslicht gefiel ihm die Zelle noch besser als nachts. Das Fenster, hoch oben, erlaubte den Blick auf einen Baum, durch dessen Äste die Sonne schien und der blaue Himmel leuchtete. Die Wände waren weiß.

Es gab nur einen Stuhl und einen Tisch, beide am Boden festgeschraubt. Doch alles war nett und angenehm.

»Na«, sagte er. »Ein paar Tage Ruhe werden recht erholsam sein. Aber nun, wollen wir uns frisch machen ... Habe ich alles? ... Nein ... in dem Fall werde ich dem Zimmermädchen läuten.«

Er drückte auf den Apparat neben der Tür, wodurch draußen eine kleine Tafel herunterklappte, als Zeichen, dass er etwas benötigte.

Nach einer Weile wurden draußen die Riegel und Sperrstangen zurückgezogen und ein Schlüssel drehte sich im Schloss. Ein Wärter erschien.

»Heißes Wasser, bitte«, sagte Lupin.

Der Andere starrte ihn mit einer Mischung von Erstaunen und Ärger an.

»Oh«, sagte Lupin. »Und ein Badetuch! Du lieber Gott, es gibt nicht einmal ein Badetuch.«

Der Mann grunzte.

»Sie machen sich wohl lustig über mich? Nehmen Sie sich in Acht!«

Er wollte sich schon abwenden, doch Lupin griff nach seinem Arm.

»Hier! Hundert Francs, wenn Sie einen Brief für mich aufgeben.«

Er nahm einen Hundert-Franc-Schein aus der Tasche, den er während der Untersuchung verborgen hatte und reichte ihn dem Wärter.

»Wo ist der Brief?«, fragte der Wärter.

»Einen Augenblick, bitte. Ich schreibe ihn rasch.«

Er setzte sich an den Tisch, kritzelte ein paar Worte mit einem Bleistift auf einen Bogen Papier, steckte ihn in ein Kuvert und adressierte es.

'An Monsieur S. B. 42
Postlagernd
PARIS'

Der Wärter nahm den Brief und entfernte sich.

»Dieser Brief«, sagte sich Lupin, »wird sein Ziel so sicher erreichen, als stellte ich ihn selbst zu. Die Antwort dürfte in weniger als einer Stunde eintreffen, genug Zeit um meine Position zu erkennen.«

Er setzte sich und summierte seine Situation leise.

»Wenn man alles genau betrachtet, kämpfe ich zurzeit gegen zwei Gegner: Zuerst die Gesellschaft, die mich gefangen hält und über die ich lachen kann. Zweitens, eine unbekannte Person, die mich nicht festhält, und über die ich keineswegs lachen möchte. Sie hat der Polizei mitgeteilt, ich war Serenin. Dieser Mensch war es, der erriet, dass ich Monsieur Lenormand war. Er war es, der die Tür im Tunnel verriegelte und er war es, der mich in diese Zelle beförderte.«

Arsène Lupin dachte kurz nach und fuhr fort: »Das heißt also, der Kampf ist zwischen ihm und mir. Und um den Kampf fortzusetzen, das heißt die Zusammenhänge zu erfahren und den Kesselbach-Fall zu ergründen, bin ich hier, ein Gefangener, während er frei und unbekannt ist und die beiden Trümpfe in seiner Hand hat, die ich mein glaubte: Pierre Leduc und den alten Steinweg ... Kurz gesagt, er ist seinem Ziel näher als ich.«

Wieder eine Pause, gefolgt von frischen Überlegungen.

»Die Lage ist nicht eben herrlich. Auf einer Seite alles, auf der anderen nichts. Mir gegenüber, ein Mensch, der sich mit mir messen kann, oder sogar stärker ist, denn er hat nicht die Skrupel, die mich hindern. Und ich besitze keine Waffe, mit der ich ihn angreifen könnte.«

Er wiederholte den letzten Satz mehrmals. Dann nahm er den Kopf in die Hände und dachte längere Zeit angestrengt nach.

»Kommen Sie herein, Herr Direktor«, sagte er, als er hörte, wie sich die Tür öffnete.

»Sie haben mich erwartet?«

»Aber ja, ich habe Ihnen doch geschrieben, Herr Direktor, und bat Sie zu kommen. Ich war sicher, der Wärter würde Ihnen meinen Brief geben. Ich war so sicher, dass ich Ihre Initialen S. B. und Ihr Alter, zweiundvierzig, auf den Umschlag schrieb.«

Der Name des Direktors war in der Tat Stanislav Borély und er war zweiundvierzig Jahre alt. Er war ein nett aussehender Mann mit ruhigem Charakter, der die Gefangenen nach Möglichkeit mild behandelte.

Er sagte zu Lupin: »Ihre Annahme über die Verlässlichkeit des Wärters ist ganz richtig. Hier ist Ihr Geld! Es wird Ihnen bei Ihrer Entlassung ausgehändigt ... Sie werden nun ein zweites Mal zum Durchsuchungsraum gehen!«

Lupin begleitete ihn zu dem kleinen Raum, der für diesen Zweck diente, entkleidete sich, während seine Kleidung durchsucht wurde und er selbst, mit verständnisvoller Geduld eine Leibesvisitation ertrug.

Er wurde wieder zu seiner Zelle gebracht und der Direktor sagte: »Ich bin erleichtert, das ist vorbei.«

»Und sehr gut gemacht, Herr Direktor, Ihre Leute erledigen das alles recht diskret und ich möchte ihnen meinen Dank erweisen, indem ich Ihnen einen kleinen Beweis dafür liefere.«

Er reichte Monsieur Borély einen Hundert-Franc-Schein, bei dessen Anblick der Direktor zusammenzuckte.

»Oh ... aber ... wo kommt das her?«

»Sie brauchen sich nicht den Kopf darüber zu zerbrechen, Herr Direktor. Ein Mann wie ich, der ein Leben führt wie ich, muss auf jede Entwicklung vorbereitet sein, damit ihn kein Unglück, so schmerzlich es aus sein sollte ... unvorbereitet trifft.«

Er griff zu dem Mittelfinger seiner linken Hand und zog ihn zwischen Daumen und Zeigefinger der Rechten ab, bevor er ihn Monsieur Borély reichte.

»Keine Angst, Herr Direktor. Es ist nicht ein Finger, sondern nur eine Hülse, aus Haut geformt und gefärbt, die genau über den Mittelfinger passt und die Illusion eines wahren Fingers ergibt.« Und er fügte mit leisem Lachen hinzu. »Auf diese Weise lässt sich eine dritte Banknote verbergen ... Was kann ein armer Mann schon tun? ... er muss den besten Geldbeutel tragen, den er besitzt ... und ihn manchmal benutzen ...«

Er hielt beim Anblick des erstaunten Gesichts Borélys an.

»Bitte, glauben Sie nicht, ich will mich mit meinen dummen Ideen brüsten. Ich wollte Ihnen nur beweisen, Sie haben es mit einem Kunden ... besonderer Art zu tun und Ihnen zu sagen, Sie dürfen sich nicht wundern, wenn ich von Zeit zu Zeit gegen die Regeln verstoße.«

Der Direktor hatte sich wieder erholt und erwiderte ruhig.

»Es wäre mir lieber, Sie hielten sich an die Regeln und zwängen mich nicht dazu, schärfere Maßnahmen zu treffen ...«

»Was Ihnen schwerfallen wird, Herr Direktor, nicht wahr? Ich möchte Sie gern davor bewahren, indem ich Ihnen im Voraus beweise, dass ich nach eigenem Willen handle, mit meinen Freunden korrespondiere, die ernsten Folgen zu verhindern suche, die meine Verhaftung haben könnte, mit den Zeitungen zu korrespondieren, meine Pläne zu verwirklichen, und zuletzt meine Flucht vorzubereiten.«

»Ihre Flucht!«

»Sie ist doch der einzige Grund, weshalb ich hier bin.«

Sein Argument schien Monsieur Borély nicht zu überzeugen. Er zwang sich zu lächeln.

»Gewarnt ist vorbereitet«, sagte er.

»Das habe ich erhofft«, erwiderte Lupin. »Machen Sie Ihre Vorbereitungen, Herr Direktor, übersehen Sie nichts, damit Sie sich später nicht selbst beschuldigen müssen. Andererseits werde ich mich bemühen, Ihre Karriere nicht durch meine Flucht zu schädigen und Sie nicht deswegen leiden zu lassen. Das ist alles, was ich Ihnen sagen kann. Sie können gehen.«

Und während sich Monsieur Borély, vor sich hin murmelnd, entfernte, um seine Vorsichtsmaßnahmen zu treffen, warf sich Lupin auf sein Bett und sinnierte.

»Welche Unverschämtheit, Lupin, alter Bursche. Man möchte glauben, du hättest eine Idee, wie du diesmal aus der Klemme kommst.«

***

Das Santé-Gefängnis ist sternförmig gebaut. In seiner Mitte befindet sich eine große Halle, in die alle Gänge münden, so dass die Gefangenen ihre Zellen nicht verlassen können, ohne sofort von den Wärtern gesehen zu werden. Die Wärter sind in einem verglasten Raum stationiert, der sich in der Mitte der Halle befindet.

Was den Besucher erstaunt, ist die Freiheit, mit der sich die Gefangenen bewegen können, wenn sie von ihren Zellen zu anderen Bestimmungsorten gehen, zum Beispiel zum Polizeiwagen, der sie zum Justizpalast bringt. Die Türen werden durch die Wärter geöffnet, deren einzige Aufgabe ist, sie zu öffnen und schließen.

Draußen warten die städtischen Wärter, die sie empfangen und in den 'Salatkorb'[4] befördern.

Diese normale Routine wurde in Lupins Fall ignoriert. Die Polizisten fürchteten die Schritte durch den Gang. Sie fürchteten den Salatkorb. Sie fürchteten alles.

Monsieur Weber kam selbst, von zwölf ausgesuchten und schwer bewaffneten Polizisten begleitet, um den gefährlichen Gefangenen an seiner Zellentür abzuholen, brachte ihn zum Polizeiwagen, dessen Fahrer einer seiner eigenen Leute war und die berittenen Stadtwärter trabten an allen vier Seiten um ihn herum.

»Bravo!«, rief Lupin. »Ich bin ganz erfreut über das Kompliment, das Sie mir erweisen. Eine Ehrenwache! Ich wusste nicht, dass Sie soviel Anstand hatten, zu wissen, welchen Ehrenbeweis Ihr Chef verdient.« Er klopfte seinem Stellvertreter auf die Schulter. »Weber, ich werde um meine Entlassung bitten und Sie als meinen Nachfolger empfehlen.«

»Das wurde fast schon entschieden«, sagte Weber.

»Ach, das sind wunderbare Nachrichten! Ich fürchtete ein wenig um meine Flucht. Aber nun bin ich beruhigt. Von dem Augenblick, an in dem Weber Chefinspektor der Detektiv-Abteilung ist ...«

Monsieur Weber ging nicht auf seinen Spott ein. Er ver-

---

[4] Französischer Ganoven-Jargon für die 'schwarze Marie', also den Polizeiwagen.

spürte eine sonderbare Mischung von Gefühlen; Lupin gegenüber, das der Unterlegenheit, gegen Prinz Serenin, das der respektvollen Bewunderung und der Achtung für Monsieur Lenormand. All das war mit Groll, Neid und Hass vermischt.

Sie erreichten den Justizpalast. Am Fuß der 'Mausefalle' erwartete Lupin eine Gruppe von Detektiven, darunter auch seine besten Inspektoren, die Brüder Doudeville.

»Ist Monsieur Formerie schon hier?«, fragte er leise.

»Ja, Chef. Er ist in seinem Büro.«

Monsieur Weber ging die Treppe hinauf, gefolgt von Lupin, der von den Doudevilles flankiert war.

»Geneviève?«, flüsterte der Gefangene.

»Gerettet ...«

»Wo ist sie?«

»Bei ihrer Großmutter.«

»Madame Kesselbach?«

»In Paris, im Hotel Bristol.«

»Suzanne?«

»Verschwunden.«

»Steinweg?«

»Entlassen.«

»Was berichtete er?«

»Nichts. Er will nur mit Ihnen sprechen.«

»Warum?«

»Wir sagten ihm, er verdanke seine Befreiung Ihnen.«

»Zeitungen in Ordnung heute?«

»Ausgezeichnet.«

»Gut. Wenn ihr mir schreiben wollt, hier sind meine Anweisungen.«

Sie hatten den inneren Gang im ersten Stock erreicht, und Lupin drückte eine Papierkugel in die Hand eines der Brüder.

Monsieur Formerie begrüßte ihn mit einer launigen Äußerung, als Lupin in Begleitung des stellvertretenden Chefs sein Büro betrat.

»Ah, da sind Sie endlich! Ich wusste schon immer, wir würden Sie eines Tages hier sehen.«

»Ich auch, Monsieur«, erwiderte Lupin. »Und es freut mich, dass Sie ausgewählt worden sind, über das Schicksal eines unschuldigen Menschen, wie ich es bin, zu entscheiden.«

»Er macht sich lustig über mich«, sagte Monsieur Formerie und antwortete in dem gleichen ironischen Ton, den Lupin angeschlagen hatte: »Der unschuldige Mensch, der Sie sind, mein Herr, wird erklären müssen, was er über dreihundertundvierundvierzig verschiedene Fälle von Betrug, Einbruch, Schwindel und Fälschung, Erpressung, Hehlerei und so weiter zu sagen hat. Dreihundertundvierundvierzig.«

»Was? Ist das alles?«, rief Lupin. »Ich bin beschämt.«

»Das ist nicht notwendig. Wir entdecken gewiss noch eine gewisse Anzahl. Aber zur Sache. Arsène Lupin, trotz all unserer Forschungen haben wir keine Information über Ihren wahren Namen.«

»Wie sonderbar? Ich auch nicht.«

»Wir sind nicht einmal in der Lage zu beweisen, dass Sie der gleiche Arsène Lupin sind, der vor ein paar Jahren im Santé-Gefängnis war und dem von dort seine erste Flucht gelang.«

»Seine erste ist gut, Sie verdienen Lob.«

»Es muss gesagt werden«, fuhr Monsieur Formerie fort, »dass jener Arsène Lupin laut seiner Beschreibung in den Verzeichnissen keinerlei Ähnlichkeit in irgendeiner Hinsicht mit Ihrer wahren Beschreibung besitzt.«

»Das wird alles nur noch sonderbarer.«

»Verschiedene Merkmale, verschiedene Maße, verschiedene Fingerabdrücke. Sogar die beiden Lichtbilder sind sehr verschieden. Ich muss Sie deshalb ersuchen, Ihre wahre Identität zu offenbaren.«

»Genau das wollte ich eben sagen. Ich habe unter so vielen falschen Namen gelebt, dass ich meinen eigenen längst schon vergessen haben. Ich weiß nicht mehr, wer ich bin.«

»Ich muss das also als eine Weigerung eintragen?«

»Eine Unmöglichkeit.«

»Ist das also Ihr Plan? Soll ich das gleiche Schweigen auf all meine Fragen erwarten?«

»Beinahe.«

»Und warum?«

Lupin legte eine ernste Miene auf.

»Monsieur Formerie, mein Leben gehört der Vergangenheit an. Sie brauchen nur die Jahrbücher der vergangenen Jahre aufzuschlagen, und Ihre Neugier wird beantwortet. Das ist meine Antwort. Was den Rest betrifft, ist es eine Angelegenheit zwischen Ihnen und den Mördern vom Palast-Hotel.«

»Monsieur Lupin, ein ehrlicher Mann wie Sie wird heute den Mord von Altenheim erklären müssen.«

»Hallo, das ist ganz neu! Ist das Ihre eigene Idee, Monsieur?«

»Genau.«

»Wie geschickt! Sie machen Fortschritte, Monsieur Formerie.«

»Die Art und Weise, wie Sie verhaftet wurden, lässt keine Zweifel.«

»Keinen einzigen. Ich wage nur zu fragen: Durch welche Wunde kam Altenheim ums Leben?«

»Ein Messerstich am Hals.«

»Und wo ist das Messer?«

»Es wurde nicht gefunden.«

»Wieso wurde es nicht gefunden, wenn ich der Täter sein sollte? Bedenken Sie, ich wurde neben dem Mann festgenommen, den ich ermordet haben soll.«

»Wer soll ihn Ihrer Meinung nach getötet haben?«

»Der gleiche Mann, der Kesselbach, Chapman und Beudot tötete. Die Art der Wunde bestätigt das.«

»Wie entkam er dann?«

»Durch eine Falltür, die Sie selbst in dem Raum entdecken werden, in dem die Tragödie stattfand.«

Monsieur Formerie blickte ihn schlau an.

»Und wieso folgten Sie selbst nicht diesem nützlichen Beispiel?«

»Ich versuchte es, doch die zweite Tür des Tunnels war verriegelt. Während ich beschäftigt war, sie zu öffnen, kehrte der Unbekannte zurück und tötete seinen Komplizen, um zu verhindern, dass er ihn verraten könnte. Gleichzeitig verbarg er in dem Schrank, in dem es später gefunden wurde, ein Paket mit Kleidungsstücken, das ich vorbereitet hatte.«

»Zu welchem Zweck?«

»Um mich zu verkleiden. Als ich zum Glycines ging, plante ich Baron Altenheim der Polizei zu übergeben, meine Erscheinung als Prinz Serenin zu verändern und in der Form von ...«

»... Monsieur Lenormand zu erscheinen, nehme ich an?«

»Genau.«

»Nein.«

»Was?«

Monsieur Formerie blickte ihn schlau an und wackelte mit einem Zeigefinger.

»Nein«, wiederholte er.

»Was meinen Sie damit?«

»Die Geschichte über Monsieur Lenormand ...«

»Na?«

»Sie ist für die Öffentlichkeit bestimmt, mein Freund. Aber Sie können Monsieur Formerie nicht blenden, Lupin und Lenormand seien Ein- und Derselbe gewesen.« Er lachte vergnügt. »Lupin, Chefinspektor der Detektiv-Abteilung! Nein, sagen Sie was Sie wollen, nur das nicht! Alles hat seine Grenzen ... Ich bin ein freundlicher Mensch ... Ich glaube alles ... aber nicht das ... Kommen Sie, ganz unter uns, was war der Grund für diesen neuen Jux? Ich gestehe, ich bin verwirrt ...«

Lupin starrte ihn erstaunt an. Trotz all seiner Kenntnis über Formerie, konnte er nicht glauben, dass er so engstirnig und blind war.

Es war, als gäbe es in diesem Augenblick nur eine Person, die nicht glauben wollte, Lupin und Serenin seien der Gleiche, und das war Monsieur Formerie. Lupin wandte sich Weber zu, der ihn mit offenem Mund anstarrte.

»Mein lieber Weber, Ihre Beförderung ist nicht so gewiss, wie ich dachte. Denn, sehen Sie, wenn Monsieur Lenormand nicht in mir existiert, dann existiert er noch immer. Ich bin überzeugt, Monsieur Formerie mit all seinem Scharfsinn, wird ihn finden ... und dann ...«

»Wir werden ihn finden, Monsieur Lupin«, versprach der Staatsanwalt. »Ich werde mich persönlich darum kümmern und wenn er und Sie einander gegenüberstehen, werden wir herzlich lachen.« Er lächelte und trommelte mit den Fingern auf seinen Schreibtisch. »Wie amüsant! Ich muss schon sagen, es ist nicht langweilig, wenn Sie zur Stelle sind. Sie wollen mir also einreden, Sie seien Lenormand, und Sie haben Ihren Komplizen Marco verhaftet!«

»Genau. War es nicht meine Pflicht, den Premierminister zu erfreuen und sein Ministerium zu retten? Es gibt dafür historische Vorbilder, denen ich nacheiferte.«

Monsieur Formerie lachte schallend.

»Oh, ich sterbe vor Lachen, ich kann nicht anders! Herrgott, welch ein Witz! Diese Antwort wird durch die ganze Welt gehen. Das heißt doch, entsprechend Ihrer Erklärung waren Sie es, der die ersten Untersuchungen im Palast-Hotel ausführte, nachdem Herr Kesselbach ermordet wurde?«

»Vergessen Sie nicht, Sie waren dabei, als Sie den Fall des Krönchens untersuchten, in dem ich der Duc de Chamerace war[5]«, erinnerte ihn Lupin sarkastisch.

---

[5] Arsène Lupin, Roman von Edgar Jepson

Formerie zuckte zusammen. Seine ganze Freude schwand dank dieser Bemerkung dahin. Plötzlich ernst geworden, fragte er: »Sie wollen also mit diesem Unsinn weitermachen?«

»Ich muss, denn es ist die Wahrheit. Es wäre eine einfache Sache, wenn Sie mit dem Dampfer nach Indochina fahren und in Saigon den Beweis für den Tod des wahren Monsieur Lenormand entdecken würden, der brave Mann, den ich spielte und dessen Totenschein ich Ihnen zeigen kann.«

»Unsinn!«

»Auf mein Wort, Herr Staatsanwalt, es ist mir vollkommen egal. Sie ärgern sich, dass ich Monsieur Lenormand sein sollte, reden wir also nicht lang darüber. Wir reden nicht über mich, und wenn Sie es wünschen, reden wir über gar nichts. Außerdem nützt es Ihnen ja doch nichts. Der Kesselbach-Fall ist so verworren, dass ich selbst nicht weiß, wo ich stehe. Es gibt nur einen Mann, der Ihnen helfen kann. Es ist mir nicht gelungen, ihn zu entdecken. Und ich bezweifle, dass Sie ...«

»Wie heißt dieser Mann?«

»Er ist ein älterer Herr, ein Deutscher namens Steinweg ... Sie haben gewiss von ihm gehört, Weber, und die Art, wie er aus dem Justizpalast geschleppt wurde.«

Monsieur Formerie warf dem stellvertretenden Chef einen fragenden Blick zu.

»Ich werde Ihnen diesen Mann bringen, Herr Staatsanwalt.«

»Gut so«, sagte Formerie und stand auf. »Wie Sie sehen, Lupin, war das nur eine formelle Untersuchung, damit wir uns messen. Jetzt, da wir die Schwerter gekreuzt haben, brauchen wir einen Zeugen unseres weiteren Kampfes – Ihren Verteidiger.«

»Wirklich. Ist das unerlässlich?«

»Unerlässlich.«

Lupin dachte kurz nach.

»Einen Verteidiger trotz der Unwahrscheinlichkeit einer Verhandlung?«

»Es ist erforderlich.«

»In dem Fall wähle ich Maître Quimbel.«

»Der Vorsitzende der Rechtsanwaltskammer? Eine ausgezeichnete Wahl. Er wird Sie gut verteidigen.«

Das Verhör war vorüber. Monsieur Weber führte den Gefangenen davon.

Als er die Treppe der 'Mausefalle' zwischen den beiden Doudevilles hinunterging, sagte Lupin in knappen Sätzen: »Beobachtet Steinweg scharf ... Lasst ihn nicht zu irgendjemand sprechen ... Kommt morgen wieder ... Ich habe Briefe zu bestellen ... einer für euch ... wichtig.«

Unten ging er auf die städtischen Wärter zu.

»Nach Hause, Jungs«, rief er. »Und schont die Pferde nicht. Ich habe eine Verabredung mit mir selbst um zwei Uhr.«

Die Fahrt verlief ohne Zwischenfall. Als er in seine Zelle zurückkehrte, schrieb Lupin einen langen Brief, voller Hinweise an die Brüder Doudeville und zwei weitere Briefe. Einer war an Geneviève gerichtet:

Teuerste Geneviève,

Sie wissen nun, wer ich bin und werden verstehen, weshalb ich Ihnen den Namen des Mannes vorenthalten habe, der Sie in seinen Armen fortbrachte, als Sie ein Kind waren.

Geneviève, ich war ein Freund Ihrer Mutter, ein entfernter Freund, von dessen Doppelleben sie niemals ahnte, doch auf den sie sich zu verlassen glaubte. Und das war der Grund, weshalb sie vor ihrem Tod ein paar Zeilen an mich richtete und mich bat, über Sie zu wachen.

So unwürdig ich Ihrer Achtung bin, Geneviève, werde ich diesem Wunsch weiterhin Folge leisten. Ich bitte nur, mich nicht aus Ihrem Herzen zu verbannen.

ARSENE LUPIN

Der andere Brief war an Dolores Kesselbach gerichtet:

Prinz Serenin wollte die Bekanntschaft von Madame Kesselbach aus reinem eigenem Interesse suchen. Doch ein großes Verlangen, sich ihr zu widmen, war der Grund ihrer Fortsetzung.

Nun, da aus Prinz Serenin kein anderer als Arsène Lupin geworden ist, bittet er Madame Kesselbach, ihn nicht des Rechts zu entheben, sie zu beschützen, aus der Ferne, ohne sie wiederzusehen.

A.L.

Er nahm einen der beiden Briefumschläge, dann einen zweiten und einen dritten, bevor er einen Bogen Papier entdeckte, der ihn stutzen ließ. Er entfaltete ihn, sah Buchstaben, die offensichtlich aus einer Zeitung geschnitten waren. Er las:

Sie haben den Kampf gegen den Baron verloren. Geben Sie Ihr weiteres Interesse an dem Fall auf und ich werde nichts unternehmen, um Ihre Flucht zu hindern.

L.M.

Wieder verspürte Lupin jenes Grauen und jene Angst, die ihn beim Kontakt mit dem namenlosen, geheimnisvollen Wesen erfüllt hatte, eine Abscheu, als würde er von einem giftigen Tier bedroht.

»Er schon wieder«, sagte er. »Sogar hier!«

Er konnte sich nicht der Furcht erwehren, das plötzliche Wissen einer gegnerischen Macht, einer Macht, so groß wie seine eigene, mit Fähigkeiten, die er nicht ergründen konnte.

Er verdächtigte sofort den Wärter. Doch wie war es möglich, diesen harten Burschen mit seinem unnachgiebigen Blick zu bestechen?

»Na, umso besser«, stieß er hervor. »Ich habe es immer

nur mit langweiligen Gegnern zu tun gehabt, um meine Ziele zu erreichen. Ich musste der Polizei dienen ... Diesmal habe ich es mit einem aus der Spitzenklasse zu tun, einem, der mich übertrumpft hat ... Wenn es mir gelingt, seine Absichten zu durchkreuzen, hier aus meiner Zelle heraus, und seine Machenschaften zerstöre, indem ich Steinweg spreche, und die ganze Sache zu einem Gewinn verwandle, indem ich Madame Kesselbach verteidige und Reichtum und Glück für Geneviève gewinne, na, dann Lupin wird noch immer Lupin sein ...!«

Elf Tage vergingen. Am zwölften erwachte Lupin sehr früh und sagte sich: »Lass mich sehen! Wenn meine Kalkulation aufgeht und die Götter mir beistehen, ist heute der Tag, an dem ich Nachrichten erhalte. Ich habe viermal mit Formiere gesprochen. Der Bursche muss endlich das Licht sehen. Und die Doudevilles müssten recht beschäftigt gewesen sein. Jetzt geht der Spaß langsam los!«

Er begann seine Leibesübungen, beschäftigte sich mit Schattenboxen. Nach dreißig Übungen beugte er den Oberkörper nach vorn und hinten. Danach waren die Beine an der Reihe. Die Muskelübungen dauerten eine Viertelstunde lang an.

Danach setzte er sich an den Tisch und griff zu einem Stapel weißen Papiers, das in nummerierte Pakete geordnet war. Er faltete einen Bogen und formte einen Umschlag, eine Arbeit die er längere Zeit fortsetzte. Es war die Arbeit, die er gewählt hatte und die ihn nun jeden Tag beschäftigte. Die Gefangenen hatten die Wahl, welche Arbeit sie verrichteten: Briefumschläge verkleben, Papierfächer herstellen, metallene Schatullen und Ähnliches.

Auf diese Weise beschäftigte er automatisch seine Hände und hielt sie geschmeidig, während er seinen Gedanken freien Lauf ließ.

Seine Situation war kompliziert, das ließ sich nicht abstreiten. Ein Problem unter all den anderen bereitete ihm das größte Kopfzerbrechen. Wie sollte er eine lange, ruhige Konversation mit dem alten Steinweg führen? Diese Notwendigkeit drängte. In wenigen Tagen würde sich Steinweg von seiner Gefangenschaft erholt haben, würde verhört werden, konnte aus der Schule plaudern ... von den Absichten des Gegners nicht zu sprechen. Es war unbedingt notwendig, dass Steinwegs Geheimnis, das Geheimnis Pierre Leducs von keinem anderen gehört wurde als Lupin. Sollte es jemals an die Öffentlichkeit geraten, so war alles verloren ...

Die Riegel knirschten, der Schlüssel drehte sich im Schloss.

»Ach, Sie sind es, der Beste aller Wärter! Ist die Zeit für den letzten Haarschnitt, gekommen, die letzte Waschung, bevor mein Kopf fällt?«

»Befragung durch den Staatsanwalt«, sagte der Mann lakonisch.

Lupin trat in den Gang, wurde von den Wärtern empfangen und in den Polizeiwagen gesperrt.

Zwanzig Minuten später erreichten sie den Justizpalast. Einer der Doudevilles wartete am Treppenabsatz. Als sie nach oben gingen, sagte er zu Lupin: »Sie werden heute gegenübergestellt.«

»Alles in Ordnung?«

»Ja.«

»Weber?«

»Anderweitig beschäftigt.«

Lupin betrat Formeries Büro und erkannte sofort Steinweg, der auf einem Stuhl saß, krank und verstört wirkend. Ein Stadtwärter stand hinter ihm.

Formerie musterte den Gefangenen eindringlich, als hoffte er auf wichtige Erklärungen und sagte: »Sie kennen diesen Herrn?«

»Natürlich. Das ist Herr Steinweg.«

»Ja, dank der unermüdlichen Bemühungen Monsieur Webers und seiner zwei Beamten haben wir Monsieur Steinweg gefunden, der laut Ihnen genauere Auskünfte über den Kesselbach-Fall liefern kann, den Namen des Mörders und was sonst noch.«

»Ich gratuliere, Herr Staatsanwalt. Ihre Untersuchung wird glänzend verlaufen.«

»Das hoffe ich. Es gibt nur ein Problem; Steinweg weigert sich, etwas zu sagen, es sei denn in Ihrer Gegenwart.«

»Wie erstaunlich, wie sonderbar? Erfüllt ihn Arsène Lupin so sehr mit Respekt und Freundschaft?«

»Nicht Arsène Lupin, sondern Prinz Serenin, der, so behauptet er, sein Leben gerettet hat, und Monsieur Lenormand mit dem er, so behauptet er, gesprochen hat.«

»Zu der Zeit, als ich Chef der Detektiv-Abteilung war«, erklärte Lupin. »Das geben Sie doch zu?«

»Monsieur Steinweg«, sagte der Staatsanwalt. »Erkennen Sie diesen Mann als Monsieur Lenormand?«

»Nein, aber ich weiß, Arsène Lupin und er sind derselbe.«

»Sie sind bereit zu sprechen?«

»Ja ... aber ... wir sind nicht allein.«

»Wieso? Der Herr ist nur mein Schreiber ... und der Wärter ...«

»Herr Staatsanwalt, das Geheimnis, das ich zu verraten habe, ist so wichtig, dass Sie selbst bereuen würden ...«

»Wärter, gehen Sie bitte nach draußen«, sagte Formerie. »Kommen Sie sofort zurück, wenn ich rufe. Haben Sie Einwände gegen meinen Schreiber?«

»Nein, nein ... es wäre besser ... aber nun ...«

»Dann sprechen Sie. Ich versichere, nichts von dem, was Sie sagen, wird schriftlich niedergelegt. Nur ein Wort. Ist es unbedingt notwendig, dass der Gefangene bei der Untersuchung zugegen sein muss?«

»Unbedingt. Sie werden den Grund dafür bald erkennen.«

Er setzte sich auf den Stuhl vor Formieres Schreibtisch. Lupin blieb neben dem Schreiber stehen.

Der alte Mann begann mit lauter Stimme: »Es ist zehn Jahre her, seitdem Umstände, die nicht wichtig sind, mich eine sonderbare Geschichte erfahren ließen, die sich mit zwei Personen beschäftigte.«

»Deren Namen, bitte.«

»Ich gebe sie Ihnen später. Für den Augenblick lassen Sie mich sagen, dass eine dieser Personen eine außerordentliche Stellung in Frankreich ausübte und die andere ein Italiener, oder Spanier ... ja ein Spanier ...«

Ein Sprung durch den Raum, zwei blitzschnelle, harte Schläge ... Lupins Fäuste trafen ihr Ziel links und rechts, hart wie Kanonenbälle. Der Staatsanwalt und sein Schreiber sackten über ihre Tische, ohne einen Laut.

»Meisterhaft!«, sagte Lupin. »Das war saubere Arbeit.«

Er eilte zur Tür und drehte lautlos den Schlüssel um.

»Steinweg, haben Sie das Chloroform?«

»Sind Sie sicher, dass die beiden nicht aufwachen?«, fragte der alte Mann, vor Furcht zitternd.

»Was glauben Sie. Aber sie werden nur drei oder vier Minuten still sein, und das ist nicht lang genug.«

Der Deutsche holte ein Fläschchen und zwei Wattebäusche aus seiner Tasche.

Lupin entkorkte die Flasche, gab ein paar Tropfen Chloroform auf die Wattebäusche und drückte sie gegen die Nasen der beiden Bewusstlosen.

»Ausgezeichnet! Wir haben zehn Minuten Frieden und Ruhe. Das dürfte genügen, aber trotzdem verschwenden Sie bitte keine langen Worte.« Er nahm ihn beim Arm.

»Sie sehen, was ich tun kann. Hier sitzen wir beide, allein im Justizpalast, wie ich es wünschte.«

»Ja«, sagte der alte Mann kleinlaut.

»Also, werden Sie mir von dem Geheimnis erzählen?«

»Ja. Ich berichtete Kesselbach davon, weil er reich ist, und mehr daraus machen konnte als ein anderer, aber obwohl Sie im Moment ein Gefangener sind, halte ich Sie für weitaus stärker als Kesselbach und seine Millionen.«

»Dann erzählen Sie, und in genauer Reihenfolge. Der Name des Mörders?«

»Das ist unmöglich.«

»Was heißt unmöglich? Ich dachte, Sie wüssten ihn und würden mir alles verraten?«

»Alles, nur das nicht.«

»Aber ...«

»Später ...«

»Sie sind verrückt! Warum?«

»Ich habe keine Beweise. Später, wenn Sie frei sind, finden wir sie zusammen. Außerdem, was nützt es schon? Ich kann es Ihnen nicht sagen.«

»Sie fürchten ihn?«

»Ja.«

»Na gut«, sagte Lupin. »Das ist nicht das Wichtigste. Werden Sie mir endlich den Rest erzählen.«

»Alles.«

»Gut. Dann antworten Sie! Wer ist Pierre Leduc?«

»Hermann IV., Großherzog von Zweibrücken-Veldenz, Prinz von Bernkastel, Graf von Fistingen, Herrscher von Wiesbaden und noch anderen Orten.«

Lupin verspürte die Erregung, zu erfahren, sein Protégé war nicht der Sohn eines Schweinemetzgers.

»Zum Teufel«, murmelte er. »Endlich haben wir einen Namen! Soweit ich mich erinnere, gehört Zweibrücken-Veldenz zu Preußen?«

»Ja, an der Mosel. Das Haus Veldenz ist ein Zweig des pfälzischen Hauses Zweibrücken. Das Großherzogtum wurde von den Franzosen nach dem Frieden von Luneville besetzt und bildete einen Teil des Departements Mont-Tonnerre. Im Jahr 1814 wurde es zugunsten Hermann I., dem Urgroßvater Pierre Leducs, zurückgegeben. Sein Sohn Hermann II. verschleuderte alles in seiner Jugend, ruinierte die Finanzen des Landes und war so unpopulär unter seinem Volk, dass es die Festung Veldenz teilweise durch Brand zerstörte und Hermann flüchten musste. Das Großherzogtum wurde dann von drei Regenten beherrscht im Namen Hermann II., der jedoch nicht verzichtete und seinen Titel behielt. Er lebte, verschuldet in Berlin, kämpfte später im französischen Krieg an der Seite Bismarcks, dessen Freund er war. Er wurde durch einen Kanonenball in der Schlacht um Paris getötet und vertraute sterbend Bismarck seinen Sohn, Hermann III., an.«

»Der Vater Leducs, also«, sagte Lupin.

»Richtig. Der Kanzler war Hermann III. sehr verbunden und nutzte ihn oft als seinen Privatsekretär im Ausland. Nach dem Fall seines Patrons verließ Hermann III. Berlin, reiste viel, bevor er nach Dresden zurückkehrte. Als Bismarck starb, lebte Hermann noch immer dort. Er starb zwei Jahre später ebenfalls. Das sind die bekannten Umstände der drei Hermanns von Veldenz, in ganz Deutschland bekannt.«

»Aber der Vierte, Hermann IV., an dem wir interessiert sind?«

»Wir sprechen über ihn in Kürze. Zuerst die unbekannten Tatsachen.«

»Tatsachen, die nur Ihnen bekannt sind?«, fragte Lupin.

»Mir allein – und noch ein paar anderen.«

»Was wollen Sie damit sagen? Ein paar anderen? Wurde das Geheimnis denn nicht gehütet?«

»Doch, doch. Es wurde sehr gut gehütet. Keine Angst. Es war in ihrem Interesse, nichts davon verlauten zu lassen.«

»Woher wissen Sie dann davon?«

»Durch einen alten Diener und Privatsekretär des Großherzogs Hermann III., dem Letzten dieses Namens. Der Diener starb in meinen Armen in Südafrika. Er vertraute mir an, sein Herr hätte heimlich geheiratet und einen Sohn hinterlassen. Dann erzählte er mir von dem großen Geheimnis.«

»Das Sie später Kesselbach verrieten?«

»Ja.«

»Eine Sekunde ... entschuldigen Sie mich ...«

Lupin beugte sich über Formerie und überzeugte sich, dass dessen Herz schlug und alles normal war.

»Also weiter!«

»Am Abend des Tages, als Bismarck starb, nahmen der Großherzog und sein treuer Diener den Zug nach München, gerade rechtzeitig für den Zug nach Wien. Von dort fuhren sie nach Konstantinopel, dann Kairo, von dort nach Neapel, dann Tunis, dann nach Spanien, dann Paris, London und Petersburg, Warschau und in keiner dieser Städte blieben sie lang. Sie nahmen ein Taxi, beluden es mit ihrem Gepäck, eilten durch die Straßen zum nächsten Bahnhof oder Hafen, um den Zug oder Dampfer zu erreichen.«

»Das heißt, sie wurden verfolgt und wollten ihre Verfolger irreführen«, erkannte Arsène Lupin.

»Eines Nachts verließen sie Trier, als Arbeiter verkleidet, jeder mit einem Bündel auf der Schulter und einem Stock. Sie liefen zu Fuß vierundzwanzig Meilen nach Veldenz, wo die alte Burg Zweibrücken steht, das heißt, ihre Ruinen.«

»Keine lange Beschreibung, bitte.«

»Sie verbargen sich am folgenden Tag in der Umgebung. In der Nacht stiegen sie zu den Burgmauern hoch. Als sie die Mauern vor sich sahen, befahl Hermann seinem Diener zu warten. Er selbst kletterte eine Mauer hoch, die als Wolfsschanze bekannt ist. Eine Stunde später kehrte er zurück. In der nächsten Woche, nach weiteren Irrfahrten, kehrten sie wieder nach Dresden zurück. Die Expedition war vorüber.«

»Und was war der Grund für diese Expedition?«

»Der Großherzog sagte kein Wort darüber zu seinem Diener. Doch gewisse Details und Ereignisse, sowie auch Daten, ließen den Diener die Wahrheit zusammenstückeln, wenigstens teilweise.«

»Beeilen Sie sich, Steinweg. Wir haben nicht mehr viel Zeit, und ich muss alles wissen.«

»Vierzehn Tage nach ihrer Rückkehr erschien Graf von Waldemar, ein Offizier in der Leibwache des Kaisers, und einer seiner persönlichen Freunde, mit sechs Männern. Er blieb den ganzen Tag lang mit dem Großherzog in dessen Arbeitszimmer. Der Diener konnte wiederholte Worte einer Auseinandersetzung hören, zornige Worte. Eine Phrase wurde mehrmals durch den Diener gehört: 'Diese Dokumente wurden Ihnen übergeben, Seine Majestät der Kaiser ist restlos überzeugt davon. Wenn Sie diese Papiere nicht freiwillig aushändigen ...' Den Rest des Satzes, und was ihm folgte, kann leicht erraten werden, durch das was folgte – Hermanns Haus wurde von oben bis unten durchsucht.«

»Aber das ist doch ungesetzlich.«

»Das wäre es auch gewesen, hätte der Großherzog Einspruch dagegen erhoben, was jedoch nicht geschah, doch er begleitete den Grafen bei der Durchsuchung.«

»Und was suchten Sie? Die Denkschriften des Kanzlers?«

»Etwas weitaus Wichtigeres.«

Lupin murmelte erregt: »Geheime Dokumente ... und zweifellos sehr wichtige.«

»Von größter Wichtigkeit. Die Veröffentlichung würde Folgen haben, die überhaupt nicht abzusehen sind, nicht nur in der Innenpolitik, sondern auch bezüglich der deutschen Verbindungen mit anderen Mächten.«

»Oh!«, rief Lupin vor Erregung bebend. »Kann das wirklich möglich sein? Welche Beweise dafür besitzen Sie?«

»Welche Beweise? Das Zeugnis der Gemahlin des Großherzogs, das Vertrauen, das sie dem Diener nach dem Tod ihres Gemahls entgegenbrachte.«

»Ja ... ja«, stammelte Lupin. »Wir haben den Beweis des Großherzogs selbst.«

»Noch viel besser«, erwiderte Steinweg.

»Was?«

»Ein Dokument, in seiner eigenen Hand geschrieben, von ihm unterzeichnet.«

»Was enthält dieses Papier? In zwei Worten!«

»Zwei Worte? Das ist unmöglich. Das Dokument ist sehr lang, mit vielen Anmerkungen und Folgerungen, die manchmal kaum zu verstehen sind. Lassen Sie mich nur zwei Titel erwähnen, die offensichtlich zwei Bündel der geheimen Papiere bezeichnen. 'Original-Briefe des Kronprinzen an Bismarck' ist einer. Die Daten beweisen, dass die Briefe in den drei Monaten geschrieben wurden, als Friedrich III. noch regierte. Wir können uns nur vorstellen, was diese Briefe enthalten mögen, brauchen wir uns nur zu erinnern, dass der Kaiser sehr krank war und der Streit, den er mit seinem Sohn hatte ...«

»Ja, ja, ich weiß ... und der andere Titel?«

»Fotografien des Briefwechsels zwischen Friedrich und der Kaiserin Victoria, Königin von England.«

»Sie behaupten, die liegen vor?«, fragte Lupin, halb erstickt.

»Hören Sie! ... die Bemerkungen des Großherzogs dazu: 'Text des Vertrags zwischen Großbritannien und Frankreich' und die unerklärlichen Worte: 'Elsass-Lothringen ... Kolonien ... Beschränkung der Marine-Rüstung ...«

»Das gibt es alles?«, rief Lupin. »Und Sie nennen es *unerklärlich*? Ach, diese Worte sind hell wie die Sonne ... Kann es wirklich möglich sein? ... und was sonst noch?«

Während er sprach, wurde ein Klopfen an der Tür laut.

»Sie können jetzt nicht hereinkommen«, rief Lupin. »Ich bin beschäftigt ... weiter, Steinweg!«

»Aber ...«, erwiderte der alte Mann verstört.

Er hörte lautes Pochen gegen die Tür, das Rütteln der Klinke. Weber rief.

»Geduld, Weber. Ich bin in fünf Minuten fertig.«

Er griff nach Steinwegs Arm und sagte eindringlich: »Beruhigen Sie sich und erzählen Sie mir den Rest. Ihrer Meinung nach hatte der Besuch von Veldenz keinen anderen Zweck, als die Dokumente zu verbergen?«

»Zweifellos.«

»Na gut. Doch der Großherzog kann sie später wieder entfernt haben.«

»Nein, er verließ Dresden vor seinem Tod nicht wieder.«

»Aber seine Gegner, die alles zu gewinnen hatten, könnten das Versteck der Papiere entdeckt haben.«

»Sie haben es versucht.«

»Woher wissen Sie das?«

»Sie müssen verstehen, ich blieb nicht untätig. Ich besuchte Veldenz und die umliegenden Dörfer und erkundigte mich. Na, ich erfuhr, die Burg wurde noch zweimal von etwa einem Dutzend Leute durchsucht, die aus Berlin kamen.«

»Und?«

»Sie fanden nichts. Der Zugang zu der Burg wurde seitdem für die Öffentlichkeit gesperrt.«

»Was hinderte Besucher am Zutritt?«

»Eine Besatzung von fünfzig Soldaten, die Tag und Nacht Wache halten.«

»Soldaten des Großherzogtums?«

»Nein. Soldaten der kaiserlichen Leibwache.«

Der Lärm im Gang wurde lauter.

»Öffnen Sie die Tür!«, befahl eine Stimme. »Ich befehle, die Tür zu öffnen.«

»Und was ist mit dem Schicksal Europas, das wir diskutieren?«, rief Lupin.

Er wandte sich dem alten Mann zu.

»Sie konnten also die Burg nicht betreten?«

»Nein.«

»Aber Sie sind überzeugt, die Papiere sind dort verborgen.«

»Dafür habe ich Ihnen doch genug Beweise geliefert. Glauben Sie mir nicht?«

»Doch, doch«, murmelte Lupin. »Sie sind dort versteckt ... keine Zweifel ... dort sind sie ...«

Es war, als könnte er die Burg sehen. Es war, als konnte er das Versteck mit seinen Händen greifen. Und die Vorstellung von unermesslichem Reichtum, der Traum von Schatztruhen und Edelsteinen, hätten ihn nicht mehr erregen können, als Bündel von Papieren, von den Soldaten des Kaisers bewacht. Welch wunderbares Abenteuer! Und wie sehr war es seiner eigenen Kraft wert! Er konnte nicht anders, als dieser Sache nachzugehen.

Draußen arbeitete jemand am Türschloss.

Lupin wandte sich Steinweg zu.

»Woran starb der Großherzog?«

»An einer Bauchfellentzündung. Er war innerhalb weniger Tage tot. Er versuchte wiederholt zu sprechen, rief mehrmals seine Frau, wollte etwas sagen, doch es gelang ihm nicht. Er bewegte die Lippen, aber die Worte wollten nicht kommen.«

»Sind Sie sicher, dass er nicht mehr sprach?« Hinter ihm wurde die Arbeit am Türschloss lauter.

»Doch, in einem seiner helleren Augenblicke konnte er etwas auf einen Papierbogen zeichnen, den ihm seine Frau brachte.«

»Was war das? ...«

»Unlesbar, zum größten Teil.«

»Zum größten Teil? Und der andere?«, fragte Lupin gierig.

»Drei Nummern, ziemlich deutlich; eine 8, eine 1 und eine 3 ...«

»Ja. 813. Ich weiß ... und dann?«

»Ein paar Buchstaben, aber nicht lesbar außer dreien in einer Gruppe, und dann noch einmal zwei weiteren.«

»APO ON, sind sie das?«

»Oh, Sie wissen davon ...?«

Die Tür gab nach, fast alle Schrauben waren gelockert worden und Lupin sagte rasch, um nicht unterbrochen zu werden: »Wir haben also nur das teilweise Wort APO ON und die Nummer 813 – die einzigen Hinweise, die der Großherzog seiner Frau und seinem Sohn hinterlassen hat, damit sie die Dokumente entdecken konnten?«

»Ja.«

»Und was geschah mit der Gemahlin des Großherzogs?«

»Sie starb bald nach ihrem Mann, vor Schmerz, wird behauptet.«

»Und kümmerte sich die Familie um den Sohn?«

»Welche Familie? Der Großherzog hatte weder Brüder noch Schwestern. Außerdem war er morganatisch und geheim verheiratet. Nein, das Kind wurde durch Hermanns alten Diener fortgebracht, der ihn unter dem Namen Pierre Leduc erzog. Er war ein schwieriger Junge, eigensüchtig, unberechenbar und böswillig. Eines Tages verschwand er und wurde nicht wiedergesehen.«

»Wusste er von dem Geheimnis seiner Geburt?«

»Ja und er sah auch den Papierbogen, auf den Hermann III. die Ziffern und Buchstaben geschrieben hatte.«

»Und danach hat kein Anderer etwas über sie erfahren, außer Ihnen?«

»Niemand, so weit mir bekannt ist.«

»Und Sie vertrauten das alles nur Monsieur Kesselbach an?«

»Ja, aber zur Vorsicht, behielt ich den Papierbogen, von dem die Rede ist, nachdem ich ihm all das erzählt hatte. Die Geschehnisse beweisen, wie vernünftig das war.«

Lupin stemmte beide Hände gegen die Tür.

»Weber«, rief er. »Sie sind aufdringlich! Ich werde mich beschweren ... Steinweg, haben Sie die Dokumente?«

»Ja.«

»An einem sicheren Ort?«

»Vollkommen sicher.«

»In Paris?«

»Nein.«

»Umso besser. Vergessen Sie nicht, Ihr Leben ist in Gefahr und es gibt Leute, die hinter Ihnen her sind.«

»Ich weiß. Ein falscher Schritt, und ich bin erledigt.«

»Genau. Ergreifen Sie Vorsichtsmaßnahmen, locken Sie Ihre Gegner in die falsche Richtung und holen dann Ihre

Unterlagen. Warten Sie auf meine Anweisungen. In spätestens einem Monat ist alles in Ordnung, und wir fahren zusammen zum Schloss Veldenz.«

»Was, wenn ich im Gefängnis sitze?«

»Dann hole ich Sie raus.«

»Können Sie das?«

»An dem Tag, an dem ich wieder frei bin … nein, eine Stunde danach.«

»Können Sie das wirklich?«

»Nach den letzten zehn Minuten ist das kein Problem. Haben Sie sonst noch etwas zu sagen?«

»Nein.«

»Dann öffne ich die Tür.«

Er schwang sie nach innen auf und verbeugte sich vor Monsieur Weber.

»Mein lieber, alter Weber. Ich weiß nicht, wie ich mich entschuldigen kann …«

Er beendete den Satz nicht. Weber und drei weitere Polizisten, die nun in den Raum drängten, ließen ihm keine Zeit dazu.

Monsieur Weber war bleich wegen seines Ärgers und Unwillens. Der Anblick der beiden bewusstlosen Männer am Boden verbesserte seine Laune keineswegs.

»Tot?«, fragte er erschrocken.

»Natürlich nicht«, erwiderte Lupin lächelnd. »Nur ein kleines Schläfchen. Formerie war sehr müde. So erlaubte ich ihm eine kleine Mittagsruhe.«

»Genug von diesem Unsinn«, schrie Monsieur Weber und wandte sich den Polizisten zu. »Bringt ihn zum Santé zurück. Und haltet die Augen scharf auf, verflucht noch mal! Und zu diesem Besucher …«

Lupin erfuhr nicht mehr über Webers Absichten gegenüber Steinweg. Eine Gruppe von Stadtwärtern und Polizisten geleitete ihn zum Gefängniswagen.

Auf der Treppe flüsterte Doudeville: »Weber erhielt eine Nachricht, die ihn warnte. Er sollte die Gegenüberstellung vermeiden und Steinweg im Auge behalten. Die Nachricht war mit *L. M.* unterschrieben.«

Doch Lupin war diesmal nicht sonderlich bekümmert. Was bedeutete schon der Hass des Mörders oder Steinwegs Schicksal? Er kannte nun Kesselbachs Geheimnis!

10. Kapitel: Lupins großer Plan

Entgegen aller Erwartungen führte sein Angriff auf Monsieur Formerie zu keinerlei Strafe.

Zwei Tage später kam der Staatsanwalt in Person zum Santé-Gefängnis und erklärte mit vorgetäuschter Güte, er beabsichtigte nicht, die Angelegenheit offiziell zu melden.

»Ich auch nicht«, erwiderte Lupin.

»Was meinen Sie damit?«

»Nun, ich meine, ich werde keine Nachricht an die Presse schicken, die Sie in einem schlechten Licht erscheinen lässt, Monsieur Formerie. Der Skandal wird nicht von mir an die Öffentlichkeit dringen, das verspreche ich. Das ist doch Ihr Wunsch, nicht wahr?«

Formerie errötete, und ohne darauf weiter einzugehen, sagte er: »In Zukunft werden meine Untersuchungen hier stattfinden.«

»Ganz richtig, dass sich das Gesetz um Lupin bemüht!«, antwortete Arsène.

Die Verlegung der Verhöre in die Haftanstalt unterbrach die fast täglichen Besuche der Doudevilles. Lupin hatte die notwendigen Vorsichtsmaßnahmen getroffen, als er den Doudevilles am ersten Tag die wichtigsten Anweisungen gab. Jetzt, da alle Vorbereitungen getroffen waren, fühlte er sich überzeugt, er konnte Steinwegs Vertrauen ohne lange Verzögerung nutzen, um seine Freiheit durch einen außergewöhnlich scharfsinnigen Plan zu erreichen, vielleicht den besten, den er jemals entwickelt hatte. Seine Methode mit der Außenwelt zu korrespondieren, war denkbar einfach. Jeden Morgen erhielt er nummerierte Pakete mit Papierbogen. Diese faltete und verklebte er zu Briefumschlägen, die jeden Abend abgeholt wurden. Lupin erkannte, dass jeder Gefangene, der diese Beschäftigung gewählt hatte, ein Paket mit seiner eigenen Nummer erhielt. Seine Erfahrung erwies sich als richtig. Nun mussten die Doudesvilles nur noch den Angestellten einer Firma zu bestechen, dem die Papierlieferung anvertraut war. Das war nicht sonderlich schwierig. Lupin brauchte nur auf das geheime Zeichen auf dem Paket zu warten, das zwischen ihm und seinen Freunden vereinbart war, um seine Post zu erhalten.

Am sechsten Tag lachte er erfreut. »Endlich!«, sagte er.

Er holte ein kleines Fläschchen aus einem Versteck, entkorkte es, nässte seinen Zeigefinger und rieb ihn über die dritte Seite des Pakets.

Einen Augenblick später erschienen die ersten Buchstaben, dann Worte und Sätze. Er las:

Alle in Ordnung. Steinweg frei, auf dem Land versteckt. Geneviève Ernemont gesund. Geht oft zum Hotel Bristol und besucht Mme. Kesselbach. Trifft sich jedes Mal mit Pierre Leduc dort.   Antwort auf gleiche Weise. Keine Gefahr.

Die Verbindung mit der Außenwelt war hergestellt. Lupins Mühe war mit Erfolg gekrönt. Er konnte nun seinen Feldzug führen, den er in der Stille seiner Zelle geplant hatte. Drei Tage später erschienen folgende Zeilen im Grand Journal:

Neben den Memoiren Otto von Bismarcks, die, laut gut informierter Quellen, nur die offizielle Geschichte der Ereignisse während der Karriere des großen Kanzlers schildern, existiert eine Sammlung vertraulicher Schreiben von weitaus größerem Interesse. Diese Briefe sind vor kurzer Zeit entdeckt worden. Wir hören von verlässlicher Seite, sie werden in Kürze veröffentlicht.

Der Leser wird sich erinnern, welche Aufruhr diese kurzen Sätze in der zivilisierten Welt erzeugten, die Kommentare, die ihnen folgten, die Erklärungen, die vorgebracht wurden und besonders den Aufschrei, der darauf in der deutschen Presse folgte. Wer hatte diese Zeilen geäußert?

Was stand in den Briefen? Wer hatte sie an den Kanzler gerichtet oder sie von ihm erhalten? War es ein Racheakt, seinem Tod folgend? Oder hatte einer von Bismarcks Korrespondenten eine Indiskretion begangen?

Eine zweite Nachricht beantwortete die öffentlichen Mutmaßungen teilweise, führte jedoch gleichzeitig noch zu einer Steigerung des Interesses. Sie lautete wie folgt:

An den Chefredakteur des Grand Journal

SANTE-Gefängnis
Zelle 14, Zweite Division

Monsieur,
Sie veröffentlichten in Ihrer Auflage vom vergangenen Dienstag einen Absatz, dessen Inhalt ich bei einem Vortrag über die europäische Außenpolitik mit wenigen Worten erwähnt hatte. Der Text Ihres Korrespondenten, wenn auch korrekt in allen notwendigen Einzelheiten, bedarf einer kleinen Berichtigung. Die Briefe existieren, wie erwähnt, und ihre Wichtigkeit lässt sich nicht abstreiten, nachdem sie zehn Jahre lang das Objekt einer unermüdlichen Suche gewesen sind. Aber niemand weiß, wo sie verborgen sind, oder auch nur ein Wort davon, was sie enthalten. Die Öffentlichkeit wird mich entschuldigen, wenn ich sie einige Zeit warten lasse, bis ich ihre verständlichen Fragen beantworte. Ganz abgesehen davon, dass ich nicht über alle Elemente verfüge, die zur Erforschung der Wahrheit erforderlich sind, lässt mir meine gegenwärtige Beschäftigung nicht die notwendige Zeit, die ich dieser Angelegenheit widmen sollte. Ich kann heute nur berichten, dass die Briefe von einem sterbenden Staatsmann einem seiner vertrauenswürdigsten, treuen Freunde anvertraut wurden, und dass dieser Freund in Konsequenz seiner Treue großes Leid erfuhr. Unerträgliche Spionage, Hausdurchsuchungen, nichts blieb ihm erspart.

Ich habe zwei der besten Agenten meiner Geheimpolizei beauftragt, dieser Sache nachzugehen, um die mysteriösen Ereignisse aufzuklären.

Ich habe die Ehre, Monsieur, als Ihr ergebenster Diener zu verbleiben,

ARSENE LUPIN

Es war also Lupin, der diesem Fall nachging! Er dirigierte aus seiner Zelle die Komödie oder Tragödie, die in dem ersten Artikel bekanntgegeben wurde. Welch glücklicher Zufall! Jedermann war erfreut. Mit einem Künstler wie Lupin musste die ganze Sache aufregend und lustig werden. Drei Tage später wurde ein weiterer Brief von Arsène Lupin im Grand Journal abgedruckt:

Der Name des treuen Freundes, den ich erwähnt habe, wurde mir preisgegeben. Es war der Großherzog Hermann III., exilierter Herrscher des Großherzogtums Zweibrücken-Veldenz und ein Vertrauter Bismarcks, dessen innigster Freundschaft er sich erfreute. Eine strenge Durchsuchung seines Hauses erfolgte durch den Grafen von W---, mit zwölf seiner Männer. Das Resultat war völlig enttäuschend, doch der Großherzog wurde weiterhin des Besitzes der Dokumente beschuldigt.

Wo mochte er sie verborgen haben? Das ist die Frage, die kein Mensch dieser Welt zurzeit beantworten kann.

Ich muss um 24 Stunden Frist bitten, um die Antwort zu liefern.

ARSENE LUPIN

An dem genannten Tag war der Grand Journal ausverkauft. Zur allgemeinen Enttäuschung war die versprochene Information jedoch nicht enthalten. Auch nicht am nächsten Tag und an dem danach. Was war geschehen? Die Wahrheit wurde dank eines Versäumnisses der Präfektur bekannt. Es wurde bekannt, dass der Direktor des

Santé-Gefängnisses gewarnt worden war, dass Lupin durch die Pakete der Briefumschläge, die er herstellte, mit seinen Komplizen korrespondierte. Obwohl es nicht bewiesen werden konnte, wurde entschlossen, dem unerträglichen Gefangenen alle weitere Arbeit zu verbieten.

Dazu antwortete der besagte Gefangene: »Da ich nun nichts anderes zu tun habe, werde ich mich auf meine bevorstehende Verhandlung vorbereiten. Informieren Sie bitte Maître Quimbel.«

Lupin, der sich bis dahin geweigert hatte, mit Maître Quimbel zu sprechen, erklärte sich nun bereit mit ihm zusammenzuarbeiten und seine Verteidigung vorzubereiten.

Am nächsten Tag bat Maître Quimbel recht vergnügt, Lupin zu dem Raum zu bringen, der den Rechtsanwälten zur Aussprache mit ihren Klienten diente. Er war ein älterer Herr, mit sehr dicker Brille, die seine Augen riesig erscheinen ließen. Er legte seinen Hut auf den Tisch, öffnete seine Aktentasche und begann mit einer Reihe von Fragen, die er sorgfältig vorbereitet hatte.

Während er sich die Antworten notierte, stützte sich Lupin auf die Ellbogen und tastete mit einer Hand unter den Hut des Anwalts, bis seine Finger das lederne Band an der Innenseite des Hutes fanden und entfernte einen schmalen Papierstreifen, den er ungesehen entfaltete.

Es war eine Nachricht von Doudeville, in der chiffrierten Form, die zwischen ihnen vereinbart war.

Arbeite als Gehilfe für Maître Quimbel. Sie können ohne Furcht auf gleiche Weise antworten.

Es war L.M., der Mörder, der den Trick mit den Umschlägen preisgab. Gut, dass Sie die Gefahr voraussahen.

Es folgte ein kurzer Bericht über die Resultate der Enthüllungen Lupins.

Lupin nahm einen schmalen Papierstreifen aus seiner Tasche, der seine Anweisungen enthielt und steckte ihn vorsichtig unter das Hutband. Der Dreh war gelungen, und Lupins Korrespondenz mit dem 'Grand Journal' konnte ohne Zeitverlust fortgesetzt werden.

Ich bitte die Öffentlichkeit um Entschuldigung, mein Versprechen nicht gehalten zu haben. Die Post im Santé-Palast ist schmerzlich unbeholfen.
Wir sind jedoch der Auflösung nahe. Ich besitze alle Dokumente, die in unwiderlegbarer Weise die Wahrheit bezeugen werden. Ich veröffentliche sie vorläufig noch nicht, kann jedoch bestätigen, dass sich Briefe an den Reichskanzler darunter befinden, von einer Person, gegenüber der sich dieser als Schüler und Bewunderer bezeichnet. Nach Jahren sieht er jedoch gezwungen, sich des störenden Lehrers zu entledigen und allein zu regieren. Ich hoffe, ich habe dadurch genügend Klarheit geschaffen.

Und am nächsten Tag:

Die Briefe wurden während der Krankheit des ehemaligen deutschen Kaisers geschrieben. Es ist sicher nicht notwendig, ihre Wichtigkeit zu unterstreichen.

Vier Tage Schweigen, und dann eine letzte Nachricht, die ein Durcheinander hervorrief, das heute noch nicht vergessen ist:

Meine Nachforschungen sind beendet. Ich weiß jetzt alles. Durch scharfe Überlegung habe ich das Geheimnis des Verstecks ergründet.
Meine Freunde werden Veldenz besuchen und, ungeachtet jeglichen Widerstands, die Burg durch einen Weg betreten, den ich Ihnen gewiesen habe.
Die Zeitungen werden dann Fotografien der Briefe veröffentlichen, deren Inhalt mir bereits bekannt ist. Dies wird

in zwei Wochen geschehen, am 22. August. Bis dahin werde ich schweigen und warten.

Die Nachrichten an den Grand Journal versiegten wirklich für längere Zeit, doch die Korrespondenz Lupins mit seinen Freunden 'durch den Hut' dauerte weiterhin an. Es war so einfach! Es bestand keine Gefahr. Wer würde jemals ahnen, dass Maître Quimbels Hut als Postkutsche diente?
Alle zwei oder drei Tage, wenn er ihn besuchte, brachte der Anwalt treu die Briefe seines Klienten; Briefe aus Paris, Briefe vom Land, Briefe aus Deutschland, alles durch Doudeville chiffriert und verkürzt. Und eine Stunde später verließ Maître Quimbel das Gefängnis mit Lupins Anweisungen.

***

Eines Tages erhielt der Gefängnisdirektor des Santé eine Nachricht, unterschrieben mit den Buchstaben, L.M., die ihn informierte, Maître Quimbel diene aller Wahrscheinlichkeit nach als Postbote Lupins, und es war angebracht, den redlichen Mann im Auge zu behalten. Der Direktor informierte Maître Quimbel und es wurde beschlossen, er würde in Zukunft in Begleitung eines seiner Angestellten kommen.
So war, trotz aller Bemühungen Lupins, trotz seiner erfinderischen Künste nach jeder Niederlage, seine Verbindung mit der Außenwelt dank des teuflischen Genies seines Gegners zerschlagen. So fand er sich genau zu dem Zeitpunkt, in dem er aus seiner Zelle den letzten Trumpf zu spielen gedachte, durch die Kräfte geschlagen, die ihn zu vernichten gedachten.
Am 13. August, als er den beiden Rechtsanwälten gegenüber saß, fiel sein Blick auf die Zeitung, die bei den Papieren Quimbels lag.

Er sah die Schlagzeile, in großer Schrift gedruckt:

»813«

Darunter der Text:

EIN NEUER MORD – AUFRUHR IN DEUTSCHLAND IST DAS GEHEIMNIS VON 'APO ON' ENTDECKT?

Lupin erblasste. Er las weiter:

Zwei telegrafische Nachrichten erreichten uns heute: Die Leiche eines älteren Mannes wurde in der Nähe von Augsburg entdeckt, seine Kehle durchschnitten. Der Polizei gelang es, den Toten zu identifizieren. Das Opfer ist Herr Steinweg, ein Zeuge des Kesselbach-Falles. Gleichzeitig berichtet unser Korrespondent, der bekannte englische Detektiv Sherlock Holmes wurde in aller Eile nach Köln zitiert. Er soll dort den Kaiser treffen und sie werden gemeinsam die Burg Veldenz besuchen. Sherlock Holmes soll, nach guten Quellen, das Geheimnis der 'APO ON' lüften. Sollte ihm dies gelingen, wäre der armselige Versuch Arsène Lupins während der vergangenen Wochen als gescheitert zu betrachten.

Vielleicht war das öffentliche Interesse niemals so groß gewesen, wie durch das bevorstehende Duell zwischen Holmes und Lupin, ein unsichtbares, anonymes Duell, das im Dunkeln erfolgte, so dass die Öffentlichkeit nur nach dem Resultat den Sieger erkennen würde. Dank des Skandals, der Wichtigkeit der Tatsachen und der unversöhnlichen Rivalität der beiden Feinde, jetzt mehr denn je gegnerisch, war es nicht nur ein Wettrennen um die Wahrheit, sondern auch ein Messen der Fähigkeiten beider Männer. Es war nicht nur die Frage unbedeutender Diebstähle, Einbrüche oder persönlicher Leidenschaften, sondern ein Fall weltweiter Wichtigkeit, von der Politik der drei europäischen Großmächte, die den Frieden der Welt zerstören konnte.

Die Menschen warteten ängstlich, ohne zu wissen, auf was sie warteten. Sollte einer als Sieger des Duells hervorgehen, würde das kaum bekannt werden. Welche Beweise für den Sieg wurden dann geliefert? Die größten Hoffnungen wandten sich Lupin zu, dank seiner Gewohnheit, die Öffentlichkeit als Zeugen seiner Handlungen zu nennen. Was konnte er tun? Wie würde er die Gefahr bekämpfen, die ihm drohte? Wusste er überhaupt davon? Das waren die Fragen, die die Menschen sich stellten.

Inmitten der vier Wände seiner Zelle stellte sich der Gefangene Nummer 14 fast die gleichen Fragen. Er war jedoch nicht durch Neugier angeregt, sondern durch eine Unruhe, durch ewige Furcht. Er war vollkommen allein, kraftlos in Willen und Gedanken. Es nützte wenig, dass er fähig, geschickt, furchtlos und heldenhaft war. Der Kampf erfolgte ohne ihn. Sein Bemühen war vorbei. Er hatte alle Bruchstücke zusammengesetzt, die seine Freiheit herbeiführen sollten, und es war unmöglich, viel mehr zu schaffen.

An dem vorausgesagten Tag würden sich die Räder drehen. Bis dahin konnte sich viel ereignen, tausend Hürden entstehen, die er nicht überspringen konnte, und es gab keinen Weg, durch den er sie entfernen konnte. Lupin verbrachte die schlimmsten Stunden seines Lebens zu dieser Zeit. Er zweifelte an seinen eigenen Fähigkeiten. Er fragte sich, ob seine Existenz in diesem Gefängnis enden würde. Hatte er falsch kalkuliert? War es nicht eine Blendung, sich einzubilden, die Ereignisse der kommenden Tage würden ihm zu seiner Freiheit verhelfen?

»Wahnsinn!«, rief er. »Meine Rechnung war falsch ... wie kann ich all das erwarten? Eine einzige Kleinigkeit wird alles zum Scheitern bringen ... das letzte Sandkorn ...«

Steinwegs Tod und das Verschwinden der Dokumente,

die ihm der alte Mann übergeben sollte, waren nicht seine größte Sorge. Er wäre auch ohne die Dokumente weitergekommen und dank der wenigen Worte Steinwegs konnte er sich, wenn notwendig, mit reifer Überlegung und seinem eigenen Genie, ein genaueres Bild darüber machen, was die Briefe des Kaisers enthalten mochten. Damit ließ sich ein Schlachtplan entwickeln der zum Sieg führte. Doch er dachte an Sherlock Holmes, der nun in Deutschland war, im Zentrum des Schlachtfeldes, der die Briefe suchte und sie finden würde und dadurch sein ganzes Kartenhaus zum Einstürzen brachte.

Und er dachte an 'den Anderen', den unnachgiebigen Feind, der vor den Gefängnismauern lauerte, der seine geheimsten Pläne erriet, sogar bevor er sie entwickelt hatte.

Der 17. August! ... der 18.! ... der 19.! ... Zwei Tage noch ... Zwei Jahrhunderte! Oh, diese endlosen Minuten!

Lupin, gewöhnlich so ruhig und gefasst, so geschickt sich zu amüsieren, war fieberhaft, frohlockend und deprimiert zugleich, hilflos gegen den Feind, misstrauisch gegen jedermann und alles, völlig niedergeschlagen.

***

Der 20. August kam. Er wünschte, handeln zu können, doch es gelang ihm nicht. Was immer er auch unternahm, es würde die Stunde der Katastrophe nicht aufhalten. Sie würde stattfinden oder nicht, doch Lupin würde nicht vor der letzten Minute des Tages davon erfahren. Dann erst – dann allein – würde er von dem Misslingen seiner Pläne wissen.

»Ein unvermeidbarer Fehlschlag«, wiederholte er immer wieder. »Der Erfolg hängt von Umständen ab, die nicht zu beherrschen sind ... es gibt keine Zweifel, ich habe mich in dem Wert und Ausmaß meiner Waffen getäuscht ... und dennoch ...«

Die Hoffnung kehrte zurück. Noch war nicht alles verloren. Er hatte noch immer seine Chancen. Was er erwartet hatte, würde geschehen, aus den Gründen, die er erwartete. Es war unvermeidbar ... Ja, unvermeidbar. Es sei denn, Holmes fand das Versteck. Er dachte wieder an Holmes und dabei kehrte seine Verzweiflung zurück.

***

Der letzte Tag. Er wachte spät auf, nach einer Nacht voller verworrener Träume. Er sah niemand den ganzen Tag lang, weder den Staatsanwalt, noch seinen Verteidiger. Der Nachmittag schleppte sich dahin, langsam und entnervend und der Abend kam, der lichtscheue Abend der Zellen ... Er war wie im Fieber. Sein Herz schlug laut gegen seinen Rippenkasten. Die Minuten krochen dahin.
Neun Uhr nichts, zehn Uhr nichts.
Alle Nerven angespannt, lauschte er auf die Geräusche des Zellenblocks, versuchte durch seine Mauern eine Nachricht von draußen zu hören.
Oh, wie gern hätte er den Lauf der Zeit aufgehalten und dem Schicksal mehr Freiheit erlaubt.
Doch was nützte es schon? War denn nicht alles schon vorbei?
»Oh«, rief er. »Ich werde verrückt. Wäre all das nur schon vorüber ... das wäre besser. Ich kann wieder von vorn beginnen, anders ... ich werde versuchen ... etwas anderes ... aber ich kann nicht weitermachen ...«
Er bettete seinen Kopf in die Hände, presste sie gegen seine Schläfen, als wollte er all seine Gedanken einem Ziel zuwenden, als wollte er das Ereignis herbeiführen, das seine Unabhängigkeit und sein Vermögen brachte.
»Es muss geschehen«, flüsterte er. »Es muss, es muss, nicht, weil ich es wünsche, sondern weil es logisch ist. Und es wird geschehen ... ganz sicher ...«
Der Schlüssel quietschte im Schloss. In seiner Verzweif-

lung hatte er die Schritte im Gang nicht vernommen und jetzt, plötzlich, drang ein Lichtstrahl in seine Zelle und die Tür öffnete sich.

Drei Männer traten ein.

Lupin war überhaupt nicht erstaunt.

Das Wunder war geschehen und er erschien ihm plötzlich ganz natürlich und normal, in perfekter Harmonie mit Wahrheit und Gerechtigkeit.

Stolz erfüllte seine ganze Person. In diesem Augenblick erhielt er wirklich die Bestätigung seiner Stärke und Intelligenz.

»Soll ich das Licht einschalten?«, fragte einer der drei Männer. Lupin erkannte die Stimme des Direktors.

»Nein«, erwiderte der Größere der beiden anderen mit ausländischem Akzent. »Die Lampe reicht aus.«

»Soll ich gehen?«

»Wie Ihre Pflicht verlangt, Monsieur«, sagte der gleiche Fremde.

»Meine Anweisungen durch den Polizei-Präfekten lauten, Ihren Wünschen zu folgen.«

»In dem Fall, Monsieur, wäre es angebracht, Sie entfernen sich.«

Monsieur Borély trat nach draußen, ließ die Tür halb offen und wartete im Gang, in Hörweite.

Der Besucher wechselte ein paar Worte mit seinem Begleiter und Lupin versuchte vergebens, dessen Züge zu erkennen. Er sah nur zwei dunkle Formen, in weite Autokleidung gehüllt, mit Mützen und Ohrenklappen.

»Sind Sie Arsène Lupin?«, fragte der Mann und richtete den Schein der Laterne auf sein Gesicht.

Er lächelte.

»Ja, ich bin als Arsène Lupin zur Zeit Gefangener im Santé, Zelle 14, zweite Division.«

»Waren Sie es, der im Grand Journal eine Reihe zweifelhafter Artikel veröffentlichte, in denen über eine sogenannte Sammlung von Briefen ...«

Lupin unterbrach ihn: »Verzeihen Sie, aber bevor wir diese Konversation fortsetzen, deren Grund, zwischen uns gesagt, nicht so recht klar ist, wäre ich Ihnen sehr dankbar, zu wissen, mit wem zu sprechen ich die Ehre habe.«

»Vollkommen überflüssig«, erwiderte der Fremde.

»Vollkommen erforderlich«, widersprach Lupin.

»Weshalb?«

»Der Höflichkeit wegen, Monsieur. Sie kennen meinen Namen, ich jedoch Ihren nicht, was mir wie ein Mangel an Höflichkeit erscheint, den ich nicht ertragen kann.«

Der Fremde verlor die Geduld.

»Dass der Direktor uns hierher brachte, beweist ...«

»... dass Monsieur Borély seine Manieren vergessen hat«, sagte Lupin. »Er hätte uns einander vorstellen sollen. Wir stehen auf gleicher Ebene hier, Monsieur, es ist nicht eine Frage der sozialen Stellung – ein Gefangener und ein Besucher, der sich erniedrigt, ihn zu besuchen. Es sind zwei Männer hier und einer hat noch immer den Hut auf dem Kopf, anstatt ihn abzunehmen.«

»Was? Hören Sie ...«

»Sie können die Belehrung nehmen, wie Sie wollen, Monsieur«, sagte Lupin.

Der Fremde kam näher und wollte sprechen.

»Den Hut zuerst«, sagte Lupin. »Den Hut ...«

»Sie werden mir zuhören!«

»Nein!«

»Ja.«

»Nein.«

Die ganze Angelegenheit wurde zu dumm. Der zweite Fremde, der bis jetzt geschwiegen hatte, legte seine Hand auf die Schulter seines Begleiters und sagte auf Deutsch:

»Überlassen Sie ihn mir.«

»Wieso, es war doch vereinbart ...«

»Still ... und gehen Sie!«

»Und Sie allein lassen?«

»Ja.«

»Aber die Tür!«

»Schließen Sie sie hinter sich und gehen Sie.«

»Aber dieser Mann ... Sie wissen, wer er ist ... Arsène Lupin ...«

»Gehen Sie!«

Der andere ging hinaus und fluchte leise.

»Schließen Sie die Tür!«, rief der Andere. »Ganz zu ... richtig so ...«

Dann wandte er sich um, griff zur Laterne und hob sie langsam.

»Soll ich Ihnen sagen, wer ich bin?«, fragte er.

»Nein«, antworte Lupin.

»Und warum nicht?«

»Weil ich weiß«

»Ah!«

»Sie sind der Besucher, den ich erwartete.«

»Ich?«

»Ja, Majestät.«

11. Kapitel: Charlemagne – Karl der Große

»Still!«, sagte der Fremde scharf. »Verwenden Sie dieses Wort nicht.«

»Wie soll ich Sie dann nennen, Eure ...?«

»Nennen Sie mich überhaupt nicht.«

Sie schwiegen beide, doch es war nicht das Schweigen zweier Gegner vor einem Kampf. Der Fremde ging auf und ab, in der Art eines Herrn, der gewohnt war, zu befehlen und bedient zu werden. Lupin stand bewegungslos. Er hatte seine gewöhnliche Angriffslust verdrängt und sein sarkastisches Lächeln. Er wartete, ernst und ergeben.

Doch in seinem Inneren triumphierte er wild, dank der Situation in der er sich befand, hier, ein Gefangener in seiner Zelle, er der Abenteurer, der Einbrecher, er, Arsène Lupin ... in der Gegenwart eines Halbgottes der modernen Zeit, des Erben Cäsars und Charlemagnes.

Einen Augenblick lang war er von dem Gefühl seiner eigenen Macht erfüllt. Seine Augen wurden feucht, wenn er an seinen Triumph dachte.

Der Fremde stand still.

Dann, mit seinem ersten Satz, kam er auf den Kern seines Besuches zu sprechen.

»Morgen ist der 22. August. Die Briefe sollen morgen veröffentlicht werden. Ist es nicht so?«

»Heute Nacht, in zwei Stunden, sollen meine Freunde sie dem Grand Journal aushändigen ... nicht die Briefe selbst, sondern eine genaue Liste der Briefe mit den Anmerkungen des Großherzogs Hermann.«

»Die Liste wird nicht übergeben.«

»Das wird sie nicht.«

»Sie werden sie mir übergeben!«

»Sie wird in Ihre Hände geliefert, Ihre ... in Ihre Hände.«

»Sowie auch die Briefe.«

»Wie auch die Briefe.«

»Ohne fotografiert zu sein.«

»Ohne fotografiert zu sein.«

Der Fremde sprach mit einer sehr ruhigen Stimme, ohne Akzent oder Bitte, ohne auch nur eine Bemerkung seiner Macht. Er bat weder, noch befahl er, sondern stellte nur die unvermeidliche Handlung Arsène Lupins dar. Gewisse Dinge würden geschehen, egal welche Bedingungen Arsène Lupin stellte, welchen Preis er für seine Handlungen auch fordern mochte. Die Bedingungen waren schon im Voraus angenommen.

Zum Teufel!, dachte Lupin. *Das ist verflucht schlau von ihm. Wenn er weiter meine Großzügigkeit ausnutzt, bin ich ruiniert.*

Der ganze Ton der Verhandlung imponierte ihm ungeheuer. Er gab sich einen Ruck, für den Fall, dass er nachgeben und all seine Vorteile verschleudern sollte.

Der Fremde fuhr fort: »Haben Sie die Briefe gelesen?«

»Nein.«

»Doch jemand, den Sie kennen, hat sie gelesen?«

»Nein.«

»In dem Fall ...«

»Ich habe die Liste des Großherzogs mit seinen Anmerkungen. Weiterhin weiß ich, wo er die Papiere verborgen hat.«

»Weshalb haben Sie die Dokumente nicht schon früher geborgen?«

»Ich wusste nicht, wo sie verborgen waren, bevor ich hierher kam. Meine Freunde sind auf dem Weg dorthin.«

»Die Burg ist bewacht, von zweihundert meiner besten und verlässlichsten Leute.«

»Zehntausend würden nicht ausreichen.«

Nach kurzer Pause fragte der Besucher: »Wie haben Sie das Geheimnis entdeckt?«

»Ich erriet es.«

»Aber Sie haben andere Kenntnisse, die nicht in den Zeitungen veröffentlicht wurden?«

»Nein. Keinerlei.«

»Aber ich ließ die Burg vier Tage lang durchsuchen.«

»Sherlock Holmes suchte am falschen Platz.«

»Ah!«, murmelte der Fremde. »Es ist sonderbar, sehr sonderbar!« Und zu Lupin. »Sie sind vollkommen sicher, Ihre Vermutung ist korrekt?«

»Es ist keine Vermutung; es ist eine Gewissheit.«

»Umso besser«, erklärte der Fremde. »Es wird keine Ruhe geben, bis die Papiere nicht mehr existieren.«

Er trat auf Arsène Lupin zu.

»Wie viel?«

»Was?«, fragte Lupin verwirrt.

»Wie viel für die Briefe? Was verlangen Sie, um das Geheimnis zu verraten?«

Er wartete auf Lupins Vorschlag einer Summe. Dann machte er selbst einen Vorschlag.

»Fünfzigtausend? ... Hunderttausend?«

Und als Lupin nicht antwortete, sagte er zögernd.

»Mehr? Zweihunderttausend? Gut, ich bin einverstanden.«

Lupin lächelte und sagte leise: »Es ist eine schöne Summe. Aber ist es nicht möglich, irgendein Herrscher, sagen wir mal der König von England, würde sogar eine Million bieten? Ganz ehrlich?«

»Es ist möglich.«

»Und dass diese Dokumente so wertvoll sind, dass sie dem Deutschen Kaiser zwei Millionen ebenso wert sind wie zweihunderttausend Francs, drei Millionen so leicht wie zwei?«

»Es wäre möglich.«

»Und wenn notwendig, würde der Kaiser diese drei Millionen Francs zahlen?«

»Ja.«

»Dann dürfte es nicht schwierig sein, zu einer Einigung zu kommen.«

»Auf dieser Grundlage?«, rief der Fremde aufgeregt.

Lupin lächelte.

»Auf dieser Basis, nein ... ich bin nicht hinter Geld her. Ich möchte etwas, das wertvoller ist als alle Millionen.«

»Und das ist?«

»Meine Freiheit.«

»Was? Ihre Freiheit ... Aber ich kann nicht darüber entscheiden ... Es ist eine Sache Ihres Landes ... der Gesetze ... Ich habe nicht das Recht ...«

Lupin ging auf ihn zu und sagte noch leiser: »Sie haben alle Macht, Maje... Meine Freiheit ist nicht so wichtig, dass sie sich Ihrem Wunsch widersetzen.«

»Dann sollte ich also darum bitten?«

»Ja.«

»Wen?«

»Valenglay, den Premierminister.«

»Aber Monsieur Valenglay kann nicht mehr erreichen als ich!«

»Er kann das Gefängnistor für mich öffnen.«

»Es würde zu einem öffentlichen Protest führen.«

»Wenn ich sage *öffnen*, meine ich *halb öffnen* ... das würde genügen ... wir werden eine Flucht vortäuschen ... die Öffentlichkeit erwartet sie so sehr, dass sie nicht einmal lange Fragen stellen wird.«

»Na gut ... Aber Monsieur Valenglay wird niemals zustimmen ...«

»Er wird zustimmen.«

»Wieso?«

»Weil Sie den Wunsch zum Ausdruck bringen.«

»Meine Wünsche sind nicht Befehle ... ihm gegenüber.«

»Nein ... aber eine Gelegenheit, sich dem Kaiser gefällig zu machen, indem man sie erfüllt, lässt man nicht so leicht vorübergehen. Monsieur Valenglay ist ein intelligenter Politiker ...«

»Unsinn! Glauben Sie wirklich, die französische Regierung macht sich strafbar, nur aus dem Grund, mir einen Gefallen zu erweisen?«

»Nein ... sie sieht nur eine Gelegenheit, dem Kaiser entgegenzukommen. Und Valenglay ist ein zu geschickter Politiker ...«

»Unsinn! Denken Sie ernstlich, die französische Regierung wird eine illegale Handlung begehen, nur um mir gefällig zu sein?«

»Das wird nicht der einzige Gefallen sein.«

»Was denn sonst noch?«

»Ein Gefallen, der Frankreich und Ihnen von Nutzen sein wird, mit dem Vorschlag verbunden, mich aus der Haft zu entlassen.«

»Ich soll einen Vorschlag machen?«

»Ja, Majestät.«

»Welchen Vorschlag?«

»Das weiß ich nicht, aber ich glaube, es gibt immer ein Problem, das sich mit einer Vereinbarung lösen lässt ... «

Der Fremde starrte ihn ohne Verständnis an. Lupin beugte sich vor und wählte sorgfältig seine Worte.

»Nehmen wir an, zwei mächtige Länder ringen um eine unbedeutende Frage ... über die sie verschieden denken ... eine Frage der Kolonien, zum Beispiel, bei der ihr Ansehen eine größere Rolle spielt als ihr Interesse. Ist es nicht möglich, der Herrscher eines dieser Länder schlägt einen versöhnlichen Ton an, um eine Lösung herbeizuführen ... und gibt die notwendigen Anweisungen dazu, damit ...«

»... damit ich Marokko Frankreich überlasse?«, erwiderte der Fremde und lachte schallend.

Die Idee, die Lupin geäußert hatte, erschien ihm lächerlich. Der Unterschied zwischen dem Ziel und Ergebnis war monumental.

»Natürlich, natürlich!«, sagte er und versuchte, mit wenig Erfolg, wieder ernst zu sein. »Es ist eine sehr originelle Idee; die ganze moderne Politik über den Haufen geworfen, damit Arsène Lupin seine Freiheit erlangt ... die Pläne des Kaiserreiches zerstört, damit Arsène Lupin seine

Husarenstücke fortsetzen kann. Warum fragen Sie mich nicht auch noch, Elsass und Lothringen zu opfern?«

»Ich dachte daran, Majestät«, erwiderte Lupin gelassen.

Der Fremde lachte wieder.

»Großartig. Und Sie lassen mich dann vom Haken?«

»Im Lauf der Zeit, ja.«

Lupin verschränkte die Arme. Er amüsierte sich ebenfalls, steigerte seine eigene Wichtigkeit und sprach mit erzwungenem Ernst weiter: »Eines Tages mag sich die Möglichkeit ergeben, die es mir erlaubt, diese Rückgabe zu verlangen und zu erhalten. Wenn dieser Tag kommen sollte, werde ich nicht zögern den Preis zu verlangen. Bis dahin zwingen mich die Waffen, über die ich verfüge, bescheidener zu sein. Friede in Marokko ist ausreichend.«

»Nur das?«

»Nur das.«

»Marokko gegen Ihre Freiheit?«

»Nicht mehr ... oder, damit wir es nicht vergessen ... etwas mehr guten Willen zwischen unseren Ländern ... und natürlich der Rückgabe der Briefe, die ich besitze.«

»Diese Briefe, diese Briefe«, murmelte der Fremde, nunmehr ein wenig verärgert. »Vielleicht haben Sie nicht die Wichtigkeit, die ...«

»Sie sind in Ihrer Handschrift, Majestät, und Sie hielten sie für so wichtig, dass Sie zu dieser Zelle kamen ...«

»Und das ist so wichtig?«

»Sie vergessen, es gibt auch noch andere, deren Herkunft Sie nicht kennen und zu denen ich Ihnen gewisse Themen nennen kann.«

»In der Tat?«, sagte der Fremde beunruhigt.

Lupin zögerte.

»Sprechen Sie! Sagen Sie was Sie denken.«

In dem lastenden Schweigen, das plötzlich in der Zelle herrschte, sagte Lupin ernst: »Vor zwanzig Jahren wurde ein Vertrag zwischen Deutschland, Großbritannien und Frankreich vorbereitet.«

»Das ist nicht wahr! Es ist unmöglich! Wer konnte so etwas tun?«

»Der Vater des Kaisers und die Königin von England, seine Großmutter. Beide handelten unter dem Einfluss der Kaiserin.«

»Unmöglich! Ich wiederhole, unmöglich!«

»Die Korrespondenz befindet sich in dem Versteck in der Burg Veldenz, und ich allein kenne das Geheimnis des Verstecks.«

Der Besucher marschierte in der Zelle auf und ab. Dann hielt er plötzlich an.

»Ist der Text des Abkommens in der Korrespondenz vorhanden?«

»Ja, Majestät. In der Handschrift Ihres Vaters.«

»Und was besagt er?«

»Als Teil des Abkommens treten Frankreich und Großbritannien dem Deutschen Reich ein riesiges Kolonialreich ab, ein Reich, das es gegenwärtig nicht besitzt und notwendigerweise benötigte, um seine Rolle als Weltmacht zu untermauern.«

»Und was verlangte England als Gegenleistung vom Reich?«

»Die Einschränkung der deutschen Flotte.«

»Und Frankreich?«

»Elsass und Lothringen.«

Der Kaiser lehnte sich gegen den Tisch und dachte schweigend nach. Lupin sprach weiter: »Alles war vorbereitet. Die Minister Frankreichs und Londons waren informiert worden und stimmten zu. Die Sache war praktisch erledigt. Die große Allianz war praktisch geschaffen. Sie wäre die Grundlage eines gesicherten, universalen Friedens gewesen. Der Tod Ihres Vaters zerstörte diesen herrlichen Traum. Aber ich frage Sie, Majestät, was wird Ihr Volk glauben, was wird die Welt denken, wenn bekannt wird, dass Friedrich III., einer der Helden von 1870, ein Deutscher, ein reiner und treuer Deutscher, allerseits bewundert, der Rückgabe von Elsass-Lothringen zustimmte und diese Rückgabe für gerechtfertigt hielt?«

Er schwieg eine Weile lang und überließ das Problem dem Gewissen des Kaisers, eines Mannes, eines Sohnes und eines Herrschers. Dann fuhr er fort: »Eure Majestät, Sie selbst müssen wissen, Sie allein können entscheiden, ob Sie die Existenz dieses Abkommens bestätigen wollen oder nicht. Was mich betrifft, Sie wissen, meine bescheidene Person spielt kaum eine Rolle in diesem Gespräch.«

Eine lange Pause folgte seinen Worten. Er wartete voller Zweifel. Sein ganzes Schicksal hing in der Waage.

Gegenüber, im Schatten, stand Cäsar in Gedanken versunken.

Wie mochte er antworten? Welche Lösung des Problems würde folgen?

Er ging durch die Zelle, nur ein paar Sekunden lang, doch sie erschienen Lupin wie eine Ewigkeit. Dann hielt er an und fragte: »Gibt es noch weitere Bedingungen?«

»Ja, Majestät aber sie sind von geringer Wichtigkeit.«

»Heraus damit!«

»Ich habe den Sohn des Großherzogs von Zweibrücken-Veldenz gefunden. Das Herzogtum muss ihm zurückerstattet werden.«

»Sonst noch etwas?«

»Er liebt eine junge Dame, die seine Liebe erwidert. Sie ist die Schönste und Reinste Ihres Geschlechts. Er muss sie heiraten.«

»Sonst noch etwas? Nichts weiter?«

»Nichts. Eure Majestät wird nur gebeten, eine Nachricht von mir an den Chefredakteur des 'Grand Journal' leiten zu lassen, der danach, ungesehen, einen Artikel vernichten wird, den er jeden Augenblick erhalten wird.«

Lupin streckte die zitternde Hand mit dem Brief aus, schweren Herzens und unsicher, ob der Kaiser ihn nehmen würde.

Der Kaiser zögerte. Dann, plötzlich, griff er danach, setzte seinen Hut auf, knöpfte seinen Mantel zu und verließ die Zelle wortlos.

Lupin stand ein paar Sekunden lang bewegungslos und wie betäubt da.

Endlich ließ er auf seinen Stuhl fallen und jubelte vor Freude und Stolz.

***

»Mein lieber Monsieur Formerie, ich bedaure Ihnen heute Adieu sagen zu müssen.«

»Warum, Monsieur Lupin, wollen Sie uns schon verlassen?«

»Nur recht ungern, Monsieur Formerie. Unsere Gespräche waren immer sehr nett und freundlich! Aber alles Gute muss ein Ende nehmen. Meine Kur im Santé-Palast ist zu Ende. Andere Pflichten warten auf mich. Ich habe mich entschlossen, heute Nacht zu fliehen.«

»Dann wünsche ich Ihnen viel Glück, Monsieur Lupin.«

»Und ich danke Ihnen nochmals, Herr Staatsanwalt.«

Arsène wartete geduldig auf die Stunde seines Entkommens und fragte sich, wie es geplant war und auf welche Weise sich Frankreich und Deutschland einigen würden, um diese verdiente Entwicklung herbei zu führen, ohne einen riesigen Skandal zu verursachen.

Am späten Nachmittag teilte ihm der Wärter mit, zum Hofeingang zu gehen. Dort wartete der Direktor schon auf ihn, der ihn an Monsieur Weber übergab. Weber führte ihn zu einem Auto, in dem bereits eine Person saß.

Lupin lachte vergnügt.

»Was, mein armer Weber! Hat man Ihnen diese ermüdende Aufgabe gegeben. Sind Sie für meine Entkommen verantwortlich? Auf mein Wort, Sie sind ein Unglücksrabe! Oh, mein Armer, welche Mühe Sie mit mir haben! Zuerst werden Sie dank meiner Verhaftung berühmt, und jetzt unsterblich berüchtigt durch meine Flucht!«

Er blickte auf den Insassen des Wagens.

»Mein lieber Herr Polizei-Präfekt, hat man Sie ebenfalls in diese Sache verwickelt? Wie übel für Sie! Wenn Sie meinen Rat annehmen wollen, halten Sie sich am besten im Hintergrund dieser Sache und lassen Weber die Ehre und den Ruhm! Er hat es verdient ... und er hat eine dicke Haut!«

Der Wagen fuhr sehr rasch an der Seine entlang und durch Boulogne. In Saint-Cloud überquerten sie die Brücke.

»Ausgezeichnet!«, rief Lupin. »Wir fahren nach Garches. Bringen Sie mich dorthin, um den Tod Altenheims zu rekonstruieren? Wir werden in den Tunnel hinuntergehen und dort verschwinde ich. Die Leute werden behaupten, ich sei auf einem Weg geflohen, den nur ich kenne. Wie idiotisch!«

Er erschien recht unglücklich, als er keine Antwort erhielt.

Alles war genau so, wie Lupin geahnt hatte. Sie gingen durch den Garten der Zuflucht zum Pavillon Hortense. Lupin und seine beiden Begleiter gingen die Treppe hinunter und durch den Tunnel. An seinem Ende sagte der stellvertretende Chef: »Sie sind frei.«

»Sieh mal einer an!«, sagte Lupin. »Ist das alles? Na, mein lieber Weber, danke vielmals und entschuldigen Sie die vielen Mühen, die ich Ihnen bereitet habe. Adieu, Monsieur le Préfet. Meine Empfehlungen an Ihre charmante Gattin!«

Er stieg die Treppe hoch, die zur Villa des Glycines führte, hob die Falltür an und kletterte in den Raum.

Ihm gegenüber stand der erste Besucher vom Tag zuvor, der Begleiter des Kaisers. Er hatte vier weitere Leute mit sich. Zwei an jeder Seite.

»Was hat das zu bedeuten?«, fragte Lupin. »Ich dachte, ich bin frei?«

»Ja, Ja«, knurrte der Deutsche mit rauer Stimme. »Sie sind

frei mit uns fünf zu reisen, wenn Ihnen das genehm ist ...«
Lupin starrte ihn sekundenlang an und verspürte das
Verlangen, ihm einen Faustschlag auf die Nase zu verpas-
sen.

Doch die fünf Männer sahen verteufelt entschlossen aus.
Ihr Anführer zeigte keine sonderliche Freundlichkeit ihm
gegenüber, und es kam ihm vor, als suchte der Bursche
nur nach einer Entschuldigung, um handgreiflich zu werden. Außerdem war es nicht wichtig, sich zu ärgern.

Er lachte.

»Wenn es mir genehm ist? Ach, es ist der Traum meines
Lebens.«

Ein großes deutsches Automobil wartete vor dem Haus.
Zwei der Männer stiegen vorne ein, zwei nahmen die
mittleren Sitze. Lupin und der Fremde nahmen die letzten zwei.

»Vorwärts!«, rief Lupin auf Deutsch. »Vorwärts nach Veldenz!«

»Ruhig!«, zischte der Mann neben ihm. »Diese Leute
brauchen nichts zu wissen. Sprechen Sie Französisch,
wenn Sie überhaupt sprechen müssen.«

»Ganz richtig«, sagte sich Lupin. »Warum überhaupt
sprechen?«

Der Wagen fuhr durch den Abend und die Nacht ohne
Zwischenfall. Sie hielten nur zweimal an, um Benzin zu
tanken und sich zu erleichtern.

Die Deutschen wechselten sich dabei ab, ihren Gefangenen zu bewachen. Der jedoch öffnete die Augen nicht, bis
es schon Morgen war.

Sie hielten zum Frühstück in einem Gasthaus an einer
Hügelkuppe an. Lupin sah ein Straßenschild, das ihm verriet, dass sie etwa halbwegs zwischen Metz und Luxemburg waren. Von dort aus nahmen sie eine Straße, die
nach Nordosten führte, in Richtung Trier.

Lupin wandte sich an seinen Begleiter.

»Habe ich die Ehre, mit Graf Waldemar zu sprechen, dem

Freund des Kaisers, der das Haus Hermann III. in Dresden durchsuchte?«

Der Fremde antwortete nicht.

»Sie sind der Typ, den ich überhaupt nicht leiden kann«, murmelte Lupin. »Eines dieser Tage werde ich viel Spaß mit Ihnen haben. Sie sind hässlich, Sie sind fett, kurz gesagt, Sie sind mir zuwider.« Und laut sagte er: »Sie begehen einen Fehler, mir nicht zu antworten, Herr Graf. Ich sprach in Ihrem eigenen Interesse. Eben als wir einstiegen, sah ich einen Wagen auftauchen, der uns zu folgen schien. Haben Sie ihn gesehen?«

»Nein, warum?«

»Ach nichts.«

»Trotzdem ...«

»Nein, überhaupt nichts ... nur eine Bemerkung. Außerdem sind wir zehn Minuten vor ihm und Ihr Wagen hat mindestens vierzig Pferdestärken.«

»Sechzig«, erwiderte der Graf und schielte beunruhigt nach hinten.

»Ach, dann ist wohl alles in Ordnung.«

Sie fuhren einen kleinen Hügel hoch. Als sie die Kuppe erreichten, beugte sich der Graf aus dem Fenster.

»Verflucht«, stieß er hervor.

»Was ist los?«

Der Graf wandte sich ihm zu. Eine Drohung spiegelte sich in seinem Gesicht.

»Nehmen Sie sich in Acht. Wenn etwas geschieht, geht es Ihnen an den Kragen.«

»Ah! Es sieht so aus, als ob der Andere uns einholt ... aber was fürchten Sie, mein lieber Graf? Zweifellos ist es ein harmloser Reisender ... vielleicht sogar jemand, der uns helfen soll.«

»Ich brauche keine Hilfe«, knurrte der Graf.

Er beugte sich wieder nach draußen. Der andere Wagen war nur noch zweihundert oder dreihundert Meter hinter ihnen.

Er sagte zu seinen Leuten, auf Lupin deutend: »Fesselt ihn. Wenn er Widerstand leistet ...«

Er zog seinen Revolver.

»Weshalb sollte ich Widerstand leisten, oh sanfter Teutone?«, sagte Lupin lächelnd und fügte hinzu, während seine Hände gefesselt wurden: »Es ist sonderbar, wie Menschen Vorsichtsmaßnahmen treffen, wenn keine erforderlich sind und keine, wenn notwendig. Was fürchten Sie von dem Wagen? Meine Komplizen? Welche verrückte Idee!«

Ohne zu antworten, gab der Deutsche dem Fahrer seine Befehle.

»Nach rechts ... verlangsamen Sie ... Lassen Sie ihn überholen ... wenn sie anhalten ... folgen Sie seinem Beispiel und halten Sie!«

Doch zu seinem Erstaunen erhöhte der Verfolger die Geschwindigkeit und raste in einer Staubwolke vorbei.

In seinem Heck stand ein Mann, ganz in Schwarz gekleidet und beugte sich über das Verdeck, das abgesenkt war. Er hob den Arm. Zwei Schüsse peitschten auf.

Der Graf, der sich aus dem Fenster gebeugt hatte, fiel in den Wagen zurück.

Ohne sich um ihn zu kümmern, warfen sich seine Begleiter auf Lupin und vollendeten seine Fesselung.

»Idioten! Dummköpfe!«, rief Lupin, von Wut geschüttelt. »Lasst mich los! Da, wir halten! Hinter ihm her, holt ihn ein ... Es ist der Mann in Schwarz, der Mörder, hört ihr? Der Mörder ... Oh, ihr Idioten.«

Sie knebelten ihn. Dann erst kümmerten sie sich um den Grafen. Die Wunde erschien nicht ernst und war schnell verbunden. Doch der Patient stand unter Schock, wie im Fieber, und stammelte wirres Zeug.

Es war ein Uhr morgens. Sie befanden sich fern vom nächsten Dorf. Die Männer hatten keine genauen Anweisungen über ihr Ziel. Wohin sollten sie fahren? Zu wem? Sie hielten bei einem Wäldchen an und warteten. Der ganze Tag verging tatenlos. Es dämmerte schon, als eine Schar Kavallerie auftauchte. Sie waren von Trier geschickt worden, um das Auto zu suchen.

Zwei Stunden später stieg Lupin aus dem Wagen, beim Schein einer Laterne, begleitet von zwei der Deutschen, die ihn zu einem zellenartigen Raum mit vergittertem Fenster führte.

Dort verbrachte er die Nacht.

***

Am nächsten Morgen führte ihn ein Offizier durch den Festungshof, der voller Soldaten war, zu einer Reihe von Gebäuden, die sich zu den Ruinen der einstmaligen Burg erstreckten.

Er wurde in einen großen, in aller Eile möblierten Raum geführt. Der Mann, der ihn zwei Tage zuvor in seiner Zelle besucht hatte, saß an einem Schreibtisch und las Zeitungen und Meldungen, an die er mit einem roten Bleistift Anmerkungen schrieb.

»Gehen Sie!«, sagte er zu dem Offizier.

Er erhob sich und ging auf Lupin zu.

»Die Dokumente.«

Sein Ton hatte sich verändert. Nun war er hart und befehlend – der Herr im Haus mit Befehlen für seine Angestellten.

Lupin ließ sich nicht so leicht einschüchtern. Er erwiderte ruhig und bestimmt: »Sie befinden sich in der Burg Veldenz.«

»Wir befinden uns hier in den neuen Bauten der Burg. Dort sind die Ruinen der alten Burg, dort drüben.«

»Die Papiere sind in den Ruinen.«

»Dann gehen wir schleunigst dorthin. Zeigen Sie mir den Weg!«

Lupin bewegte sich nicht.

»Na?«

»Nun, Majestät, es ist nicht so einfach, wie Sie glauben. Es erfordert Zeit, das Versteck zu öffnen.«

»Wie viel Zeit brauchen Sie?«

»Vierundzwanzig Stunden.«

Eine ärgerliche Bewegung, rasch unterdrückt.

»Es war nie die Rede davon.«

»Es war nichts geplant, weder das, noch die kleine Fahrt, die Ihre Majestät befahl, noch die sechs Leute Ihrer Leibwache. Ich sollte Ihnen lediglich die Dokumente übergeben.«

»Und ich kann Ihnen nicht die Freiheit geben, bis sie sich in meinem Besitz befinden.«

»Es ist eine Vertrauenssache, Majestät. Ich wäre an mein Versprechen gebunden gewesen, die Briefe zu beschaffen, hätte ich das Gefängnis als freier Mann verlassen. Und ich versichere Ihnen, ich wäre niemals mit ihnen geflohen. Der einzige Unterschied ist, sie würden sich jetzt in Ihrem Besitz befinden. Wir haben einen Tag verloren, Majestät, und ein Tag in diesem Geschäft … ein Tag ist zu viel … Sie hätte mir vertrauen sollen.«

Der Kaiser starrte erstaunt auf diesen Verbrecher, professionellen Betrüger, diesen Landstreicher, der sich einbildete, jemand würde seinen Worten Glauben schenken. Er antwortete nicht, drückte nur auf einen Glockenknopf.

»Den Offizier vom Dienst, bitte«, befahl er.

Graf von Waldemar erschien, bleich und kränklich.

»Ah. Sie sind es Waldemar. Wieder auf der Höhe?«

»Zu Ihren Diensten, Majestät.«

»Nehmen Sie fünf Leute – die Gleichen, auf die Sie sich verlassen können. Lassen Sie diesen … Herrn bis morgen früh nicht aus den Augen.« Er blickte auf die Uhr. »Bis morgen um zehn Uhr. Nein, ich gebe ihm bis um zwölf. Sie werden ihn überallhin begleiten, wohin er auch geht, Sie werden alles tun, was er verlangt. Sie stehen ihm sozusagen voll zur Verfügung. Wenn er bis morgen, Punkt zwölf Uhr, mir nicht das Bündel Briefe aushändigt, bringen Sie ihn direkt in Ihrem Wagen zurück zum Santé-Gefängnis in Paris ...«

»Wenn er zu entkommen versucht ...?«

»Machen Sie, was Sie wollen.«

Er ging hinaus.

Lupin nahm sich eine Zigarre und setzte sich in einen Lehnstuhl.

»Gut! Ich liebe es so zur Arbeit zu gehen. Man weiß, wo man steht.«

Der Graf hatte seine Leute gebracht. Jetzt sagte er zu Lupin: »Vorwärts, Marsch!«

Lupin steckte die Zigarre in Brand und rührte sich nicht.

»Fesselt seine Handgelenke!«

Nachdem es geschehen war, wiederholte er: »Marsch!«

»Nein.«

»Was meinen Sie damit?«

»Ich denke nach.«

»Über was?«

»Wo, zum Teufel, das Versteck sein mag.«

Der Graf zuckte zusammen, und Lupin lächelte.

»Ich muss nämlich gestehen, ich habe nicht die geringste Ahnung, wo das berühmte Versteck sein mag oder wie ich es finden soll. Was sagen Sie dazu, mein lieber Waldemar? Lustig, nicht wahr? ... nicht die geringste Idee ...!«

12. Kapitel: Die Briefe des Kaisers

Die Ruinen von Veldenz sind vielen bekannt, die die Ufer des Rheins und der Mosel besuchen. Sie sind die Überreste der alten Lehensburg, die im Jahr 1377 von dem Erzbischof von Fistingen erbaut wurde, ein riesiges Verlies, das durch Turennes Truppen vollkommen zerstört wurde, und Mauern, die fast unberührt erhalten blieben, sowie einen großen Renaissance-Palast, in dem die Fürsten von Zweibrücken drei Jahrhunderte lang residierten.

Es war dieser Palast, der von Hermann II. aufrührerischen Untertanen zerstört wurde. Die leeren Fenster hinterließen zweihundert gähnende Löcher in vier Stockwerken. Die Täfelung, Vorhänge und der größte Teil der Möbel waren verbrannt. Zurück blieben nur die angekohlten Deckenbalken und durch die eingestürzten Decken sah man den Himmel.

Lupin, begleitet von seinen Wächtern, durchsuchte das ganze Gebäude innerhalb von zwei Stunden.

»Ich muss sagen, mein lieber Graf, es ist sehr nett, Sie als Führer zu haben und noch dazu – was sehr selten ist, so schweigend. Und nun, wenn Sie nichts dagegen haben, nehmen wir unser Mittagessen ein.«

In der Tat wusste Lupin nicht mehr als vom ersten Augenblick und seine Verwirrung steigerte sich nur noch.

Um der Haft zu entkommen, hatte er vorgegeben, alles zu wissen und nun suchte er noch immer nach dem besten Ort wo er seinen Anfang machen konnte.

Es sieht nicht gut für mich aus, sagte er sich. *Ganz ehrlich gesagt, es könnte nicht schlechter aussehen.*

Seine Gedanken jedoch waren nicht so klar wie gewöhnlich. Er wurde noch immer von dem Unbehagen verfolgt, der 'Andere', der Mörder, war ihm hart auf den Fersen.

Wie war es möglich, dass der verfluchte Bursche ihn ständig verfolgte? Wie hatte er erfahren, Lupin hatte das Gefängnis verlassen und war auf dem Weg nach Luxemburg und Deutschland? War es seine unerklärliche Ahnung? Oder das Resultat gelieferter Informationen? Doch wie, zu welchem Preis oder Versprechen, kam er dazu?

All diese Fragen quälten Lupin.

Gegen vier Uhr, nach einem zweiten Rundgang, bei dem er die Mauern maß und untersuchte, alles genau musterte, wandte er sich an den Grafen: »Gibt es noch jemanden, der im Dienst des letzten Grafen stand und hier lebte?«

»Die Angestellten verließen die Burg damals. Nur einer von ihnen lebte in der Nähe.«

»Und?«

»Er starb vor zwei Jahren.«

»Kinder?«

»Einen Sohn, der dank seines widerlichen Benehmens zusammen mit seiner Frau entlassen wurde. Sie hatten eine Tochter, ein junges Mädchen, Isilda.«

»Wo lebt sie jetzt?«

»Hier, ganz am Ende dieser Gebäude. Ihr Großvater war Fremdenführer, als die Burg noch immer für Besucher geöffnet war. Die kleine Isilda lebt in den Ruinen. Sie erhielt die Erlaubnis zu bleiben, aus Mitleid. Sie ist eine arme Unschuld, kann kaum sprechen und weiß nicht, was sie sagt.«

»War sie immer so?«

»Anscheinend nicht. Sie verlor langsam den Verstand, seit sie zehn Jahre alt war.«

»Dank eines Leides oder Angst?«

»Nein, nicht durch einen bestimmten Umstand, hörte ich. Ihr Vater war ein Säufer, ihre Mutter beging Selbstmord in einem Anfall von Wahnsinn.«

Lupin dachte nach.

»Ich möchte mit ihr sprechen.«

Der Graf lächelte recht sonderbar.

»Sie können es versuchen, wenn Sie wirklich denken ...«

Sie begaben sich in einen der Räume, die ihnen zugeteilt waren. Lupin war überrascht eine attraktive, kleine Kreatur vorzufinden, zu mager, zu bleich, aber beinahe hübsch mit ihrem blonden Haar und zarten Zügen.

Ihre grünen Augen hatten den leeren, verträumten Ausdruck einer blinden Person.

Er stellte ein paar Fragen, auf die Isilda keine Antwort gab, andere, die zu unverständlichen Worten und Sätzen führten, als verstünde sie weder die Fragen, die an sie gerichtet wurden, noch ihre eigene Antwort.

Er hielt ihre kleine Hand und fragte sie über die Zeit, als sie noch jung war, über ihren Großvater und die Erinnerungen als Kind, das in den Ruinen der Burg gespielt hatte. Sie stand bewegungslos, ausdruckslos, doch sie konnte ihre verborgenen Gedanken an die Vergangenheit nicht erwecken.

Lupin bat um Bleistift und Papier und schrieb die Nummer 813 darauf.

Der Graf lächelte wieder.

»Warum lächeln Sie?«, fragte Lupin ärgerlich.

»Nichts … nichts … ich bin nur interessiert.«

Isilda blickte auf das Papier, das er ihr zeigte, doch sie wandte nur verständnislos den Kopf.

Lupin schrieb die Buchstaben 'APO ON'.

Isilda zeigte nicht mehr Interesse als zuvor.

Er gab nicht so leicht auf, sondern schrieb die gleichen Buchstaben mehrmals und beobachtete sie scharf.

Sie bewegte sich nicht, den gleichgültigen Blick auf das Papier gerichtet. Dann, plötzlich, riss sie den Bleistift aus Lupins Hand und als folgte sie einem unerwarteten Einfall, schrieb sie zweimal »L« in die Lücke auf dem Papier.

Er spürte die Erregung hochsteigen.

Ein Wort hatte sich geformt: »APOLLON«.

In der Zwischenzeit umklammerte Isilda den Bleistift und den Papierbogen, das Gesicht voller Konzentration und versuchte mit ihrer Hand den zögernden Gedanken ihres armen, kleinen Gehirns zu folgen.

Lupin wartete ungeduldig.

Sie schrieb ein zweites Wort, das er las: »DIANE.«

»Noch ein Wort! ... Ein anderes Wort!«, rief Lupin.

Ihre Finger verkrampften sich um den Bleistift, zerbrachen seine Spitze und malte ein großes »J« mit dem Rest des Graphits. Dann, wie erschöpft, ließ sie den Bleistift fallen.

»Noch ein Wort! Ich brauche noch ein Wort!«, drängte Lupin und packte sie beim Arm.

Doch ihre Augen verrieten, sie hatte schon wieder jegliches Verständnis verloren, dass kein Funken von Intelligenz in ihrem Blick existierte.

»Gehen wir.«

Er wollte sich schon entfernen, doch sie lief hinter ihm her und verstellte ihm den Weg.

»Was ist los?«

Sie streckte ihm die offene, gehöhlte Hand hin.

»Was? Geld? ... Hat sie die Gewohnheit zu betteln?«, fragte er den Grafen.

»Nein«, erwiderte Waldemar. »Ich verstehe das nicht.«

Isilda nahm zwei Goldmünzen aus ihrer Tasche und klimperte sie lachend gegeneinander. Lupin musterte sie. Es waren französische Münzen, sehr neu, mit der gegenwärtigen Jahreszahl.

»Woher haben Sie das Geld?«, fragte Lupin überrascht. »Französisches Geld ... Wer gab es Ihnen? ... Wann? ... War es heute? ... Rede doch! ... Antworte! ...« Er zuckte die Schultern. »Ich Narr! Sie kann nicht antworten ... Mein lieber Graf, würden Sie so gut sein, mir vierzig Mark zu leihen? ... Danke ... Hier, Isilda, das ist für dich.«

Sie nahm die Münzen, schüttelte sie mit den anderen in ihrer Hand und deutete mit der anderen zu der Ruine des Palastes, mit einer Bewegung die alle Aufmerksamkeit dem linken Flügel zulenkte und dem oberen Teil der Ruine. War es eine rein mechanische Bewegung? Oder ein Dankbeweis für die Münzen?

Er blickte zu dem Grafen. Waldemar lächelte wieder.

Warum grinst er schon wieder?, fragte sich Lupin. *Treibt er am Ende ein Spiel mit mir?*

Er wandte sich dem Palast zu, von seinen Wächtern begleitet.

Das Erdgeschoss enthielt eine Anzahl von Empfangsräumen, die miteinander verbunden waren, darin ein paar Möbel, die das Feuer überstanden hatte.

Von der Galerie im ersten Stock an der Nordseite, gelangte man zu zwölf großen Zimmern, eins wie das andere.

Im zweiten Stock gab es eine ähnliche Galerie, doch mit vierundzwanzig kleineren Zimmern, die ebenfalls einander ähnelten. Sie waren alle leer, verschmutzt und vom Ruß geschwärzt.

Darüber gab es nichts.

Darüber war alles abgebrannt.

Lupin lief eine Stunde lang hin und her, ständig suchend. Als es zu dämmern begann, eilte er zu den zwölf Zimmern im ersten Stock hinunter. Zu seinem Erstaunen fand er den Kaiser dort vor, rauchend und in einem Sessel sitzend, der ihm gebracht worden war.

Lupin ignorierte seine Gegenwart und begann sofort mit der Inspektion des Raumes nach der Methode, die er gewöhnlich verwendete, indem er den Raum aufteilte, und die Segmente genauer musterte.

Nach zwanzig Minuten sagte er: »Darf ich Eure Majestät bitten, zur Seite zu rücken. Ich muss den Kamin untersuchen.«

Der Kaiser warf den Kopf zurück.

»Ist das wirklich nötig?«

»Ja, Majestät, dieser Kamin ...«

»Der Kamin ist nicht anders als alle anderen, und der Raum genau wie alle anderen.«

Lupin musterte den Kaiser verständnislos. Der Kaiser erhob sich und sagte lachend: »Ich glaube, Sie haben sich ein wenig lustig über mich gemacht, Monsieur Lupin.«

»Inwiefern, Majestät?«

»Ach, es lohnt sich, es zu erwähnen! Sie haben Ihre Freiheit erhalten, dank Ihres Versprechens, mir die Papiere auszuhändigen, an denen ich interessiert bin und Sie haben nicht die geringste Idee, wo sie sich befinden. Ich bin – wie sagt man noch? – gründlich hinters Licht geführt worden.«

»Glauben Sie das, Majestät?«

»Warum nicht? Was ein Mensch weiß, braucht er nicht erst lange suchen. Und Sie suchen seit gut zehn Stunden. Meinen Sie nicht, das ist Grund genug, um Sie wieder zum Gefängnis zu bringen?«

Lupin erschien vom Blitz getroffen.

»Hat Ihre Majestät nicht für morgen um zwölf Uhr die letzte Frist gestellt?«

»Warum warten?«

»Warum? Weil mir das erlaubt, meine Arbeit zu vollenden.«

»Ihre Arbeit? Sie hat doch überhaupt nicht begonnen, Monsieur Lupin.«

»Sie irren, Majestät.«

»Dann beweisen Sie es mir ... und ich werde bis morgen warten.«

Lupin dachte nach und sagte dann ernst: »Nachdem Seine Majestät Beweise benötigt, um mir zu glauben, werde ich sie liefern. Die zwölf Zimmer, die von der Galerie abgehen, tragen alle verschiedene Namen, die durch einen französischen Künstler an den verschiedenen Türen bezeichnet worden sind. Einer der Namen erregte mein Interesse, als ich den Gang durchforschte. Er war nicht vollkommen durch den Brand zerstört wie die anderen. Dadurch fand ich ein D und ein E, die ersten und letzten Buchstaben von 'DIANE. Ich fand ein 'A' und 'LON', die auf 'Apollon' weisen. Sie sind die französischen Namen von Diana und Apollo, beide griechische Gottheiten. Die anderen Türen besitzen ähnliche Namen wie Jupiter, Venus, Mars, Saturn und so weiter. Ein Teil des Problems ist also gelöst. Jeder Raum ist mit einem olympischen Gott oder einer Göttin bezeichnet, und die Buchstaben 'APO ON', durch Isilda erweitert, deuten zum Apollo-Raum, der Salle d'Apollon. Das heißt also, die Briefe sind hier, in diesem Raum verborgen. Mit Glück werden sie in fünf Minuten gefunden.«

»In fünf Minuten oder ein paar Jahren ... vielleicht sogar länger!«, spottete der Kaiser.

Er erschien sehr amüsiert, und der Graf stieß ebenfalls ein grobes Lachen aus.

»Würde Eure Majestät so gut sein, Ihre Heiterkeit zu erklären?«, fragte Lupin.

»Monsieur Lupin, die aufregende Entdeckung, die Sie heute machten, und deren blendende Resultate Sie uns mitteilen, erfolgte bereits durch ... ja, vor vierzehn Tagen, in der Gesellschaft Ihres Freundes Sherlock Holmes. Wir befragten die kleine Isilda zusammen; wir verwendeten dieselben Methoden, auf die Sie so stolz sind, studierten zusammen die Namen in dem Gang und fanden diesen Raum, den Apollo-Raum.«

Lupin stotterte: »Oh, ist Holmes so weit gekommen?«

»Ja, nach einer Suche von vier Tagen. Es stimmt, es hat uns nicht geholfen, denn wir fanden nichts. Ich weiß, dass die Briefe nicht hier sind.«

Lupin zitterte vor verletztem Stolz, er musste seine ganze Beherrschung zusammennehmen. Noch nie war er so gedemütigt worden. Er hätte Waldemar erwürgen können, dessen Gelächter ihn rot werden ließ. Doch irgendwie bezwang er sich und sagte: »Holmes benötigte vier Tage, Majestät, ich schaffte es in vier Stunden. Und es hätte weniger lang gedauert, wäre ich nicht dauernd behindert worden.«

»Und durch wen? Doch nicht durch meinen treuen Grafen? Ich hoffe, er wagte es nicht ...«

»Nein, Majestät, sondern durch einen fürchterlichen, mächtigen Gegner, das teuflische Geschöpf, das seinen eigenen Komplizen Altenheim kaltherzig ermordete.«

»Ist er hier? Glauben Sie das?«, rief der Kaiser mit einer Erregung, die verriet, dass er mit jeder Einzelheit der dramatischen Geschichte vertraut war.

»Er ist, wo immer auch ich bin. Er droht mir ständig mit seinem Hass. Er war es, der erkannte, dass ich Monsieur Lenormand, der Chef der Detektiv-Abteilung, war. Er war es, der mich in die Zelle im Santé brachte, der mich seit dem Tag verfolgt, an dem ich entlassen wurde. Gestern zielte er auf mich im Wagen und verletzte Graf von Waldemar.«

»Und wie wollen Sie, wie können Sie sicher sein, dass er in Veldenz ist?«

»Isilda hat von ihm zwei Goldstücke erhalten, zwei französische Münzen.«

»Und weshalb ist er hier? Aus welchem Grund?«

»Das weiß ich nicht, Majestät, aber er ist ein böser Geist. Eure Majestät muss auf der Hut sein. Er ist zu allem fähig.«

»Unmöglich. Ich habe zweihundert meiner Leute in den Ruinen. Er kann nicht hereingekommen sein. Er wäre entdeckt worden.«

»Jemand hat ihn zweifellos gesehen.«

»Wer?«

»Isilda.«

»Sie muss verhört werden! Waldemar, bringen Sie Ihren Gefangenen zu dem Mädchen!«

Lupin atmete erleichtert auf. Es schien, er hatte eine Frist gewonnen, um seine Suche fortzusetzen.

***

Sie erreichten die Behausung Isildas. Sie lag unweit der Quartiere der Soldaten, die die Ruinen bewachten. Der ganze linke Flügel war für die Offiziere reserviert.

Isilda war nicht zu Hause. Der Graf schickte zwei seiner

Leute auf die Suche nach ihr. Sie kehrten allein zurück. Niemand hatte das Mädchen gesehen. Trotzdem konnte sie die Ruinen nicht verlassen haben. Sie konnte sich auch nicht im Palast befinden, denn niemand konnte ungesehen Zugang zu ihm erlangen. Die Frau eines Leutnants konnte berichten, sie hatte den ganzen Tag lang beim Fenster gesessen und das Mädchen nicht gesehen.

»Wenn sie nicht fortgegangen wäre, müsste sie doch hier sein«, erklärte Waldemar. »Und das ist sie nicht.«

Lupin sagte: »Gibt es ein Obergeschoss?«

»Ja, aber es gibt keine Verbindung von diesem Raum aus.«

»Doch!«

Er deutete zu einer kleinen Tür in einem dunklen Winkel. In seinem Schatten waren die ersten Stufen einer Treppe zu sehen.

»Bitte, lieber Graf«, sagte er zu Waldemar, der nach oben gehen wollte. »Lassen Sie mich die Ehre haben.«

»Warum?«

»Es besteht Gefahr.«

Er eilte als Erster die Treppe empor und erreichte einen schmalen Speicher. Ein Ausruf entrang sich seiner Kehle.

»Oh!«

»Was ist los?«, fragte der Graf, der hinter ihm erschien.

»Hier ... auf dem Boden ... Isilda ...«

Er beugte sich zu ihr herunter, doch er sah auf den ersten Blick, sie war nur bewusstlos und trug kein Zeichen einer Wunde, außer ein paar Kratzern an ihren Handgelenken. Ein Taschentuch war in ihren Mund gesteckt worden und diente als Knebel.

»Der Halunke war hier«, sagte er. »Der Mörder war da. Als er uns hörte, schlug er sie nieder und knebelte sie, damit wir ihr Stöhnen nicht vernehmen würden.«

»Doch wie entkam er?«

»Hier hindurch ... sehen Sie ... ein Gang, der alle Dachgeschosse verbindet.«

»Und von dort?«

»Ging er die Treppe zu einem der anderen Räume hinunter.«

»Aber er wäre bestimmt gesehen worden.«

»Ach tatsächlich? Der Kerl ist beinahe unsichtbar. Schicken Sie Ihre Leute und lassen Sie alle Quartiere gründlich durchsuchen.«

Er zögerte. Sollte er den Mörder verfolgen?

Doch ein Geräusch ließ ihn wenden. Das Mädchen hatte sich aufgerichtet und etwa ein Dutzend Goldmünzen waren aus ihrer Hand zu Boden gefallen. Er musterte sie. Es waren alles französische Münzen.

»Ah«, stieß er hervor. »Ich habe recht gehabt. Aber warum soviel Gold? Die Belohnung für was?«

Plötzlich sah er ein Buch auf dem Boden und wollte es aufheben. Doch das Mädchen war schneller, schnappte es und drückte es mit wilder Energie gegen ihren Busen, als sei sie bereit es mit allen Kräften zu verteidigen.

»Das ist es!«, sagte er. »Das Geld war für das Buch, aber sie weigerte sich, es zu übergeben. Deshalb die verkratzten Hände. Interessant ist es nur, weil der Mörder das Buch unbedingt besitzen wollte. Kennt er schon den Inhalt oder einen Teil davon?«

Er wandte sich Waldemar zu: »Mein lieber Graf, geben Sie bitte die erforderlichen Anweisungen.«

Waldemar gab seinen Leuten ein Zeichen. Drei von ihnen packten das Mädchen, das wild um sich schlug, sich krümmte und wild aufschrie, bis es ihnen gelang, ihr das Buch zu entreißen.

»Ruhig, meine Liebe«, sagte Lupin. »Sei still ... es dient alles einem guten Zweck. Passt gut auf sie auf, aber verletzt sie nicht. Ich schaue mir in der Zwischenzeit das Ding einmal an ...«

Es war ein alter Band von Montesquieus 'Voyage au temple de Guide', mindestens ein Jahrhundert alt. Doch Lupin hatte es kaum geöffnet, als er ausrief: »Das ist doch son-

derbar! Da ist auf jede rechte Buchseite ein Pergament-
bogen geklebt und mit kleiner, enger Handschrift beschrieben.«

Er begann zu lesen: »Tagebuch des Ritters GILLES DE
MALRECHE, französischer Bediensteter in dem Haushalt
seiner Hoheit des Großherzogs von Zweibrücken-Veldenz, begonnen im Jahre unseres Herrn 1794.«

»Was! Steht das da?«, fragte der Graf.

»Was wundert Sie daran?«

»Isildas Großvater, der Mann, der vor zwei Jahren starb,
wurde Malreich genannt, die deutsche Form des gleichen
Namens.«

»Ausgezeichnet. Isildas Großvater muss der Sohn oder
Enkel des französischen Dieners gewesen sein, der sein
Tagebuch in Montesquieus Werk heftete. Auf diese Weise
kam Isilda dazu.«

Er wendete die Seiten um und las aufs Geratewohl:

»15. September 1796 – Seine Hoheit auf der Jagd.«

»20. September 1796 – Seine Hoheit ausgeritten. Das
Pferd war Cupidon.«

»Zum Teufel«, murmelte Lupin. »Soweit nicht eben aufregend.«

Er blätterte ein paar Seiten weiter und las: »12. März
1803 – Habe 10 Kronen an Hermann überwiesen. Er gibt
Musikstunden in London.«

Lupin lachte.

»Oho! Hermann ist entthront und unser Respekt sinkt
wie Blei.«

»Ja«, erklärte Waldemar. »Der regierende Großherzog
wurde von den Franzosen aus seinem Reich vertrieben.«

Lupin las weiter.

»1809, Dienstag ... Napoleon schlief in Veldenz gestern
Nacht. Ich bereitete Seiner Majestät das Bett und leerte
seinen Nachttopf.«

»Oh, kam Napoleon wirklich nach Veldenz?«

»Ja, auf dem Rückweg zu der Armee, zur Zeit des österreichischen Feldzugs, die mit der Schlacht von Wagram endete. Es war eine Ehre, für die Hermanns Familie ewig dankbar war.«

Lupin las weiter:

»28. Oktober 1814 – Seine Hoheit kehrt in sein Reich zurück.«

»29. Oktober 1814 – Ich begleitete seine Hoheit zu dem Versteck und konnte ihm versichern, niemand ahne von seiner Existenz. Wer würde auch vermuten, ein Versteck könnte in ...«

Lupin hielt mit einem Fluch an, Isilda hatte sich plötzlich von den Soldaten losgerissen, war auf ihn zugesprungen und hatte ihm das Buch entwendet, um damit zu flüchten.

»Oh, die kleine Hexe! Lauft die Treppe hinunter! ... Ich folge ihr durch den Gang.«

Doch sie hatte die Tür hinter sich zugeschlagen und den Riegel vorgeschoben. Er musste mit den anderen hinuntereilen und eine Treppe finden, die zum ersten Stock führte.

Das vierte Haus war das Einzige, das offen war. Er eilte nach oben, doch der Gang war leer. Er musste an Türen klopfen, Schlösser sprengen und leere Zimmer durchsuchen, während Waldemar mit gleichem Eifer seinen Degen zog und seine Spitze in den Vorhängen vergrub.

Eine Stimme erklang vom Erdgeschoss, dem rechten Flügel zu. Sie eilten in die Richtung. Es war die Frau eines der Offiziere, die sie zum Ende des Ganges winkte und angab, das Mädchen müsste sich in ihrem Quartier befinden.

»Warum glauben Sie das?«, fragte Lupin.

»Ich wollte in mein Zimmer gehen, doch die Tür war verschlossen und ich kann nicht hinein.«

Lupin drückte auf die Klinke. Die Tür war versperrt!

»Das Fenster!«, rief er. »Es muss ein Fenster geben.«

Er eilte nach draußen, nahm den Degen des Grafen und zerschmetterte mit dem Knauf Scheiben. Dann, mit der

Hilfe zweier Soldaten, schwang er sich hoch, streckte den Arm hinein und drehte den Fenstergriff. Einen Augenblick später stand er in dem Zimmer.

Er sah Isilda vor dem Kamin kauern, dicht vor den Flammen.

»Das kleine Biest«, stieß er hervor. »Sie hat es ins Feuer geworfen.«

Er stieß sie grob zur Seite, versuchte das Buch zu packen und verbrannte sich die Hände. Dann versuchte er es mit einer Feuerzange, zog es aus dem Feuer und warf eine Tischdecke darüber, um die Flammen zu ersticken. Aber es war schon zu spät. Die Seiten des Tagebuchs, vollkommen verbrannt, zerfielen zu Asche.

Lupin starrte sie schweigend an.

»Man möchte glauben, sie wusste genau, was sie tat«, sagte der Graf.

»Ich bezweifle es. Ihr Großvater muss ihr das Buch als eine Art von Schatz anvertraut haben, einen Schatz, den niemand sehen sollte, allein für ihre Augen bestimmt. Und in ihrer Dummheit, warf sie ihn lieber ins Feuer, als ihn einem Anderen zu überlassen.«

»Was nun?!«

»Was nun ...?«

»Wir werden das Versteck nicht finden.«

»Ach, mein lieber Graf, Sie haben also doch einen Augenblick lang an meinen Erfolg geglaubt. Und Lupin erscheint Ihnen nicht wie ein Scharlatan. Beruhigen Sie sich, Waldemar. Lupin hat mehr als nur einen Pfeil im Köcher. Ich werde siegen.«

»Vor zwölf Uhr morgen?«

»Vor zwölf Uhr nachts. Doch vorläufig falle ich fast vor Hunger um. Und wenn Sie so freundlich wären ...«

Er wurde zum Regimentstisch der Unteroffiziere gebracht und ein beachtliches Essen wurde zubereitet, während der Graf dem Kaiser Bericht erstattete.

Zwanzig Minuten später kehrte Waldemar wieder zurück

und setzte sich zu ihm, während sie speisten, schweigend und gedankenvoll.

»Waldemar, eine gute Zigarre wäre eine Wonne ... Ich danke Ihnen ... Ach, sie raschelt so schön, wie es eine gute Havanna soll.«

Er zündete seine Zigarre an und rauchte.

»Sie können ruhig rauchen, Herr Graf. Es ist mir nicht zuwider, ganz im Gegenteil, ich habe es gern.«

Eine Stunde verging. Waldemar schlief ein, wachte von Zeit zu Zeit auf und trank einen Schluck Weinbrand.

Soldaten gingen ein und aus, um sie zu bedienen.

»Kaffee?«, fragte Lupin.

Sie brachten Kaffee.

»Scheußlich!«, murrte er. »Doch wenn Cäsar das Zeug trinkt ... schenken Sie mir noch einmal ein, Waldemar. Wir haben eine lange Nacht vor uns. Oh, welch scheußliches Gesöff!«

Er zündete sich eine zweite Zigarre an und sagte kein weiteres Wort. Zehn weitere Minuten vergingen ohne einen Laut.

Plötzlich sprang Waldemar auf und raunzte Lupin an: »He! Aufgestanden!«

Lupin pfiff leise vor sich und ließ sich nicht unterbrechen.

»Aufgestanden! Los!«

Lupin wandte sich um. Seine kaiserliche Majestät war eingetreten. Lupin erhob sich.

»Wie weit sind wir gekommen?«, fragte der Kaiser.

»Ich glaube, Majestät, wir werden in Kürze Eure Majestät zufriedenstellen können.«

»Was? Wissen Sie etwa ...?!«

»Das Versteck? Beinahe, Majestät ... Ich muss nur noch ein paar Einzelheiten klären ... aber das wird nicht lange dauern. Ich zweifle nicht daran.«

»Bleiben wir hier?«

»Nein, Majestät. Ich bitte Sie, zum Palast zurückzukehren. Wir haben noch Zeit, und ich möchte Eure Majestät bitten, mir die Gelegenheit zu geben, über zwei oder drei Dinge nachzudenken.« Ohne auf seine Antwort zu warten, setzte er sich, sehr zum Ärger Waldemars.

Nach ein paar Minuten wandte sich der Kaiser von dem Grafen ab, mit dem er gesprochen hatte.

»Sind Sie fertig?«

Lupin antwortete nicht. Sein Kopf fiel nach vorn.

»Er schläft. Ich glaube, er schläft wirklich.«

Waldemar, außer sich vor Ärger, packte Lupin bei der Schulter und rüttelte ihn. Lupin fiel von seinem Stuhl zu Boden, zuckte zweimal verkrampft, bevor er still da lag.

»Was ist denn los mit ihm?«, rief der Kaiser. »Er ist doch nicht etwa tot?«

Er griff zu einer Lampe und beugte sich über den Bewegungslosen.

»Er ist so blass! Sein Gesicht ist wie Wachs, sehen Sie Waldemar ... fühlen Sie seinen Puls ... Er ist doch nicht tot?«

»Nein, Majestät«, sagte Waldemar nach einem Augenblick: »Das Herz schlägt ganz regelmäßig.«

»Was ist dann los mit ihm? Ich verstehe nicht ... Was ist geschehen?«

»Soll ich den Arzt holen?«

»Ja, schnell ...!«

Der Arzt fand Lupin unverändert, still daliegend. Er ließ ihn zu Bett bringen, untersuchte ihn gründlich und fragte, was er gegessen hatte.

»Glauben Sie, er ist vergiftet worden, Doktor?«

»Nein, Majestät, ich kann keinen Beweis dafür entdecken. Was war in seiner Tasse?«

»Kaffee«, sagte der Graf.

»Für Sie?«

»Nein, für ihn. Ich trank nichts.«

Der Arzt schenkte einen Schluck Kaffee ein, trank davon und sagte: »Wie ich gedacht habe. Er wurde durch ein Schlafmittel betäubt.«

»Aber durch wen?«, rief der Kaiser. »Es ist unerhört, was hier geschieht.«

»Majestät? ...«

»Es reicht mir, bis zum Hals ... Ich glaube, Lupin hat recht und jemand ist hier in der Burg ... die französischen Münzen, das Schlafmittel ...«

»Wenn jemand über die Mauern oder durch das Tor eingedrungen wäre, würden wir es wissen ... wir haben drei Stunden lang überall nachgeforscht.«

»Nun, ich habe den Kaffee nicht gemacht ... und wenn auch Sie nicht ...«

»Oh, Majestät!«

»Na, dann schnüffeln Sie mal herum ... suchen Sie ... es stehen Ihnen zweihundert Mann zur Verfügung, und die Nebengebäude sind nicht so riesig. Der Bursche muss sich irgendwo befinden, in einem der Häuser ... in der Nähe der Küche ... es kann nicht weit von hier sein! Verschwenden Sie keine Zeit!«

Waldemar hatte die ganze Nacht zu tun, gewissenhaft, weil sein Herr es befohlen hatte, doch ohne Überzeugung, weil es unmöglich für einen Unbekannten war, sich in den Ruinen zu verbergen. Und wie er schon geahnt hatte, erwies sich die Durchsuchung als erfolglos. Niemand konnte erforschen, wem die geheimnisvolle Hand gehörte, die ein Schlafmittel in den Kaffee gegeben hatte.

Lupin verbrachte die Nacht bewegungslos in seinem Bett. Am Morgen berichtete der Arzt dem Kaiser, dass der Patient noch immer schlafe.

Gegen neun Uhr morgens jedoch bewegte er sich zum ersten Mal, als versuchte er, aus der Betäubung zu erwachen. Später stammelte er: »Wie spät ist es?«

»Fünfundzwanzig Minuten vor zehn.«

Er machte einen Versuch, sich zu erheben, als drängte er danach, wieder zur Besinnung zu kommen.

Die Uhr schlug zehn. Er zuckte zusammen und murmelte: »Lassen Sie mich zum Palast bringen.«

Dank der Erlaubnis des Arztes rief Waldemar nach seinen Leuten und sandte eine Nachricht an den Kaiser.

Sie legten Lupin auf eine Bahre und trugen ihn zum Palast.

»Zum ersten Stock!«, flüsterte er. Sie trugen ihn hinauf.

»Zum Ende des Ganges«, sagte er. »Die letzte Tür links.«

Sie trugen ihn zu dem Raum, dem zwölften, und gaben ihm einen Stuhl, auf den er sich erschöpft sinken ließ.

Der Kaiser erschien. Lupin erhob sich nicht, sondern starrte ausdruckslos vor sich hin.

Dann, nach ein paar Minuten, schien er zu erwachen, blickte um sich, auf die Wände, den Plafond, die Menschen und sagte: »Ein Betäubungsmittel, nehme ich an?«

»Ja«, erwiderte der Arzt.

»Haben sie den Schuldigen gefunden?«

»Nein.«

Er schien zu überlegen, bewegte den Kopf mehrmals und dann sahen sie, dass er wieder schlief.

Der Kaiser ging auf Waldemar zu.

»Lassen Sie Ihren Wagen kommen …«

»Oh, aber, Majestät …?«

»Aber was? Ich denke langsam, er will uns zum Narren halten und das ist nur ein Versuch, Zeit zu gewinnen.«

»Das mag möglich sein«, stimmte ihm Waldemar zu,

»Es ist mehr als möglich. Er macht zu viel aus den sonderbaren Ereignissen und seine Geschichte über die Goldmünzen und dieses Betäubungsmittel! Wenn wir uns dadurch irreführen lassen, schlüpft er uns durch die Finger. Ihren Wagen, Waldemar!«

Der Graf gab seine Anweisungen und kehrte zurück. Lupin war nicht wieder erwacht. Der Kaiser, der sich in der Zwischenzeit genauer umgesehen hatte, sagte zu Waldemar: »Wir sind in Minervas Raum, nicht wahr?«

»Ja, Majestät.«

»Aber warum sind da zwei Buchstaben N in diesem Raum?«

In der Tat gab es ein N über dem Kamin und ein zweites über einer alten, zerstörten Uhr an der Wand, deren kompliziertes Werk sichtbar war, mit Gewichten, die am Ende ihrer Ketten hingen.

»Zwei ...?«, sagte Waldemar.

Der Kaiser antwortete nicht. Lupin bewegte sich wieder, öffnete die Augen und murmelte unverständliche Worte. Er erhob sich, ging durch das Zimmer, taumelte und fiel wieder hin. Dann kämpfte er verzweifelt gegen seine Gedanken, seine Nerven, seinen Willen, der ihn machtlos gegen die Trägheit seines Körpers machte. Es war ein trauriger Anblick.

»Er leidet«, flüsterte Waldemar.

»Oder macht uns vor, zu leiden«, erklärte der Kaiser.

»Und sehr überzeugend dazu, wie ein guter Schauspieler.«

Lupin stammelte: »Eine Spritze, Doktor, eine Spritze Koffein ... sofort ...«

»Soll ich, Hoheit?«, fragte der Arzt.

»Sicherlich ... bis zwölf Uhr, tun Sie alles, was Sie können. Er hat mein Wort.«

»Wie viele Minuten ... bis zwölf?«, fragte Lupin

»Vierzig«, erwiderte jemand.

»Vierzig? ... Ich werde es schaffen ... ich bin sicher ... ich muss es schaffen.« Er nahm seinen Kopf in beide Hände. »Oh, wenn mein Gehirn nur gehorchen würde. Nur ein paar Sekunden lang. Nur eine Frage noch ... aber ich kann nicht ... Meine Gedanken fliehen ...wie furchtbar.«

Seine Schultern schüttelten sich. Weinte er?

Sie hörten wie er wiederholte: »813 ... 813 ...« Und leiser: »813 ... eine 8 ... eine 1 ... eine 3 ... ja, natürlich ... aber warum? Es ist nicht genug ...«

Der Kaiser murmelte: »Sehr eindrucksvoll. Es ist schwierig zu glauben, dass ein Mann seine Rolle so gut spielen kann ...«

Halb zwölf ... Viertel vor zwölf ...

Lupin blieb bewegungslos, die Fäuste gegen seine Schläfen gepresst.

Der Kaiser wartete, den Blick auf die Uhr gesenkt, die Waldemar in der Hand hielt

Noch zehn Minuten ... noch fünf ...

»Steht der Wagen bereit, Waldemar? ... Die Leute ...?«

»Ja, Majestät.«

»Ist das eine Repetieruhr, Waldemar?«

»Ja, Majestät.«

»Beim letzten Schlag der Zwölf, dann ...«

»Aber ...«

»Beim letzten Schlag der Zwölf, Waldemar.«

Die ganze Situation erschien recht tragisch, mit der Größe und dem Ernst der Stunden, die zu einem Wunder führen sollten, als sollte das Schicksal eingreifen ... oder nicht.

Der Kaiser verbarg seine Qual nicht. Der große Abenteurer Lupin, dessen Ruhm er kannte, dieser Mann bekümmerte ihn, und obwohl er entschlossen, war seiner zweifelhaften Geschichte ein Ende zu bereiten, konnte er nicht anders, als zu warten ... und hoffen.

Noch zwei Minuten ... eine Minute noch.

Sie zählten die Sekunden. Lupin schien zu schlafen.

»Vorbei!«, sagte der Kaiser zum Grafen.

Waldemar trat auf Lupin zu und legte eine Hand auf seine Schulter.

Der dünne Klang der Uhr ertönte ... eins, zwei, drei, vier, fünf ...

»Waldemar, mein Lieber, ziehen Sie die Gewichte der alten Wanduhr hoch!«

Ein Augenblick der Verwirrung. Lupins Stimme war vollkommen klar und ruhig.

Waldemar, durch die Vertraulichkeit der Worte verärgert, zuckte die Schultern.

»Tun Sie, was er sagt, Waldemar!«, befahl der Kaiser.

»Ja, tun Sie, was ich sage, mein lieber Graf«, sagte Lupin,

der plötzlich wieder die Kraft gefunden hatte, Waldemar zu verärgern. »Sie wissen genau, wie es zu machen ist ... Sie brauchen nur die Ketten zu ziehen ... eine nach der anderen ... eins, zwei ... ausgezeichnet! So wurde sie einst aufgezogen.«

Das Pendel begann sich zu bewegen, und sie hörten das Ticken der Uhr.

»Jetzt die Zeiger«, befahl Lupin. »Stellen Sie beide auf kurz vor zwölf ... Bewegen Sie sich nicht ... lassen Sie mich ...«

Er erhob sich, ging auf die Uhr zu, hielt etwa einen halben Meter vor ihr an und musterte sie mit nervöser Konzentration. Sie schlug zwölf Uhr; zwölf hallende Schläge.

Ein langes Schweigen. Nichts geschah. Dennoch wartete der Kaiser, als sei er überzeugt, etwas würde geschehen. Und Waldemar bewegte sich nicht, die Augen starr auf das Zifferblatt gerichtet.

Lupin, der sich nach vorn gebeugt hatte, murmelte: »Das ist es ... Ich habe es ...«

Er ging zu seinem Stuhl zurück.

»Waldemar, drehen Sie den Minutenzeiger wieder auf zwei Minuten vor zwölf. Nein, nein, alter Freund, nicht zurück, sondern vorwärts, so wie der Zeiger gehen sollte. Ich weiß, es dauert etwas länger ... aber es muss so sein.«

Waldemar stellte den Zeiger wieder auf zwei Minuten vor zwölf.

Die Stunden und halben Stunden schlugen bis halb zwölf.

Er sagte, voller Ernst, ohne Spott, als sei er selbst erregt und unsicher: »Hören Sie, Waldemar! Sehen Sie am Zifferblatt einen kleinen runden Punkt bei ein Uhr? Er ist beweglich, nicht wahr? Drücken Sie mit dem Zeigefinger der linken Hand dagegen. Gut! Wiederholen Sie das mit dem Punkt an drei Uhr mit dem Daumen. Gut! Mit Ihrer rechten Hand drücken Sie auf den Punkt über acht Uhr. Gut! Danke vielmals. Gehen Sie und setzen Sie sich, mein lieber Freund.«

Der Minutenzeiger bewegte sich auf zwölf Uhr und die Uhr schlug wieder.

Lupin schwieg und war sehr bleich. Die zwölf Glockenschläge erschienen sehr laut in dem Schweigen. Beim zwölften Schlag knackte eine Sprungfeder. Die Uhr hielt plötzlich. Das Pendel hielt an. Und dann klappte die Figur aus Bronze, die einen Widder darstellte, vorwärts und gab eine kleine Öffnung, eine Aushöhlung in der Steinmauer, frei.

Die Höhlung enthielt eine silberne, ziselierte Dose.

Lupin nahm sie heraus und trug sie zum Kaiser.

»Würde Ihre Majestät so freundlich sein, sie selbst zu öffnen? Die Briefe, die ich laut Ihren Befehlen finden sollte, sind darin enthalten.«

Der Kaiser schlug den Deckel zurück und wirkte sehr erstaunt. Die Dose war leer.

Es war eine enorme, unvorhergesehene Situation. Nach dem Erfolg der Kalkulation, die Lupin angestellt hatte, nach der scharfsinnigen Entdeckung des Geheimnisses der Uhr, war der Kaiser, der keine Zweifel an der Entdeckung gehabt hatte, nun total verwirrt.

Lupin stand ihm gegenüber, bleich, blass, das Gesicht verzerrt, die Zähne zusammen gebissen, voller Wut und unbefriedigtem Hass.

Er wischte den kalten Schweiß von seiner Stirn, bevor er nach der Dose griff und sie eindringlich musterte, als hoffte er einen falschen Boden zu entdecken. Endlich, um ganz sicherzugehen, und in einem Wutanfall, zerquetschte er sie mit aller Kraft zwischen seinen Händen.

Das erleichterte ihn ein wenig und er atmete besser.

Der Kaiser fragte: »Wer hat das getan?«

»Der gleiche Mann, Hoheit, er, der dem gleichen Ziel folgt, wie ich. Der Mörder Monsieur Kesselbachs.«

»Wann?«

»Gestern Nacht. Ah, Hoheit, warum ließen Sie mich nicht nach eigenem Willen handeln, als ich das Gefängnis verließ? Ich wäre sofort hierhergekommen, ohne Zeit zu verlieren. Ich wäre vor ihm angekommen! Ich hätte Isilda Geld gegeben, bevor er es tat. Ich würde Malreichs Tagebuch gelesen haben, bevor es ihm in die Hände fiel.«

»Sie glauben also, es war dank der Enthüllungen in dem Tagebuch? ...«

»Aber ja, Hoheit. Er hatte Zeit, es zu lesen. Und irgendwo verborgen, ich weiß nicht wo, über alle unsere Maßnahmen informiert, ich weiß nicht, durch wen, betäubte er mich gestern Abend, damit er freie Hand hatte.«

»Aber der Palast war doch bewacht.«

»Durch Ihre Soldaten, Majestät. Spielte das eine Rolle für einen Mann wie ihn? Außerdem habe ich keine Zweifel, Waldemar konzentrierte die Suche auf die Nebengebäude und verringerte die Wachtposten um den Palast.«

»Aber die Glockenschläge nachts! Die zwölf Glockenschläge!«

»Es war ein Leichtes für ihn, die Schläge zu dämpfen.«

»Das alles scheint mir unmöglich.«

»Es erscheint mir teuflisch klar, Hoheit. Wenn es möglich wäre, jede Tasche Ihrer Soldaten zu durchsuchen, hier und jetzt, oder zu überprüfen, was jeder im kommenden Jahr ausgibt, würden wir sicherlich zwei oder drei unter ihnen finden, die sich in diesem Augenblick im Besitz größerer Banknoten befinden, französischer Banknoten, natürlich.«

»Oh!«, protestierte Waldemar.

»Aber ja, mein lieber Graf, es ist eine Frage des Preises und das weiß 'Er'. Ich bin sicher, Sie selbst ...«

Der Kaiser, in Gedanken versunken, war ihrem Gespräch nicht gefolgt. Er ging in dem Raum auf und ab, bevor er einem seiner Offiziere im Gang einen Wink gab.

»Mein Wagen ... Und sagen Sie ihnen, sich fertig zu machen ... Wir fahren.«

Er wandte sich, blickte einen Augenblick lang auf Lupin und trat dann auf den Grafen zu.

»Sie auch, Waldemar, los ... Nach Paris, ohne irgendwo zu halten.«

Lupin spitzte die Ohren. Er hörte Waldemar antworten.

»Ich hätte gern ein Dutzend zusätzlicher Begleiter ... dieser ekelhafte Kerl ...«

»Nehmen Sie die, aber beeilen Sie sich. Wir müssen heute Nacht noch in Paris sein.«

»Nein, Hoheit!«, rief Lupin. »Das darf nicht sein. Es soll nicht so sein!«

»Was meinen Sie damit?«

»Und die Briefe, Hoheit. Die gestohlenen Briefe?«

»Auf mein Wort ...«

»So!«, rief Lupin erzürnt. »Ihre Kaiserliche Hoheit gibt sich also geschlagen? Sie glauben, alles ist schon verloren? Sie halten sich für besiegt. Nun, ich nicht, Majestät. Ich habe etwas begonnen und ich werde es beenden!«

Der Kaiser lächelte über den zornigen Ausbruch.

»Ich gebe nicht auf, aber meine Polizei wird sich an die Arbeit machen.«

Lupin lachte.

»Entschuldigen Sie mich, Majestät, es ist zum Lachen! Ihre Polizei! Die Polizei Ihrer Kaiserlichen Hoheit! Ach, sie hat nicht mehr Wert als alle anderen Polizeibehörden, das heißt überhaupt keinen, nicht den geringsten. Nein, Hoheit, ich werde nicht ins Santé-Gefängnis zurückkehren. Ich lache über diese Idee. Doch wir haben zu viel Zeit verloren. Ich benötige meine Freiheit gegen diesen Verbrecher und das heißt, ich muss sie besitzen.«

Der Kaiser zuckte die Schultern.

»Sie wissen nicht einmal, wer dieser Mann ist.«

»Ich werde es erfahren, Hoheit. Ich allein weiß das. Und er weiß, dass ich der Einzige bin, der ihn stellen kann. Ich bin sein einziger Feind. Ich bin der Einzige, der ihn angreift. Ich war es, den er zu töten plante, als er auf unseren Wagen schoss. Er hielt es für notwendig, mich und nur mich, zu betäuben, um seinen eigenen Plänen zu fol-

270

gen. Der Kampf ist zwischen ihm und mir. Der Rest der Welt hat dazu nichts zu bestimmen. Niemand kann mir helfen, aber auch ihm nicht. Es gibt nur uns zwei. Bis jetzt hat er Glück gehabt. Aber es ist bestimmt und vollkommen sicher, dass ich am Ende siege.«

»Warum?«

»Weil ich der Bessere bin.«

»Und wenn er Sie töten sollte?«

»Das wird nicht geschehen. Ich werde ihn unschädlich machen, harmlos sogar. Und Sie werden Ihre Briefe erhalten, Majestät. Sie gehören Ihnen. Keine Gewalt auf Erden kann verhindern, dass ich sie Ihnen liefere.«

Er sprach mit einer überzeugenden Gewissheit, als sei all das schon erreicht.

Der Kaiser konnte nicht umhin, eine gewisse Bewunderung zu verspüren, verbunden mit der Zuversicht in Lupins Fähigkeiten. Dennoch zögerte er noch immer aufgrund der Skrupel, die er verspürte, diesen Mann in seinen Dienst zu nehmen und ihn quasi zu seinem Verbündeten zu machen. Als müsste er über alles genau nachdenken, ging er zum Fenster.

Endlich fragte er: »Und wie sollen Sie wissen, dass die Briefe gestern Nacht gestohlen wurden?«

»Der Diebstahl ist notiert, Majestät.«

»Was sagen Sie da?«

»Sehen Sie sich die Innenseite des Widders über der Uhr an. Das Datum ist in weißer Kreide angebracht. Mitternacht, 24. August, ein Zeichen seines Triumphs.«

»Wirklich!«, murmelte der Kaiser verwirrt. »Wie kann es sein, dass ich das nicht gesehen habe?« Und er verriet sein Erstaunen noch weiter. »Genau wie ich die beiden Buchstaben N nicht sah ... Ich verstehe das nicht. Das ist doch das Minerva-Zimmer.«

»Das ist das Zimmer, in dem Napoleon schlief, Majestät«, erwiderte Lupin.

»Woher wissen Sie das?«

271

»Fragen Sie Waldemar, Majestät. Was mich betrifft, als ich das Tagebuch des alten Dieners las, kam mir die Erleuchtung. Ich erkannte, dass Holmes und ich auf der falschen Spur waren. APO ON, das unvollständige Wort, durch den Großherzog Hermann auf seinem Totenbett geschrieben, ist nicht eine Verkürzung von Apollon, sondern von *Napoleon*.«

»Das ist wahr ... Sie haben recht«, sagte der Kaiser. »Die gleichen Buchstaben erscheinen in beiden Namen und in der richtigen Reihenfolge. Der Großherzog wollte ganz offensichtlich Napoleon schreiben. Aber die Nummer 813? ...«

»Das war die Frage, die mir die größte Mühe machte. Ich dachte immer, wir müssten die Nummern 8, 1 und 3 zusammen rechnen und das hätte 12 ergeben und das wäre die Zimmernummer in diesem Gang gewesen. Aber das war nicht genug für mich. Es musste noch etwas geben, etwas, das ich nicht erklären konnte. Die Uhr in Napoleons Zimmer brachte mir endlich die Erleuchtung. Die Nummer 12 war offensichtlich zwölf Uhr, die Mittagsstunde? Oder Mitternacht? Wäre das nicht die Zeit, die ein Mann eher wählt? Aber die drei Zahlen 8, 1 und 3 statt irgendwelchen anderen die eine gleiche Summe formten? Deshalb ließ ich die Nummer 5 als Experiment wählen – und da sah ich plötzlich die drei Merkmale unter der Eins, Drei und Acht, die in richtiger Reihenfolge zu dem Ziel führten. Sie lösten eine Feder aus, wie Eure Majestät selbst sah. Das, Majestät, ist die Erklärung des geheimnisvollen Wortes und der Nummern, die der Großherzog in der Hoffnung hinterließ, sein Sohn würde eines Tages das Geheimnis von Veldenz lösen und somit der Besitzer der Briefe werden, die er dort verborgen hatte.«

Der Kaiser lauschte mit wachsendem Staunen und voller Überraschung, welche Geisteskraft, Schläue und Intelligenz er in seinem Gegenüber erkannte.

»Waldemar«, sagte er, als Lupin geendet hatte.

»Majestät.«

Doch in dem Augenblick, in dem er sprechen wollte, er-klangen laute Stimmen vom Gang her.

Waldemar verließ das Zimmer und kehrte nach kurzer Zeit wieder zurück.

»Es ist das verrückte Mädchen, Hoheit. Sie wollen sie nicht eintreten lassen.«

»Lassen Sie die Arme hereinkommen«, sagte Lupin er-regt. »Sie muss hereinkommen, Majestät!«

Ein kurzes Zeichen und Waldemar eilte nach draußen, um sie zu holen.

Ihr Eintritt verstörte die drei Männer. Ihr bleiches Ge-sicht war mit dunklen Flecken bedeckt und ihre verzerr-ten Züge zeigten, welche Schmerzen sie ertrug. Sie rang nach Atem, beide Hände gegen die Brust gedrückt.

»Oh!«, rief Lupin entsetzt.

»Was ist los?«, fragte der Kaiser.

»Ihr Arzt, Hoheit. Es ist keine Sekunde zu verlieren.«

Er trat auf Isilda zu.

»Sprich, Isilda ... Hast du etwas gesehen? Hast du uns et-was zu sagen?«

Das Mädchen starrte ihn etwas weniger erregt an und versuchte zu sprechen, doch sie schaffte nur, unverständ-liche Laute hervorzubringen.

»Höre auf mich!«, sagte Lupin. »Sag nur ja oder nein ... ni-cke oder schüttle den Kopf ... Hast du ihn gesehen? Weißt du, wo er ist? ... Ja, du weißt, wo er ist ... Hör zu! Du musst antworten ...«

Er unterdrückte seinen Ärger. Doch plötzlich erinnerte er sich an den vergangenen Tag, als sie durch das geschrie-bene Wort mehr Verstand gefunden hatte. Er wandte sich der weißen Wand zu und schrieb zwei große Buchstaben darauf: 'L' und 'M'.

Sie streckte einen Arm auf die Buchstaben aus und nickte zustimmend.

»Und jetzt?«, fragte Lupin. »Was dann? Schreib' etwas!«

Doch sie stieß einen markdurchdringenden Schrei aus, warf sich zu Boden und schrie.

Dann, plötzlich, Schweigen ... ein letztes Zucken und sie bewegte sich nicht mehr.

»Tot?«, fragte der Kaiser.

»Vergiftet, Hoheit.«

»Oh, das arme Kind ... Aber durch wen?«

»Durch *ihn,* Hoheit. Sie erkannte ihn zweifellos. Er muss befürchtet haben, dass sie ihn verraten könnte.«

Der Arzt erschien. Der Kaiser deutete zu dem Mädchen. Dann wandte er sich Waldemar zu: »Alle Ihre Leute sollen antreten ... Ordnen Sie an, alle Häuser von oben bis unten durchsuchen ... Telegrafieren Sie den Grenzposten ... äußerste Wachsamkeit!«

Er wandte sich Lupin zu.

»Wie lang brauchen Sie, um die Briefe zu finden?«

»Einen Monat, Hoheit, ... zwei im schlimmsten Fall.«

»Gut! Waldemar wird hier auf Sie warten. Er wird meine Befehle haben und Vollmacht, Ihnen alles zu gewähren, was Sie benötigen.«

»Was ich am dringendsten brauche, ist meine Freiheit, Majestät.«

»Sie sind frei.«

Lupin sah ihm nach, als er sich abwandte und nach draußen ging.

Dann flüsterte er: »Zuerst meine Freiheit ... und später, wenn ich Ihnen die Briefe ausgehändigt habe, Majestät, einen Händedruck. Dann sind wir quitt ...«

13. Kapitel: Die sieben Halunken

»Wollen Sie den Herrn empfangen, Madame?«

Dolores Kesselbach nahm die Karte von dem Diener und las: »André Beauny ... Nein«, sagte sie. »Ich kenne ihn nicht.«

»Der Herr ist sehr darum bemüht, mit Ihnen zu sprechen, Madame. Er behauptet, Sie erwarten ihn.«

»Ach ... es kann möglich sein ... Ja, bringen Sie ihn!«

Seit sich ihr ganzes Leben verändert hatte, und die Umstände sie mit Verzweiflung erfüllten, hatte sie im Hotel Bristol gewohnt, doch vor einiger Zeit hatte sie ein stilles Haus in der Rue des Vignes, in Passy, gemietet. Ein hübscher Garten begrenzte das Haus an der Rückseite und war seinerseits an beiden Seiten von weiteren Gärten umgeben. An Tagen, wenn sie ihre Schmerzen nur schwer ertragen konnte, ließ sie sich von ihren Bediensteten unter die Bäume tragen, wo sie ihrer Melancholie nachhing, weil es ihr nicht gelang, gegen ihr Schicksal anzukämpfen.

Schritte erklangen vom Kieselweg her, und der Diener führte einen jungen Mann zu ihr, sauber aber dennoch einfach und nicht der letzten Mode entsprechend gekleidet. Der Diener entfernte sich.

»Ihr Name ist André Beauny, glaube ich?«, sagte Dolores.

»Ja, Madame.«

»Ich habe nicht die Ehre ...«

»Entschuldigen Sie, Madame. Sie wissen, ich bin ein Freund von Madame Ernemont, Genevièves Großmutter. Sie schrieben ihr in Garches und erwähnten, Sie wollten mit mir sprechen. Deshalb bin ich gekommen.«

Dolores, plötzlich erregt, erhob sich von ihrem Sessel.

»Ah, Sie sind ...«

»Ja.«

Sie stammelte: »Wirklich? ... Sie sind es? ... Ich habe Sie nicht erkannt.«

»Sie erkennen Prinz Serenin nicht?«

»Nein ... Sie sehen ganz anders aus ... die Stirn ... die Augen ... Das ist nicht so, wie ...«

»Wie die Zeitungen den Gefangenen aus dem Santé darstellten?«, fragte er lächelnd. »Und trotzdem bin ich es wirklich.«

Es folgte eine lange Pause, während derer die beiden verlegen und befremdet wirkten.

Endlich fragte er: »Darf ich nach dem Grund fragen ...?«

»Hat Geneviève Ihnen denn nicht gesagt ...?«

»Ich habe sie nicht gesehen ... aber ihre Großmutter glaubt, Sie benötigen meine Dienste ...«

»Ja, richtig ... das stimmt ...«

»Und in welcher Weise ...? Es erfreut mich sehr ...«

Sie zögerte einen Augenblick, bevor sie flüsterte: »Ich habe Angst.«

»Angst?«

»Ja«, sagte sie leise. »Ich habe Angst, Angst vor allem, Angst vor heute und morgen ... und dem Tag danach ... Angst vor dem Leben. Ich habe so sehr gelitten ... Ich kann es nicht mehr ertragen.«

Er blickte sie an, Mitleid in den Augen. Das unbestimmte Gefühl, das ihn zu ihr gezogen hatte, nahm langsam Formen an. Sie verlangte nach Schutz. Und er verspürte den Drang, sich ihr vollkommen zu widmen, ohne eine Gegenleistung zu erwarten.

Sie sprach weiter.

»Ich bin jetzt allein, ganz allein, mit Bediensteten, die ich durch reinen Zufall gefunden habe, und ich fürchte ... ich habe das Gefühl, jemand schleicht um mich herum ...«

»Aber aus welchem Grund?«

»Das weiß ich nicht. Doch der Feind rückt immer näher.«

»Haben Sie ihn gesehen? Haben Sie irgendetwas entdeckt?«

»Ja, vor ein paar Tagen gingen zwei Männer mehrmals über die Straße und hielten vor meinem Haus an.«

»Können Sie die Männer beschreiben?«

»Ich sah einen genauer als den Anderen. Er war hochgewachsen und sah sehr kräftig aus, bartlos und er trug eine schwarze Jacke, ganz kurz geschnitten.«

»Ein Kellner aus einem Café in der Nähe vielleicht?«

»Ja, ein Oberkellner. Ich schickte einen meiner Dienstboten hinter ihm her. Er ging zur Rue de la Pompe und betrat ein ziemlich vernachlässigtes Haus. Im Erdgeschoss befindet sich ein Weinladen; es ist das erste Haus an der linken Seite der Straße. Dann gestern oder vorgestern nachts, sah ich einen Schatten im Garten, vom Fenster meines Schlafzimmers aus.«

»Ist das alles?«

»Ja.«

Er dachte kurz nach und machte dann einen Vorschlag: »Würden Sie zweien meiner Männer erlauben, unten zu schlafen, in einem der Zimmer im Erdgeschoss?«

»Zwei Ihrer Männer ...?«

»Oh, Sie brauchen keine Angst zu haben. Sie sind sehr anständige Leute, der alte Charolais und sein Sohn, und man kann ihnen nicht ansehen, dass sie sehr geschickt sind ... Sie sind in ihrer Gegenwart vollkommen sicher ... Was mich betrifft ...«

Sie zögerte. Er wartete in der Hoffnung, sie würde ihn bitten, wieder zu kommen. Doch als sie weiterhin schwieg, sagte er: »Was mich betrifft, ist es besser, wenn ich hier nicht gesehen werde ... Ja, das ist es wirklich ... für Sie ... Meine Leute lassen mich wissen, was zu tun ist.«

Er hätte gern mehr gesagt und zu bleiben, mit ihr zu sitzen und sie zu trösten. Doch er spürte, sie hatten alles gesagt, was zu sagen war, und ein weiteres Wort seinerseits hätte sie nur beleidigt. Deshalb verbeugte er sich tief und nahm seinen Abschied. Er trat in den Garten und entfernte sich rasch. Es war, als wollte er seine Gefühle meistern. Der Angestellte wartete bei der Tür. Als er nach draußen trat, läutete eine junge Dame an der Tür.

Er zuckte zusammen. »Geneviève!«

Sie blickte ihn erstaunt an und erkannte ihn sofort, doch sehr verwirrt dank seiner jugendlichen Erscheinung. So groß war die Wirkung, dass sie taumelte und sich am Türrahmen festhalten musste. Er hatte den Hut abgenommen und blickte sie an, ohne es zu wagen, ihr die Hand anzubieten. Würde sie ihm ihre reichen? Er war nicht länger Prinz Serenin, er war Arsène Lupin. Und sie wusste, er war Arsène Lupin, vor kurzer Zeit aus dem Gefängnis entlassen.

Es hatte zu regnen begonnen. Sie gab ihren Regenschirm dem Diener und sagte: »Stellen Sie ihn bitte irgendwohin, wo er trocknet.«

Dann trat sie ein.

Mein lieber alter Knabe, sagte sich Lupin, als er sich entfernte. *Welche Nackenschläge für eine empfindliche Natur wie dich? ... Du musst dich hüten, sonst macht dein Herz nicht mit ... Ah, was sonst noch? Deine Augen tränen schon ein wenig. Das ist kein gutes Zeichen. Monsieur Lupin, Sie werden langsam alt!*

Er klopfte einem jungen Mann auf die Schulter, der eben die Chaussee de la Muette überquerte und sich der Rue des Vignes zuwandte.

Der junge Mann hielt an und wandte sich ihm zu.

»Entschuldigen Sie, Monsieur, aber ich glaube, ich habe nicht die Ehre ...«

»Denken Sie nach, mein lieber Monsieur Leduc. Oder haben Sie die Erinnerung verloren? Es war in Versailles. In einem kleinen Zimmer im Hotel des Trois Empereurs.«

Der junge Mann schrak zurück.

»Sie!«

»Aber ja, ich! Prinz Serenin, oder lieber Lupin, nachdem Sie nun meinen wahren Namen kennen. Dachten Sie, Lupin hätte die Welt schon verlassen? ... Ach ja, das Gefängnis ... Sie hofften ... Na, ich muss Sie enttäuschen.« Er klopfte ihm wieder ermutigend auf die Schulter. »Ruhig, mein Lieber, es bleiben Ihnen noch ein paar stille Tage, um Ihre Gedichte zu schreiben. Die Zeit ist noch nicht reif. Schreiben Sie Ihre Verse ... verehrtester Poet.«

Dann packte er Leducs Arm in einem harten Griff und blickte ihn durchdringend an.

»Aber die Zeit rückt näher ... Vergessen Sie nicht, dass Sie mir gehören, mit Leib und Seele. Und bereiten Sie sich vor, Ihre Rolle zu spielen. Es wird eine herrliche Rolle sein, die aber große Opfer verlangt. Und, so wahr ich lebe, glaube ich, Sie sind der Mann, um sie zu spielen.«

Er lachte vergnügt, wandte sich ab und ließ Leduc verdutzt hinter sich her starren.

Etwas weiter, an der Ecke der Rue de la Pompe, sah er den Weinladen, von dem Madame Kesselbach gesprochen hatte. Er trat ein und führte ein langes Gespräch mit dem Besitzer.

Dann nahm er ein Taxi und fuhr zum Grand Hotel, in dem er unter dem Namen André Beauny abgestiegen war. Dort fand er die Doudeville-Brüder warten.

Lupin, an diese Art von Überraschung gewöhnt, freute sich dennoch über die Bewunderung und Treue, mit der ihn seine Freunde begrüßten.

»Ach, Chef, erzählen Sie uns was gesehen ist ... Wir sind an Ihre Wunder gewöhnt, aber trotzdem, alles hat seine Grenzen ... Sie sind also wieder frei und hier, mitten in Paris und kaum verkleidet.«

»Eine Zigarre?«

»Danke, nein.«

»Schade, Doudeville. Sie sind erstklassig. Ich habe sie von einem großen Kenner, der so gut ist, mich seinen Freund zu nennen.«

»Oh, darf man fragen ...?«

»Der deutsche Kaiser! Kommt, schaut nicht so verdattert, Ihr beiden! Und erzählt mir, was ich nicht schon in den Zeitungen gelesen habe. Was denkt die Öffentlichkeit über mein Entkommen?«

»Sie ist begeistert, Chef.«

»Und die Erklärungen der Polizei?«

»Ihre Flucht fand in Garches statt, bei dem Versuch, den Mord an Altenheim zu rekonstruieren. Leider haben die Journalisten bewiesen, dass das vollkommen unmöglich war.«

»Und danach?«

»Ein riesiger Zauber. Die Menschen wundern sich, lachen und sind recht fröhlich.«

»Weber?«

»Steckt bis zum Hals in der Jauche.«

»Welche Nachrichten von der Detektiv-Abteilung? Nichts über den Mörder entdeckt? Kein Hinweis über Altenheims Identität?«

»Nichts.«

»Die Narren. Und wir zahlen Millionen jährlich für diese Bande. Wenn das so weiter geht, weigere ich mich, meine Steuern zu zahlen. Setzt euch und nehmt einen Bleistift zur Hand, bitte. Ich diktiere euch einen Brief, den ihr zum Grand Journal bringt, heute Abend noch. Die Welt hat lang genug auf meine Nachricht gewartet. Sie muss vor Ungeduld keuchen. Schreibt!«

Er diktierte:

An den Chefredakteur des Grand Journal

Monsieur,
Ich muss mich bei Ihren Lesern dafür entschuldigen, ihre nachvollziehbare Neugierde enttäuscht zu haben. Ich bin aus dem Gefängnis entflohen und kann leider nicht berichten, auf welche Weise dies geschah. Gleichzeitig habe ich seit meiner Flucht das berühmte Geheimnis lüften können, bin jedoch nicht in der Lage, zu verraten, wie ich die Wahrheit entdeckte.
All dies wird eines Tages das Thema einer Geschichte sein,

die mein Biograf dank meiner Aufzeichnungen veröffentlichen wird. Die Schilderung der Ereignisse wird eine Seite im Buch der Geschichte Frankreichs füllen, die unsere Enkelkinder mit Interesse lesen werden.

Im Augenblick bin ich mit äußerst wichtigen Dingen beschäftigt. Ich bin von einem Widerwillen gegenüber der Leitung der Funktion erfüllt, die ich einst ausübte, enttäuscht zu entdecken, der Fall Kesselbach-Altenheim ist noch immer weit von einer Lösung entfernt. Ich entlasse deshalb Monsieur Weber und nehme den Ehrenplatz wieder ein, den ich mit Auszeichnung und zum allgemeinen Lob unter dem Namen Monsieur Lenormand ausgefüllt habe.

Ich verbleibe, Monsieur, als Ihr ergebener Diener.

ARSENE LUPIN
Chefinspektor der Detektiv-Abteilung

Um acht Uhr abends betraten Arsène Lupin und Jean Doudeville Caillards, das modische Restaurant. Lupin in Gesellschaftskleidung, wie ein Künstler gekleidet, mit einer weit geschnittenen Hose und einer breiten Krawatte, und Doudeville in einem Gehrock, voll der Würde eines Staatsanwalts.

Sie setzten sich in eine stille Ecke des Restaurants.

Ein hochmütiger Oberkellner nahm ihre Bestellungen entgegen. Lupin gab seine Anweisungen in der Art eines Feinschmeckers.

»Gewiss«, sagte er. »Die Gefängniskost war nicht übel, aber trotzdem ist es wunderbar, ein sorgfältig gewähltes Mahl einzunehmen.«

Er bewies einen guten Appetit und sprach kaum, während er aß. Von Zeit zu Zeit gab er kurze Sätze von sich.

»Natürlich werde ich zurechtkommen ... doch es wird nicht einfach sein ... solch ein Gegner! ... Was mich wundert, ist der Umstand, dass ich nach sechs Monaten noch immer nicht weiß, was er will! ... Sein Hauptkomplize ist tot, wir sind dem Ende sehr nahe und trotzdem verstehe ich noch immer nicht, wohin das alles führt ... Was will der Lump? ... Mein eigener Plan ist klar: Ich will das Großherzogtum besitzen, meinen eigenen Großherzog auf den Thron bringen, ihm Geneviève zur Frau geben und ihn regieren lassen. Das nenne ich Klarheit. Doch er, der Lump, das Gespenst im Dunkeln, worauf zielt er ab?«

Er rief: »Kellner!«

Der Oberkellner kam.

»Monsieur?«

»Zigarren!«

Der Kellner entfernte sich, kehrte zurück und öffnete eine Anzahl von Kisten.

»Was können Sie empfehlen?«

»Die Upmanns sind ausgezeichnet.«

Lupin gab Doudeville eine Upmann, nahm eine für sich und schnitt die Spitze ab. Der Oberkellner entzündete ein Streichholz und bot es Lupin an. Mit einer raschen Bewegung packte ihn Lupin beim Handgelenk.

»Kein Wort ... Ich kenne Sie ... Ihr wahrer Name ist Dominique Lecas!«

Der Mann, er war groß und stark, versuchte sich zu befreien. Er unterdrückte einen Schrei des Schmerzes.

»Ihr Name ist Dominique ... Sie leben in der Rue de la Pompe, im vierten Stock, wo Sie im Ruhestand leben, nachdem Sie ein kleines Vermögen in den Diensten eines Aristokraten verdient haben. Hören Sie zu, oder ich breche Ihren Arm und noch ein paar andere Knochen dazu. Das Vermögen haben Sie von Baron Altenheim erhalten, für den Sie als Kellermeister arbeiteten.«

Der Andere stand bewegungslos da, das Gesicht bleich vor Angst. Um sie herum war der kleine Raum leer. Im Restaurant nebenan rauchten drei Herren und zwei Paare plauderten bei ihren Likören.

»Sie sehen, es ist ganz still ... wir können reden.«

»Wer sind Sie? Wer sind Sie?«

»Erinnern Sie sich nicht an mich? Ach, denken Sie an das feine Mittagessen in der Rue Dupont! Sie selbst reichten mir den Teller mit dem Gebäck ... und welch ein Gebäck! Diese erlesenen Zutaten!«

»Der Prinz ... der Prinz ...«, stammelte der Oberkellner.

»Ja, ja, Prinz Serenin, Prinz Lupin in Person ... Ah, Sie atmen wieder? ... Sie denken, Sie haben nichts von Lupin zu befürchten, nicht wahr? Na, Sie irren, mein Freund, Sie haben alles zu befürchten.« Er zog eine Karte aus seiner Tasche und hielt sie unter die Nase des Kellners. »Da, sehen Sie! Ich gehöre wieder der Polizei an. Kann nichts daran ändern – all wir Könige der Räuber und Kaiser der Verbrecher landen am Ende dort.«

»Ja und?«, fragte der Oberkellner, noch immer verstört.

»Na, gehen Sie zu dem Kunden dort drüben, der nach Ihnen ruft, bringen Sie ihm was er verlangt und kommen Sie dann wieder zurück. Und keinen Unsinn, bitte. Keinen Fluchtversuch. Ich habe zehn Leute draußen, die scharf aufpassen. Los, verschwinden Sie.«

Der Oberkellner gehorchte. Nach fünf Minuten kehrte er wieder zurück und stellte sich mit dem Rücken dem Restaurant zugewandt, als wollte er über die Qualität der Zigarren diskutieren.

»Was wollen Sie von mir?«

Lupin legte eine Anzahl von Hundert-Franc-Banknoten in einer Reihe auf den Tisch.

»Ein Schein für jede genaue Antwort auf meine Fragen.«

Der Oberkellner bekam große Augen. »In Ordnung.«

»Also, wie viele Menschen arbeiteten für Baron Altenheim?«

»Sieben außer mir.«

»Keine weiteren?«

»Nein. Nur einmal holten wir ein paar Arbeiter aus Italien, um die Tunnel unter der Villa des Glycines in Garches zu graben.«

»Gab es zwei unterirdische Gänge?«

»Ja, einen zum Pavillon Hortense, der zweite zweigte vom ersten ab und führte zu Madame Kesselbachs Haus.«

»Zu welchen Zweck?«

»Um Madame Kesselbach zu entführen.«

»Waren die beiden Dienstmädchen, Suzanne und Gertrude, an dem Plan beteiligt?«

»Ja.«

»Wo befinden sie sich jetzt?«

»Im Ausland.«

»Und die anderen, Altenheims Bande?«

»Ich habe sie verlassen. Sie machen weiter.«

»Wo kann ich sie finden?«

Dominique zögerte. Lupin entfaltete zwei weitere Hunderter und fragte: »Ihre Skrupel in allen Ehren, Dominique. Es bleibt keine Wahl, als sie zu verschlucken und zu antworten.«

»Sie finden sie in Nummer drei, Route de la Révolte in Neuilly. Einer von ihnen wird als der 'Makler' bezeichnet.«

»Ausgezeichnet! Und nun, der wahre Name Altenheims. Kennen Sie ihn?«

»Ja, Ribeira.«

»Dominique, Sie halten mich zum Narren. Ich habe nach dem wahren Namen gefragt.«

»Parbury.«

»Das ist auch ein falscher Name.«

Der Oberkellner zögerte. Lupin entfaltete weitere dreihundert Franc.

»Ach, zum Teufel!«, erwiderte Dominique. »Schließlich ist er doch tot. Mausetot.«

»Sein Name?«

»Er ist der Chevalier de Malreich.«

Lupin zuckte zusammen.

»Was? Was sagen Sie da? Der Chevalier ... sagen Sie es nochmals ... der Chevalier ...?«

»Raoul de Malreich.«

Eine lange Pause. Lupin starrte vor sich hin, dachte an das arme Mädchen in Veldenz, Isilda, vergiftet. Sie hatte den gleichen Namen getragen, Malreich. Und das war der Name eines Mannes von geringem Adel, der im achtzehnten Jahrhundert an den Hof von Veldenz gekommen war. Er setzte seine Befragung fort.

»Malreichs Nationalität?«

»Er war Franzose, jedoch in Deutschland geboren ... Ich sah einmal Dokumente ... Dadurch erfuhr ich seinen Namen ... Oh, wenn er das entdeckt hätte, wäre es mir an den Kragen gegangen.«

Lupin dachte nach und fragte: »Er befehligte euch alle?«

»Ja.«

»Doch er hatte einen Komplizen, einen Teilhaber?«

»Oh, still ... ganz still ...!«

Der Oberkellner wirkte plötzlich sehr erschrocken. Lupin erkannte die gleiche Abscheu und Erregung, die er selbst verspürte, wenn er an den Mörder dachte.

»Wer ist er? Haben Sie ihn gesehen?«

»Oh, sprechen Sie doch nicht von ihm ... das führt nur zu Unglück.«

»Wer ist er, frage ich.«

»Er ist der Herr ... der wahre Chef ... niemand kennt ihn.«

»Aber Sie haben ihn gesehen? Antworten Sie! Haben Sie ihn gesehen?«

»Manchmal, aber immer nur im Dunklen ... nachts. Niemals am Tag. Seine Befehle werden immer auf Papierfetzen erteilt ... oder am Telefon.«

»Sein Name?«

»Ich kenne ihn nicht. Wir haben nie über ihn gesprochen. Es bedeutete Unglück.«

»Er trägt immer schwarze Kleidung, nicht wahr?«

»Ja, schwarze. Er ist klein und schlank ... mit blondem Haar ...«

»Und er tötet. Stimmt das?«

285

»Ja, er tötet, so wie ein anderer einen Laib Brot stiehlt.«

Er schüttelte sich. Dann bat er: »Lassen wir das ... es ist nicht gut, über ihn zu sprechen ... Ich sage Ihnen, es bringt Unglück.«

Lupin schwieg, durch die Angst des Mannes beeindruckt. Er blieb eine Zeitlang sitzen, bevor er sich erhob und zu dem Oberkellner sagte: »Hier ist Ihr Geld! Aber wenn Sie in Frieden leben wollen, erwähnen Sie kein Wort zu irgendjemand von unserem Gespräch.«

Er verließ das Restaurant in Doudevilles Begleitung und sagte kein Wort, bis sie die Porte Saint Denis erreichten, so versunken in alles war er, was er gehört hatte.

Endlich ergriff er den Arm seines Begleiters und sagte: »Hören Sie zu, Doudeville – ganz genau! Gehen Sie zum Bahnhof Gare du Nord. Sie kommen gerade recht, um den Zug nach Luxemburg zu erreichen. Fahren Sie nach Veldenz, der Hauptstadt des Großherzogtums von Zweibrücken-Veldenz. Bei der Stadtverwaltung wird es einfach sein, den Geburtsschein des Chevaliers de Malreich zu erhalten und genauere Auskünfte über die Familie einzuholen. Sie werden übermorgen, am Samstag wieder zurückkehren.«

»Soll ich das der Abteilung melden?«

»Überlassen Sie das mir. Ich werde anrufen und Sie krankmelden. Oh, noch ein Wort! Am Samstag um zwölf Uhr werde ich in einem kleinen Café an der Route de la Révolte auf Sie warten. Es heißt Restaurant Buffalo. Ziehen Sie sich wie ein Arbeiter an.«

***

Am folgenden Tag, mit einem Baumwollhemd und einer Arbeiterhose mit Hosenträgern bekleidet, und einer schäbigen Melone auf dem Haupt, fuhr er nach Neuilly und begann mit seinen Nachforschungen in der Route de la Révolte Nummer 3. Ein Tor führte zum großen Vorplatz, an dem er einen riesigen Komplex von Arbeiter-Unterkünften entdeckte, mit vielen Passagen und Werkstätten. Es wimmelte von Arbeitern, Frauen und Kindern. In kurzer Zeit hatte er das Vertrauen der Concierge gewonnen, mit der er eine Stunde lang über die verschiedensten Themen plauderte. Während dieser Zeit sah er drei Männer vorübergehen, deren Art ihm sonderbar erschien. *Da ist etwas faul*, dachte er. *Sehr faul. Sie folgen einander ... sehen zwar recht respektabel aus, aber sie haben den gehetzten Blick von Tieren, die Gefahr wittern. Sicher ehemalige Sträflinge.*

Am Nachmittag und dem folgenden Samstagmorgen setzte er seine Erkundigungen fort und erfuhr, dass Altenheims einstige Komplizen alle dort lebten. Vier von ihnen handelten mit gebrauchten Kleidungsstücken. Zwei andere verkauften Zeitungen, und der Siebte bezeichnete sich als 'Makler'.

Sie gingen allein ein und aus und gaben vor, einander nicht zu kennen. Doch am Abend entdeckte Lupin, dass sie sich in einem Kutschenhaus hinter den letzten Werkstätten trafen, in dem der 'Makler' seine Waren aufbewahrte: rostiges Eisen, uralte Öfen, Kaminrohre ... natürlich auch die Beute ihrer Diebstähle.

Also, sagte Lupin sich. *Ich habe mir von meinem deutschen Freund eine Frist von einem Monat erbeten, und es sieht aus, als ob zwei Wochen genügen werden. Und das Beste ist, es beginnt mit den Lumpen, die mir zu Schwimmübungen in der Seine verhalfen. Mein armer, alter Gourel wird endlich gerächt werden. Höchste Zeit dafür!*

Um zwölf Uhr am Samstag betrat er das Restaurant Buffalo, ein niedriger Raum, von Maurern und Fuhrmännern in der Mittagspause frequentiert. Jemand setzte sich neben ihn.

»Geschafft, Chef.«

»Ah, Sie sind es, Doudeville! Ich bin schon ganz neugierig,

was Sie erfahren haben. Der Geburtsschein? Schnell! Erzählen Sie!«

»Es ist wie folgt: Altenheims Eltern starben im Ausland.«

»Weiter! Sie sind nicht wichtig.«

»Sie hinterließen drei Kinder.«

»Drei?«

»Ja. Der Älteste dürfte jetzt etwa dreißig Jahre alt sein. Sein Name war Raoul de Malreich.«

»Das ist unser Mann, Altenheim. Weiter!«

»Das jüngste Kind war eine Tochter, Isilda. Das Verzeichnis trägt einen frischen Vermerk: Verstorben.«

»Isilda, Isilda«, wiederholte Lupin. »Genau was ich dachte. Isilda war Altenheims Schwester ... ich erkannte eine gewisse Ähnlichkeit ... das war also die Verbindung ... aber die andere Person, das dritte oder vielmehr das zweite Kind.«

»Ein Sohn. Er muss etwa 26 Jahre alt sein.«

»Sein Name?«

»Louis de Malreich.«

Lupin zuckte zusammen.

»Das ist es! Louis de Malreich ... die Buchstaben L. M. ... die furchtbare Unterschrift ... Der Mörder heißt Louis de Malreich ... Er war Altenheims Bruder und Isildas Bruder und er brachte beide um, weil er das fürchtete, was sie verraten konnten.«

Lupin saß lange da, schweigend und voller düsterer Beklommenheit über das geheimnisvolle, schreckliche Wesen.

»Was hatte er von seiner Schwester Isilda zu befürchten?«, fragte Doudeville. »Sie war verrückt, wie ich hörte.«

»Verrückt, zugegeben, aber sie konnte sich an gewisse Dinge aus ihrer Kindheit erinnern. Sie muss den Bruder erkannt haben, mit dem sie aufgewachsen war ... und die Erinnerung kostete sie ihr Leben.« Und er fügte hinzu: »Verrückt ... das waren sie alle ... Die Mutter war irrsinnig ... Isilda, die arme Unschuld ... was den Anderen betrifft, den Mörder, er ist ein Ungeheuer, ein vollkommen Wahnsinniger ...«

»Verrückt? Glauben Sie das, Chef?«

»Ja, verrückt. Aber mit genialen Geistesblitzen, teuflischer Schläue, ein vollkommen verdrehtes Geschöpf, wie seine ganze Familie. Nur Verrückte morden und ganz besonders solche von seiner Art, besonders wenn ...«

Er unterbrach sich und sein Gesicht veränderte sich so merklich, dass Doudeville ihn fragend musterte.

»Was ist los, Chef?«

»Schauen Sie!«

Ein Mann war eingetreten, hatte seinen Hut – einen weichen, schwarzen Filzhut, an einen Haken gehängt.

Er setzte sich an einen kleinen Tisch, griff nach der Speisekarte, die ihm der Kellner brachte, gab seine Bestellung auf und wartete bewegungslos, sein Körper steif und aufrecht, beide Arme auf dem Tischtuch verschränkt.

Und Lupin sah ganz deutlich sein Gesicht. Es war ein hageres, hartes Gesicht, vollkommen glatt und mit Augenhöhlen, aus denen stahlgraue Augen schimmerten. Seine Gesichtshaut schien über die Knochen seines Kopfes gestreckt zu sein, wie ein Bogen Pergament, so steif und dick, dass kein Haar es durchdrang.

Das Gesicht war ausdruckslos, leblos. Keine Regung erhellte es. Es war, als gäbe es keinen Gedanken unter der wachsartigen Stirn, und die Augen, unter haarlosen Wimpern, erschienen starr wie die einer Bildsäule.

Lupin winkte dem Kellner.

»Wer ist der Herr dort drüben?«

»Der sein Mittagessen einnimmt?«

»Ja.«

»Er ist ein Stammkunde. Kommt zwei- oder dreimal jede Woche.«

»Wissen Sie seinen Namen?«

»Aber ja ... er heißt Leon Massier.«

289

»Oh«, stieß Lupin aufgeregt hervor. »L. M. ... die gleichen Initialen wie Louis de Malreich.«

Er beobachtete ihn genau. In der Tat glich er Lupins Vorstellung des Mörders L. M. nicht nur körperlich, sondern auch von seiner ganzen hässlichen Ausstrahlung her. Was ihn jedoch noch mehr erstaunte, war der furchterregende Eindruck, den er auf ihn machte.

Er fragte den Kellner: »Was für ein Mensch ist er?«

»Ich habe keine Ahnung ... er ist immer allein, spricht mit niemandem ... wir hier kennen nicht einmal den Klang seiner Stimme ... er deutet auf das Gericht, das er wünscht ... hat es in zwanzig Minuten verzehrt, zahlt und geht ...«

»Und er kommt wieder?«

»Alle drei oder vier Tage. Er ist, wie gesagt, Stammgast.«

Er muss es sein, sagte sich Lupin. *Er kann kein Anderer sein. Er ist Malreich. Da sitzt er ... atmet ... fünf Schritte von mir entfernt. Das sind die Hände, die töten. Das ist das Gehirn, das beim Geruch von Blut berauscht ist. Das ist das Ungeheuer, der Vampir ...!*

Und doch, war es wirklich möglich? Lupin hatte Malreich als eine Figur der Fantasie betrachtet. Jetzt, als er ihn am helllichten Tag sah, war er verwirrt. Er verstand nicht, wie dieser Mann essen und trinken konnte wie jeder Andere, dieser Mann, den er als wildes Tier betrachtet hatte, das lebendes Fleisch verzehrt und das Blut seines Opfers trank.

»Lassen Sie uns gehen, Doudeville.«

»Was ist los mit Ihnen, Chef? Sie sind ganz blass!«

»Ich muss an die Luft. Kommen Sie!«

Draußen atmete er tief ein, wischte den Schweiß von seiner Stirn und murmelte: »Das ist besser. Ich glaubte zu ersticken.« Und da er wieder seine Fassung gewonnen hatte, fügte er hinzu: »Nun müssen wir uns ganz geschickt verhalten und seine Spur nicht verlieren.«

»Wäre es nicht besser, wenn wir getrennt arbeiten, Chef?

Er sah uns zusammen. Er wird weniger Verdacht schöpfen, wenn er nur einen von uns sieht.«

»Hat er uns gesehen?«, fragte Lupin besorgt. »Mir scheint, er sieht nichts und schaut auf nichts. Welch ein sonderbarer Kauz.«

In der Tat erschien Leon Massier zehn Minuten später und ging davon, ohne sich umzublicken. Er hatte eine Zigarette angezündet und rauchend, eine Hand auf den Rücken gelegt, wanderte er davon wie ein Mensch, der sich der Sonne und frischen Luft erfreute, ohne jeglichen Verdacht, dass man ihn beobachten könnte. Er wanderte durch das Mauttor, umrundete die Befestigungsanlagen und ging durch die Porte Champerret, bevor er wieder die Route de la Révolte erreichte.

Würde er wirklich eins der Gebäude in Nummer 3 betreten? Lupin hoffte innig, er würde es tun, denn das konnte nur seine Verbindung zu der Altenheim-Bande bestätigen. Doch der Mann wandte sich der Rue Delaizement zu, der er folgte, bis er die Radrennbahn Buffalo erreichte. An der linken Seite, dem Velodrom gegenüber, zwischen dem öffentlichen Tennisplatz und den Buden, die sich entlang der Rue Delaizement reihten, lag eine kleine Villa, von einem Gärtchen umgeben. Leon Massier hielt an, holte einen Schlüssel aus der Tasche, öffnete das Gartentor und dann die Haustür und verschwand.

Lupin ging vorsichtig weiter. Er sah sofort, dass die Häuser der Route de la Révolte sich bis dicht an die Gartenmauer erstreckten. Als er näherkam, erkannte er, dass die Mauer sehr hoch war, und dass ein Kutschenhaus an sie angebaut war. Die Lage der Gebäude verriet ihm mit einiger Sicherheit, dass dieses Kutschenhaus an der Rückseite an das Kutschenhaus im inneren Hof von Nummer drei angrenzte, das dem 'Makler' als Rumpelkammer diente.

Das hieß also, Leon Massier bewohnte ein Haus, das mit dem Haus benachbart war, in dem die sieben Mitglieder von Altenheims Bande ihr Treffen abhielten. Leon Massier war also in der Tat der Anführer dieser Bande, die seine Befehle ausführte, und es gab zweifellos eine Verbindung zwischen den beiden Kutschenhäusern, durch die er seinen Leuten seine Befehle übermitteln konnte.

»Ich habe recht gehabt«, sagte Lupin. »Leon Massier ist Louis de Malreich. Das erleichtert die ganze Sache.«

»Zweifellos«, stimmte ihm Doudeville zu. »Und alles wird in ein paar Tagen erledigt sein.«

»Das heißt, ich werde eine Stichwunde am Hals erleiden.«

»Was sagen Sie, Chef? Welch sonderbare Idee?«

»Ach, wer weiß? Ich habe immer schon ein Vorgefühl gehabt, dieses Ungeheuer bringt mir Pech.«

***

Von diesem Augenblick an ergab sich die Notwendigkeit, Malreichs Gewohnheiten ständig zu beobachten, so dass jeder seiner Schritte überwacht wurde. Das Leben, das er führte, war äußerst sonderbar, den Menschen der Nachbarschaft nach zu schließen, die Doudeville gründlich ausfragte. 'Der Kerl von der Villa,' wie sie ihn nannten, wohnte erst seit fünf Monaten dort. Er sah und empfing niemand, besaß keine Dienstboten. Alle Fenster, obwohl sie offen standen, sogar nachts, ließen die Räume dunkel erscheinen und zeigten nie das Licht einer Lampe oder Kerze. Außerdem ging Monsieur Massier oft abends aus und kehrte erst spät zurück ... manchmal erst in der Morgendämmerung.

»Kann jemand berichten, welcher Beschäftigung er nachgeht?«, fragte Lupin seinen Begleiter, als sie sich wieder trafen.

»Nein, er führt ein unstetes Leben. Manchmal verschwindet er tagelang ... oder hält sich in der Villa auf. Im Grunde genommen wissen wir nichts über ihn.«

»Na, wir werden etwas erfahren, und das schon bald.«

Er irrte. Nach einer Woche ständiger Beobachtung wusste er nicht mehr als zuvor. Das einzige Sonderbare, das sich ereignete, war, dass er plötzlich und unerklärlich spurlos zu verschwinden pflegte, wenn er verfolgt wurde. Er ging zwar manchmal durch Häuser mit zwei Ausgängen hindurch, aber auf dem Weg zur anderen Seite schien er sich in Luft aufzulösen wie ein Gespenst. Und bei diesen Ereignissen verspürte Lupin wieder eine unerklärliche Angst, Verwirrung und Zorn. Dann eilte er immer zur Rue Delaizement zurück und nahm seinen Wachposten nahe der Villa ein.

Nach Minuten, einer halben Stunde, oder nach einer halben Nacht, erschien der geheimnisvolle Mann von irgendwo her wieder. Was mochte er wohl getrieben haben?

***

»Ein Express-Brief für Sie, Chef«, sagte Doudeville eines Morgens gegen acht Uhr, als sie sich in der Rue Delaizement trafen.

Lupin öffnete den Umschlag. Madame Kesselbach flehte ihn an, ihr zu Hilfe zu kommen. Es schien so, als hätten zwei Männer nachts unter ihrem Fenster gestanden und einer hatte zu dem anderen gesagt: »Was für ein Schweineglück! Diesmal haben wir sie vollkommen geblendet. Wir sollten also heute Nacht zuschlagen.«

Madame Kesselbach war daraufhin nach unten gegangen und hatte festgestellt, dass das Fenster in der Speisekammer nicht geschlossen werden konnte, so dass es sich leicht von außen öffnen ließ.

»Endlich!«, sagte Lupin erleichtert. »Es ist wieder einmal unser geheimnisvoller Freund, der etwas vorhat. Ausgezeichnet. Ich werde langsam müde davon, vor Malreichs Haus herumzustehen.«

»Ist er im Moment dort?«

»Nein, er ist vermutlich in Paris. Er führt mich wohl

schon wieder an der Nase herum, genau jetzt, wo ich ei-
gentlich ihn hereinlegen wollte. Doch hören Sie zu, Doudeville! Holen Sie so schnell wie möglich zehn unserer
Leute und kommen Sie mit ihnen zur Rue des Vignes.
Bringen Sie Marco – und Jérôme, den Boten. Ich habe sie
nach der Sache im Palace-Hotel in Urlaub geschickt, aber
diesmal brauchen wir sie. Vater Charolais und sein Sohn
sollten zur Zeit Wache halten. Sagen Sie ihnen Bescheid
und um halb zwölf kommen Sie zu mir zur Ecke der Rue
des Vignes und der Rue Rayounard. Von dort aus werden
wir das Haus beobachten.«
Doudeville verschwand. Lupin wartete noch eine Stunde,
bis die Straße ruhig und menschenleer war. Nachdem
Leon Massier nicht zurückzukehren schien, entschloss er
sich und ging auf die Villa zu.
Niemand war zu sehen … Er sprang hoch, schwang sich
über den Gitterzaun und landete im Garten.
Er hatte vor, das Schloss der Haustür zu sprengen und die
Zimmer zu durchsuchen, um die Briefe des Kaisers zu
entdecken, die Malreich in Veldenz gestohlen hatte. Doch
ein Besuch des Kutschenhauses war wichtiger.
Er war erstaunt, es unversperrt vorzufinden. Seine Ver-
wunderung steigerte sich noch, als er beim Schein der
Taschenlampe feststellte, dass es vollkommen leer war
und keine Tür an der Trennwand zu seinem Nachbarhaus
hatte. Dennoch durchsuchte er das Gebäude peinlich genau, jedoch ohne Erfolg. Als er aber wieder nach draußen
trat, entdeckte er eine Leiter, die ganz offensichtlich dazu
diente, den Heuboden unter dem Schieferdach zu erreichen.
Der Heuboden war voller alter Kisten, Strohballen und
Gartengeräte. Er musste über eine Kiste steigen und folgte einem schmalen Gang zwischen dem Gerümpel, bis ein
Glaskasten ihm den Weg versperrte. Als er ihn zur Seite
schieben wollte, erkannte er, dass er befestigt war. Doch
bei genauerer Untersuchung bemerkte er auch, dass die

rückwärtige Scheibe fehlte. Er streckte den Arm in den Kasten und entdeckte eine Öffnung in der Trennmauer. Beim Licht der Taschenlampe sah er einen großen Raum, größer als der an seiner Seite, ebenfalls voll mit altem Gerümpel.

»Aha!«, sagte er sich. »Das Loch führt zu dem Lager des 'Maklers'. Von hier oben kann Louis de Malreich seine Komplizen beobachten und belauschen, ohne dass sie seine Gegenwart erahnen. Jetzt verstehe ich, weshalb sie ihren Anführer nicht kennen.«

Nach dieser Entdeckung löschte er die Lampe und wollte sich schon entfernen, als er hörte, wie auf der anderen Seite eine Tür geöffnet wurde. Jemand war hereingekommen und schaltete eine Lampe ein. Er erkannte den 'Makler'. Er entschied, abzuwarten, um seine Gegenwart nicht zu verraten.

Der 'Makler' nahm zwei Revolver aus seinen Taschen, reinigte sie sorgfältig und lud die Waffen dann mit Patronen, während er vor sich hin pfiff.

Eine Stunde verging. Lupin wurde unruhig, doch er wartete die Dinge ab, die da kommen sollten.

Weitere Minuten tröpfelten dahin.

Endlich sagte der Mann laut: »Kommt herein!«

Einer der Bande kam herein, dann ein Zweiter, Dritter und Vierter.

»Gut, es sind alle da«, sagte der 'Makler. »Dieudonne und der Dicke warten unten. Kommt, wir haben keine Zeit zu verlieren ... seid ihr bewaffnet?«

»Bis an die Zähne.«

»Gut! Es wird hart zugehen.«

»Woher weißt du das, Makler?«

»Ich habe den Chef gesehen ... wenn ich sage, gesehen, stimmt das nicht ... Er sprach mit mir ...«

»Ja«, sagte einer der Männer. »In der Dunkelheit, an einer Straßenecke wie immer. Ach, Altenheims Gewohnheit war besser als das. Da wussten wir wenigstens, mit wem wir es zu tun hatten … Und was sagte der Chef?«

»Das sage ich euch jetzt«, erwiderte der 'Makler'. »Wir brechen bei der Frau Kesselbach ein.«

»Und die beiden Aufpasser? Die Zwei, die Lupin dort stationierte?«

»Das ist ihr Pech. Wir sind sieben. Sie werden uns keine großen Schwierigkeiten bereiten.«

»Und die Kesselbach?«

»Knebelt sie sofort, fesselt sie dann und bringt sie hierher … Da, auf das alte Sofa … und dann wartet auf eure Befehle.«

»Ich hoffe, wir werden gut dafür bezahlt?«

»Die Kesselbach-Diamanten werden ausreichen.«

»Ja, wenn alles klappt … aber ich will sicher sein, bevor ich …«

»Dreihundert Franc für jeden, vorher, und zweimal soviel nachher.«

»Hast du das Geld?«

»Ja.«

»Dann ist alles in Ordnung. Man kann sagen, was man will, aber wenn es zum Zahlen kommt, ist der Kerl einmalig.« Und so leise, dass ihn Lupin kaum verstand. »Und was, wenn wir das Messer benutzen müssen, gibt es dann eine zusätzliche Zahlung?«

»Wie üblich, zweitausend.«

»Und wenn es Lupin ist?«

»Dreitausend.«

»Oh, wenn wir ihn nur erwischen könnten!«

Einer nach dem anderen verließen die Ganoven die Rumpelkammer.

Lupin hörte noch die letzten Worte des 'Maklers': »Das ist der Plan. Wir trennen uns in drei Gruppen. Ein Pfiff, und ihr kommt alle auf einmal …«

Lupin verließ sein Versteck in aller Eile, kletterte die Leiter hinunter, rannte um das Haus, ohne es zu betreten und stieg wieder über das Gitter. Er eilte durch das Stadttor und sprang in ein Taxi: »Rue Raynouard.«

Er ließ das Taxi zweihundert Meter vor der Rue des Vignes anhalten und eilte zu der Ecke der beiden Straßen. Zu seinem großen Erstaunen wartete Doudeville nicht auf ihn.

Das ist sonderbar, dachte Lupin. *Es ist nach zwölf Uhr ... das alles sieht mir recht verdächtig aus.*

Er wartete zehn Minuten, zwanzig Minuten. Um halb eins war noch immer niemand gekommen. Länger zu warten, war zu gefährlich. Wenn Doudeville und seine Leute nicht kommen sollten, waren Charolais, sein Sohn und er, Lupin, ausreichend um den Angriff abzuwehren, ohne auf die Hilfe der Hausangestellten zu rechnen.

Er folgte also weiter seinem Plan. Doch schon bald sah er zwei Männer, die sich im Schatten einer Mauer zu verbergen versuchten.

»Verflucht!«, sagte er leise. »Das ist die Vorhut der Bande. Dieudonné und der Dicke. Ich bin ins Hintertreffen geraten, wie ein Narr.«

Hier verlor er nur wertvolle Zeit. Sollte er einfach auf die Burschen zugehen, sie unschädlich machen und dann durch das unversperrte Fenster der Speisekammer in das Haus gelangen, um Madame Kesselbach zu einem sicheren Ort zu bringen?

Das wäre vernünftig, doch es bedeutete den Fehlschlag seines Plans. Es bedeutete, die wertvolle Gelegenheit zu versäumen, die ganze Bande in die Falle zu locken, höchstwahrscheinlich auch Louis de Malreich.

Plötzlich ertönte ein Pfiff von irgendwo jenseits des Hauses. Befand sich der Rest der Bande schon dort?

Sollte der Angriff vom Garten her erfolgen?

Doch nach diesem Zeichen kletterten die beiden Männer durch das Fenster und verschwanden.

Lupin eilte zum Balkon, schwang sich nach oben und schlängelte sich in die Speisekammer. Dem Geräusch ihrer Schritte nach zu schließen, ahnte er, die Verbrecher hatten sich dem Garten zugewandt, und er verspürte eine deutliche Erleichterung, denn Charolais und sein Sohn mussten sie sicherlich gehört haben.

Er eilte nach oben, zu Madame Kesselbachs Schlafzimmer beim ersten Treppenabsatz. Er trat ein, ohne zu klopfen.

Ein Nachtlicht brannte in dem Zimmer und er sah Dolores bleich auf dem Sofa liegen. Er eilte auf sie zu, half ihr, sich zu erheben und fragte: »Hören Sie ... Charolais und sein Sohn? ... Wo sind Sie ...?«

»Warum? Was meinen Sie ...?«, stammelte sie. »Sie sind gegangen ...«

»Gegangen?«

»Sie riefen doch vor einer Stunde an ... telefonisch ...«

Er griff nach einem Papierbogen neben ihr und las: »Schicken Sie die beiden Aufpasser sofort ins Stadtzentrum ... und alle anderen meiner Leute ... Ich warte im Grand Hotel auf sie ... Haben Sie keine Angst.«

»Zum Teufel! Und Sie glaubten das? ... Aber Ihre Dienstboten?«

Er ging zum Fenster. Draußen kamen drei Männer vom Ende des Gartens auf das Haus zu.

Vom Fenster des angrenzenden Raumes, das auf die Straße blickte, sah er zwei weitere am Gehsteig.

Und er dachte an Dieudonné und den Dicken, an Louis de Malreich hauptsächlich, der nun um das Haus schleichen musste, unsichtbar und bedrohlich.

»Ach, verflucht«, murmelte er. »Ich glaube, diesmal haben sie mich gründlich hereingelegt.«

14. Kapitel: Der Mann in Schwarz

In diesem Augenblick spürte Arsène Lupin die Gewissheit, dass er in einen Hinterhalt gelockt worden war, durch Maßnahmen, die er nicht vorausgesehen hatte, doch deren großartiges Geschick ihm bewusst wurde. Alles war geplant, sorgfältig angeordnet worden, die Entlassung seiner Leute, das Verschwinden der unzuverlässigen Angestellten, seine eigene Gegenwart in Madame Kesselbachs Haus.

Zweifellos war der Plan, den der Gegner entworfen hatte, tadellos gelungen, dank der unglücklichen Umstände. Ohne sie wäre er schon vor dem Eintreffen der telefonischen Nachricht hier angekommen. Das hätte zu einer Auseinandersetzung zwischen Altenheims Bande und seinen eigenen Leuten geführt. Er erinnerte sich nur zu gut an Malreichs Rolle in dem Mord von Altenheim, die Vergiftung des armen Mädchens in Veldenz. Nun musste er sich fragen, ob der Überfall gegen ihn allein gerichtet war oder ob Malreich die Möglichkeit eines Kampfes beider Banden geplant hatte, die den Tod seiner Helfer herbeiführen sollte, nachdem sie ihm nicht länger von Nutzen sein konnten.

Es war ein Gedanke, eine Idee, die ihm durchaus möglich erschien. Jetzt lag die Stunde der Entscheidung vor ihm. Er sah sich gezwungen, Dolores zu verteidigen, deren Entführung den wichtigsten Grund des Angriffs darstellte. Er öffnete das Fenster der Speisekammer einen Spalt breit und zog seinen Revolver. Ein Schuss würde die Nachbarschaft alarmieren und die Halunken zur Flucht veranlassen.

»Doch nein«, murmelte er. »Ich lasse mir nicht nachsagen, ich fürchte den Kampf. Die Gelegenheit ist zu gut, und es ist nicht gesagt, dass sie wirklich flüchten werden! ... Es sind zu viele Gegner, als dass sie die Nachbarn fürchten müssten.«

Er kehrte zu Dolores zurück.

Von unten her erklangen Geräusche. Er lauschte und entschied, dass sie vor der Treppe her kamen. Er versperrte die Tür.

Dolores weinte und warf sich auf das Sofa.

»Fühlen Sie sich kräftig genug? Ich könnte die Bettlaken verknüpfen und Sie aus dem Fenster und nach unten bringen ...«

»Nein, nein, verlassen Sie mich nicht ... Ich habe Angst ... Ich habe nicht die Kraft ... Sie werden mich töten ... Oh, beschützen Sie mich!«

Er nahm sie in seine Arme und trug sie in den Nebenraum, beugte sich herunter und sagte: »Rühren Sie sich nicht und verhalten Sie sich ruhig. Ich schwöre, keiner von ihnen wird auch nur ein Haar Ihres Kopfes berühren, solang ich lebe.«

Jemand rüttelte an der Tür im anderen Raum. Dolores klammerte sich mit aller Kraft an ihn und rief: »Sie sind hier! Sie sind drüben ... Sie werden Sie töten ... Sie sind allein ...!«

Er erwiderte beruhigend: »Ich bin nicht allein ... Sie sind hier ... hier bei mir ...«

Er versuchte sich aus ihrer Umklammerung zu befreien. Sie nahm seinen Kopf in beide Hände, blickte tief in seine Augen und flüsterte: »Wohin gehen Sie? Was werden Sie tun? Nein, Sie dürfen nicht meinetwegen sterben ... Ich lasse es nicht zu ... Sie müssen leben ... Sie müssen.«

Sie stammelte Worte, die er nicht verstand, Worte, die er nicht hören sollte und, all ihrer Kraft beraubt, sank sie bewusstlos zurück.

Er beugte sich über sie und blickte einen Augenblick lang auf sie herunter. Dann, ganz zart, presste er seine Lippen auf ihr Haar. Erst dann ging er rasch in das anliegende Zimmer zurück und schloss die Tür sorgfältig hinter sich, bevor er das Licht einschaltete.

»Einen Augenblick, meine Burschen!«, rief er. »Ihr seid in

großer Eile euren Herrgott zu begrüßen ... Wisst ihr nicht, dass hier Lupin ist? ... Er lädt zum Tanz ein!«

Während er sprach, sammelte er ein paar Kleidungsstücke zusammen, bauschte sie auf das Sofa und breitete eine Decke darüber, um den Anschein zu erwecken, es wäre eine Figur. Die Tür stand im Begriff, unter dem Ansturm seiner Gegner nachzugeben. Rasch rückte er noch einen Wandschirm vor das Sofa, so dass es nur teilweise zu sehen war.

»Hier bin ich! Kommt schon. Seid ihr bereit? Jetzt, meine Herren, einer nach dem anderen!«

Er drehte rasch den Schlüssel und zog den Riegel zurück. Wilde Rufe, Drohungen, Fluche erklangen von der nun offenen Tür. Doch keiner wagte sich herein. Bevor sie auf Lupin stürzten, zögerten sie, furchtsam, mutlos.

Er hatte eine ähnliche Reaktion erwartet. Er stand in der Mitte des Zimmers, im hellen Licht, einen Arm ausgestreckt, dessen Finger ein Päckchen Banknoten hielt, das er langsam zählte und in sieben Bündel teilte.

Dann sagte er ruhig: »Dreitausend Francs Belohnung für jeden von euch, wenn Lupin in die Hölle geschickt wird. Das ist, was euch versprochen wurde. Hier könnt ihr das Doppelte verdienen, ohne die Gefahr, verletzt oder getötet zu werden.«

Er legte das Geld auf den Tisch, wo die Halunken es sehen konnten.

Der 'Makler' brüllte: »Quatsch. Er will Zeit gewinnen. Knallt ihn ab!«

Er hob den Arm. Seine Freunde hielten ihn zurück.

Lupin sprach weiter: »Das muss natürlich eure Pläne nicht ändern. Ihr seid hier, um Madame Kesselbach zu entführen und die Diamanten zu entdecken, die sie besitzt. Ich habe nicht die Absicht, euch an dieser lobenswerten Aufgabe zu hindern!«

»Wohin soll dieser Unsinn führen?«, fragte der 'Makler' trotz seines früheren Widerstandes.

»Aha, Makler, du zeigst langsam Interesse ... komm herein, mein Lieber ... Kommt alle herein ... die Zugluft ist ungesund ... und so gutaussehende Knaben wie ihr es seid, dürfen sich keine Erkältung holen ... Was, wir fürchten uns? Ich bin doch ganz allein ... kommt, lasst euch nicht einschüchtern!«

Sie traten ein, verwirrt und misstrauisch.

»Schließ' die Tür, Makler ... es ist bequemer so. Danke, mein Lieber. Oh, übrigens, ich sehe, die Banknoten sind verschwunden. Das heißt, wir sind uns einig? Wie einfach ist es doch, wenn ehrliche Menschen ihre Geschäfte erledigen!«

»Na ... und jetzt?«

»Und jetzt? Na, wir sind *Teilhaber* ...«

»Teilhaber?«

»Warum nicht? Ihr habt mein Geld angenommen! Wir arbeiten zusammen, mein Lieber. Wir werden die junge Dame zuerst wegbringen und die Juwelen danach.«

Der Makler grinste.

»Dazu brauchen wir Sie nicht.«

»Aber doch, Alter.«

»Wieso?«

»Weil du keine Ahnung hast, wo sich die Juwelen befinden.«

»Das werden wir erfahren.«

»Morgen, vielleicht. Aber nicht heute Nacht.«

»Na, heraus damit! Was wollen Sie?«

»Meinen Anteil an den Juwelen.«

»Warum haben Sie nicht alle für sich behalten, wenn Sie wissen, wo sie sind?«

»Kann nicht allein daran kommen. Es gibt wohl einen Weg, aber den kenne ich nicht. Ihr seid hier, deshalb könnt ihr mir helfen.«

Der 'Makler' zögerte.

»Die Juwelen teilen ... die Juwelen teilen ... ein wenig Messing und Glas vermutlich ...«

»Du bist ein Narr! ... Sie sind mehr als eine Million wert.«
Der Mann erbebte unter dem Eindruck dieser gewaltigen
Summe.

»Na gut«, gab er nach. »Aber wenn die Kesselbach entkommen sollte? Sie ist doch nebenan, nicht wahr?«

»Nein, sie ist hier!«
Lupin nickte zum Sofa hin. Die Kleidungsstücke zeigten
eine verschwommene Figur, wenn man nicht genau hin-
schaute.

»Sie ist hier, ohnmächtig. Aber ich gebe sie nicht auf, bis
wir geteilt haben.«

»Aber ...«
»Du kannst entscheiden, wie du willst. Es ist mir egal. Ich
schaffe es auch allein. Ihr wisst, was ich erreichen kann.
Also entscheidet unter euch!«
Die Männer flüsterten miteinander und der Makler sagte:
»Wo ist das Versteck, von dem Sie sprechen?«

»Hinter dem Kamin. Aber jemand, der das Geheimnis
nicht weiß, ist gezwungen, den ganzen Kamin abzubauen,
samt dem Spiegel, Marmor und die Ziegel dahinter. Das
gibt eine Menge Arbeit.«

»Ach was, wir sind tüchtige Leute. Warten Sie fünf Minuten und ...«
Er gab seine Anordnungen und seine Freunde machten
sich sofort an die Arbeit mit erstaunlichem Eifer.

Zwei von ihnen stiegen auf Stühle, um dem schweren
Spiegel abzuheben. Die vier anderen nahmen den Kamin
in Angriff. Der Makler kniete sich hin und beäugte die Bo-
denkacheln, während er seine Befehle gab.

»Lustig jetzt, Jungs ... Alle zusammen ... Vorsicht! ... Eins,
zwei ... Ah, es bewegt sich ...«
Lupin stand hinter ihnen, die Hände in den Taschen und
sonnte sich in der Bewunderung und seinem Stolz. Er
war ein Künstler, ein Meister, der seine Autorität bewies,
seine Macht, den ungeheuren Einfluss, den er entfaltet
hatte. Wie konnten diese Idioten auch nur eine Sekunde

lang dieser verrückten Geschichte Glauben schenken und darüber den Verstand verlieren?

Er nahm zwei schwere Revolver aus den Taschen und wählte in aller Ruhe zwei der Männer, die er niederstrecken würde, und welche die folgenden zwei sein würden, zielte, als handelte es sich um Zielscheiben in einer Jahrmarktbude. Getreu seinen Grundsätzen würde er sie so treffen, dass keine bleibenden Schäden zu befürchten waren. Am besten war immer ein Treffer im Oberschenkel ... Zwei Schüsse, gefolgt von zwei weiteren.

Lautes Schmerzensgeschrei ... Vier Männer taumelten zu Boden, wie Puppen in einer Schießbude.

»Vier von sieben macht noch drei«, sagte Lupin. »Soll ich weitermachen?«

Er stand bewegungslos da, die Waffen in den Händen, auf den Makler und zwei seiner Freunde gerichtet.

»Du Schwein!«, knurrte der Makler und tastete nach seiner Waffe.

»Hände hoch!«, befahl Lupin. »Oder ich schieße ... richtig so ... ihr zwei da ... nehmt ihm die Waffen ab ... wenn nicht ...«

Die beiden Lumpen bebten vor Angst, zwangen ihren Anführer, seine Waffen zu überreichen.

»Fesselt ihn! ... Fesselt ihn, verdammt noch mal! ... Welchen Unterschied macht es schon für Euch? ... Wenn ich erst einmal verschwunden bin, seid Ihr alle frei ... Macht schnell! Die Handgelenke zuerst ... mit euren Gürteln ... und jetzt die Fußgelenke ... Schnell ...!«

Der Makler, vollkommen verstört und bewegungslos, gab jeden Widerstand auf. Während sie ihn noch immer fesselten, trat Lupin näher und verpasste beiden einen mächtigen Kolbenschlag, der sie zusammensacken ließ.

»Keine schlechte Arbeit«, sagte er und atmete auf. »Schade, es gibt nicht noch weitere fünfzig von ihnen. Ich bin gerade so richtig in Fahrt ... und alles so einfach ... was meinst du dazu, Makler?«

Der Halunke stieß einen groben Fluch aus.

»Sei froh, du lebst noch immer, Alter. Tröste dich mit dem Gedanken, dass du einen guten Zweck unterstützt, die Rettung Madame Kesselbachs. Sie wird dir persönlich für deine Ritterlichkeit danken.«

Er ging zu der Tür des anliegenden Zimmers und öffnete sie.

»Was ist das?«, stieß er hervor, an der Tür wie vom Schlag getroffen an.

Das Zimmer war leer.

Er eilte zum Fenster und sah eine Leiter gegen den Balkon gelegt, eine teleskopische Leiter, und murmelte: »Entführt ... entführt ... Louis de Malreich ... Oh, der Halunke ...!«

Er dachte einen Augenblick lang nach, versuchte Ordnung in seine Gedanken zu bringen und sagte sich dann, Madame Kesselbach schien sich nicht in gegenwärtiger Gefahr zu befinden. Er durfte nur nicht die Nerven verlieren.

Doch dann packte ihn ein unbezwingbarer Zorn und er gab zwei der Verwundeten je einen Fußtritt, tastete nach seinen Banknoten und steckte sie in seine Tasche, knebelte die Burschen dann und fesselte ihre Hände mit allem, was er finden konnte, Vorhangkordeln, Leintüchern, Decken in Streifen zerschnitten und schleppte sie der Reihe nach auf den Teppich vor dem Sofa, sieben Bündeln Menschheit, eng aneinander und wie Pakete verschnürt.

»Mumien auf Röstbrot!«, lachte er. »Ein nettes Mahl, wer so etwas liebt ... Ihr Narren, wie gefällt euch das, eh? Hier liegt ihr, wie Leichen in der Leichenhalle ... geschieht euch ganz recht, mit Lupin anzubandeln. Lupin, der Schutzengel von Witwen und Waisen! ... Zittert ihr? Ganz unnötig. Lupin verletzt keine Fliegen ... Nur, Lupin ist ein anständiger Mensch, er kann Ungeziefer nicht ausstehen und kennt seine Pflicht. Ich frage euch, ist ein Leben mit

Gesindel wie euch möglich? Denkt darüber nach! Kein Respekt für andere Menschen, kein Respekt für Besitz, für das Gesetz, für die Gesellschaft, kein Gewissen, nichts! Wohin führt das alles? Gott, wie soll das alles enden?«

Ohne sich die Mühe zu machen, sie einzusperren, verließ er das Zimmer, ging zur Straße hinunter und fand ein Taxi. Er ließ den Fahrer einen Kollegen holen und wartete, bis beide zurückkehrten, bevor er sie zu Madame Kesselbachs Haus dirigierte.

Ein entsprechendes Trinkgeld ersparte lange Erklärungen. Mithilfe der beiden Fahrer trugen sie die sieben Gefangenen nach unten und verpackten sie irgendwie auf und unter den Sitzen. Die Verwundeten jammerten und stöhnten. Er schloss die Wagentüren und rief zuvor: »Vorsicht mit den Händen!«

Er stieg neben den Fahrer des ersten Taxis.

»Wohin?«

»3, Quai des Orfèvres; die Detektiv-Abteilung.«

Die Motoren sprangen an, die Gänge knirschten und die Prozession fuhr den Trocadero hinunter.

In den Straßen sahen schon die ersten Gemüsekarren auf dem Weg zum Markt. Männer mit langen Stangen löschten die Straßenlaternen.

Lupin sang laut vor sich hin. Der Place de la Concorde, der Louvre ... in der Entfernung die Türme von Notre Dame.

Er wandte sich um und öffnete die Tür einen Spalt breit.

»Ihr freut euch, Kumpel? Ich ebenfalls, danke. Es ist eine wunderbare Nacht für eine Autofahrt. Die Luft ist herrlich ...!«

Sie holperten über den schlecht gepflasterten Quai. Bald darauf erreichten sie den Justizpalast und den Eingang zur Detektiv-Abteilung.

»Wartet hier!«, befahl Lupin. »Und passt gut auf eure sieben Fahrgäste auf.«

Er durchquerte den äußeren Hof, folgte einer Passage an

der rechten Seite und erreichte das Zentralbüro. Acht Inspektoren hatten Nachtdienst.

»Ein Fang, meine Herren«, sagte er, als er eintrat. »Ein ausgezeichneter Fang. Ist Monsieur Weber hier? Ich bin der neue Kommissar der Polizei in Auteuil.«

»Monsieur Weber ist in seiner Wohnung. Sollen wir ihn rufen?«

»Einen Augenblick, bitte. Ich habe es eilig. Ich hinterlasse eine Nachricht für ihn.«

Er setzte sich an einen Tisch und schrieb:

Mein lieber Weber,

ich bringe Ihnen hier die sieben Halunken, die Altenheims Bande bildeten, die Männer, die Gourel töteten (viele andere dazu) und die mich, unter dem Namen Monsieur Lenormand, zu ermorden versuchten.
Es verbleibt nur noch ihr Anführer. Ich bin damit beschäftigt, ihn jeden Augenblick zu verhaften. Kommen Sie und begleiten Sie mich. Er lebt in der Rue Delaizement in Neuilly unter dem Namen Leon Massier.
Beste Grüße

ARSENE LUPIN.
Chef des Detektiv-Dienstes

Er klebte den Umschlag zu.

»Überreichen Sie das Schreiben Monsieur Weber. Es ist sehr wichtig. Und jetzt benötige ich sieben Leute, um die Waren in Empfang zu nehmen. Ich habe sie draußen am Quai zurückgelassen.«

Auf dem Rückweg begegnete er einem Chefinspektor.

»Ah, Sie sind es, Monsieur Leboeuf!«, sagte er. »Ich habe einen herrlichen Fang gemacht ... die ganze Altenheim-Bande ... Sie befindet sich draußen in zwei Taxis.«

»Wo haben Sie die Kerle entdeckt?«

»Hart bei der Arbeit, Madame Kesselbach zu entführen

und ihr Haus zu berauben. Aber ich erzähle Ihnen alles genauer, wenn die Zeit dafür kommt.«

Der Chefinspektor zog ihn zur Seite und sagte mit erstauntem Ausdruck: »Entschuldigen Sie, Monsieur, aber man ließ mich holen, um mit dem Kommissar für Auteuil zu sprechen. Und ich scheine ... mit wem habe ich die Ehre zu sprechen?«

»Mit jemandem, der Ihnen ein großzügiges Geschenk von sieben Halunken der besten Qualität macht.«

»Dennoch, ich würde gern wissen ...«

»Meinen Namen?«

»Ja.«

»Arsène Lupin.«

Er gab dem Chefinspektor einen Stoß, der ihn stolpern und hinstürzen ließ, rannte zur Rue de Rivoli, sprang in ein leeres Taxi und fuhr zur Porte des Ternes.

Die Route de la Révolte war ganz in der Nähe. Er ging auf die Nummer 3 zu.

Trotz all seiner Selbstkontrolle und klaren Denkens konnte Arsène Lupin seine Aufregung nicht unterdrücken. Würde er Dolores Kesselbach finden? Hatte Louis de Malreich sie zu seinem eigenen Haus gebracht oder zu dem Schuppen des Maklers?

Er hatte dem 'Makler' den Schlüssel zu seinem Lager abgenommen, so dass es einfach war, die Tür zu dem Warenlager zu öffnen. Er schaltete die Taschenlampe ein und leuchtete um sich. Etwas rechts von ihm war die Stelle, an der sich die Bande beraten hatte. Auf dem Sofa, das der 'Makler' erwähnt hatte, sah er eine schwarze Figur.

Es war Dolores, in Decken gewickelt und geknebelt.

Er befreite sie und half ihr, sich aufzurichten.

»Ach, Sie sind es! Sie sind da!«, stammelte sie. »Sie haben Ihnen nichts angetan?«

Sie erhob sich und deutete in die Dunkelheit des Lagers.

»Da ... er ist dorthin gegangen ... ich hörte ihn ... ich bin ganz sicher ... Sie müssen gehen ... bitte!«

»Ich muss Sie zuerst in Sicherheit bringen«, sagte er.

»Ich bin nicht wichtig ... folgen Sie ihm ... ich bitte Sie ... Fangen Sie ihn!«

Die Angst schien ihr, statt sie zittern zu lassen, neue Kräfte zu geben und sie wiederholte drängend ihren Wunsch, den gefährlichen Gegner in Lupins Macht zu sehen.

Er bettete sie wieder sorgsam auf das Sofa.

»Sie haben recht ... Außerdem haben Sie nichts zu befürchten ... Warten Sie hier, bis ich zurückkehre.«

Als er sich schon abwenden wollte, griff sie nach seiner Hand.

»Aber Sie?«

»Was?«

»Wenn dieser Mann ...«

Es war, als fürchte sie für Lupin in der letzten großen Entscheidung, zu der sie ihn zwang, und es war, als wollte sie ihn im letzten Augenblick zurückhalten.

»Machen Sie sich keine Sorgen. Was habe ich schon zu befürchten? Er ist allein«, sagte er.

Er ließ sie zurück und ging zu der Rückseite des Lagers. Wie erwartet, fand er dort eine Leiter gegen die Mauer gelehnt, die ihn zu dem kleinen Fenster brachte, durch das er die Halunken bei ihrer Aussprache belauscht hatte. Es war der Weg, auf dem Malreich zu seinem Haus in der Rue Delaizement zurückgekehrt war.

Er folgte deshalb demselben Weg, genau wie ein paar Stunden zuvor, und erreichte den Speicher des anderen Kutschenhauses. Von dort aus kletterte er in den Garten hinunter und erreichte die Rückseite der Villa, in der Malreich lebte.

Er war erstaunt, dass sich die Türklinke bewegte, als er danach griff. Die Villa war nicht einmal zugesperrt.

Er durchquerte eine Küche, eine kleine Halle und eilte die Treppe hoch. Dabei machte er sich nicht einmal die Mühe, seine Schritte zu dämpfen.

Am Treppenabsatz hielt er an. Schweiß perlte über seine

Stirn und Schläfen. Das Blut rauschte in seinen Ohren. Trotzdem zwang er sich zur Ruhe, meisterte seine Erregung und ordnete seine Gedanken. Dann zog er beide Revolver und legte sie auf eine Treppenstufe.

Keine Waffen!, sagte er sich. *Nur meine Hände, nur ihre Kraft ... ein epischer Endkampf ...*

Ihm gegenüber befanden sich drei Türen. Er wählte die mittlere, drückte die Klinke ohne Widerstand herunter und trat ein. Es gab kein Licht, nur die Dämmerung, die durch ein offenes Fenster fiel und die ihn die Bettlaken und hellen Vorhänge sehen ließ.

Und jemand stand neben dem Bett!

Er richtete den Strahl der Taschenlampe auf die Figur.

Malreich!

Das blasse Gesicht Malreichs, seine dunklen Augen, die knochigen Wangen und der hagere Hals.

Er stand bewegungslos ihm gegenüber, fünf Schritte entfernt und er konnte den Ausdruck seines Gesichts nicht lesen. Es zeigte keine Furcht, keine Verzweiflung.

Lupin trat einen Schritt nach vorn ... einen zweiten ... dritten ...

Der Mann bewegte sich nicht.

Sah er ihn überhaupt? Wusste er, was vor sich ging? Es war, als starrten seine Augen ins Nichts, als sah er eine Halluzination statt ein wahres Bild.

Noch ein Schritt.

Er wird sich verteidigen, dachte Lupin. *Es gibt keinen anderen Weg für ihn.*

Er ballte die Fäuste und hob die Arme vor das Gesicht.

Malreich bewegte sich keinen Zentimeter. Er wich nicht zurück. Seine Augenlider schlossen sich nicht.

Es war Lupin, ängstlich und verwirrt, der den Kopf verlor. Er verpasste dem Anderen einen Schlag, der ihn auf das Bett schleuderte. Dann beugte er sich über ihn und rollte ihn rasch in das Bettlaken, wickelte darüber noch eine Decke, während er ein Knie gegen seinen Leib presste ... und während der ganzen Prozedur bewegte sich Malreich nicht, leistete keinen Widerstand.

»Ah!«, rief Lupin, berauscht von seiner Erleichterung und seinem befriedigten Hass. »Endlich habe ich dich, du Scheusal! Endlich bin ich der Sieger.«

Draußen, vor der Villa, ertönte Lärm. Jemand rüttelte am Gartentor. Er eilte zum Fenster und rief: »Sind Sie es, Weber? So rasch? Bravo! Sie sind ein vorbildlicher Diener der Ordnung. Sprengen Sie das Tor auf und kommen Sie herauf! Ich bin erfreut, Sie zu sehen!«

In den nächsten Augenblicken durchsuchte er die Taschen seines Gefangenen, nahm seine Brieftasche, zog Papiere aus den Schubladen eines Schreibtisches und einer Kommode, warf sie auf den Tisch und untersuchte sie genauer.

Er jubelte, als er das Bündel Briefe sah – die berühmten Briefe, die er dem Kaiser versprochen hatte! Er legte die andren Papiere an ihren Platz zurück und ging zum Fenster.

»Alles erledigt, Weber! Sie können heraufkommen. Sie werden Mister Kesselbachs Mörder auf seinem Bett finden, meisterlich verpackt zum Abtransport ... Adieu, Weber!«

Lupin rannte die Treppe hinunter, lief zum Kutschenhaus und kehrte zu Madame Kesselbach zurück, während Weber die Villa stürmte.

Er, Lupin, hatte ohne jegliche Hilfe Altenheims sieben Komplizen verhaftet!

Und er hatte den geheimnisvollen Anführer der Bande, den schändlichen Mörder, Louis de Malreich, dem Gesetz überantwortet!

***

Ein junger Mann saß schreibend an einem Tisch auf dem breiten Balkon.

Von Zeit zu Zeit hob er den Kopf und blickte verträumt auf die Hügellandschaft, wo die herbstlichen Bäume das letzte Laub auf die Dächer der Villen und ihre Gärten verstreuten.

Dann schrieb er weiter.

Nach einer Weile hob er sein Werk und begann laut zu lesen:

»Unsere Tage vergehen, verschwimmen, verschwimmen.
Getragen von Wellen der Zeit, der Zeit
Die sie führen zum Strand, zum Strand
Wo wir erst im Sterben erreichen Land, erreichen Land!«

»Nicht schlecht«, ertönte eine Stimme hinter ihm. »Madame Amable Tastu könnte das geschrieben haben, oder Frau Felicia Hermans. Doch wir können nicht alle Byron oder Lamartine sein.«

»Sie! ... Sie! ...«, stammelte der junge Mann erschrocken.

»Ja, ich, mein Dichter. Ich selbst, Arsène Lupin der seinen lieben Freund Pierre Leduc besucht.«

Pierre Leduc begann zu zittern, als litte er unter einem Fieber. Er fragte bekümmert: »Ist die Stunde gekommen?«

»Ja, mein lieber Pierre Leduc, die Stunde ist da, in der Sie das geruhsame Leben eines Dichters beenden müssen, das Sie geführt haben, zu Füßen von Geneviève Ernemont und Madame Kesselbach. Es ist Zeit, die Rolle zu spielen, die ich Ihnen in meinem Schauspiel zugedacht habe ... oh, ein herrliches Schauspiel, kann ich Ihnen versichern, nach allen Regeln der Kunst erschaffen, mit Höhepunkten, lustigen Zwischenstücken und dem Knirschen der Zähne. Wir haben den fünften Akt erreicht; das berauschende Ende steht bevor, und Sie, Pierre Leduc, sind der Held. Berühmtheit winkt Ihnen!«

Der junge Mann erhob sich.

»Und wenn ich mich weigere?«

»Idiot!«

»Ja, nehmen wir an, ich weigere mich. Was zwingt mich, Ihrem Willen zu folgen, die Rolle zu spielen, die ich nicht kenne, aber die ich schon im Voraus verabscheue und die mich beschämt?«

»Idiot!«, wiederholte Lupin.

Er legte eine Hand auf die Schulter des Dichters und zwang ihn sich zu setzen, nahm dann selbst Platz und sagte mit sanftem Ton.

»Sie vergessen, mein lieber junger Mann, Sie sind nicht Pierre Leduc, sondern Gérard Baupré. Dass Sie den schönen Namen Pierre Leduc tragen, beruht auf der Tatsache, dass Sie, Gérard Baupré, Pierre Leduc getötet und ihn seiner Persönlichkeit beraubt haben.«

Der junge Mann fuhr entrüstet hoch.

»Sie sind wahnsinnig! Sie wissen genau wie ich, Sie haben den ganzen Plan erfunden ...«

»Ja, natürlich weiß ich das, aber das Gesetz weiß es nicht und was wird es denken, wenn ich mit dem Beweis erscheine, der wahre Pierre Leduc starb durch ein Verbrechen und Sie nahmen seinen Platz ein?«

Der junge Mann stammelte voller Bestürzung: »Niemand wird Ihnen Glauben schenken ... Warum sollte ich so etwas getan haben? Aus welchem Grund?«

»Idiot! Der Grund ist so klar, dass sogar Weber selbst ihn erkennen kann. Sie lügen, wenn Sie behaupten, Sie spielten eine Rolle, die Sie nicht kennen. Sie kennen Ihre Rolle sehr gut. Es ist die gleiche Rolle, die Pierre Leduc gespielt hätte, wäre er noch immer am Leben.«

»Aber Pierre Leduc war doch nur ein Name für mich. Wer war er? Wer bin ich?«

»Welchen Unterschied macht das für Sie?«

»Das will ich wissen. Ich will wissen, was ich tun muss.«

»Und wenn Sie das wissen, werden Sie weitermachen?«

»Ja, wenn das Ziel, von dem Sie sprechen, wirklich lohnenswert ist.«

313

»Wenn das nicht der Fall wäre, glauben Sie, ich würde mir so große Mühe machen?«

»Wer bin ich? Was immer auch auf mich wartet, Sie können sicher sein, ich werde es verdienen. Aber ich muss es wissen. Wer bin ich?«

Arsène Lupin nahm den Hut ab und verbeugte sich. »Hermann IV., Großherzog von Zweibrücken-Veldenz, Prinz von Bernkastel, Kurfürst von Trier und Gebieter über alle möglichen Orte.«

***

Drei Tage später brachte Arsène Lupin Madame Kesselbach im Auto in Richtung Grenze. Die Fahrt erfolgte schweigend. Lupin erinnerte sich voller Rührung an die Angst, die Dolores in dem Haus in der Rue des Vignes gezeigt und die Worte, die sie gesprochen hatte, als er im Begriff stand, sie gegen die Altenheim-Bande zu verteidigen. Und sie schien sich ebenfalls daran zu erinnern, denn sie wirkte verlegen und ganz offensichtlich in seiner Gegenwart verwirrt.

Am Abend erreichten sie ein Schloss, die Mauern von Efeu umrankt, mit einem riesigen Schieferdach und von einem Garten mit uralten Bäumen umgeben.

Hier entdeckte Madame Kesselbach auch Geneviève, die bei einem Besuch in einer nahen Stadt Dienstboten aus der Bevölkerung in Dienst genommen hatte.

»Das wird Ihre Residenz sein, Madame«, erklärte Lupin. »Sie befinden sich im Schloss Bruggen. Sie sind hier vollkommen sicher, während Sie das Ergebnis der Untersuchungen abwarten. Ich habe Pierre Leduc geschrieben, und er wird von morgen an Ihr Gast sein.«

Er fuhr sofort weiter nach Veldenz und händigte Graf von Waldemar die gesuchten Briefe aus, die er sichergestellt hatte.

»Sie kennen meine Bedingungen, mein lieber Waldemar«,

erinnerte ihn Lupin. »Die Erste und Wichtigste ist die Wiederherstellung des Hauses Zweibrücken-Veldenz und die Rückkehr Hermann IV. als Großherzog.«

»Ich werde Verhandlungen mit der Ratsversammlung der Regentschaft sofort anordnen. Meiner Information nach dürfte es kaum zu großen Schwierigkeiten kommen. Aber der Großherzog Hermann ...«

»Seine Hoheit befindet sich derzeit auf Schloss Bruggen, unter dem Namen Pierre Leduc. Ich werde die notwendigen Unterlagen für seine Identität liefern.«

In derselben Nacht kehrte Lupin wieder nach Paris zurück mit dem Ziel, das Gerichtsverfahren gegen Malreich und seine sieben Halunken voranzutreiben.

***

Es wäre zu ermüdend, die Geschichte des Falls, die Tatsachen, bis auf die kleinste Einzelheit, hier zu rekapitulieren. Sie sind noch im Gedächtnis vieler. Es war ein sensationelles Geschehen, das noch immer die Diskussionen und Gespräche in Städten und Dörfern beherrscht.

Was ich hervorheben muss, ist die enorme Rolle, die Lupin im Verlauf der Verhandlung spielte. In der Tat leitete er die Untersuchungen. Von Anfang an nahm er den Platz der Obrigkeit ein, befahl Durchsuchungen durch die Polizei, die erforderlichen Maßnahmen, die Fragen, die den Gefangenen gestellt wurden und übernahm die Verantwortung für alle erforderlichen Schritte.

Er tat dies nicht direkt, sondern aus dem Verborgenen.

Wir erinnern uns an das landesweite Erstaunen, als Tag um Tag, Briefe veröffentlicht wurden, die einer meisterhaften Logik entstammten und, einer nach dem anderen, die folgenden Unterschriften trugen:

ARSENE LUPIN   Untersuchender Staatsanwalt
ARSENE LUPIN   Öffentlicher Ankläger

ARSENE LUPIN   Justizminister
ARSENE LUPIN   Polizei-Inspektor

Er führte die Anklage mit Elan, Eifer, sogar Gewalt, zum allgemeinen Erstaunen der Menschen diesmal aber ohne die bekannten humorvollen Bemerkungen und ohne jede Nachsicht.
Nein, diesmal war er vom Hass angetrieben.
Er hasste Louis de Malreich, diesen blutdürstigen Mörder, den er immer schon gefürchtet hatte und der, geschlagen und in seiner Zelle, ihm noch immer Furcht und Abscheu einflößte, als sei er ein Reptil oder eine Spinne.
Außerdem – hatte Malreich nicht die Unverschämtheit besessen, Dolores zu verfolgen?
»Er riskierte und verlor«, sagte Lupin. »Nun bezahlt er mit seinem Hals.«
Das war sein Ziel für den fürchterlichen Gegner: das Schafott, den grauen, trostlosen Morgen, an dem die Klinge der Guillotine nach unten fällt und tötet.

***

Es war ein befremdlicher Gefangener, den der Untersuchende Staatsanwalt monatelang in seiner Zelle verhörte, eine Figur der Abscheu, ein Mann, knochig, mit leeren Augen. Er lebte in einer anderen Welt, mit anderen Gedanken. Und er antwortete nur selten.
»Mein Name ist Leon Massier.«
Es war der einzige Satz, den er aussprach.
Lupin antwortete: »Sie lügen. Leon Massier, in Perigneux geboren, war im Alter von zehn Jahren Waise und verstarb vor sieben Jahren. Sie benutzten seine Papiere. Aber Sie haben die Sterbeurkunde vergessen. Hier ist sie.«
Lupin schickte eine Kopie des Scheins an den öffentlichen Ankläger.

»Ich bin Leon Massier«, wiederholte der Gefangene.

»Sie lügen«, erwiderte Lupin. »Sie sind Louis de Malreich, der letzte Abkömmling eines französischen Adeligen, der sich in Deutschland niederließ, im achtzehnten Jahrhundert. Sie hatten einen Bruder, der sich Parbury, Ribeira und Altenheim nannte; Sie töteten ihn. Sie hatten eine Schwester, Isilda de Malreich; Sie töteten sie ebenfalls.«

»Ich bin Louis Massier.«

»Sie lügen. Sie sind Malreich. Hier ist Ihr Geburtsschein. Hier sind die Ihres Bruders und Ihrer Schwester.«

Lupin legte die drei Geburtsscheine vor.

Außer der Frage seiner Identität vereidigte Malreich sich nicht gegen die Beweise, die gegen ihn erbracht wurden. Was konnte er schon sagen? Sie besaßen vierzig Nachrichten in seiner Handschrift – die Überprüfung seiner Handschrift bestätigte soviel – vierzig Nachrichten an seine Bande, die nicht vernichtet worden waren. Sie alle bezogen sich auf den Kesselbach Fall, den Überfall auf Monsieur Lenormand und Gourel, die Verfolgung des alten Steinwegs, den Tunnelbau in Garches und so weiter. Wie ließen sie sich abstreiten?

Eine sonderbare Entwicklung gab der Polizei ein Rätsel auf: Die sieben Halunken, ihrem Anführer gegenübergestellt, erklärten, sie kannten ihn nicht, weil sie ihn nie gesehen hatten. Sie erhielten ihre Anweisungen entweder per Telefon, oder in der Dunkelheit, und durch die Zettel, die Malreich wortlos in ihre Hände gedrückt hatte.

Doch war nicht die Existenz der Verbindung zwischen der Villa in der Rue Delaizment und dem Lager des Maklers Beweis genug für ihre Zusammenarbeit? Von den beiden Kutschenhäusern aus sah und hörte Malreich alles, beobachtete seine Leute.

Zweifel? Unbeweisbare Tatsachen? Lupin erklärte sie alle. In einem gefeierten Artikel, am Tag der Verhandlung veröffentlicht, rollte er den ganzen Fall von Anfang an auf und verriet, was sich dahinter verbarg. Er erklärte, wie

Malreich in dem Zimmer seines Bruders, des falschen Majors Parbury, lebte, ungesehen durch die Gänge des Palace-Hotels wanderte und Kesselbach ermordete, den Etagenkellner Beudot tötete, Chapman, den Sekretär, seines Lebens beraubte.

Die Verhandlung blieb lange in Erinnerung. Sie war furchterfüllt und düster, da ein Gefühl der Abscheu über dem Gerichtssaal hing, die Erinnerung an die Verbrechen und das vergossene Blut, das die Menge im Saal erfüllte.

Und dazu gesellte sich das verstockte Schweigen des Gefangenen. Kein Wort, kein Protest, keine Bewegung. Ein Gesicht wie aus Wachs, das weder sah, noch hörte. Die Menge im Gerichtssaal erschauderte. In ihrer Vorstellung sahen Sie eine übernatürliche Kreatur, einen Unmenschen, eine Gestalt aus Tausendundeiner Nacht oder eine indische Gottheit, die nach Blut verlangte.

Die Rolle der sieben Halunken verblasste angesichts ihres Anführers. Sie waren nichts als Nebenfiguren.

Die sensationelle Aussage wurde von Madame Kesselbach gemacht. Zum allgemeinen Erstaunen und Lupins eigener Überraschung erschien Dolores, die keiner Aufforderung des Staatsanwalts gefolgt war und sich an einen unbekannten Ort zurückgezogen hatte, endlich im Gerichtssaal. Sie erschien als eine bekümmerte Witwe und legte Beweise gegen den Mörder ihres Mannes vor, die seine Schuld allen offenbar machte.

Sie blickte ihn lange Sekunden an und sagte: »Das ist der Mann, der in mein Haus in der Rue Vignes einbrach, mich entführte und mich in dem Schuppen des 'Maklers' gefangen hielt. Ich erkenne ihn.«

»Ihren Eid darauf?«

»Ich schwöre es vor Gott und den Menschen.«

Zwei Tage später wurde Louis de Malreich, alias Leon Massier, zum Tode verurteilt. Seine dominante Persönlichkeit mag dazu beigetragen haben, dass die Verurteilung seiner Komplizen milder ausfiel.

»Louis de Malreich, haben Sie noch etwas zu sagen?«, fragte der vorsitzende Richter, nachdem er die Todesstrafe verhängt hatte.

Er erhielt keine Antwort. Es blieb nur die unbeantwortete Frage in Lupins Augen, warum Malreich alle seine Verbrechen begangen hatte. Was wollte er damit erreichen? Was war sein Ziel?

Lupin sollte bald verstehen. Der Tag war nicht fern, an dem er voller Entsetzen, voller Verzweiflung die furchtbare Wahrheit entdecken sollte.

Bis dahin jedoch, obwohl seine Gedanken dauernd von Fragen erfüllt waren, zwang er sich, den Fall aus seinem Denken zu verbannen. Er war entschlossen, seinen eigenen Lebenswandel zu ändern, sich um das Schicksal Madame Kesselbachs und Genevièves zu kümmern, über deren friedliches Leben er aus der Entfernung wachte und durch Jean Doudeville, den er nach Veldenz geschickt hatte, über den Fortschritt der Ratsversammlung der Regentschaft informiert wurde. Er nutzte die Zeit, um sich von seiner Vergangenheit zu lösen und sich auf die Zukunft vorzubereiten. Die Gedanken über ein anderes Leben als das, welches er in den Augen Madame Kesselbachs führte, erfüllten ihn mit Ehrgeiz und unerwarteten Gefühlen, in denen das Bildnis von Dolores eine Rolle spielte, ohne zu verstehen, wie oder warum.

In wenigen Wochen entledigte er sich aller Beweise, die ihn früher oder später belasten konnten, aller Spuren, die zu seinem Ruin führen konnten. Er gab jedem seiner Mitarbeiter eine Geldsumme, die ihnen ein angenehmes Leben ermöglichen würde, verabschiedete sich von ihnen und behauptete, nach Südamerika auszuwandern.

Eines Morgens, nach langem Grübeln und einer genauen Prüfung seiner Situation, rief er: »Es ist geschafft! Ich habe nichts mehr zu befürchten. Der alte Lupin ist tot. Macht Platz für einen neuen!«

Sein Diener brachte ein Telegramm aus Deutschland. Es

enthielt die Nachricht, auf die er gewartet hatte. Der Rat der Regenten, hatte auf Drängen des Hofes in Berlin die Frage an den Kurfürstenrat weitergeleitet, der unter dem Einfluss der Regenten beschlossen hatte, dem Aufleben der alten Dynastie von Veldenz zuzustimmen. Graf von Waldemar, zusammen mit drei Abgeordneten ausgewählt, war beauftragt, sorgfältig die Identität des Großherzogs Hermann IV. zu prüfen und Vorbereitungen für seinen Triumphzug in das Reich seiner Ahnen vorzubereiten, der im folgenden Monat stattfinden sollte.

»Ich habe es geschafft!«, jubelte Lupin. »Mister Kesselbachs großer Plan wird verwirklicht. Ich brauche nur Waldemar überzeugen, Pierre Leduc ist der wahre Großherzog, und das wird ein Kinderspiel sein. Die Verlobung zwischen Geneviève und Pierre Leduc wird morgen bekanntgegeben. Und es wird des Großherzogs zukünftige Braut sein, die Waldemar vorgestellt wird.«

Voller Freude stieg er in seinen Wagen, um zum Schloss Bruggen zu fahren.

Er sang im Wagen, er pfiff, er unterhielt sich mit seinem Chauffeur.

»Octave, weißt du, wen du die Ehre hast, zu fahren? Den Meister der Welt! ... Ja, mein Alter, das wirft dich um, was? Es stimmt genau, es ist die Wahrheit. Ich bin Weltmeister.«

Er rieb sich die Hände, plauderte weiter.

»Trotzdem, es war harte Arbeit. Es ist schon ein Jahr vergangen, seitdem der Kampf begann. Zugegeben, er war alles andere als einfach. Manchmal wusste ich nicht, ob ich siegen oder verlieren würde. Bei Gott, es war der Krieg der Giganten. Aber ich habe den Endsieg errungen. Der Feind ist vernichtet, und es gibt keine Hürden zwischen mir und meinem Ziel. Jetzt kommt nur noch der Endspurt.«

Er ließ den Wagen etwa hundert Meter vom Schloss entfernt anhalten, damit seine Ankunft keinen großen Wirbel bereitete und sagte zu Octave: »Warte zwanzig Minuten hier, bis vier Uhr und fahr dann in den Schlosshof! Bring mein Gepäck zu dem kleinen Häuschen am Ende des Parks. Ich schlafe dort.«

Nach der ersten Kurve konnte er das Schloss hinter einer Allee von Lindenbäumen sehen. Aus der Entfernung sah er Geneviève über die Terrasse gehen.

Sein Herz schlug schneller.

»Geneviève, Geneviève«, sagte er verträumt. »Der Schwur, den ich vor deiner sterbenden Mutter ablegte, geht in kurzer Zeit schon in Erfüllung ... Geneviève eine Großherzogin! ... Und ich, im Schatten, wache über dein Glück ... und verfolge die großen Pläne von Arsène Lupin.«

Er lachte und lief in der Deckung der Bäume und dichten Sträucher seinem Ziel entgegen, so dass er nicht von den Fenstern des Salons oder einem der Schlafzimmer gesehen werden konnte.

Er wollte Dolores sehen, bevor sie seine Gegenwart entdeckte und sprach mehrmals ihren Namen, so wie er es bei Genevièves Anblick getan hatte.

»Dolores ... Dolores ...«

Er erreichte eine Passage, die zum Esszimmer führte. Von diesem Raum konnte er durch eine Glastür den Salon sehen.

Er näherte sich auf Zehenspitzen.

Dolores lag auf einer Couch und Pierre Leduc, auf den Knien vor ihr, starrte mit verzückten Augen auf sie herunter.

15. Kapitel: Die Landkarte Europas

Pierre Leduc liebte Dolores!

Lupin sank auf die Knie. Sein Schmerz fühlte sich an wie eine Verletzung, ein Schmerz, so groß, dass er zum ersten Mal erkannte, was ihm Dolores bedeutete. Er musste blind gewesen sein, ahnte er, doch nun sah er sie mit Augen, die ihm die Wahrheit verrieten.

Doch gleichzeitig spürte er einen mörderischen Instinkt in ihm hochsteigen, blendend, wütend. Der Blick, die schmachtende Bewunderung für Dolores, trieben ihn zur Weißglut. Er spürte das Schweigen, das Dolores und Pierre Leduc umgab, ein Schweigen, das dennoch von Liebe, Leidenschaft und Hingabe sprach, von dem Verlangen, das ein Mensch für einen Anderen verspürt.

Und er sah auch Madame Kesselbach. Ihre Augen unter den geschlossenen Lidern mit ihren seidenen, langen, schwarzen Wimpern, waren unsichtbar. Doch sie schien seine verliebten Blicke zu spüren, denn sie bebte unter seiner schmachtenden Bewunderung.

»Er liebt sie ... sie liebt ihn«, dachte Lupin mit einer Eifersucht, die heiß in ihm wütete.

Und als Pierre sich über sie beugte: »Der Lump! Wenn er sie berührt, bring ich ihn um!«

Doch dann erkannte er die Sinnlosigkeit seines Zorns und kämpfte gegen die Regungen an, die ihn erfüllten.

»Oh, du Narr! Wie kannst du, Lupin, dich nur so gehen lassen? ... Schau, es ist doch natürlich, dass sie ihn liebt ... Ja, natürlich hast du einen anderen Empfang erwartet, gewisse Gefühle über deine Ankunft ... eine Erregung ... Du Idiot, du bist nur ein Dieb, ein Ganove, und er ist ein Prinz, jung, leidenschaftlich ...«

Pierre hatte sich nicht bewegt. Doch er schien zu sprechen, und es war, als erwachte Dolores. Ihre Augen öffneten sich und fanden seine, mit einem Blick voller Hingabe und tiefer als alle Küsse und Liebkosungen.

Was folgte, kam unerwartet und plötzlich wie ein Donnerschlag. Mit drei Sätzen jagte Lupin in den Salon, warf sich auf den jungen Mann, schleuderte ihn zu Boden und, mit einer Hand gegen die Brust seines Rivalen gedrückt, wandte er sich Madame Kesselbach zu und rief: »Wissen Sie es denn nicht? Hat er Ihnen nicht die Wahrheit gesagt, der Lump? ... Und Sie lieben ihn! Sieht er Ihnen wie ein Großherzog aus? ... Oh, so ein Witz!«

Er grinste und kicherte wie ein Verrückter, während Dolores vollkommen verstört auf ihn blickte.

»Er, der Großherzog Hermann! Hermann VI., Großherzog von Zweibrücken-Veldenz! Ein regierender Fürst! Großherr von Trier. Es ist zum Lachen! Warum? Er ist Gérard Baupré, ein armseliger Dichter ... ein Bettler, den ich von der Straße geholt habe! ... Ein Großherzog! Ha, ha, ha, ein Witz ... Wenn Sie gesehen hätten, wie er seinen kleinen Finger abschnitt ... er wurde dreimal ohnmächtig ... die Memme ... Ah, du erlaubst es dir, die Augen zu einer Dame zu erheben ... und gegen deinen Meister zu rebellieren! Warte nur, Großherzog von Zweibrücken-Veldenz, ich zeige dir ...«

Er packte ihn bei den Armen, schüttelte ihn wild und schleuderte ihn durch die offene Terrassentür.

»Pass' auf die Büsche auf, Großherzog. Sie haben Dornen!«

Als er sich umwandte, stand Dolores vor ihm und blickte ihn mit hasserfüllten Augen an, so, wie er sie noch nie gesehen hatte. Konnte das wirklich Dolores sein, die schwache, kränkliche Dolores?

Sie stammelte: »Was tun Sie? ... Wie wagen Sie es? ... Und er ... Und er ... Ist es wirklich wahr? ... er hat mich belogen?«

»Sie *belogen*?«, rief Lupin, als er verstand, welche Erniedrigung als Frau sie erlitten hatte. »Sie belogen? Ha, er ist ein Großherzog! Eine Marionette, das ist alles, eine Marionette, die an meinen Fäden tanzt ... ein Instrument, das ich gestimmt habe, um zu spielen, wie ich wünsche! Oh, der Narr, der Narr!«

Wieder vom Zorn gefasst, stampfte er mit einem Fuß, ballte die Fäuste und lief in dem großen Raum auf und ab, während er seinem Ärger Worte gab.

»Dieser Narr! Er verstand nicht, was ich von ihm verlangte. Er ahnte nicht, welch große Rolle er zu spielen hatte. Ach, ich werde es ihm mit Gewalt beibringen müssen, sehe ich. Heb' den Kopf, du Idiot! Du wirst Großherzog sein, von Gnaden Lupins. Und regierende Hoheit. Über Untertanen zu herrschen in einem Palast, den Karl der Große neu für dich erbauen wird. Und der große Meister werde ich sein, Lupin. Verstehst du, Dummkopf? Halte deinen Kopf hoch, verflucht noch mal! Höher! Schau zum Himmel, erinnere dich daran, ein Zweibrücken wurde wegen Viehdiebstahl gehenkt, lang bevor die Hohenzollern ans Ruder kamen. Und du bist ein Zweibrücken, zum Teufel nochmal, und ich bin hier, ich, Lupin. Du wirst Großherzog sein, sage ich! Ein Pappmaché Großherzog? Na gut, aber trotzdem ein Großherzog, von mir geleitet und mit meinem Erfolg gesegnet. Eine Marionette? Na gut. Aber eine Marionette, die meine Worte spricht, meine Anweisungen ausführt, meine Wünsche erfüllt und meine Träume verwirklicht.«

Er hielt bewegungslos an, durch den Glanz seiner Pläne geblendet. Dann ging er auf Dolores zu und sagte leise und mit fast mystischer Begeisterung:

»Links von mir, Elsass-Lothringen … rechts, Baden, Württemberg, Bayern … Süddeutschland … alle die ehemals souveränen Staaten, unter dem Stiefel des preußischen Charlemagne, aber ruhelos und bereit, jeden Augenblick die Fesseln abzuschütteln … verstehst du, was ein Mann wie ich in all dem Durcheinander schaffen kann, all die Erwartungen, die er erfüllen kann, all den Hass, den er produzieren kann, all den Aufruhr, den er entfachen kann?«

Noch leiser wiederholte er: »Und, links von mir, Elsass-Lothringen ... verstehst du alles? Träume? Überhaupt nicht. Es ist die Realität von übermorgen, die Zukunft ... Ja, das will ich ... ich will es ...Oh, alles was ich will und beabsichtige zu tun, ist ohne Vorbild! Denke doch! Zwei Schritte von der Grenze mit Elsass entfernt! ... Im Herzen Deutschlands! Dicht am Rhein! ... Eine kleine Intrige, ein wenig Genie reicht aus, um das Gesicht der Welt zu verändern. Genie besitze ich und noch mehr dazu ... Und ich werde der Herrscher sein, der Meister, der sein Werk schafft. Der Andere, die Marionette, erntet Ruhm und Ehre ... ich werde die Macht besitzen ... aber im Hintergrund bleiben. Keinen Platz in der Regierung! Ich will nicht Minister sein, nicht einmal Kämmerer. Nichts. Ich werde ein Bediensteter im Palast sein, ein Gärtner vielleicht. Ja, ein Gärtner ... Oh, welch ein wunderbares Leben! Ich werde Rosen pflegen und die Landkarte Europas verändern.«

Sie musterte ihn begierig, dominiert durch die Stärke dieses Mannes. Und ihre Augen verrieten eine Bewunderung, die sie nicht zu verbergen suchte.

Er legte seine Hände auf ihre Schultern.

»Das ist mein Traum. So groß er auch ist, er wird durch die Tatsachen noch in den Schatten gestellt werden, das schwöre ich Ihnen. Der Kaiser hat bereits gesehen, was ich erreichen kann. Eines Tages wird er erkennen, was mir gelingen kann. Ich besitze alle Trumpfkarten. Valenglay wird meinen Anweisungen folgen, genau wie auch England. Das Spiel zu gewinnen ... das ist mein Traum ... Und es gibt noch einen anderen ...«

Er hielt plötzlich inne. Dolores wandte den Blick nicht von ihm und ihre Gefühle spiegelten sich in ihrem Gesicht.

Eine riesige Freude erfüllte ihn, als er die Verwirrung dieser Frau in seiner Gegenwart erkannte. Er hatte nicht mehr das Gefühl, sie betrachtete ihn als ... was er war, ein

Dieb, ein Räuber, er war ein Mann, der liebte und dessen Liebe ungeahnte Regungen in ihrer Seele erweckte.

Er sagte kein Wort, sondern vermittelte ihr, unausgesprochen, jedes Wort seiner Liebe und Bewunderung, und dachte an ein Leben irgendwo, nicht fern von Veldenz, unbekannt und dennoch einflussreich.

Das Schweigen vereinigte sie. Endlich erhob sie sich und sagte: »Gehen Sie! Ich bitte Sie zu gehen ... Pierre wird Geneviève heiraten, das verspreche ich Ihnen, aber es ist besser, Sie gehen jetzt ... Sie sollen nicht hier sein ... Gehen Sie! Pierre wird Geneviève heiraten.«

Er zögerte. Vielleicht sollte er deutlicher sprechen, doch er wagte es nicht, die Fragen zu äußern, die ihn erfüllten. Endlich wandte er sich ab, betäubt, berauscht und froh zu gehorchen, seine Zukunft in ihren Händen zu wissen.

Auf dem Weg zur Tür stieß er gegen einen Stuhl und rückte ihn zur Seite. Er wollte schon hinausgehen, als er einen kleinen Taschenspiegel aus Elfenbein am Boden liegen sah. Er griff danach und starrte auf das goldene Monogramm in einer Ecke herunter. Es waren die Buchstaben L und M.

Ein L und ein M!

»Louis de Malreich«, murmelte er und schüttelte sich.

Dann wandte er sich Dolores zu.

»Woher stammt dieser Spiegel? Wem gehört er? Es ist äußerst wichtig, dass ich ...«

Sie nahm den Spiegel aus seiner Hand und blickte darauf herunter.

»Ich weiß nicht ... Ich habe ihn noch nie gesehen ... eine Angestellte, vielleicht ...?«

»Wahrscheinlich eine Angestellte«, erwiderte er. »Doch sehr alt ... ein sonderbarer Zufall ...«

In diesem Augenblick betrat Geneviève den Salon durch die andere Tür, und ohne Lupin zu sehen, der durch einen Wandschirm verborgen war, sagte sie sofort: »Ach, da ist doch Ihr Spiegel, Dolores! ... Sie haben ihn gefunden, nachdem ich überall nach ihm gesucht habe! ... Wo war er?«

Und die junge Frau ging davon, wobei sie sagte: »Gott sei Dank! Ich bin froh, dass er gefunden wurde ... Sie waren ja so aufgeregt ... Ich werde den Angestellten sagen, sie brauchen nicht länger zu suchen.«

Lupin hatte sich nicht bewegt. Er war völlig verwirrt und suchte vergeblich nach einer Erklärung. Warum hatte Dolores gelogen? Warum hatte sie nicht sofort erklärt, wessen Spiegel es war?

Ein Gedanke kam blitzartig und er fragte mit gespielter Gleichgültigkeit,

»Kennen Sie Louis de Malreich?«

»Ja«, antwortete sie und beobachtete ihn, als wollte sie seine Gedanken lesen.

Er trat auf sie zu, plötzlich erregt.

»Sie kennen ihn? Wer war er? Wer ist er? Und warum sagten Sie kein Wort darüber? Woher kennen Sie ihn? Sprechen Sie ... antworten Sie ... Ich bitte Sie ...«

»Nein«, erwiderte sie.

»Sie müssen ... Denken Sie! Louis de Malreich! Der Mörder! Das Ungeheuer! ... Warum haben Sie mir nichts gesagt?«

Sie trat auf ihn zu, legte die Hände auf seine Schultern und befahl mit fester Stimme: »Das dürfen Sie mich niemals fragen, weil ich nicht antworten kann ... Es ist ein Geheimnis, das ich mit in mein Grab nehme ... Was immer auch kommen mag, niemand wird es je wissen, niemand auf der ganzen Welt!«

Er stand minutenlang vor ihr. Verrückte Gedanken kreisten hinter seiner Stirn.

Er erinnerte sich an Steinwegs Schweigen, seinen Schrecken, als ihn Lupin gebeten hatte, das furchtbare Geheimnis preiszugeben. Und jetzt weigerte sich auch Dolores, davon zu sprechen.

Er ging wortlos davon.

***

Die Luft, die weite Umgebung, ließen ihn ruhiger atmen. Er wanderte vor die Mauern und weit in die Landschaft. Und er murmelte vor sich hin: »Was hat das zu bedeuten? Was geschieht? Monatelang habe ich gekämpft und meine Rolle gespielt. Ich habe alles versucht, meine Pläne zu verwirklichen, die der Menschen zu erforschen, die dabei eine Rolle spielten. Und ich vergaß vollkommen zu erfahren was in ihren Herzen und Gedanken vor sich ging. Ich kenne Pierre Leduc nicht, ich weiß nichts von Geneviève, ich kann Dolores nicht erforschen … Und ich habe sie alle als Schachfiguren gesehen, statt als Personen. Und heute stolpere ich über alle möglichen Hindernisse.«

Er stampfte durch das Gras und rief: »Über Hindernisse die nicht einmal existieren! Was geht mich der Geisteszustand Genevièves an, oder der Pierres? … Ich kann mich später damit befassen, in Veldenz, wenn ich ihr Glück gesichert habe. Aber Dolores … sie kannte Malreich und sagte kein Wort! … Warum? Was verband sie? Fürchtete sie ihn? Hat sie Angst, er wird aus dem Gefängnis entkommen und sich dank einer Unvorsichtigkeit ihrerseits rächen?«

Abends ging er zu dem Häuschen, das er für sich am Ende des Parks gewählt hatte und speiste mit schlechter Laune und schimpfte Octave, der ihn bediente, ob seiner Langsamkeit.

»Ich habe es satt, lass mich allein … du machst heute alles falsch … und dieser Kaffee … er ist kaum zu trinken.«

Er schob die halbvolle Tasse von sich und ging noch einmal zwei Stunden lang durch den Park, während er immer wieder seine Ideen zu ordnen suchte. Endlich nahm eine Überlegung Formen an.

»Malreich ist aus der Haft entkommen. Er bedroht Madame Kesselbach. Jetzt hat er auch bestimmt schon die

Geschichte mit dem Spiegel durch sie erfahren ...«

Lupin zuckte die Schultern.

»Und heute Nacht kommt er, um mich fertig zu machen, nehme ich an. Wahrscheinlich ist all das Unsinn. Es ist besser, ich lege mich schlafen.«

Er ging zu seinem Zimmer, entkleidete sich und legte sich ins Bett. Er verfiel fast sofort in einen tiefen Schlaf, der voller Alpträume war. Zweimal wachte er auf, versuchte die Kerze anzuzünden und fiel wieder zurück, als sei er niedergeschlagen worden.

Dennoch hörte er die Glockenschläge von der Dorfkirche, oder dachte das wenigstens, denn er war von einer seltsamen Trägheit erfüllt, die sein Gedanken zu lähmen schien.

Er wurde von Träumen der Furcht und Verzweiflung gepeinigt. Da hörte er ganz deutlich, wie ein Fenster geöffnet wurde, sah deutlich durch die Dunkelheit, eine Gestalt, die sich seinem Bett näherte.

Eine Figur beugte sich über ihn.

Mit fast übermenschlicher Kraft schlug er die Augen auf und sah ... oder glaubte etwas zu sehen. *Träumte er? War er wach?*, fragte er sich verzweifelt.

Ein weiterer Laut. Er tastete nach den Streichhölzern auf dem Nachtkästchen.

»Lass uns Licht machen«, sagte er erleichtert.

Er entzündete ein Streichholz und führte es zur Kerze.

Der Schweiß strömte von seiner Stirn, über seinen Leib, bis zu den Füßen, während sein Herz gegen den Brustkasten trommelte und dann, plötzlich anzuhalten schien.

Der Schwarze Mann war hier!

War es möglich? Nein, nein ... und dennoch sah er ... oh, der fürchterliche Anblick! ... der Mann, das Ungeheuer war da.

»Er wird nicht ... er kann nicht«, stammelte Lupin.

Der Mann, der Unmensch war da, ganz in Schwarz gekleidet, einen dunklen Filzhut über dem blonden Haar!

Mit aller Kraft versuchte er sich zu bewegen, die Erscheinung zu vertreiben.

Es gelang ihm nicht.

Und plötzlich fiel ihm der Kaffee ein, sein Geschmack ... so, wie er ihn in Veldenz getrunken hatte.

Er stieß einen röchelnden Schrei aus, bevor er erschöpft zurückfiel. Doch in seinem Fieberwahn, spürte er, wie der oberste Knopf seiner Schlafanzugjacke geöffnet und sein Hals entblößt wurde, sah, wie der Mann den Arm hob, eine Hand, die den Griff des Dolches umspannte, einen schmalen Stahldolch, wie jener, der Kesselbach, Chapman, Altenheim und viele andere getötet hatte.

Einige Stunden später wachte Lupin auf, noch immer müde und erschöpft, seine Mundhöhle trocken.

Er blieb ein paar Minuten liegen, sammelte seine Gedanken – und mit plötzlich aufkommender Erinnerung führte er eine instinktive Bewegung der Verteidigung aus, als würde er angegriffen.

»Ich bin ein Narr!«, rief er und sprang aus dem Bett. »Es war ein Alptraum, eine Halluzination. Ich muss nur gründlich nachdenken. Wäre 'Er' es gewesen, ein Mensch aus Fleisch und Blut, der die Hand mit dem Messer gegen mich gehoben hätte, wäre ich jetzt längst schon tot. Er zögert nicht. Lass' uns logisch denken. Warum sollte er mich im letzten Augenblick leben lassen? Meines guten Aussehens wegen? Nein, ich habe bloß geträumt, das ist alles ...«

Er begann zu pfeifen und kleidete sich an, zwang sich zur Ruhe, doch seine Gedanken arbeiteten ständig und sein Blick streifte suchend umher ...

Auf dem Boden, dem Fenstersims, keine Spuren. Da sein Zimmer im Erdgeschoss lag und er bei offenem Fenster schlief, war anzunehmen, ein Angreifer wäre auf diesem Weg eingedrungen.

Doch er entdeckte nichts, nichts unter dem Fenster im Blumenbeet oder auf dem Kies des Pfades.

»Trotzdem ... trotzdem«, stieß er hervor
Er rief Octave.

»Wo hast du den Kaffee zubereitet, den ich gestern Abend trank.«

»Im Schloss, Chef, sowie den Rest des Essens. Es gibt hier keinen Herd.«

»Hast du davon getrunken?«

»Nein.«

»Und hast du den Rest davon weggeschüttet?«

»Na klar, Chef. Sie sagten doch, er schmeckte scheußlich, Sie tranken auch nur einen Schluck.«

»Na gut, Mach den Wagen bereit. Wir fahren ab.«

Lupin war nicht der Mann, der lang zweifelte. Er suchte eine entscheidende Aussprache mit Dolores. Doch vorher galt es, gewisse Punkte aufzuklären, die ihn bekümmerten und mit Jean Doudeville sprechen, der ihm recht sonderbare Nachrichten von Veldenz geschickt hatte.

Sie fuhren, ohne unterwegs anzuhalten, zu dem Großherzogtum, das sie gegen zwei Uhr erreichten. Er sprach mit Graf Waldemar und bemühte sich, die Fahrt der drei Abgeordneten der Statthalter nach Bruggen durch eine vorgeschobene Angelegenheit aufzuhalten. Dann machte er sich auf die Suche nach Doudeville, der in einer Gaststätte in Veldenz wartete.

Doudeville brachte ihn zu einem anderen Wirtshaus und stellte ihn einem ärmlich gekleideten, kleinen Mann vor. Herr Stöckli war als Beamter im Standesamt für Geburten, Todesfälle und Heiraten zuständig. Sie führten ein langes Gespräch. Danach gingen sie zu dritt zu Stöcklis Büro im Rathaus. Um sieben Uhr speiste Lupin zu Abend, bevor er wieder abfuhr. Es war zehn Uhr, als er in Schloss Bruggen eintraf und Geneviève bitten wollte, ihn zu Madame Kesselbachs Zimmer zu bringen.

Er erfuhr, dass Mademoiselle Ernemont durch ein Telegramm ihrer Großmutter nach Paris gerufen worden war.

»Ah!«, sagte er. »Könnte ich Madame Kesselbach sprechen?«

»Madame ist nach dem Essen früh zu Bett gegangen. Sie schläft sicherlich schon.«

»Nein, ich sah eben noch ein Licht in ihrem Zimmer. Sie wird mich empfangen.«

Er wartete nicht erst auf eine Antwort von Madame Kesselbach, sondern ging zu ihrem Zimmer, hart auf den Fersen des Dienstmädchens. Er entließ sie, klopfte an und sagte durch die Tür zu Dolores: »Ich bedaure sehr, aus dringenden Gründen zu dieser Zeit noch mit Ihnen sprechen zu müssen ... Entschuldigen Sie ... Ich weiß, mein Benehmen erscheint ungewöhnlich ... aber ich bin überzeugt, Sie haben Verständnis dafür, wenn Sie den Grund erfahren.«

Er sagte das mit Nachdruck und war nicht bereit, nähere Auskunft zu geben, bevor er das Zimmer betreten hatte, besonders nachdem er glaubte, ein Geräusch von innen zu hören.

Doch als er öffnete, war Dolores allein und lag auf dem Sofa. Sie sprach mit müder Stimme: »Vielleicht wäre es ... morgen ...«

Lupin antwortete nicht, plötzlich von einem Geruch überrascht, dem Geruch von Tabak. Und es überkam ihn die Gewissheit, dass sie einen Mann empfangen hatte, der bei seinem Erscheinen in einem Versteck verschwunden war.

Pierre Leduc? Nein, Pierre Leduc rauchte nicht. Also wer?

Dolores murmelte: »Dann ganz rasch, bitte.«

»Ja, ja, aber zuerst ... wäre es möglich, mir zu sagen ...?«

Er unterbrach sich. Welchen Zweck erfüllten seine Fragen? Wenn sich wirklich ein Mann hier verbarg, würde sie kaum, die Antwort geben, die er suchte.

Doch dann, in einem Versuch, seine Hemmung zu überwinden, die eine Folge der Annahme war, dass jemand zuhörte, sagte er leise, in einem Ton, den nur Dolores allein hören konnte: »Ich muss Ihnen berichten, ich habe etwas erfahren ... das ich selbst nicht verstehe und das mir großes Kopfzerbrechen bereitet. Ich hoffe, Sie werden mir antworten, Dolores.«

Er sprach ihren Namen in mildem Ton, als wollte er sie durch seine Liebe und Anhänglichkeit beruhigen.

»Was wollen Sie erfahren haben?«, fragte sie.

»Das Geburtsregister in Veldenz enthält drei Namen, Nachkommen der Familie Malreich, die sich in Deutschland niederließen ...«

»Das haben Sie mir doch alles schon ...«

»Sie erinnern sich. Der erste Name war Raoul de Malreich, besser unter dem Decknamen Altenheim bekannt, der feine Halunke, jetzt tot, ermordet.«

»Ja.«

»Dann kam Louis de Malreich, das Ungeheuer, dieser furchtbare Mörder, der in ein paar Tagen hingerichtet wird.«

»Ja.«

»Zuletzt Isilda, die verrückte Tochter ...«

»Ja.«

»Das alles stimmt also, nicht wahr?«

»Ja.«

»Nun«, sagte Lupin und beugte sich noch näher über sie. »Ich habe vor kurzer Zeit eine Untersuchung beendet, die ergeben hat, dass die Zeile mit dem zweiten Vornamen, das heißt ein Teil davon, vor einiger Zeit ausradiert wurde. Die Zeile ist in fremder Hand überschrieben, mit frischer Tinte, doch die frühere Eintragung lässt sich noch immer teilweise erkennen, so dass ...«

»Was?«, fragte Madame leise.

»So dass ich mithilfe eines Vergrößerungsglases und gewissen Methoden, die ich kenne, die ursprüngliche Eintragung zweifellos identifizieren konnte. Ich entdeckte nicht Louis de Malreich, sondern ...«

»Ach nein, nein ...«

Urplötzlich, aufgrund der Anspannung und dem Druck ihres Widerstandes, lag sie verkrümmt vor ihm, den Kopf in beide Hände geborgen, und weinte.

Lupin blickte lang auf dieses schwache und kraftlose Wesen herunter, so voller Hilflosigkeit. Er wollte anhalten, die Tortur seiner Befragung abbrechen. Doch war es nicht der Grund, sie zu retten, mit dem er hier vor ihr stand? Und um sie zu retten, musste er die Wahrheit wissen, so schmerzhaft sie auch war.

Er sprach weiter: »Warum diese Fälschung?«

»Es war mein Mann«, stammelte sie. »Mein Mann, der die Änderung vornahm. Mit seinem Reichtum erreichte er alles. Er bestach einen jungen Angestellten, den Vornamen des zweiten Kindes zu ändern.«

»Den Vornamen und das Geschlecht«, erinnerte Lupin sie.

»Ja.«

»Dann«, fuhr er fort. »Wenn ich mich nicht täusche, war der ursprüngliche Vorname, der richtige, Dolores?«

»Ja.«

»Aber warum ...?«

Sie flüsterte beschämt, während die Tränen über ihre Wangen rollten: »Verstehen Sie das denn noch immer nicht?«

»Nein.«

»Dann denken Sie doch nach!«, antwortete sie, erschaudernd. »Ich war die Schwester Isildas, der verrückten Frau, die Schwester Altenheims, des Betrügers. Mein Mann, das heißt mein Verlobter, hätte mich niemals als eine Schwester dieser Beiden bekannt werden lassen. Er liebte mich, ich liebte ihn ebenfalls, und ich gab nach. Er ließ Dolores de Malreich aus dem Register verschwinden, er verschaffte mir neue Dokumente, eine andere Persönlichkeit, einen anderen Geburtsschein, und ich heiratete ihn in Holland, unter einem anderen Mädchennamen, als Dolores Amonti.«

Lupin dachte einen Augenblick lang nach. Dann sagte er

ernst: »Ja ... ja, ich verstehe ... Aber dann existierte Louis de Malreich nicht mehr, und der Mörder Ihres Mannes, Ihres Bruders und Ihrer Schwester, trägt nicht diesen Namen ... sein Name ...«

Sie fuhr hoch und rief: »Sein Name! Ja, das ist sein Name ... es ist trotzdem sein Name ... Louis de Malreich ... erinnern Sie sich? ... Oh, forschen Sie nicht weiter ... es ist ein furchtbares Geheimnis ... Außerdem, was nützt es schon? ... Sie haben den Verbrecher ... er ist der Verbrecher ... Ich schwöre Ihnen, er ist es. Verteidigte er sich, als ich ihm gegenüberstand und ihn beschuldigte? Konnte er sich unter diesem Namen oder einem anderen verteidigen? Er ist es ... er hat die Morde begangen ... er erstach sie alle ... der Dolch ... Könnte ich Ihnen nur alles sagen, was ich weiß ... Louis de Malreich ... Könnte ich nur ...«

Sie fiel auf das Sofa zurück und weinte mit hysterischem Schluchzen. Ihre Hand griff nach der Lupins und sie stammelte Worte, die teilweise unverständlich waren.

»Beschützen Sie mich ... Ich bitte Sie ... Sie allein vielleicht ... Oh, wenden Sie sich nicht von mir ab ... die Qual ... die Qual ... als sei ich in der Hölle ...«

Er streichelte ihr Haar und die Stirn zärtlich mit der freien Hand und langsam wich ihre Spannung und sie wurde ruhiger. Dann blickte er auf sie herunter und fragte sich, was sich hinter ihrem verstörten Gesicht verborgen sein mochte, welches Geheimnis sie quälte. Sie war von Angst erfüllt.

Aber vor wem? Wovor sollte er sie beschützen?

Wieder war das Bild des Mannes in Schwarz vor seinen Augen, dieses Louis de Malreich, des unheilvollen, unverständlichen Feindes, dessen Angriffe er abwehren musste, ohne zu wissen, woher sie kamen oder ob sie überhaupt der Realität entsprachen.

Er befand sich in einer Zelle, Tag und Nacht bewacht. Unsinn. Wusste Lupin nicht dank seiner eigenen Erfahrung: Es gab Wesen, für die ein Gefängnis nicht existiert und die ihre Ketten zu jeder Zeit abschütteln konnten? Louis de Malreich war eines von ihnen.

Doch jemand befand sich im Santé-Gefängnis, in der Todeszelle. Konnte es ein Komplize oder ein Gegner Malreichs sein ... während Malreich selbst um Schloss Bruggen schlich, in der Dunkelheit, wie ein unsichtbares Gespenst, das zu Lupins Häuschen kam und den Dolch gegen ihn erhob, während er hilflos schlief?

Es musste Louis de Malreich sein, der Dolores quälte, der sie mit seinen Drohungen in den Wahnsinn trieb, der sie im Bann eines furchtbaren Geheimnisses hielt und sie zu Schweigen und Ergebenheit zwang.

Und Lupin stellte sich den Plan des Feindes vor, Dolores verängstigt und zitternd, in die Arme Pierre Leducs zu treiben, ihn, Lupin, zu beseitigen und an seiner Stelle, mit den Rechten des Großherzogs und den Millionen von Dolores, zu herrschen.

Es war nur eine Vorstellung, eine deutliche Vorstellung, die Folgerung der Tatsachen und die Lösung aller Probleme.

Aller?, dachte Lupin. *Ja ... doch warum brachte er mich nicht um die Ecke, gestern Nacht? Er brauchte nur zustoßen, und ich wäre jetzt tot. Nur eine Bewegung! Warum nicht?*

Dolores öffnete die Augen, sah ihn und lächelte müde.

»Gehen Sie!«

Er erhob sich zögernd. Sollte er das Apartment durchsuchen, um herauszufinden, ob sich der Feind hinter einem Vorhang oder im Kleiderschrank verbarg?

Sie wiederholte sanft: »Gehen Sie bitte, ich bin so müde.«

Er ging.

Doch draußen hielt er an im Schutz einer Baumgruppe, die einen dunklen Schatten vor dem Schloss bildete. Er konnte das Licht in dem Zimmer von Dolores sehen. Dann wechselte es zu ihrem Schlafzimmer. Nach ein paar Minuten herrschte nur noch Dunkelheit.

Er wartete für den Fall, dass der Feind das Schloss verlassen würde.

Eine Stunde verging ... zwei Stunden ... kein Laut ...

Da ist nichts zu machen, dachte Lupin. *Entweder verbirgt er sich in irgendeiner Ecke des Schlosses oder er ist aus einer Tür geschlüpft, die ich von hier aus nicht sehen kann. Oder das alles existiert nur in meiner Einbildung ...*

Er zündete eine Zigarette an und ging zu seinem Häuschen zurück.

Als er es fast schon erreicht hatte, sah er in einiger Entfernung einen Schatten, der sich zu entfernen schien. Er blieb bewegungslos stehen, um nicht gesehen zu werden. Der Schatten überquerte den Pfad. Beim Mondschein glaubte er die schwarze Figur Malreichs zu erkennen.

Er rannte in seine Richtung.

Der Schatten flüchtete und war nicht mehr zu sehen.

Na, da muss ich wohl bis morgen warten, sagte er sich. *Aber dann ...!*

Lupin eilte zu Octave, weckte ihn und befahl: »Nimm den Wagen und fahr nach Paris. Du wirst gegen sechs Uhr eintreffen. Geh zu Jean Doudeville und sag ihm zwei Dinge. Erstens: Nachrichten über den verurteilten Mann einholen. Und zweitens: sobald das Postamt öffnet, soll er mir folgendes Telegramm schicken, das ich dir jetzt aufschreibe ...«

Er schrieb den Text auf einen Papierbogen und sprach weiter: »Sobald das erledigt ist, kommst du zurück, aber diesmal zur Mauer des Parks. Niemand darf merken, dass du weg gewesen bist.«

Lupin ging zu seinem Zimmer, schaltete die Taschenlampe ein und durchsuchte es gründlich. »Wie ich gedacht habe«, sagte er nach einer Weile. »Jemand war heute Nacht hier, während ich das Fenster beobachtete. Ich weiß, was er suchte ... Ich habe recht gehabt ... jetzt wird es gefährlich ... Das letzte Mal hat er mich in Frieden gelassen. Diesmal kommt er mit dem Dolch.«

Zur Vorsicht nahm er eine Decke und verbrachte die Nacht an einer dunklen Stelle unter den Sternen.

***

Octave war um zehn Uhr des folgenden Tages wieder zurück.

»Alles in Ordnung, Chef. Das Telegramm ist abgegangen.«

»Gut. Und Louis de Malreich ist noch immer in seiner Zelle?«

»Ja, Doudeville ging gestern Nacht an der Zelle vorbei, als der Wärter sie gerade verließ. Sie sprachen miteinander. Malreich ist wie üblich still wie ein Grab. Er wartet auf etwas.«

»Auf was?«

»Seine letzte Stunde natürlich. Ich hörte, die Hinrichtung soll übermorgen stattfinden.«

»Dann ist wohl alles in Ordnung«, sagte Lupin, »Eins ist sicher. Er ist nicht entkommen.«

Trotzdem verstand er das Rätsel nicht oder suchte nach einer Erklärung. Er war sicher, die Wahrheit würde in Kürze doch herauskommen. Er brauchte nur seinen Plan vorbereiten, den Gegner in eine Falle zu locken.

Oder ich werde selbst darin gefangen, dachte er und lachte. Er fühlte sich recht erleichtert, sorglos, und was immer auch kommen mochte – er blieb unbekümmert.

Ein Diener vom Schloss erschien mit dem Telegramm von Doudeville. Der Postbote hatte es soeben gebracht.

Er öffnete es vorsichtig und steckte es in seine Tasche.

Kurz nach zwölf Uhr traf er Pierre Leduc auf einem der Pfade, gab sich nervös, und sagte: »Ich habe Sie gesucht ... es wird langsam problematisch ... Sie müssen mir ganz ehrlich antworten. Seitdem Sie hier sind, haben Sie jemals einen Mann gesehen, außer den beiden Deutschen, die ich geschickt habe?«

»Nein.«

»Denken Sie genau nach, Ich spreche nicht von einem zufälligen Besucher. Ich spreche von einem Mann, der sich verbirgt, einem Mann, dessen Gegenwart Sie entdeckt haben oder dessen Gegenwart Sie spüren oder vermuten?«

»Nein ... Haben Sie ...?«

»Ja. Jemand versteckt sich hier ... jemand schleicht herum ... Wo? Und wer ist er? Was hat er im Sinn? Ich weiß es nicht, aber ich werde es erfahren. Ich habe bereits einen Verdacht. Halten Sie auf jeden Fall die Augen offen. Und vor allen Dingen: kein Wort zu Madame Kesselbach ... es hat keinen Zweck, sie zu beunruhigen ...«

Er ging weiter.

Pierre Leduc, erstaunt und verstört, kehrte zum Schloss zurück. Unterwegs sah er ein blaues Stück Papier am Rand des Weges. Er war ein Telegramm, nicht verdrückt, wie ein Papier, das achtlos weggeworfen war, sondern gefaltet und offensichtlich verloren.

Es war an Beauny adressiert, den Namen, unter dem Lupin auf Schloss Bruggen bekannt war. Es enthielt folgende Worte:

Wir kennen die volle Wahrheit. Enthüllungen schriftlich nicht möglich. Nehme den Zug heute Abend. Holen Sie mich morgen früh um acht am Bahnhof Bruggen ab.

»Ausgezeichnet«, flüsterte Lupin, der Pierre Leduc aus der Deckung einer Baumgruppe beobachtete. »Ausgezeichnet. In zwei Minuten wird der junge Mann Dolores das Telegramm zeigen und ihr von meiner Besorgnis berichten. Sie werden den ganzen Tag lang darüber reden, 'der Andere' wird davon erfahren, so wie er alles erfährt, weil er im Schatten von Dolores lebt, und weil Dolores wie ein erstarrtes Opfer in seinen Klauen ist ... Und heute Nacht ...«

Er entfernte sich und summte vergnügt.

»Heute Nacht, heute Nacht ... werden wir tanzen ... Einen

Walzer, Jungs. Einen Blutwalzer zur Musik des stählernen Dolches ... und heute Nacht ...«

Er erreichte das Häuschen, rief nach Octave, ging zu seinem Schlafzimmer, warf sich auf sein Bett und sagte zu seinem Chauffeur: »Setz' dich auf den Stuhl Octave, und bleib' wach. Dein Herr wird ein Schläfchen halten. Wach' über ihn wie ein treuer Diener.«

Er schlief tief und ruhig.

»Wie Napoleon vor der Schlacht von Austerlitz«, sagte er, als er aufwachte.

Es war Abend. Er verzehrte ein kräftiges Mahl. Dann, während er eine Zigarette rauchte, überprüfte er seine beiden Revolver und lud sie mit frischen Patronen.

»Halte dein Pulver trocken und deinen Säbel geschärft, wie mein Freund der Kaiser immer sagt ... Octave!«

Octave erschien.

»Geh' zum Schloss und nimm dein Abendessen mit den Angestellten ein. Erzähl' ihnen, du kehrst heute Nacht im Auto wieder nach Paris zurück.«

»Mit Ihnen, Chef?«

»Nein, allein. Sobald du gegessen hast, mache dich sichtbar und mit ordentlich viel Krach auf den Weg.«

»Aber ich soll nicht nach Paris fahren ...?«

»Nein, halte draußen vor dem Park, einen halben Kilometer entfernt, und warte, bis ich komme. Es wird eine ganze Weile lang dauern, vermute ich.«

Er rauchte eine zweite Zigarette, machte einen Spaziergang um das Schloss und sah ein Licht in dem Zimmer von Dolores, bevor er wieder zu dem Häuschen zurückkehrte.

Dort nahm er ein Buch mit dem Titel »Die Lebenswege berühmter Männer« zur Hand.

»Einer fehlt, der Berühmteste von allen. Aber eines Tages werden Bücher über mich geschrieben, ganz sicher.«

Er las über das Leben Caesars und vermerkte ein paar Überlegungen am Rand.

Um halb zwölf ging er in sein Schlafzimmer, blickte zu dem sternenbesäten Nachthimmel hoch, lauschte auf entfernte Geräusche.

Erinnerungen stiegen in ihm hoch, in die sich Dolores drängte. Er flüsterte mehrmals ihren Namen, wie ein junger, verliebter Mann, der es kaum wagt, den Namen seiner Geliebten der Stille anzuvertrauen.

Er ließ das Fenster halb offen stehen, schob einen Tisch, der ihm im Weg war, zur Seite und legte seine Revolver unter das Kopfkissen. Dann friedfertig, ohne auch nur die geringste Erregung zu zeigen, legte er sich voll angekleidet auf sein Bett und blies die Kerze aus.

Die Furcht begann in der Dunkelheit und packte ihn sofort.

»Verflucht noch mal!«, rief er und sprang auf, holte seine Waffen unter dem Kissen hervor und warf sie in eine Schublade.

»Meine Hände, nur meine Hände! Nichts als ihr harter Griff!«

Er kehrte zu seinem Bett zurück. Dunkelheit und Schweigen und wieder wie zuvor – die Angst.

Die Dorfuhr schlug zwölf.

Lupin dachte an das Ungeheuer draußen, hundert Meter, fünfzig Meter von ihm entfernt, das seinen Dolch schärfte.

»Lass ihn kommen, lass ihn kommen!«, flüsterte Lupin. »Dann werden die bösen Geister gebannt und verschwinden ...«

Ein Uhr im Dorf.

Die Minuten vertröpfelten, endlose Minuten des Grauens und der Furcht, die ihn erfüllten. Schweiß perlte von seiner Stirn und rollte über seine Wangen und es erschien ihm, als sei sein ganzer Körper in klebrige Nässe und Blut gebadet.

Zwei Uhr ...

Und nun, ganz nahe, vernahm er ein Geräusch, das Rascheln von Laub, doch anders als Blätter vom Nachtwind getrieben.

Wie Lupin geahnt hatte, erfüllte ihn plötzlich eine grenzenlose Ruhe. Der Kampf stand bevor, endlich.

Wieder raschelte es unter seinem Fenster, deutlicher diesmal, doch so leise, dass nur Lupins scharfes Gehör das Geräusch vernahm

Minuten, endlose Minuten ... die Dunkelheit war wie eine schwarze Decke. Kein Stern, kein Mondlicht erhellte sie.

Und plötzlich erkannte er, ohne es zu hören, dass der Mann sich in seinem Zimmer befand.

Er bewegte sich auf das Bett zu. Er glich einem Geist, der nicht einmal die Luft bewegte, ohne Gegenstände zu bewegen, die er durchdrang.

Es war reiner Instinkt, der Lupin erkennen ließ, dass der Feind auf ihn zukam, und der ihm seine Absichten offenbarte.

Er selbst bewegte sich nicht, blieb gegen die Wand gedrückt, die Knie angezogen wie eine Feder, bereit hochzuspringen.

Er spürte, wie eine Hand das Bettlaken berührte, um die Stelle zu finden, wo er zustoßen musste. Lupin hielt den Atem an. Er glaubte seinen eigenen Herzschlag zu hören und erkannte mit verhaltenem Stolz: Es schlug nicht schneller als zuvor, während das Herz des Anderen ... oh, er konnte es nun hören, das erregte Herz, wild und ungestüm, das wie ein Glockenklöppel gegen den Brustkasten hämmerte.

Die Hand des Anderen erhob sich.

Eine Sekunde, zwei Sekunden.

Zögerte er? Wollte er seinen Gegner schonen?

Und Lupin, in das unendliche Schweigen hinein, sagte: »Stoß' zu! Auf was wartest du?«

Ein wilder Schrei ... der Arm fiel herunter, wie von einer Feder angetrieben

Und dann ein Stöhnen.

Lupin hatte den Arm beim Handgelenk gepackt und zur Seite gedreht, Gleichzeit sprang er von seinem Bett, packte den Gegner beim Hals und schleuderte ihn zu Boden.

Es war vorbei. Er spürte keinen Widerstand. Es gab keine Möglichkeit des Widerstandes. Der Mann lag auf dem Boden, von zwei stahlharten Händen gepackt, die sich um seinen Hals spannten, die Blutzufuhr zum Gehirn abdrückten. Kein Mann auf der Welt besaß die Kraft, sich aus diesem Griff zu befreien.

Lupin stieß kein Wort hervor, keins des Spottes der ihn in diesen Situationen erfüllte. Das Ungeheure der Situation erfüllte ihn nur mit Ernst.

Er fühlte keine Freude, keine sieghafte Erleichterung. Er war nur von der Frage erfüllt, wer dieser Mann sein mochte. Louis de Malreich, der zum Tod Verurteilte, oder ein Anderer. Was war die Wahrheit?

Und er spürte, wie alle Kraft seines Gegners erlahmte, ihn verließ. Sein Armmuskel erschien leblos. Die Hand öffnete sich und der Dolch fiel zu Boden.

Endlich wagte er es, zur Taschenlampe zu greifen und ohne auf den Knopf zu drücken, richtete er sie auf das Gesicht des Gegners.

Er brauchte sie nur einzuschalten, um ihn zu erkennen und Bescheid zu wissen.

Eine Sekunde lang erfreute er sich seiner Überlegenheit. Seine Gefühle überstürzten sich, sein Triumph blendete ihn. Er war wieder der Sieger!

Er schaltete die Lampe ein. Das Gesicht des Ungeheuers wurde deutlich.

Und Lupin stieß einen Schrei des Entsetzens aus.

Dolores Kesselbach!

16. Kapitel: Arsène Lupins drei Opfer

Ein Sturm durchtoste Lupins Gehirn! Ein Orkan mit Donnerschlägen, heulendem Wind, mit entfesseltem Chaos. Grelle Blitzschläge erhellten die Dunkelheit. Lupin, vollkommen verstört, erfüllt von Grauen, sah und suchte nach Verständnis.

Er bewegte sich nicht, eine Hand noch immer um die Kehle des Feindes, als seien seine Finger zu verkrampft, um den Griff zu lösen. Dazu kam, dass er, obwohl er nun wusste, es war Dolores, seinen Augen nicht glauben wollte. Sie war noch immer der Mann in Schwarz, Louis de Malreich, das Ungeheuer der Dunkelheit, das Phantom, das er gepackt hielt und nicht gehen lassen konnte.

Doch endlich bekämpfte er die Gefühle, die in ihm tobten und murmelte voller Qual:»Oh, Dolores! ... Dolores! ...«

Er sah plötzlich die Entschuldigung: Es war Wahnsinn! Mörderischer Wahnsinn. Im Besitz eines Objekts, zu dem sie sich hingezogen fühlte, tötete sie, blutdürstig, unbewusst, teuflisch.

Sie tötete, weil sie nach etwas verlangte, sie tötete in Selbstverteidigung, sie tötete, weil sie schon früher getötet hatte. Doch sie tötete auch und besonders aufgrund der Lust am Töten. Mord befriedigte das plötzliche und unwiderstehliche Verlangen, das in ihr erwachte. In gewissen Augenblicken, in gewissen Umständen, dem Menschen gegenüber, der plötzlich ihr Feind war, musste ihr Arm mit dem Messer zuschlagen.

Und sie schlug zu, von Hass berauscht, gnadenlos, wahnsinnig.

Eine unerklärliche Verrückte, unverantwortlich für ihre Morde, und dennoch so klar in ihrer Blindheit, so logisch in ihrem Irrsinn, so intelligent in ihrer Sinnlosigkeit. Welche Geschicklichkeit, welche Beharrlichkeit, zugleich abscheulich und bewundernswert.

Lupin erkannte blitzschnell die lange Ansammlung von

blutdürstigen Taten und erriet die geheimnisvollen Wege, die Dolores beschritten hatte.

Er erkannte, sie war von den Plänen ihres Mannes, Pläne die sie offensichtlich nur teilweise verstanden hatte, berauscht gewesen. Er sah sie nach dem gleichen Pierre Leduc suchen, wie ihr Mann, um ihn zu heiraten und als Großherzogin zu dem kleinen Reich von Veldenz zurückzukehren, von dem ihre Eltern so schändlich vertrieben worden waren.

Und er sah sie im Palace-Hotel, im Zimmer ihres Bruders, Altenheim, zu der Zeit, in der sie angeblich in Monte Carlo gewesen sein sollte. Er sah sie, tagelang zusammen, hinter ihrem Ehemann her spionierend, an den Wänden entlang schleichend, in der Dunkelheit, unerkennbar und ungesehen in ihrer schattenhaften Verkleidung.

Und eines Nachts fand sie Kesselbach gefesselt ... und erstach ihn.

Und am Morgen, als sie durch den Kellner beinahe verraten worden war ... erstach sie diesen ebenfalls.

Und eine Stunde später, als sie beinahe durch Chapman verraten wurde, zerrte sie ihn in das Zimmer ihres Bruders ... und erstach ihn.

All das mitleidlos, grausam und mit teuflischer Geschicklichkeit. Mit der gleichen Geschicklichkeit telefonierte sie mit ihren beiden Dienstboten, Gertrude und Suzanne, die aus Monte Carlo eingetroffen waren, wo eine die Rolle ihrer Herrin gespielt hatte. Und Dolores, wieder in Frauenkleidung, ohne die blonde Perücke, die jegliche Erkennung unmöglich machte, ging nach unten und begleitete sie, als das Dienstmädchen das Hotel betrat und gab vor, eben erst angekommen zu sein, ohne von der Tragödie zu wissen, die sie erwartete.

Eine unvergleichliche Schauspielerin, spielte sie die Rolle der Gattin, deren Leben vollkommen zerstört war. Sie wurde allgemein bemitleidet. Man weinte für sie. Wer hätte sie verdächtigt?

Und dann kam der Krieg mit ihm, Lupin, der barbarische Kampf, den sie führte, gegen Monsieur Lenormand und Prinz Serenin, in dem sie ihre Tage krank und ohnmächtig auf ihrem Sofa verbrachte, und ihre Nächte zu Fuß, in denen sie unermüdlich und todbringend durch die Straßen wanderte.

Und die teuflischen Erfindungen; Gertrude und Suzanne, ängstliche und erzwungene Helfer, als ihre Boten dienend, verkleidet, um sie darzustellen, vielleicht an dem Tag, als der alte Steinweg durch Baron Altenheim entführt wurde, mitten im Justizpalast.

Und die Reihe der Morde: Gourel ertränkt, Altenheim, der Bruder, erstochen. Oh, der unerbittliche Kampf in den Tunneln der Villa Glycine, die unsichtbare Tat des Ungeheuers in der Dunkelheit! Wie klar erschien das alles im Licht des Tages!

Sie war es, die ihm seine Maske als Prinz Serenin entriss, sie, die ihn an die Polizei auslieferte, sie, die ihn ins Gefängnis schickte, sie, die alle seine Pläne zerstörte, ihre Millionen ausgab, um zum Ziel zu kommen.

Dann folgten die Ereignisse in rascher Reihenfolge. Gertrude und Suzanne verschwanden – tot aller Wahrscheinlichkeit nach. Steinweg – ermordet! Isilda, die Schwester – ermordet.

»Oh, die Schande, das Entsetzen«, stöhnte Lupin, von Abscheu und Hass erfüllt. Er verabscheute sie, diese grässliche Kreatur. Er wollte sie vernichten, sie zerstören. Und es war ein betäubender Anblick, diese beiden Menschen, aneinander geklammert, im bleichen Licht der Dämmerung zu sehen.

»Dolores ... Dolores ...«, flüsterte er verzweifelt.

Er zuckte zurück, erschrocken, mit wildem Blick. Was war es? Was war das entsetzliche Gefühl der Kälte, die seine Hände lähmte?

»Octave, Octave?«, rief er, vergessend, dass der Chauffeur nicht da war.

Hilfe, er brauchte Hilfe, jemand der ihn beruhigte und ihm half. Er zitterte vor Angst. Oh, die Kälte, diese tödliche Kälte, die er verspürt hatte. War es möglich? ... Hatte er während der tragischen Minuten mit seinen verkrampften Händen ...?

Er zwang sich, sie anzusehen. Dolores bewegte sich nicht. Er fiel auf die Knie und hielt sie fest an seine Brust gedrückt. Sie war tot.

Er verweilte sekundenlang in einer Lähmung, die seinen Schmerz zu schlucken schien. Er litt nicht länger.

Er spürte nicht länger Wut und Hass, weder andere Regungen ... nichts als die dumme Niedergeschlagenheit eines Menschen, der einen Knüppelhieb erhalten hatte und nicht wusste, ob er noch immer am Leben war oder einen Alptraum durchlebte.

Dennoch erschien es ihm, als habe die Gerechtigkeit ihre Hand ausgestreckt. Er dachte keinen Augenblick daran, dass er ein Leben genommen hatte. Nein, es war nicht seine Schuld. Es war niemals seine Absicht gewesen.

Nein, es war nicht seine Schuld. Es war Bestimmung, eine unerklärliche Bestimmung, die entschieden hatte, das Ungeheuer zu töten.

Vor dem Fenster sangen die Vögel. Das Leben kehrte in die alten Bäume zurück, der Frühling hielt Einzug. Und Lupin, langsam von der Betäubung erwachend, verspürte ein unerklärliches, sonderbares Mitleid mit der elenden Frau in sich hochsteigen, sicherlich abstoßend und zwanzigmal verbrecherisch, doch noch immer jung ... und tot.

Er dachte an die Qualen, die sie sicherlich durchlitten hatte, als die Vernunft der Wahnsinnigen zurückgekehrt war und sie die fürchterliche Vision des Todes vor sich sah.

»Beschützen Sie mich ... Ich bin so unglücklich«, hatte sie gebeten.

Gegen sich selbst hatte sie Hilfe verlangt, gegen ihren ungezähmten Instinkt, gegen das Ungeheuer, das in ihr lebte und zu töten verlangte, immer zu töten.

»Immer?«, fragte sich Lupin.

Und er erinnerte sich an die Nacht vor zwei Tagen, als sie über ihm gestanden hatte, den Dolch gegen ihn erhoben, gegen den Feind, der sie seit Monaten verfolgte, der unnachgiebige Gegner, der ihr mit jedem Verbrechen näher gekommen war. Er erinnerte sich an die Nacht, als sie nicht zugestoßen hatte. Es wäre so einfach gewesen, der Feind war leblos und der Kraft beraubt. Ein Stoß, und der Kampf wäre vorüber gewesen. Nein, sie hatte nicht getötet, war Gefühlen gefolgt, stärker als ihre Grausamkeit, geheimnisvollen Gefühlen des Mitleids, der Sympathie, der Bewunderung für einen Mann, der sich als ihr Meister erwiesen hatte.

Nein, sie hatte nicht getötet in jener Nacht. Und nun, dank der schrecklichen Verwirrungen des Schicksals, war er es, der sie getötet hatte.

Ich habe ein Leben genommen!, dachte er und erbebte von Kopf bis Fuß. *Diese Hände haben ein lebendes Wesen getötet, und diese Kreatur war Dolores! ... Dolores!*

Er wiederholte ihren Namen immer wieder, den Namen des Leides und wandte niemals den Blick von dem traurigen, leblosen Wesen ab, harmlos nun, ein armer Körper ohne Bewusstsein, wie ein kleiner Haufen vertrockneter Blätter oder ein Klumpen Erde oder ein toter Vogel am Straßenrand.

Oh, er konnte nicht anders, als vor Beileid beben, erinnerte sich, dass von den beiden Gesichtern, einander zugewandt, er der Mörder war und sie nichts als sein Opfer.

»Dolores! ... Dolores! ... Dolores! ...«

***

Der Tagesanbruch fand Lupin neben der toten Frau am Bettrand sitzend, voller Erinnerungen und Gedanken. Von Zeit zu Zeit bewegten sich seine Lippen.

»Dolores! ... Dolores! ...«

Er erkannte jedoch, er musste handeln, ohne zu wissen wie.

»Ich muss zuerst ihre Augen schließen«, murmelte er.

Die Augen, die schönen Augen, leer und tot, zeigten noch immer die goldgefleckten Pupillen, die so reizend waren. War es wirklich möglich, dass sie die Augen eines Ungeheuers waren?

Er beugte sich rasch herunter und schloss die Lider, bedeckte ihr armes Gesicht mit einem Schleier.

Danach war ihm, als habe sich Dolores weiter entfernt und vor ihm lag der Mann in Schwarz, in der Verkleidung des Mörders,

Er wagte es, sie zu berühren, ihre Kleidung abzutasten. In einer Innentasche fand er zwei Notizbücher.

Er öffnete eins davon und entdeckte ein Schreiben von Steinweg, dem alten Deutschen. Es enthielt folgende Zeilen:

Sollte ich sterben, bevor ich das furchtbare Geheimnis verraten kann, sollen diese Zeilen kundtun, dass der Mörder meines Freundes Kesselbach seine Frau ist, deren wahrer Name Dolores de Malreich ist, die Schwester Altenheims und die Schwester von Isilda.

Die Initialen L und M sind ihre. Kesselbach bezeichnete sie in ihrem Leben niemals als Dolores, ein Name, der Kummer bedeutet, sondern Letitia, welcher Freude bedeutet. L.M. waren die Initialen auf allen Geschenken, die er ihr gab, zum Beispiel dem Zigarettenetui, das im Palace-Hotel entdeckt wurde und Madame Kesselbach gehörte.

Sie hatte die Gewohnheit zu rauchen auf ihren Reisen angenommen.

Letitia war in der Tat seine Lebensfreude – über vier Jahre voller Lügen und Heuchelei, während derer sie den Tod des Mannes plante, der sie aus ganzem Herzen liebte und verehrte.

Vielleicht hätte ich schon früher darüber sprechen sollen.

Ich hatte nicht den Mut dazu, eingedenk meines Freundes Kesselbach, dessen Namen sie trug.
Und dann fürchtete ich mich ... an dem Tag, an dem ich sie im Justizpalast entlarvte, las ich meinen Tod in ihren Augen. Wird meine Schwäche mich retten?

»Also auch er«, dachte Lupin. »Sie tötete ihn ebenfalls ... Aber natürlich, er wusste zu viel! ... Die Initialen ... der Name Letitia ... die geheime Angewohnheit zu rauchen!«
Er durchsuchte das Notizbuch weiter. Es gab Papierstücke in Geheimschrift, zweifellos von ihren Komplizen, die sie nachts erhielt. Er fand auch Adressen auf Papierfetzen, Adressen von Modistinnen und Schneiderinnen, aber auch Adressen von Spelunken, billigen Hotels ... und Namen, zwanzig, dreißig Namen ... sonderbare Namen: Hector der Metzger, Armand aus Grenelle, der kranke Mann ...
Eine Fotografie erweckte sein Interesse. Er blickte darauf herunter. Und sofort, wie aus einer Kanone geschossen, ließ er das Notizbuch fallen und rannte nach draußen in den Park.
Er hatte die Fotografie von Louis de Malreich, dem Gefangenen im Santé, erkannt.
Erst jetzt hatte er sich daran erinnert – die Hinrichtung sollte am folgenden Tag stattfinden.
Und da der Mann in Schwarz kein anderer als Dolores Kesselbach war, musste er wirklich Leon Massier heißen – und unschuldig sein!

***

Die Fahrt war ein Wettrennen mit dem Tod. Lupin, der glaubte, Octave fuhr nicht schnell genug, setzte sich selbst hinter das Steuer und raste wie ein Wahnsinniger. Auf den Straßen, durch Dörfer und Städte fuhren sie mit hundert Kilometern Geschwindigkeit. Menschen, die erschraken, schrien vor Ärger, bis der Wagen nicht mehr zu sehen war.

»Oh, Chef«, stammelte Octave verzweifelt. »Wir werden einen Unfall haben.«

»Du vielleicht, aber ich muss rechtzeitig in Paris sein.«

Es war, als säße er nicht im Auto, sondern hatte das Auto auf dem Buckel und kam nur dank seiner Kraft und seines Willens voran. Welches Wunder konnte seine Ankunft in Paris verhindern?

»Wir werden gut ankommen, weil es sein muss«, wiederholte er mehrmals.

Er dachte an den Mann, der sterben würde, wenn er nicht rechtzeitig eintraf, um ihn zu retten, den geheimnisvollen Louis de Malreich, mit seinem sturen Schweigen und ausdruckslosen Gesicht.

Ja, es war Dolores, die Leon Massier dank ihrer furchtbaren Absichten in diese Lage gebracht hatte, dachte er. *Was wollte sie damit erreichen? Pierre Leduc heiraten, den sie bezaubert hatte und Herrscherin über das kleine Herzogtum zu werden? Das Ziel war erreichbar, fast schon in ihrer Hand. Es gab nur noch ein Hindernis ...*

Ich, Lupin, hatte ihr wochenlang den Weg versperrt: Ich, Lupin, der nach jedem Mord zur Stelle war. Ich, dessen Scharfblick sie fürchtete. Ich, der niemals die Waffen streckt, bis er den Sünder und die Briefe des Kaisers entdeckte. Und der Sünder sollte Louis de Malreich oder vielmehr Leon Massier sein. Wer war dieser Leon Massier? Kannte sie ihn von der Zeit vor ihrer Heirat? War sie in ihn verliebt? Es ist möglich, doch wir werden es niemals erfahren. Eins ist sicher, sie war von der Figur und dem Erscheinen Massiers beeindruckt, so dass sie sich wie er kleidete, in schwarze Kleidung mit einer Perücke. Sie muss erkannt haben, welch sonderbares Leben er führte, seine nächtlichen Ausflüge, seine Gangart und die Gewohnheit, jeden Verfolger abzuhängen. Und in Erwartung irgendwelcher Schwierigkeiten überredete sie Kesselbach, den Namen Do-

lores aus den Eintragungen zu entfernen und durch den Namen Louis zu ersetzen, so dass die Initialen mit denen Leon Massiers übereinstimmten.

Der Augenblick, in dem sie handeln musste, kam. Deshalb verfolgte sie ihren Plan. Leon Massier lebte in der Rue Delaizement. Sie wies ihre Komplizen an, sich in der Straße dahinter einzuquartieren. Und sie selbst gab mir den Namen des Oberkellners Dominique, und lenkte mich auf die Spur der sieben Halunken, weil sie wusste, sobald ich erst einmal eine Spur fand, würde ich sie verfolgen bis sie zu Leon Massier führte.

In der Tat fand ich die Spur der sieben Halunken zuerst. Was sollte also geschehen? Entweder wurde ich geschlagen oder wir würden einander vernichten, wie sie hoffte, in jener Nacht in der Rue des Vignes. Ich entdeckte sie in dem Schuppen des Maklers. Sie schickte mich hinter Leon Massier her. Ich fand die Briefe des Kaisers, die sie selbst hingebracht hatte, und ich lieferte ihn der Justiz aus und verriet die heimliche Verbindung, die sie selbst angeordnet hatte, zwischen den beiden Kutschenhäusern. Ich brachte all die Beweise, die sie vorbereitet hatte, an die Öffentlichkeit: dass Leon Massier seine Papiere gestohlen hatte und sein wahrer Name Louis de Malreich war ... und Louis de Malreich wurde zum Tode verurteilt.

Und Dolores, die Siegerin, war endlich sicher vor jedem Verdacht hinsichtlich ihrer verbrecherischen Vergangenheit, nachdem der Schuldige entdeckt war, ihr Gatte tot, ihr Bruder tot, ihre Schwester tot, die beiden Dienstboten tot, Steinweg tot, durch mich von ihren Komplizen befreit, die ich Weber als Geschenk brachte, und schließlich von ihr selbst, weil ich einen unschuldigen Mann auslieferte, der ihre Stelle auf dem Schafott einnehmen sollte. Dolores triumphierend, millionenschwer und von Pierre Leduc geliebt, Dolores de Malreich würde auf dem Thron des Großherzogtums sitzen ...

»Ah!«, rief Lupin, außer sich vor Erregung. »Dieser Mann

wird nicht sterben! Ich schwöre bei meinem Leben, er wird nicht sterben!«

»Aufgepasst, Chef«, sagte Octave warnen. »Wir sind in der Vorstadt ...«

»Was geht mich das an?«

»Wir werden umkippen ... die Straße ist rutschig ... wir haben wenig Bodenhaftung ...«

»Egal.«

»Vorsichtig! ... Da vorne ...«

»Was?«

»Die Straßenbahn an der Kurve ...«

»Sie soll anhalten.«

»Langsamer, Chef!«

»Niemals!«

»Da ist nicht genug Platz!«

»Wir kommen durch.«

»Es geht nicht.«

»Doch, das reicht.«

»O Gott!«

Es gab einen heillosen Krach, laute Schreie ... der Wagen hatte die Straßenbahn gerammt, war gegen einen Zaun geprallt und riss zehn Meter Holzplanken nieder, bevor er gegen eine Hausecke krachte ...

»Fahrer, sind Sie frei?«

Lupin, neben dem Wagen auf dem Rücken liegend, hatte ein Taxi angehalten.

Er rappelte sich hoch, warf einen Blick auf den zerbeulten Wagen und Octave, von Menschen umringt, und kletterte in das Taxi.

»Zum Innenministerium am Place Beauvau ... zwanzig Francs für Sie ...«

Er rutschte in den Sitz und sinnierte weiter: »Nein, er wird nicht sterben. Tausendmal nein! Das will ich nicht auf dem Gewissen haben. Es ist schlimm genug, von einer Frau hereingelegt zu werden und in die Falle zu gehen, wie ein Schüler ... Das reicht! Keine weiteren Dummheiten. Ich habe den armen Kerl verhaften lassen ... ich habe ihn zum Tod verurteilen lassen ... ich habe ihn bis zu den Stufen des Schafotts gebracht ... keinen Schritt weiter für ihn ... alles Andere nur das nicht! Wenn er auf dem Schafott endet, bleibt mir nichts als eine Kugel in den eigenen Kopf.«

Sie erreichten den Wachtposten vor dem offenen Tor. Er lehnte sich aus dem Fenster und schaute voraus.

»Zwanzig Franc mehr, wenn Sie nicht anhalten.«

Und er rief dem Beamten zu: »Detektiv-Dienst! Eiliger Einsatz!«

Sie fuhren durch.

»Schneller, halten Sie nicht an!«, drängte Lupin. »Fürchten Sie, alte Damen zu überfahren? Egal. Ich zahle für den Schaden.«

Wenige Augenblicke später hatten sie das Innenministerium erreicht. Lupin rannte über den Vorplatz und lief die Treppe hoch. Der Warteraum war voller Leute. Er schrieb 'Prinz Serenin' auf einen Papierbogen, fand einen Boten im Korridor und sagte: »Sie kennen mich, nicht wahr? Ich bin Lupin. Ich habe Ihnen eine Stellung verschafft. Jetzt müssen Sie mich sofort reinbringen. Sonst verlange ich nichts von Ihnen. Der Premierminister wird Ihnen danken, glauben Sie mir ... und ich ebenfalls ... aber beeilen Sie sich! Valenglay erwartet mich ...«

Zehn Sekunden später streckte Valenglay den Kopf heraus und sagte: »Bringen Sie den Prinzen herein!«

Lupin eilte hinein, schlug die Tür zu und unterbrach den Premierminister: »Nein, nein, keine leeren Worte, Sie können mich nicht verhaften ... Es würde Ihren Ruin bedeuten und den Kaiser kompromittieren ... nein, das ist nicht der Grund, weshalb ich hier bin. Malreich ist unschuldig ... ich habe die Wahrheit entdeckt ... es war Dolores Kesselbach. Sie ist tot. Ihre Leiche ist in Bruggen. Ich besitze unwiderlegbare Beweise. Es gibt überhaupt keine Zweifel. Sie war es ...«

Er hielt an. Valenglay schien nicht zu verstehen.

»Sehen Sie, Monsieur le Président, wir müssen Malreich retten. Denken Sie ... ein Justizirrtum ... Ein Unschuldiger hingerichtet ... Geben Sie den Befehl ... erklären Sie, frische Informationen zu besitzen ... irgend etwas, bitte ... aber ganz rasch, es ist keine Zeit zu verlieren.«

Valenglay musterte ihn eindringlich, ging zu einem Tisch, griff nach einer Zeitung und deutete mit dem Zeigefinger auf die Schlagzeilen.

Lupin senkte den Blick und las:

HINRICHTUNG DES UNGEHEUERS

An Louis de Malreich wurde heute Morgen die Todesstrafe vollstreckt ...

Er las nicht weiter. Wie vom Blitz getroffen, fiel er in den Stuhl des Premierministers, wie ein tief aufgewühlter Mensch.

Er konnte nicht sagen, wie lang er so verweilt war. Erst als er bereits draußen stand, erinnerte er sich, wie Valenglay sich über ihn gebeugt und seine Stirn mit einem Tuch genässt hatte.

Er erinnerte sich noch mehr, nämlich an seine geflüsterten Worte: »Hören Sie ... Sie werden kein Wort davon verlauten lassen, nicht wahr? Unschuldig, vielleicht ... ich weiß nicht ... Doch was nützen diese Enthüllungen schon? Sie würden einen Skandal zur Folge haben. Ein Justizirrtum kann ernste Folgen nach sich ziehen. Ist er das wert? ... Eine Ehrenrettung? Zu welchem Zweck? Er war nicht einmal unter seinem eigenen Namen verurteilt. Der Name Malreich ist es, der öffentlich geschändet wird ... der Name des wahren Verbrechers ... Deshalb ...«

Er hatte Lupin sanft zur Tür hin geschoben und sagte: »Gehen Sie ... Fahren Sie zurück und lassen Sie die Leiche irgendwie verschwinden ... Es darf keine Spuren geben, nicht wahr? Nicht der geringste Hinweis auf die ganze Sache ... Ich kann mich auf Sie verlassen, nicht wahr?«

Und Lupin kehrte zurück wie ein Automat, wie ihm befohlen worden war, weil er seinen eigenen Willen völlig verloren hatte.

Er wartete stundenlang am Bahnhof, aß seine Mahlzeiten ganz mechanisch, kaufte ein Billett und setzte sich in ein Zugabteil.

Er schlief unruhig. Die Gedanken irrten in seinem Schädel herum. Dann wachte er wieder halbwegs auf und versuchte, sich zu erklären, warum Massier sich nicht verteidigt hatte.

»Er war verrückt ... sicherlich ... oder halb verrückt ... Er muss sie früher gekannt haben, und sie zerstörte sein Leben ... sie trieb ihn in den Wahnsinn ... bis er dachte, es sei besser zu sterben ... Warum sich verteidigen?«

Die Erklärung klang ihm nicht so recht überzeugend. Massier war zweifellos geistesgestört. Außerdem, die ganze Familie ...

Er wütete, verwirrte die Namen in seinen Gedanken.

Doch als er endlich am nächsten Morgen am Bahnhof Bruggen ausstieg, in die kühle feuchte Luft trat, kehrte seine Vernunft wieder zurück. Die Sache wirkte plötzlich ganz anders und er sagte: »Nun, es war seine eigene Schuld ... er hat kein Wort des Protestes erhoben ... Ich trage die Verantwortung nicht ... er war es, der Selbstmord beging ... Es tut mir leid ... ich unternahm alles in meiner Kraft stehende ... aber ich konnte nicht mehr für ihn tun!«

Die Notwendigkeit seiner bevorstehenden Handlung zwang ihn klar zu denken. Trotz der Reue seiner Tat fühlte er den Schmerz seiner Fehler, die sich nicht durch lahme Entschuldigungen beseitigen ließen. Dennoch dachte er an seine Zukunft.

Das sind die Opfer des Kriegs, dachte er. *Es hat keinen Zweck, lang darüber zu grübeln. Nichts ist verloren. Ganz im Gegenteil. Dolores war das Hindernis, nachdem Pierre Leduc sie liebte. Dolores ist tot und gehört wieder mir allein. Und er wird Geneviève heiraten, wie ich geplant habe. Und er wird regieren. Und ich werde der Herr sein, wenn auch im Hintergrund. Europa, ganz Europa ist mein!*

Er war plötzlich wieder seiner sicher, voller Zuversicht und pfiff vergnügt vor sich hin.

»Lupin du bist der König! Du wirst König sein, Arsène Lupin.«

Er erkundigte sich in der Ortschaft und erfuhr, dass Pierre Leduc dort am vergangenen Tag zu Mittag gegessen hatte. Seitdem war er nicht gesehen worden.

»Oh?«, fragte Lupin. »Hat er nicht hier übernachtet? Und wohin ging er nach dem Essen?«

»Zum Schloss.«

Lupin entfernte sich, erstaunt. Er hatte doch dem jungen Mann gesagt, er solle die Türen versperren, nachdem die Dienstboten nach Hause gegangen waren.

Er konnte bald feststellen, Pierre hatte nicht gehorcht, denn das Tor zum Park stand weit offen.

Er eilte weiter, durchsuchte das Schloss, rief laut nach jemand. Keine Antwort.

Plötzlich dachte er an das kleine Häuschen. War es möglich? Pierre Leduc, um die Frau besorgt, die er liebte, konnte sich dorthin gewandt haben und sie aufgrund eines Gedankenblitzes in dieser Richtung gesucht haben. Und Dolores Leiche war dort!

Voller Erregung begann Lupin zu laufen.

Nach dem ersten Anschein hielt sich niemand in dem Häuschen auf.

»Pierre, Pierre!«, rief er.

Als er keine Antwort erhielt, eilte er durch den Gang zu dem Zimmer, in dem er geschlafen hatte.

Er hielt mitten im Schritt an.

Über der Leiche von Dolores hing Pierre Leduc, ein Seil um den Hals verknotet, tot.

***

Irgendwie fand Lupin die Gewalt über sich. Er weigerte sich, auch nur eine Geste der Verzweiflung auszuführen. Er stieß kein einziges heftiges Wort aus. Nach den bitteren Nackenschlägen des Schicksals, nach den Verbrechen und dem Tod von Dolores, nach Massiers Hinrichtung, nach allen diesen Katastrophen und Enttäuschungen, musste er seine Beherrschung bewahren, wenn er nicht den Verstand verlieren wollte.

»Idiot!«, rief er und schüttelte die Faust gegen Pierre Leduc. »Du totaler Idiot! Warum hast du nicht warten können? In zehn Jahren hätten wir Elsass-Lothringen wieder gewonnen.«

Er suchte nach den richtigen Worten, um sein Gemüt zu erleichtern, doch er fand sie nicht. Es war, als müsste sein Kopf zerbrechen.

»Oh, nein, nein!«, rief er. »Ich kann es nicht zulassen. Lupin verrückt, wie alle in dieser unseligen Sache. Lieber noch eine Kugel in den Schädel, denn ich sehe keinen anderen Ausweg. Lupin, sabbernd in einem Rollstuhl ... nein! Das wäre das Ende!«

Er lief erregt herum, stampfte mit den Füßen, als wollte er dem Wahnsinn Einhalt gebieten und sagte: »Mut, Alter, Mut! Der Herrgott blickt auf dich herunter. Heb' den Kopf hoch! Zieh den Bauch ein! Alles um dich geht in Brüche. Was kümmert dich das? ... Es ist das letzte Unglück. Ich habe meinen letzten Trumpf gespielt, ein Königreich in der Gosse ... Na, und wenn schon? Lache, Lupin, Lache. Sei Lupin, sonst schwimmst du in der Suppe ... Lach schon! Lauter, lauter, viel lauter! So ist es richtig. Gott ... wie lächerlich ist das alles. Dolores, liebe Schwindlerin, Mörderin, eine Zigarette?«

Er beugte sich grinsend über die tote Frau, taumelte einen Augenblick und fiel bewusstlos zu Boden.

***

Er wusste nicht, wie viel Zeit vergangen war, als er wieder erwachte und sich erhob. Der Augenblick des Wahnsinns war vorüber. Er hatte wieder Kontrolle über sich, die Nerven beruhigt, sein Verstand klar. Er bedachte die Situation aus allen Richtungen.

Er fühlte, die Zeit war gekommen, eine Entscheidung zu treffen, die seine ganze Existenz betraf. Er war vollkommen verstört gewesen nach Tagen der unvorhergesehenen Katastrophen, die einander in raschem Abstand gefolgt waren, genau in dem Augenblick, in dem er schon den Triumph gesehen hatte. Was musste er tun? Wieder von vorne beginnen? Alles neu aufbauen? Dafür fehlte ihm der Mut. Was dann?

Er wanderte den ganzen Morgen lang durch den Park, bis er langsam seine Lebenssituation bis in das kleinste Detail erkannt hatte. Immer wieder drängte sich der Gedanke an den Tod auf und ließ sich nicht vertreiben.

Doch bevor er sich entschied, aus dieser Welt zu scheiden, gab es eine Anzahl von Aufgaben, die er zu erfüllen hatte. Aufgaben, die offensichtlich waren, so dass er mit klaren Überlegungen erfüllt war.

Zu Mittag erklang das Angelus-Geläut vom Kirchturm

»An die Arbeit!«, sagte er entschlossen.

Er kehrte zu dem Häuschen zurück, seine Gedanken klar und besonnen, ging in sein Zimmer und durchschnitt das Seil, an dem Pierre Leduc baumelte.

»Du armer Teufel«, sagte er. »Du warst dafür bestimmt, so zu enden, mit einem Strick um den Hals. Bei Gott, du warst nicht für große Dinge erschaffen. Ich hätte das im Voraus erkennen, und mich nicht auf einen Versager verlassen sollen.«

Er durchsuchte die Taschen des jungen Mannes und fand nichts. Dann erinnerte er sich an das zweite Notizbuch in der Tasche von Dolores und nahm es heraus. Es enthielt eine Anzahl von Briefen, die ihm bekannt erschienen, und er erkannte sofort die verschiedenen Handschriften.

»Die Briefe des Kaisers!«, murmelte er. »Die Briefe des alten Kaisers! Das ganze Bündel, das ich selbst in Leon Massiers Haus fand und das ich Graf von Waldemar übergab ... Wie kann das sein? Ist es ihr gelungen, sie dem dämlichen Waldemar zu stehlen?« Doch dann schlug er mit der flachen Hand gegen seine Stirn.

»Oh, du Narr! Es sind die echten Briefe! Sie behielt das ganze Paket, um den Kaiser zu erpressen, wenn die Zeit reif war. Die anderen, die ich aushändigte, sind Kopien, von ihr gefälscht natürlich, oder durch einen Komplizen, und an einem Ort verborgen, wo ich sie finden sollte ... Und ich habe das Spiel für sie gespielt wie ein Narr. Bei Gott, wenn Frauen sich in Dinge einmischen ...!«

Er entdeckte noch ein Stück Karton. Er blickte darauf herunter. Eine Fotografie. Er blickte auf sein eigenes Antlitz herunter ...

»Zwei Fotografien ... Massier und ich ... die zwei, die sie am liebsten hatte, zweifellos ... Denn sie liebte mich ... eine sonderbare Liebe, Leidenschaft für den Abenteurer, der ich bin, der Mann, der allein die sieben Halunken, die sie bezahlt hatte, mich um die Ecke zu bringen, dem Gesetz auslieferte. Eine teuflische Liebschaft! Ich verspürte ein wildes Verlangen nach ihr an dem Tag, an dem ich von meiner Allmächtigkeit zu ihr sprach. Dann wollte sie Pierre Leduc opfern und sich an meinen Traum hängen. Wenn ich nicht den Spiegel gefunden hätte, wäre sie Wachs in meinen Händen gewesen. Doch sie hatte Angst. Ich hatte die Wahrheit in meiner Hand. Mein Tod war notwendig für ihre Rettung, und sie wählte ihn, statt meiner.« Und er wiederholte mehrmals: »Doch sie liebte mich ... ja, sie liebte mich, wie Andere zu anderen Zeiten, Andere, denen ich auch nichts als Unglück brachte ... Ach, alle die mich lieben, sterben! ... Und sie starb ebenfalls, durch meine Hand erwürgt ... Was ist der Wert meines Lebens? ... Was ist der Wert meines Lebens?«, fragte er wieder leise. »Ist es nicht besser, sich mit ihnen zu vereinen, all die Frauen, die mich liebten? ... Und die für ihre Liebe starben? ... Sonia, Raymonde, Cloé Destange, Miss Clarke ...?«

Er legte die beiden Leichen nebeneinander und bedeckte sie mit einem Laken, setzte sich und schrieb:

Ich habe über alles triumphiert und bin geschlagen. Ich habe das Ziel erreicht und bin gefallen.
Das Schicksal ist stärker als ich ... und sie, die ich liebte, ist nicht mehr. Ich werde ebenfalls sterben.

Und er schrieb darunter seinen Namen

ARSENE LUPIN

Er versiegelte das Schreiben, steckte es in eine leere Flasche und schleuderte sie durch das Fenster auf die weiche Erde eines Blumenbeetes.

Danach häufte er eine Menge Zeitungen auf den Boden und Holzspäne, die er aus der Küche holte, leerte einen Kanister Benzin darüber und entzündete eine Kerze, die er auf die Ansammlung schleuderte.

Die Flammen sprangen sofort hoch, rasend, verzehrend mit dem Knacken der Holzspäne.

»Lass uns verschwinden«, sagte Lupin. »Das Häuschen besteht aus Holz und wird sich in Minuten entzünden. Bis sie vom Dorf eintreffen, das Tor aufstemmen und hierher laufen, finden sie nur noch Asche und zwei verkohlte Leichen und die Flasche in der Nähe ... Adieu, Lupin! Begrabt mich einfach, ohne großes Aufsehen ... Das Begräbnis eines armen Mannes ... Keine Blumen, keine Kränze ... nur ein einfaches Kreuz und eine kurze Widmung: *'Hier ruht Arsène Lupin, Abenteurer'.*«

Er lief zur Mauer, die den Park umgab, überkletterte sie und als er sich umdrehte, sah er die Flammen, die in den Himmel stiegen.

Er wanderte zu Fuß nach Paris zurück, gebrochen durch das Schicksal, schweren Herzens. Und die Bauern waren erstaunt, als er für seine Fünfzig-Sous-Mahlzeiten mit Banknoten bezahlte.

Drei Wegelagerer griffen ihn eines Abends im Wald an. Er schlug sie mit seinem Stock nieder und ließ sie wie tot liegen.

Er verbrachte eine Woche in einem Gasthaus. Er wusste nicht, wohin er sich wenden sollte ... was er tun sollte. Wo gab es einen Ort, an dem er sich zu Hause fühlen konnte? Er wollte nicht weiterleben.

***

»Sind Sie es wirklich?«

Madame Egremont stand in ihrem kleinen Wohnzimmer in der Villa in Garches, zitternd, erschrocken und wütend, während sie die Erscheinung anstarrte, die vor ihr stand. Lupin? ... Es war Lupin.

»Sie!«, sagte sie. »Aber die Zeitungen schrieben doch ...«

Er lächelte traurig.

»Ja, ich bin tot.«

»Na dann ... na dann ...«, erwiderte sie verständnislos.

»Meinst du, wenn ich tot bin, habe ich kein Recht, hier zu sein? Glaube mir, Victoire, ich habe ernste Gründe.«

»Sie sind so verändert«, sagte sie mit einer Stimme voller Mitleid.

»Ein paar kleine Enttäuschungen ... aber das liegt hinter mir ... sag' mir, ist Geneviève hier?«

Der Zorn stieg plötzlich in ihr hoch und sie fauchte: »Lassen Sie die Arme in Frieden, hören Sie! Geneviève? Sie wollen Geneviève sehen, sie zurückholen! Aber diesmal lasse ich sie nicht aus den Augen. Sie war müde, blass, verstört und hat sich bis jetzt kaum erholt. Sie werden die Arme in Frieden lassen, das schwöre ich!«

Er legte eine Hand schwer auf ihre Schulter.

»Ich werde – verstehst du das? – Ich werde mit ihr sprechen.«

»Nein.«

»Ich bin entschlossen.«

»Nein!«

Er schüttelte sie. Sie richtete sich auf und verschränkte die Arme.

»Nur über meine Leiche, hören Sie? Ihr Glück liegt hier, in diesem Haus und sonst nirgendwo. Sie machen das arme Ding mit Ihren Ideen von Reichtum und Stand nur unglücklich. Wer ist dieser Pierre Leduc? Und dieses Veldenz von Ihnen. Geneviève eine Großherzogin! Verrückt! Das ist nicht das Leben für sie! Ich weiß, Sie haben bei dieser Sache nur an sich selbst gedacht. Es war Ihre Macht, Ihr Reichtum die Sie verlangten. Das arme Kind spielt dabei keine Rolle für Sie. Haben Sie sich auch nur einmal gefragt, ob sie diesen Lumpen, den Großherzog, überhaupt liebt? Haben Sie sich gefragt, ob sie überhaupt jemand liebt? Nein, Sie waren nur hinter Ihrem Ziel her und das Glück Genevièves bedeutete Ihnen keinen Heller, auch wenn sie ein Leben lang unglücklich ist ... Nein, ich erlaube es nicht! Was sie will, ist ein stilles, ehrliches Leben, dessen sie sich nicht zu schämen braucht, und das können Sie ihr nicht geben. Warum sind Sie also überhaupt hier?«

Er schien zu schwanken, dann murmelte er mit deutlicher Traurigkeit: »Es ist unmöglich, dass ich sie nicht wiedersehen soll, unmöglich, nie wieder mit ihr zu sprechen ...«

»Sie glaubt, Sie seien tot.«

»Das ist genau das, was ich nicht wünsche. Ich will, dass Sie die Wahrheit erfährt. Es ist eine Tortur für mich, wenn sie denkt, ich wäre tot. Bring' sie zu mir, Victoire.«

Er sprach so leise und verstört, dass ihr Widerstand erlahmte.

»Hören Sie! ... Zuerst muss ich wissen ... es kommt darauf an, was Sie ihr sagen wollen ... In aller Ehrlichkeit, mein Junge ... was wollen Sie von Geneviève?«

Er erwiderte ernst: »Ich will ihr dies sagen: 'Geneviève, ich versprach deiner Mutter, dir Reichtum, Macht, eine märchenhafte Existenz zu geben. Und an dem Tag, an dem dieses Ziel erreicht war, wollte ich einen kleinen Ort finden, nicht weit von dir entfernt. Reich und glücklich würdest du vergessen, wer ich bin, oder, genauer gesagt, wer ich war. Leider war das Schicksal stärker als ich. Ich bringe dir weder Reichtum noch Macht. Und ich bin es, ganz im Gegenteil, der Hilfe braucht. Geneviève, wirst du mir helfen?«

»Um was ist zu tun?«, fragte die alte Frau ängstlich.

»Um weiterzuleben ...«

»Oh!«, rief sie, »Ist es so weit gekommen, mein armer Junge ...?«

»Ja«, antwortete er einfach, ohne seinen Schmerz zu zeigen. »Es ist dazu gekommen. Drei Menschen sind durch mich gestorben. Ich habe sie mit meinen Händen getötet. Die Last der Erinnerungen ist mehr, als ich ertragen kann. Zum ersten Mal in meinem Leben bin ich allein. Zum ersten Mal bitte ich um Hilfe. Ich habe dieses Recht, Geneviève. Und es ist ihre Pflicht, mir zu helfen ... und wenn nicht ...«

»Was dann?«

»Dann ist alles vorbei.«

Die alte Frau schwieg, bleich und zitternd dank ihrer Gefühle. Sie verspürte wieder all die Liebe für ihn, den sie einst an ihrer Brust genährt hatte und der noch immer, trotz allem, 'ihr Junge' war.

Sie fragte leise: »Was haben Sie mit ihr vor?«

»Wir werden ins Ausland gehen. Du wirst mit uns kommen, wenn du kommen willst ...«

»Aber Sie vergessen ... Sie vergessen ...«

»Was?«

»Ihre Vergangenheit.«

»Sie wird ebenfalls vergessen, wird verstehen, ich bin nicht mehr der Mann, der ich einst war, der ich nicht mehr sein will.«

»Sie wollen also, dass sie Ihr Leben teilt, Lupins Leben.«

»Das Leben des Mannes, der ich sein werde, des Mannes, der hart arbeiten wird, um sie glücklich zu machen, so dass sie nach ihrem eigenen Wunsch heiraten kann. Wir werden uns an irgendeinem verborgenen Ort niederlassen, wo uns niemand kennt. Wir werden zusammen gegen unser Schicksal kämpfen. Und ich weiß, was ich erreichen kann ...«

Sie wiederholte, langsam, den Blick auf ihn gerichtet: »Sie wünschen also wirklich, dass sie Ihr Leben, das Leben Lupins, mit Ihnen teilt?«

Er zögerte eine Sekunde, einen Augenblick lang und sagte dann voller Überzeugung: »Ja, ja, das wünsche ich. Ich glaube, ich habe das Recht dazu.«

»Sie wünschen also, dass sie die Kinder im Stich lässt, deren sie sich angenommen hat, all die Arbeit ihres Lebens, die sie auf sich genommen hat und die ihre Glückseligkeit bedeutet?«

»Ja, ich wünsche es, das ist ihre Pflicht!«

Die alte Frau ging zum Fenster und öffnete es.

»In dem Fall – rufen Sie nach ihr!«

Geneviève saß auf einer Bank im Garten. Vier kleine Mädchen umringten sie. Andere liefen herum oder spielten.

Er sah ihr Gesicht. Er sah ihre ernsten, lächelnden Augen. Sie hatte eine Blume in der Hand und pflückte ein Blütenblatt nach dem anderen, während sie den Kindern etwas erklärte. Dann stellte sie ihnen Fragen. Und jede Antwort wurde durch einen Kuss belohnt.

Lupin beobachtete sie lange, voller Zärtlichkeit und Angst. Er war plötzlich von unbekannten Gedanken erfüllt. Es verlangte ihn danach, das hübsche Mädchen an seine Brust zu drücken, es zu küssen und ihm seine Liebe und seinen Respekt zu gestehen. Er erinnerte sich an ihre Mutter, die in der kleinen Ortschaft Aspremont gestorben war, zugrunde gegangen an ihrem Leid.

»Rufen Sie sie!«, drängte Victoire. »Warum rufen Sie nicht?«

Er sank auf einen Stuhl und stammelte: »Ich kann nicht ... es ist unmöglich ... Ich habe nicht das Recht ... es kann nicht sein ... es ist besser, sie glaubt, ich sei tot ... das ist besser ...«

Und er weinte. Seine Schultern erbebten durch sein Schluchzen, die Verzweiflung überwältigte ihn, mit der Gemütsbewegung, die ihn erfüllte, wie zarten Blumen am Wegesrand, die verwelken, nur einen Tag, nachdem sie in voller Blüte gestanden haben.

Die alte Frau kniete neben ihm nieder und fragte mit zitternder Stimme: »Sie ist Ihre Tochter, nicht wahr?«

»Ja, sie ist meine Tochter.«

»Ach, mein armer Junge!«, flüsterte sie und brach in Tränen aus. »Mein armer, armer Junge ...!«

Epilog: Der Selbstmord

»Auf die Pferde!«, sagte der Kaiser.

Er korrigierte sich, als er den herrlichen Esel sah, den sie ihm brachten.

»Na, dann auf die Esel, Waldemar! Sind Sie sicher, der Esel ist ungefährlich zu reiten oder vor einen Wagen zu spannen?«

»Ich garantiere es, Majestät«, versprach der Graf.

»In dem Fall fühle ich mich sicher«, sagte der Kaiser lachend und wandte sich den Offizieren hinter ihm zu. »Meine Herren, aufsitzen!«

Der Marktplatz von Capri war von einer neugierigen Menge Zuschauern gefüllt, von italienischen Carabinieri zurückgehalten und in seiner Mitte, alle Esel der Umgebung zusammen getrieben, um dem Kaiser zu ermöglichen, diese Insel der Wunder zu erforschen.

»Waldemar«, sagte der Kaiser an der Spitze der Reiter. »Wo fangen wir an?«

»Mit der Villa Tiberius, Kaiserliche Hoheit.«

Sie ritten durch ein Tor und folgten einem uneben gepflasterten Pfad, der sich langsam dem östlichen Vorgebirge der Insel näherte.

Der Kaiser lachte und erfreute sich, während er sich mit dem beleibten Grafen unterhielt, dessen Füße den Boden zu beiden Seiten des unglücklichen Esels streiften, der unter seinem Gewicht fast zusammenbrach.

Nach einer Dreiviertelstunde erreichten sie den Tiberius-Felsen, einen mehr als dreihundert Meter tiefen Abgrund, in den der Tyrann seine Opfer eigenhändig ins Meer gestoßen hatte.

Der Kaiser schwang sich aus dem Sattel, ging, sich an Handgeländer festhaltend, bis ganz zum Rand und warf einen Blick nach unten. Dann ging er zu Fuß zu den Ruinen der Villa Tiberius, wo er eine Weile lang zwischen den zerfallenden Mauern und Gängen herumwanderte.

Er hielt einen Augenblick lang an.

Das Panorama von Sorrento und der ganzen Insel Capri erstreckte sich herrlich vor ihm. Das Meer, blau schillernd, brach sich am Halbrund der Bucht! Der kühlende Duft von Zitronenhainen vermischte sich mit der Meeresluft.

»Die Aussicht ist noch viel schöner von der kleinen Kapelle des Einsiedlers am Gipfel aus«, sagte Waldemar.

»Dann gehen wir schleunigst hinauf.«

Doch der Einsiedler selbst kam über den schmalen Pfad herunter. Er war ein alter Mann, mit zögerndem Gang und gebeugtem Rücken. Er trug ein Buch, in dem die Besucher ihre Eindrücke vermerkten.

Er legte das Buch auf eine steinerne Bank.

»Was soll ich schreiben?«, fragte der Kaiser.

»Ihren Namen, Hoheit und das Datum Ihres Besuches ... und was Sie sonst noch wünschen.«

Der Kaiser griff nach der Schreibfeder, die ihm der Einsiedler reichte und beugte sich herunter.

»Vorsicht, Majestät, Vorsicht!«

Schreie ertönten ... ein lautes Krachen aus der Richtung der Kapelle.

Der Kaiser wirbelte herum. Er sah einen riesigen Felsbrocken auf sich zupoltern.

In diesem Augenblick wurde er durch den Einsiedler um die Brust gepackt und einige Meter zur Seite geschleudert.

Der Felsklotz krachte gegen die Bank, über die sich der Kaiser eine halbe Sekunde vorher gebeugt hatte und zerschmetterte sie in Bruchstücke. Ohne die rasche Handlung des Einsiedlers wäre der Monarch zweifellos getötet worden.

Er richtete sich auf und reichte seinem Retter die Hand.

»Ich danke Ihnen.«

Die Offiziere rannten besorgt auf ihn zu.

»Es ist nichts, meine Herren ... Wir sind mit dem Schrecken davon gekommen, muss ich zugeben ... Trotzdem, ohne die Hilfe dieses braven Mannes ...«

Und er wandte sich wieder dem Einsiedler zu.

»Wie heißen Sie, mein Freund?«

Der Einsiedler hielt sein Gesicht in den Falten der Kapuze verborgen. Er schob sie etwas zurück und sagte so leise, dass er von niemand als dem Kaiser gehört werden konnte: »Ich bin ein Mann, Kaiserliche Hoheit, der sich geehrt fühlt, dass Sie seine Hand geschüttelt haben.«

Der Kaiser zuckte zusammen und wich einen Schritt zurück. Doch er fasste sich rasch wieder.

»Meine Herren«, wandte er sich an die Offiziere, die ihn umgaben. »Ich bitte Sie, gehen Sie zur Kapelle hinauf. Es ist möglich, dass es noch mehr lockere Felsen gibt und es ist angebracht, die Behörden zu warnen. Sie können später zurückkehren. Ich möchte diesem guten Mann danken.«

Er wandte sich ab und ging davon, von dem Einsiedler begleitet.

Als sie allein waren, fragte er: »Sie? Warum?«

»Ich musste mit Ihnen sprechen, Majestät. Wenn ich um eine Audienz gebeten hätte ... würden Sie mir diese Ehre erwiesen haben? Ich zog es vor, zu handeln und wollte mich zu erkennen geben, während Ihre Majestät das Besucherbuch unterschrieb, als dieser unsinnige Steinschlag ...«

»Und?«, fragte der Kaiser.

»Die Briefe, die ich Waldemar gab, um sie Ihnen zu überbringen, sind Fälschungen.«

Der Kaiser machte eine ärgerliche Bewegung.

»Fälschungen? Sind Sie sicher?«

»Vollkommen, Majestät.«

»Aber Malreich ...«

»Malreich war nicht der Schuldige.«

»Wer dann?«

»Ich muss darauf bestehen, Eure Majestät wird meine

Antwort als vertrauliches Geheimnis zu betrachten. Die wahre Schuldige war Madame Kesselbach.«

»Kesselbachs eigene Frau?«

»Ja, Hoheit. Sie ist jetzt tot. Sie selbst stellte die Kopien her, die sich in Ihrem Besitz befinden. Sie selbst behielt die Originale.«

»Aber wo sind sie?«, rief der Kaiser erregt. »Das ist das Wichtigste für mich. Sie müssen um jeden Preis gefunden werden. Ich messe diesen Briefen die größte Bedeutung zu ...«

»Hier sind sie, Majestät.«

Der Kaiser schien wie vom Blitz getroffen. Er starrte Lupin an, blickte auf die Briefe herab und ließ sie in seiner Tasche verschwinden, ohne sie zu mustern.

Ganz offensichtlich war ihm dieser Mann ein noch größeres Rätsel als zuvor. Woher war der Halunke erschienen, der solch gefährliche Waffen besessen hatte und sie einfach, ohne jegliche Verhandlungen, ihm ausgehändigt hatte? Es wäre einfach für ihn gewesen, die Briefe zu behalten und seinen eigenen Nutzen aus ihnen zu ziehen. Aber nein, er hatte sein Wort gegeben und er hielt sein Wort, wie ein wahrer Gentleman.

»Die Zeitungen behaupteten, Sie wären tot«, sagte er.

»Ja, Hoheit. In Wahrheit bin ich tot. Und die Polizei meines Landes, dankbar mich loszuwerden, hat die verkohlten und unkenntlichen Reste meines Körpers begraben.«

»Dann sind Sie also frei?«

»Wie ich es immer war.«

»Und Sie haben keine Verpflichtungen?«

»Nichts, niemand, Majestät.«

»In diesem Fall ...«

Der Kaiser zögerte, dann sagte er erklärend: »In dem Fall, treten Sie in meine Dienste! Ich biete Ihnen den Befehl über meine Geheimpolizei an. Sie werden ihr absoluter Herr sein. Sie werden alle Vollmachten über sie und alle anderen Polizeiorgane besitzen.«

»Nein, Majestät.«

»Warum nicht?«

»Ich bin Franzose.«

Ein Schweigen folgte. Der Kaiser war offensichtlich über die Antwort erfreut und sagte: »Dennoch, Sie behaupten, niemandem verpflichtet zu sein ...«

»Es gibt nur eine, Majestät, eine Verpflichtung, die niemals gelöst werden kann«, und er fügte lachend hinzu: »Ich bin tot, als Mensch, aber ich lebe als Franzose. Ich bin sicher, Eure Majestät wird verstehen.«

Der Kaiser ging ein paar Schritte auf und ab. Dann sagte er: »Dennoch will ich meine Schuld irgendwie tilgen. Ich habe gehört, die Verhandlungen über das Großherzogtum Veldenz wurden abgebrochen ...«

»Ja, Hoheit, Pierre Leduc war ein Betrüger. Er ist tot.«

»Was kann ich für Sie tun? Sie haben mir die echten Briefe zurückgegeben ... Sie haben mein Leben gerettet ... Was kann ich tun?«

»Nichts, Majestät.«

»Sie bestehen darauf, dass ich ewig in Ihrer Schuld stehe?«

»Ja, Majestät.«

Der Kaiser musterte diesen sonderbaren Mann, der sich in seiner Gegenwart wie ein Gleichrangiger benommen hatte. Dann neigte er den Kopf und entfernte sich ohne ein weiteres Wort.

Aha, Majestät, diesmal habe ich Sie erwischt, dachte Lupin, der hinter ihm herblickte. Und dann, philosophisch: *Zweifellos ist es eine geringe Genugtuung ... Ich hätte gehofft, Elsass-Lothringen kehrte wieder nach Frankreich zurück ... aber immerhin ...*

Er unterbrach sich und stampfte ärgerlich einen Fuß auf die Erde.

»Ach, du verfluchter Kerl, Lupin«, rief er. »Änderst du dich niemals, wirst du immer so zynisch und gehässig bleiben bis zum letzten Augenblick deiner Existenz? Sei vernünftig, verdammt noch mal. Die Zeit ist reif, jetzt oder nie, um ernst zu sein.«

Er stieg wieder den Pfad hinauf, der zur Kapelle führt und hielt an der Stelle an, wo der Felsklotz abgebrochen war. Er lachte etwas gezwungen.

»Das war ausgezeichnete Arbeit, und die Offiziere seiner Majestät hatten keine Ahnung, was sie daraus machen sollten. Aber wie konnten sie ahnen, dass ich selbst den Fels gelockert und ihm den letzten Schlag versetzt habe, so dass er auf den Pfad hinunterrollen würde ... auf den Kaiser zu, dessen Leben ich retten musste.«

Er seufzte.

»Ach, Lupin, was hast du nur für ein kompliziertes Gehirn? All das, nur damit Seine Majestät deine Hand schüttelt! Was hat es schon genützt? 'Des Kaisers Hand fünf Finger hat, nicht mehr' wie Victor Hugo gesagt haben mag.«

Er betrat die Kapelle und öffnete mit einem Spezialschlüssel die niedrige Tür zur Sakristei. Auf einem Strohhaufen lag ein Mann, gefesselt und mit einem Knebel in seinem Mund.

»Na, mein Freund, der Einsiedler«, sagte Lupin. »Es hat nicht zu lang gedauert, was? Kaum vierundzwanzig Stunden ... aber ich arbeitete verteufelt hart für dich. Denk nur, du hast das Leben des Kaisers gerettet! Ja, mein lieber Alter. Du bist der Mann, der das Leben des Kaisers rettete! Ich habe dich reich gemacht, das war mein Werk. Sie werden dir eine Kathedrale erbauen und deine Bildsäule aufstellen, wenn du tot und begraben bist. Hier sind deine Sachen zurück.«

Der Einsiedler, halb tot vor Hunger, rappelte sich hoch. Lupin schlüpfte rasch in seine eigene Kleidung und sagte: »Lebe wohl, mein würdiger, geachteter Mann. Verzeih mir diesen Unsinn und bete für mich. Ich werde es nötig haben. Die Ewigkeit erwartet mich. Lebe wohl.«

Er stand einen Augenblick lang vor der Kapelle. Es war

der ernste Augenblick, in dem ein Mensch zögert, trotz all seiner Entschlossenheit, vor dem furchtbarsten aller Dinge. Doch sein Entschluss war gefasst und ohne weiter zu zögern, eilte er den Hang hinunter, überquerte das flache Gelände zu dem Steilufer des Tiberius und schwang ein Bein über das Geländer.

»Lupin, ich gebe dir drei Minuten für deinen Auftritt. 'Was nützt es schon?' sagst du. 'Es ist doch niemand hier.' Na ... und du selbst? Kannst du diese Komödie nicht allein spielen? Himmel, der Auftritt ist es wert ... Arsène Lupin ... heroische Komödie in achtzig Szenen ... Der Vorhang öffnete sich für die Todesszene ... die Hauptrolle von Lupin in Person gespielt ... Bravo, Lupin! ... Fühlt mein Herz, Damen und Herren ... siebzig Schläge in der Minute ... und ein Lächeln auf meinen Lippen ... Bravo, Lupin! Ach, der Lump, die Nerven, die er hat! ... Na, spring schon, mein Lieber ... Bist du fertig? Es ist das letzte Abenteuer, alter Knabe. Keine Reue? Wofür denn? Mein Leben war wunderbar. Ach, Dolores, Dolores, wenn du dich nur darein gemischt hättest, abscheuliches Ungeheuer, das du warst ... Und du, Malreich, warum hast du kein Wort gesagt? ... Du, Pierre Leduc ... Hier bin ich ... meine drei toten Freunde, ich bin bald wieder mit euch vereint ... Oh, Geneviève, meine liebe Geneviève! ... Na, bist du fertig, alter Schauspieler? ... Ganz in Ordnung! ... ganz in Ordnung! Ich komme ...«

Er zog das zweite Bein über das Geländer, blickte hinunter in die gähnende Tiefe zu dem dunklen, bewegungslosen Meer und hob den Kopf.

»Adieu, unsterbliche und dreimal gesegnete Welt! *Moritorus te salutat!* Adieu, all der Schönheit der Welt! Adieu, Glanz alle Dinge. Adieu, Leben.«

Er warf Handküsse in die Luft, gegen den Himmel, gegen die Sonne ... Dann, mit gefalteten Händen, führte er den Sprung aus.

***

Sidi-bel-Abbes – die Kaserne der Fremdenlegion.

Ein Adjutant rauchte und las seine Zeitung in einem kleinen, niedrigen Raum.

In seiner Nähe, beim Fenster, das auf den Exerzierplatz blickte, redeten zwei hochgewachsene Unteroffiziere in gutturalem Französisch miteinander, unterbrochen von teutonischen Phrasen.

Die Tür öffnete sich. Jemand kam herein. Es war ein magerer Mann mittlerer Größe, elegant gekleidet.

Der Adjutant erhob sich, starrte den Ankömmling ärgerlich an und grunzte: »Was ist mit der Ordonnanz? ... Und Sie, mein Herr, was wollen Sie?«

»Dienen.«

Es war ein ruhiges, herrisches Wort.

Die beiden Unteroffiziere lachten dumm. Der Mann warf ihnen einen Blick zu.

»Mit anderen Worten, Sie wollen sich bei der Legion einschreiben?«, fragte der Adjutant.

»Ja, aber unter einer Bedingung.«

»Bedingung, bei Gott! Welche Bedingung?«

»Dass ich hier nicht einstaube. Eine Kompanie steht im Begriff, Marokko zu verlassen. Ich will dabei sein.«

Einer der Unteroffiziere lachte wieder und sagte: »Die Mauren zittern schon vor Angst. Der Herr bewirbt sich!«

»Ruhe!«, rief der Mann zornig. »Ich kann es nicht ausstehen, ausgelacht zu werden.«

Seine Stimme klang scharf und an das Befehlen gewohnt.

»He, Kleiner, pass' auf, wie du mit mir sprichst, oder ...«

»Oder was?«

»Du kriegst was, das dir keine Freunde bereitet, das ist alles.«

Der schlanke Mann trat auf ihn zu, packte ihn um die Taille, hob ihn trotz aller Gegenwehr mit Leichtigkeit über

die Fensterbrüstung und schleuderte ihn nach draußen. Dann sagte er zu dem anderen: »Verschwinde!«
Der zweite Unteroffizier verließ darauf zügig den Raum.
Der Besucher kehrte zu dem Adjutanten zurück und sagte: »Herr Leutnant, seien Sie bitte so gut und sagen Sie dem Major, Don Louis Perenna, ein spanischer Edelmann und im Herzen Franzose, wünscht den Dienst in der Fremdenlegion anzutreten. Gehen Sie, mein Freund!«
Der Adjutant erhob sich, musterte den Besucher höchst erstaunt und verließ gemessenen Schritts den Raum.
Daraufhin zündete sich der schlanke Mann – kein anderer als Arsène Lupin – eine Zigarette an, setzte sich in den Stuhl des Adjutanten und sagte laut: »Nachdem das Meer mich nicht haben wollte, oder ich mich, im letzten Augenblick, dem Meer nicht anvertrauen wollte, werden wir einmal sehen, ob die Kugeln der Mauren mehr Mitleid mit mir haben. Auf jeden Fall wird es ein besseres Ende sein ... Sieh' dem Feind ins Gesicht, Lupin, und es lebe Frankreich ...!«

ENDE

Maurice Leblanc

Die Abenteuer des Arsène Lupin

Arsène Lupin – Gentleman-Gauner
Der Kristallstöpsel
Der blaue Diamant
Die hohle Felsnadel
813
Die Gräfin Cagliostro
Der Zahn des Tigers
Das goldene Dreieck
Die Dame mit den grünen Augen
Die Insel der dreißig Särge
Acht Glockenschläge
Die geheimnisvolle Villa